あなたが私を竹槍で突き殺す前に

李龍徳《イ・ヨンドク》

河出書房新社

あなたが私を竹槍で突き殺す前に

目次

柏木太一《かしわぎたいち》

大阪府大阪市生野区《いくのく》

三月三十日

排外主義者たちの夢は叶《かな》った。

特別永住者の制度は廃止された。外国人への生活保護が明確に違法となった。公的文書での通名《つうめい》使用は禁止となった。ヘイトスピーチ解消法もまた廃され、高等学校の教科書からも「従軍慰安婦」や「強制連行」や「関東大震災朝鮮人虐殺事件」などの記述が消えた。パチンコ店は風営法《ふうえいほう》改正により、韓国料理屋や韓国食品店などは連日続く嫌がらせにより、多くが廃業に追い込まれた。両国の駐在大使がそれぞれ召還《しょうかん》されてから現在に至る。世論調査によると、韓国に悪感情を持つ日本国民は九割に近い。

「日本初の女性総理大臣が、あれほどまでの極右《きょくう》だったとは僕もすっかり騙《だま》された」と、柏木太一《かしわぎたいち》は言うのだった。「他にもっと思想の偏《かたよ》った女性議員はいくらでもいて、でも彼女は穏当なほうだと僕も安心してたんだけど、まったくの見当違いだった。あれは決して傀儡《かいらい》の総理じゃない。絶対に男どもの操り人形なんかじゃない。同性婚を合法化したり、選択的夫婦別氏制度を実現したり、労働力としての移民受け入れを推進したりする一方で、在日コリアンだけを攻撃対象に特化してるというのは、大衆の心を熟知している優れた実務家ってことだろう。それにもっと厄介《やっかい》なのは、あれが無思想の人間なのかわからない点。いわゆる『ピンクウォッシュ』として、一方の人権侵害を他方の人権擁護《ようご》で相殺《そうさい》しようというのか、それとも本物らしい信念で、LGBTQや女性差別の問題に取り組んでいるのか、判別の難しいところが厄介だ。本来なら同性愛者や自立した女性を毛嫌《けぎら》いしているような保守層の一部からは『あれはあえてのマイノリティ分断工作だ』と褒《ほ》められ、実際に長年の困難にあって期待も裏切られ続けてきたマイノリティの一部からはその実行力を歓迎される。厄介だ。ひょっとしたら積極的差別者でもないかもしれない。嫌悪の情もなくただ冷徹《れいてつ》に、他の法案を通しやすくするために在日コリアンには犠牲になってもらおう、ぐらいの気持ちかもしれない。が、まあ、嫌悪感や差別心のまったくないってことは、一連の対応を見ていればあり得ないとは思うけど、でも僕はあいつに関しては何も断言できそうにない」

大阪市生野区《いくの》のビジネスホテルにチェックインしてから二人は、夕方五時前の、空はそろそろ薄暗いなかを、JR鶴橋《つるはし》駅前の狭く長い迷路のようなアーケード商店街を抜けてから更に、生野コリアタウンのほうに向けて歩いていた。

並び歩きながら柏木太一が話しかけているのは、十歳近く年下の、つまり二十代前半の男だ。野球帽を目深に被《かぶ》り、フード付きの黒のジャージを上下で着ている。着衣の上からでもわかるほどの逞《たくま》しさで、肩からの僧帽筋《そうぼうきん》が盛り上がっている。顔の輪郭《りんかく》より太いような首にはタトゥーが覗《のぞ》き、また肌の色は、全体に静脈が際立《きわだ》って青白い。顔は肌荒れがひどく、頬《ほほ》には アイスピックで滅多刺しにされたような無数のニキビ痕《あと》があった。そして極端な猫背である。太一に「シン君」と自分の名を呼ばれるたびに、少年のような、はにかむ笑顔でそのニキビ痕のおびただしい頬に、朱《しゅ》が差す。厳冬《げんとう》だった寒さをまだまだ引きずっているのにずいぶんな薄着であるが、隣の太一は、ネクタイなしのスーツの上にスタンドカラーコートを羽織《はお》っていた。

彼ら二人に共通しているのは、父が韓国人で母が日本人、という点だ。二人とも日本国籍だが（生まれながらの日本国籍と、アメリカとの二重国籍から日本国籍を選択したほうと）二人が政治運動として没入してきてこれからも自身を投じようとしているのは、在日韓国人の生存権のための闘争だ。

生野コリアタウン。東西に五百メートルほど伸びる直線道路に、百二十店舗ほどが並ぶ。キムチの匂い、ニンニクの匂い、視覚的にもキムチの赤、飾り付けや街灯や門構えなどにちらちらする極彩色。呼び込みする店員たちの喧噪《けんそう》。

買い物客の賑《にぎ》わいを見てもこれが、地元の人間の証言では「だいぶ寂《さび》れた、人も減った」というのが、太一には俄《にわか》に信じられない。鶴橋駅前のアーケード街もそうだったが、新大久保など他の以東のコリアタウンに比べて特徴的なのは、日常性を保とうという気概《きがい》がみなぎっている雰囲気、といってシリアスすぎる重圧は払いたいというような気の抜け具合。実際、まるで平成の世のようだ。差別者から町を守るための自警団《じけいだん》が常駐したりパトロールしたりしているのは新大久保《しんおおくぼ》と同じだが、関西人はお揃《そろ》いのブルゾンやバッジなど嫌いらしい。店内で立ち働く普通のスタッフ、あるいは外に立つドアマンとして、一目でそれとわかる体格のいい若者たちが混在していた。それが不馴《ふな》れな案内をしたせいか、老齢の客に注意されて頭を下げていた。

主にアメリカ育ちで日本は東京しか知らない彼にこの町を見せたかったのもあるし、学生のとき以来で太一自身がこの「要塞《ようさい》都市化」をじかに見ておきたかったのもある。改めて眺め歩くに、来阪《らいはん》が久しぶりなのもあって、漂うあるわざとらしさ、じわじわと連帯を迫ってくるような、人情というかこれが浪花節《なにわぶし》というのか、ぬめっとした違和感を新たに発見しなくもなかった。

二人は韓国の伝統茶が飲める店に入った。そんな韓国茶の専門店なんて、日本においては新大久保でも今は見かけない。なつめ茶が飲みたくて太一はその店に決めていた。店内にいるのは、客も店員も、若い女性ばかりだ。螺鈿《らでん》のちりばめられた韓国の高級家具が並び、粗めの韓紙《ハンジ》に複雑なデザイン格子の韓国風障子《しょうじ》、丸い飾り窓。薄い生地のカーテンが各テーブルを区切っている。

「アメリカの話からしようか、シン君」席に着いて太一は呼びかける。

全身黒の彼は、太一に、自分が何も知らないと思ってすべてをレクチャーしてください、と求めていた。アメリカで出生《しゅっしょう》した彼だが、父母のその時々の都合により日米を行き来する生活を強いられる。思春期に入り、母親にひどく煙たがられるようになってからは、バージニア州に住む父のもとで暮らすようになる。が、それは共同生活という水準以下の、ただそこに籍を置くことを許されたというだけの、存在を無視された、長い月日であった。

よって彼は、日本語、韓国語、そして英語のいずれも話せるが、いずれにも中途半端な語学力しかない。そしてまた、日本の新大久保に渡ってきてからはずっと政治運動に関わってきたが、それも当時の人間関係の綾《あや》でそうなったに過ぎず、彼自身が歴史や政治を深く知っているわけではない。

「アメリカは民主党政権に変わって、国内向けには次々と、不法移民救済制度や医療保険制度改革などが復活・推進され、それから温暖化対策なんかも大幅な軌道修正を発表したけれど、でも国際貿易では保護主義を緩《ゆる》やかに持続させているし、それから外交の、特に北東アジア政策では、共和党政権のときよりもよほどの内向き路線を示して、つまり韓国からの米軍の漸次《ぜんじ》撤退《てったい》を進めている」

「漸次」という言葉が難しかったかな、と今更ながらの配慮《はいりょ》で太一は止まる。あるいはここまでの話のペースとして彼に早すぎるということはなかったか。

しかし彼は、質問はあとからまとめてしますから、と求める。どうかずっと喋《しゃべ》っていてください、長い日本語を喋っている太一さんをずっと見ているのはアトラクティブです、と言ってくる。

なつめ茶と、それから彼が頼んでいた柚子茶《ユジャチャ》が運ばれてきた。小ぶりの韓国陶器のティーカップセットで、布のパッチワークの色合いが淡いポジャギのコースターに載せられていた。

ふむ、と太一は息を吐き、微笑みかけ、そして赤茶けた陶器を持ち上げるも、なつめ茶には口を付けないままに語り続ける。

「徐々《じょじょ》に進んでる韓国駐留軍の削減が、それでも完全な撤退となるのはまだまだ先だろう。今の韓国の政権は、これは僅差《きんさ》で選挙戦を制した引き続いての革新政権だけど、財閥改革やソウル大学解体などでは頑張っていても、経済格差や機会の格差は広がるばかりで、失業率や自殺率の高さは一向に改善される気配もない。だから韓国語で言うところの『多文化家庭《タムンファカジョン》』——つまり僕やシン君のように両親の民族が違う、といって大統領はハーフじゃなくてクオーターなんだけど、それに入ってるのは日本人の血じゃないけど、ともかくその多文化家庭《タムンファカジョン》出身の初の大統領の前途は、あまりに暗い」

持ち上げていた陶器に口をつけないまま、コースターの上に戻した。

「仕方のない一面もあるけど過剰なまでの韓国ナショナリズムを前面に押し出して、対米従属を嫌い、日本の歴史認識を正す姿勢があまりに厳しい。朝鮮半島への領土的野心をいよいよ隠さなくなってきた中国とも反目《はんもく》し合っているし、韓国の外交政策は孤立するばかりだ。北朝鮮は『不気味な沈黙』をもう何年も続けてる。一見それは平和主義のようでもあって、朝鮮中央テレビでも韓日米の『合意不履行《ふりこう》』を非難するぐらいのことしかしてないけど、実はそうして在韓米軍の完全撤退を待っているのだという説や、今の韓国で実際に起こっているスパイ疑獄《ぎごく》事件などを根拠に、そういうふうにして韓国を内部から赤化《せきか》統一しようと画策《かくさく》しているから表向きは静かにしているのだという説など、いろいろある。とにかくそのスパイ事件での検挙者があまりに多く、政界財界から芸能界に至るまであまりに多岐《たき》にわたってるから韓国国民はちょっとしたパニック状態だ。一方で多くの冤罪《えんざい》の可能性も指摘されていて、そういう意味でも混沌だな。北朝鮮メディアに『南朝鮮の反動勢力によって、罪もない人民が次々と投獄されている』と言われてそれを『いつもの妄言《もうげん》』と完全に笑えないところがまた、もうここまで来たんだというカオスを思わせる。あの韓国で、多《タ》文化家《ムンファカ》庭《ジョン》出身の大統領に対する反発がないはずもなく、一部の保守層からは本気で、軍事政権待望論まで巻き起こっているのが現状だ。そしてその影響が日本にも渡ってきて、言うまでもないけど在日コリアンバッシングや、韓国系芸能人の追放運動などに、まんまと利用されてもいる」

　なつめ茶をようやく口に含む。かつて韓国旅行していたときに飲んだ、それと変わらぬ期待していた味だった。

「その柚子茶《ユジャチャ》はどう？　シン君」

　悪くないです、という顔をする。彼の器は青磁《せいじ》だ。なつめ茶を一口飲ませる。それには眉《まゆ》をひそめて応える彼に、太一は高笑いをしてしまった。

　咳払《せきばら》いをし、笑いを収めて「数年前までは、この日本でも、両国の政府間ではひどく牽制《けんせい》し合っていても、民間ではまだ差別反対の声のほうが大きかったんだよね。だけどそこであの、――『時《シ》雨事件《ウ》』が起きる。最低最悪の結果で、僕にも朝鮮民族の血が入ってるから、罪の意識を強く感じる。朝鮮民族の血が入っている人間は、これを永遠に悼《いた》み、永遠に謝罪してゆかないとならない」

実際に哀悼《あいとう》を捧《ささ》げるようにして、祈るようにして陶器のカップを両手で包《くる》んだまま、太一は黙る。きっちり三十秒後に口を開いて、

「時雨事件《シウ》のあとも立て続けに、まずコリアン以外の移民ニューカマーとオールドカマーである在日とが衝突《しょうとつ》した事件が起きた。あれは単純に双方の不良少年たち——三十代までを含めた『不良少年』たちによる小競り合いにすぎなかったと思うんだけど、ドローンのああいう利用がほぼ初めてだったあの衝突が、マスコミに面白おかしく描《えが》かれて、それで『親日』の新移民と『反日』の在日コリアン、という図式が横行する、対立を煽《あお》る、ただ販売部数のために憎しみを増幅させ、やはり在日叩きに結論する。とにかく、そんな若者同士のぶつかりも昔の話で、経済と人数の多さに圧倒されてもう新移民の勝利は確定した。排外主義者たちによる嫌がらせとの相乗効果で、かつてのコリアタウンの跡地には、彼らの経営する新店がどんどん建ち、地方にあったものもほとんど別の外国人街に変わった」

手のなかの韓国陶器に目をやる。歪《ゆが》みが味となっている。青磁のほうは整っているが、かわいらしい真円《しんえん》の把手《はしゅ》が小さすぎて持ちにくそう。

「そして駄目押しみたいにして起きたのが、あの『大久保リンチ事件』……」

これについてはさすがに、当事者相手に、くどくどしく内容説明はしない。聞いていた彼の態度もそれまでは表情すら動かさなかったのが、木のスプーンでお茶のなかの柚子《ゆず》の実を掬《すく》っては、口に入れる。掬っては、口に入れる。彼は——アメリカで父親を殴打して半死半生の目に遭《あ》わせてか

らは、また日本に放逐《ほうちく》され、母方の祖父母のところに預けられたのだがそのうち祖父母宅にも帰らなくなる。やがて新大久保にて、そこで共同生活していた在日武闘派グループに拾われ、大勢のなかで揉《も》まれて育った。日本語と韓国語をそこで学び直したが、それゆえに必要最低限の敬語と数多くの罵倒語《ばとうご》しか身についてない。

陶器をポジャギのコースターに置き、太一は彼の腕をポンポンと叩く。そのままそこに手を置く。彼の腕の熱を感じる。

「僕たちが知り合うようになったきっかけだよ」

そう言われると彼は少し、はにかむ。青白い顔に紅が滲《にじ》む。木のスプーンの動きを止める。彼が元のグループに戻ることはないだろうと、太一は信頼していた。

太一は自らに言うようにして、

「左翼は必ず内ゲバをする、という言説を僕は好かない。僕の父がだいたいそういうことを言いたがる人間だった。あの世代、左翼嫌いが高じて冷笑保守に定着した世代。平和がいちばんとか言いながら結局は日和見《ひよりみ》主義。すぐ『どっちもどっち』と裁定したがる面倒くさがりで、政治を語ることをタブー視するのも、勉強や現実直視が苦手なだけだったりする。個性よりも目立たないことを望み、精査された情報よりもぼんやりした直感を信じ、反権力を気取ることは恥ずかしいとしながらも単に長いものに巻かれて安心したいだけ、自分の頭で詳しく深く考えたくないだけ。僕の父も、弁護士のくせに、人権を制限する法律制定の数々に『自分にやましいところがなければ問題ない』と、見て見ぬふりをする」

自分の思わぬ熱弁に気づいたと同時に、おまえの弱点はその父親やな、と、かつて言われたことを太一は思い出してもいた。頭を振る。おまえが世代論に陥《おちい》りやすいのは父親への反抗心が先走るからや、との言葉も思い返す。

「内部抗争をするのは、右翼だって、あるいは団体というものはすべてそうなる可能性を孕《はら》んでいるものよ。でも、だけどね、まあ、――そうは言ってもあの事件はあまりに典型的《ティピカル》で、あまりに格好の攻撃材料を排外主義者たちに与えたのも確かだ」

そして相手の目を見直して、今度は彼に向かってちゃんと言う。

「ところで僕は、これは前にも言ったけど、暴力での社会変革をいっさい認めないよ。それは僕が暴力を憎んでいるから――ではなく、暴力を用いることでは他方の差別心を決して取り除けないばかりか、むしろ憎しみを餌《えさ》としている差別主義者を喜ばせることにしかならないから。だからシン君、君をあの集団から引き抜いた。あそこにいては駄目だ。僕たちはもっと賢く闘わなくちゃいけない。といって非暴力不服従主義も、ガンジーを支持したインド人たちの圧倒的動員数があってこその達成だ。在日同胞《どうほう》はあまりにも数が足りない。かつてヘイトスピーチ解消法を成立させた世論の後押しも、今や望めない。だから僕たちは賢く闘う必要がある。だからシン君、僕には君がどうしても必要だ。これからもずっと、僕のそばにいてほしい」

言われた瞬間、ぎゅっと瞼《まぶた》を閉じる。いい子だ、わかりやすい子だ。

彼の腕に載せていた手を太一はまた柔らかく叩く。「疲れたんじゃない?」と声をかける。聞き慣れない日本語で聞くに難しい政治的話題を早口で長々と聞かされて疲れたろう、との労《いたわ》りだったが、彼は、まだあるならもっと続けてください、と促《うなが》してきた。

「もちろんまだまだあるよ、うんざりするほど」太一は肩をすくめる。ふと顔を上げ、時計を見て、それでとりあえず外に出ることにした。少し早いがそろそろ夕食にしてもいいだろう。

生野コリアタウンからまた鶴橋駅のほうへと並んで戻る二人。コリアタウンと鶴橋駅周辺を別とすれば、当然ながら変哲もない日本の道路、日本中どこにでもあるような十字路を行く。

「パチンコ店はすっかり消えた」腰に手を当て見渡して太一は言う。「そもそも、パチンコ会社のすべてが在日コリアン系であるはずなんかないのに、陰謀論者の頭のなかの世界はいつも単純だ。そして、政治権力者はその単純さに乗って笛を吹いていれば、支持率上昇が見込める」

一方で、パチンコ業界のなかでも大手のいくつかは、政府が各地方都市へと推進する国内カジノ施設のほうに、どっと流れていった。そこでの優遇措置や駆け引きなどもあったという。

「神島眞平《かみじましんぺい》」国内ニュースで呼ばれない日はないその名を、太一は口にした。「まるで通称名みたいだけど、本名で間違いないらしい。『眞』は旧字体。『新党日本愛』の党首。ちなみにこの党名のほうは通称名、というか略称で正式名称は『新党日本を愛することを問え』——とかいう。『新党』をいつまで付けるのかは不明。それまでにあった極右政党なんかを吸収合併し、それから議員職に留まれるなら誰にでも尻尾を振るという連中が集い、そうして野党の第一党にまでなった。極右政党が野党第一党だ、なんてね。それで連立政権を組むまでには至ってないけど、政策によっては是々非々で与党と仲よくやってる。その新党日本愛の神島党首は、それまでの極右政党のリーダーたちが、広く一般からの人気は到底得られないキャラクターばかりだったのとは違って、スマートで、高学歴でアメリカ留学経験もあり、決して感情的になることなく、物腰柔らかく、差別用語をいっさい使わずに差別的政策を次々と世に訴《うった》えては法案提出したり与野党合意したりする。——もうこの日本では、中道左派の政党は、ほぼ絶滅だ。出る目はあったけど潰された、あるいは自滅した。自滅した典型的な例が、先の東京都知事選挙で、実は僕もそれにボランティアとして参加してたんだけど見事な自壊《じかい》だった。日本の現状を日本政治の内側から変える努力をしてみようと僕も頑張ってみたんだけど、そんなのはもはや無理だとよくよくわかったよ。だから今、僕はここにいる。だからこうしてシン君と喋ってる、君は新たなる希望なんだ」

その前回の東京都知事選のことを、どうしようもなく太一は思い返す。そこに太一は本心から賭《か》けていたのでもあった。

足立翼《あだちつばさ》、という若い候補者。神島眞平がモデル経験もある優男《やさおとこ》として人気を博《はく》していたのとは正反対の、すっかり日に焼けたスポーツ万能の、ギラギラした野心家然とした風貌《ふうぼう》でありながら、立ち振る舞いは爽《さわ》やかな好青年という按配《あんばい》。それぞれの政治的立場を左右交換したほうが容姿のイメージにもふさわしいような二人だったが、ほぼ同年齢で共に眉目秀麗《びもくしゅうれい》で、一時《いちじ》はマスコミに祭り上げられていたものだ。

独身をいまだ貫いている神島と違い、足立は早くに結婚していた。しかし、ジョン・F・ケネディやキング牧師がそうだったように、革新系の指導者には色を好みすぎる傾向と伝統があるのか、都知事選立候補を表明したばかりの彼に、不倫スキャンダルと隠し子疑惑が持ち上がる。会見を開いて足立候補は、すべての疑惑を事実と認めた。のみならず自分が「性依存症」であると告白し、妻の理解を得た上で今は治療を続けている、都民に奉仕することへの支障はないので立候補の取り止めは考えてない、といった旨《むね》をマイクに向かって語った。それが正直であると評価されたのか、度重なるスキャンダル報道に有権者がもはや麻痺《まひ》するようになったからか、その後の世論調査では与党公認候補にリードを譲《ゆず》るも、二番手の位置は堅持《けんじ》していた。

しかし選挙終盤戦、公開討論会での席上、それは起こった。そのとき太一が耳にしたのは、日本国内における進歩的理想主義政権に移行するための最後の望み、その最後の階段数段が、一気に瓦解する無残な轟音《ごうおん》だった。

その年の初めに、首相は「夫婦別姓」と「同性婚」の合法化を目指すと掲げた。前年に生活保護法の改正で、保護の対象が「日本国籍を有する者」と限定されたことへの見返りとして、野党第一党である新党日本愛との合意が形成されていたのだ。といってもちろん、保守派ばかりの与野党内では反発も激しかったが、両党首がそれぞれに、リーダーシップと強権と懐柔《かいじゅう》策を駆使して反対する声を封じた。内閣支持率は微増だった。

太一はそれを目撃したとき、選挙事務所に詰めていた。日曜日の夜。他にスタッフも多く、同じオレンジ色のスタッフジャンパーで、来客対応のために席を立つ者の他は、皆座って前面にある大画面のモニターに映されたその討論会の生中継を、じっと見ていた。たまに多少わざとらしい歓声や笑い声や拍手で、沸《わ》いてみせる。ぴたっと黙って皆で画面に集中する。劣勢が伝えられるなか、逆転を期すにはカメラ映えのする足立先生のディベート能力に賭けるしかない一方で、口が軽くてそのユーモア精神は上滑りしがちで、失言も多い。事務所の皆が緊張していた。

選挙対抗馬の与党公認候補が早々に、首相の打ち出した「夫婦別姓」と「同性婚」の合法化に対して、予算も人員も私が選挙に勝つことができれば充分に割り当てられると約束します、と宣言していたからで、だから白髪交じりのあまり気力のないような司会者が、

「――この点について足立候補者はどう思われますか?」と問うのは当然のことだった。

「この点とは?」

選挙対策事務所に詰めていたスタッフはほとんど全員、寒気が走っていた。そういうふうに空とぼけてみせるのは、いい兆候《ちょうこう》ではない。

苛立《いらだ》つということを知らないような司会者は、冷静に質問を重ねる。

「選択的夫婦別氏と同性結婚を認める法案が今国会にて成立しそうな情勢にある、という点です。足立候補者は、日本の首都であり最大都市である東京の知事として当選されれば、この二点についてどのように対応されるおつもりなのでしょうか、そのお考えを伺いたい」

数回うなずき、微笑んだあとで足立はマイクに向かってこう言った。

「私は、自他共に認める革新派です。経済の改革開放、規制緩和、利権の打破と格差是正、福祉の充実、社会的弱者のための政策の実現、それらを常々意識しつつ、しかしながら日本の文化と伝統を軽々に破壊しようとする企みには、日本国民としての監視の目をしっかり光らせておかないといけない、とも考えています。失礼ながら首相も神島党首も、一度も結婚されたことのない方々です。そういう人たちにいったい結婚の現実が、制度の伝統の重みが、――いやちょっと待ってください、まだ発言の途中です。いえいえ、私だって経験がすべてだと申し上げるつもりはない。しかし結婚生活は、そして政治は、リアリズム以外の何ものでもありません。机上の空論では困るのです。頭だけの机上の空論で、日本古来の文化と伝統が修復不可能なまでに破壊されては困るのです。困る、というかそれはこの日本国の終わりですね。この国を終わらせる破壊行為が、人口比でいうとわずかでしかない方々の、こう言っては申し訳ないが、エゴ、欲望に押されて成立してしまうというのには、私は非常な危惧《きぐ》を抱いております」

他候補に話を振ろうとする司会者を「待ってください、待ってください」と制して足立は、

「これも言ってしまいましょう、言わせてください。私は革新派です。しかし私は夢想家ではないつもりです。私は、リアリズムをもって革新をする」そしてカメラのほうを向き、いつもの芝居がかった調子で、

「神島党首」とカメラ向こうに呼びかける。「一部の週刊誌報道やネットニュースなどで疑惑が上がっているあなたの性的指向《しこう》についてですが、それについてあなたは、いっさいお答えになってない、肯定も否定もしないというのは、それが芸能人や企業トップなどであるなら一つの立派な見識でもあるでしょう。しかし、あなたは政治家で、しかも同性婚合法化をこっそり与野党合意しようというその野党第一党の党首なのです。それなのに姑息《こそく》な沈黙をいつまでも続けているというのは、これは公職の地位を、自らの欲望のままに私《わたくし》していると疑われても仕方のないことだと思われますが、いかがでしょうか」

太一はもう席を立っていた。出口のほうに向かう。

討論会のほうでは、あの新党日本愛が推薦する候補者から「今のは差別発言ですよ！」と責められる始末だ。

太一はスタッフジャンパーを脱ぎ、きちんと折り目正しく畳んで、それを積まれているビラの横に置いた。選挙事務所内では、それでも拍手がたまに起こりもするが、まばらで哀感の漂ったものだ。皆、わかっていた。瓦解《がかい》の音を彼ら彼女らも聞いたはずだ。しかしこの時点でこの事務所から立ち去ろうとする者は太一だけだった。

足立に騙された、とは太一は思わない。初めからそういう軽薄で鈍感な人間だとわかっていたが政治家とはだいたいそういうものだとの内心妥協があった。よく練られて揺るぎのない主義や信念

なんかはない、とは判別していたが、熱情家であるのは嘘でなく、行動力があって弁《べん》も立ち、女にだらしないところはあっても他にストイックなのは事実だった。セックス中毒というと古い友人を思い出す、というのが親近感の距離を狂わせていたのか。

せめて次の新星《しんせい》に繋《つな》げられる無難さを示してくれたらいい、というぐらいに選挙終盤に近づくほど願うような気持ちだったが、まさかここまで愚《おろ》かだとは思わなかった。ネット選挙にも、神島と比べて圧倒的に無知で関心がない。保守層の取り込みをしたがっていることはわかっていたが、さて選挙参謀《さんぼう》や側近《そっきん》たちはこの展開を協議していたのだろうか、それともいつも自信過剰な足立らしく単独で暴走したのか。そもそもが、夫婦別姓や同性婚などの進歩的政策で先手を取られるという、保守と革新が倒錯している体たらくだった。

騙されたがっていた、というほどに弱っていたのだ俺は、と太一は自らに認める。却《かえ》って奮起《ふんき》することになった。元の道に戻ろう。内部からの正攻法の道はあまりに険《けわ》しかったし、時間がかかりすぎる。外部からの、あの元の道に戻ろう。

選挙事務所の外は雨が降っていた。

「雨降ってるね」と後ろから声をかけてきたのは、サブリーダーのような立場のスタッフで、太一には目をかけてくれていた。

「事務所に置き傘あるから、それ使って」

太一は無言で手を振って拒んだ。声を出したくもない、もうここではどんなエネルギー消費もしたくない。無党派層の票を割る可能性があるとして、立候補宣言をしていたあるタレントの事務所に抗議の電話をかけたりメールを大量に送ったりしたのも、無駄な消耗《しょうもう》だったとこれで決まった。

「もう来ないつもり？　柏木君」

そのとおり、もう来るつもりはなかった。雨のなかを行く。投開票日翌朝の山手線車内のニュース速報版で、足立翼が大差で負けたのを太一は知った。字幕付の足立の敗戦の弁はいかにも空疎《くうそ》だった。彼が自身の愚かさと歴史的な罪の深さとを痛感することは、きっと一生ないのだろう。

神島眞平はその後、かつてのライバルに格の違いを見せつけるかのように、党内運営をうまくして、まずは結党以来の参謀の役割を果たしていた大物ベテラン議員を切った。併《あわ》せて、汚職の疑い、パワハラ・セクハラの疑い、思想統制に疑いのある党内議員などをマスコミに暴露されるのを待つまでもなく次々と内部告発していっては除籍処分を果断《かだん》していった。現実路線を捨て、神島の言う「純潔路線」を推進し、当時の党所属議員の半数に近い十二人を追放したその潔《いさぎよ》さが、次の国政選挙での倍増どころではない大躍進《だいやくしん》を呼んだのだった。

もちろん、党内の主導権争いと私怨《しえん》がもたらした「小粛清《しょうしゅくせい》」に過ぎないとの見方も根強いが以降、新党日本愛は企業献金を全面的に拒否し、ネットなどを通じての個人献金にのみ拠《よ》ることを貫き、今のところはそれに成功している。吸収と粛清を繰り返しながら野党第一党にまで躍《おど》り出ていた。

次に入る店も太一は決めていた。久しぶりにスンデと韓国おでんが食べられるからという、先ほどの喫茶店に入ったのと似た理由でその韓国料理店に入った。トッポッキやチヂミやキンパを食べられる店は、まだ新大久保や川崎《かわさき》にもある。しかし、いかにも日本食に慣れた舌からは好かれそうにないスンデや、あるいは日本のおでんに比べたらずいぶん地味で種類もない韓国おでんは、この日本では他でもうなかなか食べられない。大阪入りする前から決めていたことだった。変更はない。頑《かたく》なのでも好みに忠実だからなのでもまったくなく、飲食へのこだわりも実はないが、変更するということに頭を使いたくない太一だった。

ＪＲ鶴橋駅の、アーケード商店街とは反対側出口の、閑静《かんせい》なほうの通りにある韓国料理店。一階は販売店で、食事をするのは二階の座敷。店主のおばさんとアルバイトらしい若い女の子が一人いた。店主もアルバイトの子も、韓国から来た韓国人のようだ。メニューを持ってきた若いアルバイトの子のほうは、ストレートの長髪を赤とシルバーの二色できっちりと鮮やかに分け、耳は多数のピアスで埋め尽くされている。背が高く、目を見張るほど身幅が細く、目を疑うくらいに足が長かった。腹部を大胆に露出したセーターを着ている。

「留《ユ》学生《ハクセン》요《ヨ》？」と太一が問う。

「예《イエ》」との肯定の返事だ。

ずいぶん減ったとはいえ、両国を行き来する留学生や観光客は、ゼロにはならない。民間レベルでの交流のため、という強固な目的意識でそれをしている人もわずかにいるかもしれないが、それよりも何よりも――先ほど入った韓国茶の店にいた日本人客たちからもそれは感じられていたが――民族や国籍の区別なくほとんどの人間が、能天気なノンポリであるという事実が揺るぎない。

注文を聞かれながら、そのアルバイトの子から太一は、韓国語をよくご存じですね、と褒められていた。どこで習ったのかを問われるなかで「在日僑胞《チェイルキョッポ》이《イ》에《エ》요《ヨ》？」と訊《き》かれ、それには素直に「네《ネエ》」と答えていた。「韓国人《ハングクサラム》」かと訊かれていたらそれは説明に時間を要しただろうが、在日の同胞であるかどうかということであれば太一は迷わず、自分の立つ位置を表明できていた。――日本

国籍だが、私はあなたの同胞です、と。

その店員から続けて韓国語で、たくさん召し上がるのですね、というふうに感心されていたがそれで太一は、やっぱり注文しすぎたか、と思う。韓国焼酎《ソジュ》が一瓶《ひとびん》で千八百円もするようになっていた。

店内のその二階には、窓際に三つの座敷席が区切りもなく、そして中央にテーブル席が二つ、階段から上がってすぐに右手の奥には、これはいかにも素人《しろうと》の手によるものらしいポジャギの暖簾《のれん》が垂れていて、その向こうには調理場があった。

内装も韓国風で、しかし先ほどの韓国茶専門店に見られたような、デザイナーが設計して隅々まで美的感覚を行き届かせた、というのではなく、市井《しせい》の韓国人がそのままインテリアを揃えただけという韓国農村部の古い民家を思い起こさせる趣向、だった。韓国の市場からそのまま持ってきたような、いかにも安価そうなレースのカーテンが引かれ、原色ピンクの韓国古典柄刺繍《ししゅう》の座布団が置かれていた。

先客が、一組いた。男だけの三人のグループが、二十代前半から後半ぐらいだろう、大声で話しているからその漏れ聞こえるところから判断すれば、地元出身の勤め人であるらしい。三人は同じ職場の人間ではなく、地元の古くからの友人のようだ。彼ら先客は窓際奥の、向かって右端の座敷に陣取り、太一たち二人は店員に、同じ窓際座敷の左端の席に誘導されていた。原色ピンクの座布団の上に、太一たちは座る。

窓の外は夕焼けが色濃い。窓の外すぐにＪＲ鶴橋駅が近い。眼下の通りにある店のほとんどは、シャッターを下ろしていた。放置自転車がその前に並んでいる。

「シン君、『見廻組《みまわりぐみ》』って知ってる?」と質問する。自分が何を知っているかどうかは気にしないで話を続けてください、と求められていたことを忘れてしまい、太一はそう尋ねていた。しかし「京都見廻組」という歴史用語を知っていようがいまいが、これからの話にあまり関係はない。

「それはね、別に組織とか団体とかじゃあない。メンバーシップも何もない普通の人、町行く人、大学生、会社員、主婦、こういうところで働く店員。そういう普通の人間が、テレビやネットなんかで見る有名人、そのなかで反権力や反差別を訴える知識人やアーティストや芸能人、政治家など、そのプライベートな姿を、隠し撮りする。そしてSNSなんかにポストして、晒《さら》す。自分の家族の姿を晒されたくない著名人側はもちろん訴訟《そしょう》も起こしたけど、そのころにはもう『見廻組』という呼称が自然発生して、我らが見廻組を助けるためにクラウドファンディングに寄付しよう、という流れができていた。訴訟費用のみならずそれ以上の額まで集金したその実績で、金儲けになると見たのか自称見廻組たちが世にどんどん増殖する、だけじゃなく決定的だったのが、そのきっかけとなったのが、さっき話した、前の都知事選で僕が応援してた足立翼という男だね」

韓国焼酎《ソジュ》を酌《く》み交わし、ステンレス製の箸《はし》や匙《さじ》を使って、本国韓国でも出されない店が多くなったという無料のパンチャンをつまみながら、太一は話を続ける。

「その足立はね、都知事選惨敗後も懲りずに今度は国政進出を狙ってたみたいだけど、それを果たす前に、未成年者への淫行《いんこう》で世間を騒がせることになった。相手のその未成年の女が、一部始終を録画していたものをSNSに投稿したから。相手の年齢を聞いた上で『若者に智恵を授けるのはソクラテスの時代からの、賢者の義務だからねえ』との言質《げんち》を得たその動画はずいぶん話題になった。もちろん話題になったのはそれ以上に、セックスシーンにもいっさいの加工処理なしだったからなんだけど、シン君、もしまだその動画見てなかったら見なくていいから。好奇心のためであれ性的欲求のためであれ、あんなものはグロテスクでしかない数十分だから、精神衛生のためにも見ないほうがいいね」

太一が背中を向けている男三人の先客だが、その表情は見ずとも、彼らのうちの一人がこの店のアルバイトの子に執心《しゅうしん》で、だから常連となっていると窺《うかが》い知れる。そのアルバイトの子が自分たちと親しげに、しかも韓国語で自由に楽しげに話すのがどうにも気に食わないらしく、敵意を燻《くす》ぶらせているようだ、とも容易に知れる。じっとこちらを見ているらしい。

「足立を罠《わな》に嵌《は》めたその子はネット上で『愛国メイデン』と名乗って、もちろん処女のはずなんかないんだけど、それでも自分の顔も裸も晒したことが勇気あるとして左翼嫌いに称《たた》えられて、一時《いっとき》は彼女の後に続こうとする女たちがどんどん出てきた。今じゃ考えられない異常現象だけど、まあ熱に浮かされたブームだったんだね。こんな時代なのにラジオとかで韓国好きを公言してた落語家が、彼の通っていた性風俗店の風俗嬢に隠し撮りされ、写真を拡散された。政権批判に気炎《きえん》を吐いていた原発反対のドキュメンタリー映画監督の場合は、彼の複数いた愛人のなかの一人が私怨も込めてか、自分自身も映るセックス動画を流した。キャバクラで買春まがいの口説きを執拗《しつよう》にしてくる国際政治学者の動画や、妊娠の告白に脅迫《きょうはく》交じりで中絶を迫る局アナ、付き合って三日後にハードなＳＭプレイを求めてくる現代詩人とか、彼女たちの自爆テロのような告発は、エロを期待する欲望とも絡み合って大盛り上がりとなって、ネットでは彼女たちを『挺身隊《ていしんたい》』とか『愛国挺身隊』と呼ぶようになっていたけど、でもねえ、ネットにおけるネーミングセンスのその独特さたるや、いずれにせよね。その皮肉さの銃口が自分たちにこそ向けられてるんだと本当に気づいてないのか。

よその『挺身隊』は、そんな身を挺《てい》する女性がいつまでも続くわけないから、当然やがて下火になって、でも、よりローリスクな『見廻組』はいまだ残ってる」

後ろ席の三人組のなかの一人の男が、やたらにアルバイトの子に「学校はどう？」とか「変な奴がおったら俺に言いや。俺が守ったるから」とか、やかましい。女の子も、これは韓国語訛《なま》りのある日本語で「ああ、うるさいうるさい」と耳をふさぐポーズをする。

「かわいいなあ、美人やなあ。俺と付き合ってえなあ」

「かわいい、美人、かわいい、美人、そればっかり」

ははは、と男が高笑いする。そろそろ太一にはわかってきた。彼らは、——在日でもない日本人だ。女の子が離れたときに三人だけでする会話、聞こえないとでも思っているのか充分に届く声量で彼らのしている会話からは、韓国人と女性一般への拭《ぬぐ》いがたい蔑《さげす》みが窺えた。がさつな下心が見え透いていた。

「不特定多数が匿名でする見廻組活動は、こちらは下火になる気配もない。有名人の家族やその幼い子供の顔を無断でネットにポストしたり、住所や電話番号などの個人情報を流したり、よくまあそんなこと平気でするなと、怒りを通り越して呆《あき》れもするんだけど、だいたい今の若い子たちは——こういう言い方はしたくないんだけど、まあ僕たちの若いときだって上の世代から『最近の若い子はネットリテラシーがなさすぎる』とかって批判されたけど、僕らのときと比べても、今の子たちはひどすぎる。これは政治とか関係なしにしても、自分たちの個人情報や顔写真、もっと際どい自撮り写真や動画なんかを平気でネット世界に投棄してる。どうかしてるよ、感覚がもう、違いすぎる」

土鍋入りの鶏卵《ケラン》チムが置かれた。また、これは店からのサービスとして、ほんの少量ながら蟹醤《ケジャン》の二皿が置かれたときには思わず、太一は「진짜《チンチャ》？」と女の子に尋ねていたが、奥の台所から店主であるアジュモニが顔を見せて指のサインで問題ないと示すからには、太一も自分たちの何が功《こう》を奏《そう》したのかわからないまま謝意として頭を下げる他ない。

そしてこんな特権が、後ろの三人組常連にはどうにも気に食わなかったようで、いよいよ突き刺さる視線を太一は背中に感じていた。

しかし食事が進む。話も進めていた。

「とにかく自分の個人情報すらどうでもいいんだから、他人のしかも有名人のそれは、公共に流して当然だ、ぐらいにしか思ってないんだろう。注意されて初めて驚く、みたいなね。もちろんそれで冤罪もまた大量生産されるけど、こういうときの決まり文句『愛国無罪』で現代社会では済まされる。まあそういうことの積み重ねで、そりゃ言論も封殺されるよ」

注文していた料理が次々と運ばれてきた。期待のスンデは、レトルトを湯煎《ゆせん》してそのまま出しただけのようだった。少々がっかりし、まあそうだろうな、とも納得する。味は悪くなかった。しかし韓国の屋台で食べたそれとはやはり違っていた。

後背の席がまた、どっと沸く。何がそんなに面白いのか、自分たちはすごく充実して面白がっているとアピールしないではいられないというような三人での合図したような哄笑《こうしょう》。

他に頼んだ料理が運ばれるなか――熱々のトッポッキ、串からは外されていた韓国おでん、辛そうな烏賊《いか》炒め、そして豚足と豚もも肉の盛り合わせ。

韓国焼酎《ソジュ》のお代わりを太一は求める。今度は、アルバイトの女の子が瓶の蓋を開け、太一たち二

人に酌《しゃく》をしてくれた。そして後方の、男三人のグループをあからさまに指で示して、

「시끄《シク》럽 죠《ロップチョ》?.」と言ってきた。

「아니《アニ》. 별로《ピョルロ》 괜찮아《ケンチャナ》요《ヨ》」と答える。

　アルバイトの子が席を離れる。

「ヘイトクライムで遂に起きた殺人、ということでキム・マヤさんが殺された事件はその残酷さから、差別の事案なんかをほとんど報道しなくなったマスコミを、それでも久しぶりに騒がした。僕もある意味、こういうことを思っては不謹慎《ふきんしん》だけど、これで在日同胞に対するバッシングも少しは収束するかも、と期待したんだけど、でも全然。それで、キム・マヤさん一人の死をもってしてもこの冷たい時代の流れは変わらなかった」

　食事が進んで空腹も満たされたころ、テーブル上の各皿を動かしてスペースを作って太一は、そこにモバイルを示し、

「でもまあこれ見てよ。これがわかりやすいから」と、動画再生ボタンを押す。画面には、神島眞平の党大会における演説が映っていた。ハイブランドのスーツを着ている。背後にはさまざまなスローガンを記した垂れ幕が何本か下がっていた。

「皆さん、先週、悲しむべき、恐るべき事件が起きました」まずステージ中央に直立し、静かに語り出す神島。「いたいけな、一人の女性が憎むべき犯罪者の手によって命を奪われてしまった。世間ではこれを、ヘイトクライム、と呼ぶ者がいる。いえ違います。そんな曖昧《あいまい》な定義のものでなくこれは純粋に、法を犯した殺人事件、なのです。殺人者の意図がどこにあろうと、被害者が誰であろうと、その罪の重さに違いがあっていいはずがない。憎むべきは、この日本国の法律に違反する

その行為なのです」

動画のなかの神島が、ステージを下手側にゆっくり歩き始める。

「しかしこの悲しむべき事件を、あくまでもヘイトクライムとして利用しようとする反日勢力がいるらしい。うんざりするようなワンパターンだが、それでも心優しい日本人のなかには、あっさり騙されてしまう人がいるようだ。それが奴らの手です。日本人の優しさや同情心につけ込んで、奴らは忍び寄ってくる。洗脳のプロセスを奴らは熟知している。気をつけましょう、気をしっかり持っていましょう」

ステージの下手から上手のほうに、またゆっくり神島は移動する。

「しかし仮に？」立ち止まって会場を一瞥《いちべつ》し、そしてまた歩き出す。「仮に、先週のこの被害者一人の事件をヘイトクライムと呼ぶならば、我々はもっと残虐《ざんぎゃく》非道で被害甚大の、正真正銘のヘイトクライムを知っているはずだ（少量の拍手が起きる）。そうです、あの時雨《しぐれ》事件です（会場全体の拍手と「そうだ！」との囃《はや》し立て）。しぶとい反日勢力が攻勢をかけてきた今だからこそ、私たち日本人が怒りと悲しみをもって、しっかりと思い返して何度でも胸に刻み込まなければいけない。たった一人だけが犠牲の暴力事件のせいで、あの大きな悲劇がなかったことにされていいはずはありません」

ここで動画の一時停止ボタンを押して、太一は「まあここでちょっと早送りするね。こいつの言ってることが徐々にする論点ずらしなのがわかるから」とモバイルを操作する。そして意図する箇所でまた再生ボタンを押す。

神島はステージ前方の縁まで出ていた。

「――いいですか？　こういう憎悪による凶悪犯罪が、諸外国に比べて極端に少ないということが、我が国日本の、治安の良さ、忍耐強さやジェントルネスを表しています。そしてそこにこそ我々はもっと目を向けるべきです。そこにこそ、目を向けるよう世界に対して働きかけるべきです。日本以外の世界はもっと厳しい。日本国内での差別なんて、世界水準には全然満たない。まだまだです。いったいこの日本国で、肌の色の違いだけで無辜《むこ》の市民を銃で撃ち抜く警官がいますか？　性的マイノリティがそれだけを理由に集団で殴り殺されますか？　宗教によって教会やモスクが信者ごと焼かれたことが、近代以降でありましたか？　日本はまだ、まったく甘いです。我々は自信を持っていい」

ここで太一は動画を停めた。「こいつは気づかずに言ってるのか、言ったあとに気づいたか、まさにキム・マヤさんが彼女の出自を理由にして殺された。それにシン君もわかるように神島のアメリカ情報は、留学経験があるくせに、あるいは向こうで嫌な思いでもしたか、偏見に満ちて雑すぎる。それからこの理屈には関東大震災のときの朝鮮人虐殺事件もカウントに入ってないみたいだけど、こいつらに今更それを言っても無駄か」

そして太一は動画の続きを再開する。

高性能マイクが仕込まれているおかげもあるだろうが、テノール歌手をも目指していたという神島の声はよく通る。

「――それなのに自らを省みることもなく偉そうに、私たち『和の国』に対して国際機関を通じて通告し、指図してくるそんな外国勢力ほど、自国内のヘイトクライムの増加と凶悪犯罪化には歯止めが利かない、圧倒的な道徳後進国であるということを、我が日本国民に向けてだけではなく世界中にも広めていくべきだ。日本の外の世界はもっとひどい！　だから、――日本の常識を、世界の常識に！」

聴衆の拍手。

その「日本の常識を、世界の常識に！」とは、垂れ幕にもある新党日本愛のスローガンの一つだ。

神島がまたステージ中央に戻り、くるりと正面を向いた。

「日本を愛するということはこの日本列島の平和と美しさを、大和民族の優しさ、和をもって貴しとする伝統精神を愛するということです。日本のこの平穏と秩序に、しつこくクレームをつけようという連中にはこう言おう――『ゴー・ホーム』と。お帰りください、それぞれの祖国へ。他人の国に混乱をもたらさないでください、と。日本を愛するということはそういうことです。いいですか皆さん？　日本を愛するとはどういうことかを自らに問い続けることが、日本国民の普通の、あるべき姿です。だから皆さん、いいですか？　日本を愛するということを、――問え！」

「問え！」聴衆が待っていたかのように唱和《しょうわ》する。

「日本を愛するということを問え！」

「問え！」

「そうです、そうです。素晴らしい。問い続けましょう。外国勢力に言いなりのマスコミや、既得権益を離そうとしない強欲な支配者層や、権力闘争に明け暮れる腐敗した政党政治家の言うことではなく、ご自身で、ご自身の心の声に問い続けてみてください。それがそのまま真実の答えです。どのようにすれば日本を愛しているということになるのか？　どのように行動すれば、結果的に日本を愛していたということになるのか？　自らに死ぬまで問い続けましょう。私も、死ぬ瞬間までそうします、問い続けます。日本を愛するということを、――問え！」

「問え！」

「日本を愛せ！」

「日本を愛せ！」

「皆様、今度の衆議院選挙ではどうか我が党『新党日本を愛することを問え』に、切実なる、血の一票を投じてくださることを、心から願います」

神島の背後にある「血の一票を！」という垂れ幕の一つを、カメラが映す。

「忠誠を！」

「忠誠を！」

「さて我が党の、今度の新しい公約ですが『議員定数の半減』を我が党は絶対にこれを実現させます。次に、我が党の柱となる福祉政策として『ベーシックインカムの導入』を、外国人は決してその対象としないことを固くお約束した上で、いよいよ本格的に訴えようと思います。これが実現すれば――」

太一は動画を止めていた。モバイルをテーブルの上に置く。

「これで、神島のスピーチのうまさはわかってくれたと思う。内容はでたらめでも、ごまかしでも、あの抑揚《よくよう》と声質と、ボディランゲージ、身のこなし、そしてハンサムなあの顔は――」

太一さんのほうがハンサムです、と彼は言った。スンデの残りをトッポッキのタレに付けて食べていた。

「え？」と驚き「まあ、でも神島ほどじゃない」と太一は反射的に言った。そう言ってから、じゃあ自分はある程度はハンサムだと無意識では思ってんだなと、太一は自己認識の愚かさを楽しむ。

ハンサムです、と彼は繰り返した。

ところで太一は会った初日から気づいていたことではあるが、アメリカ帰りだから特にそうなのか英語を発音するときにはあえて、日本語流のカタカナ発音を意識して彼は言葉を発しているようだった。

年上の太一を前にして彼は、お酒を飲むとき横を向いて片手で口元を隠す。太一に手酌を絶対にさせず、盃《はい》が空《から》になれば必ず酌をしてくる。そういう前時代的な韓国の風習やマナーを、太一は決して是認しないが、それをしてきたがる彼を、あえて否定もしない。

また、その韓国人らしい振る舞いに後背の席の男たちがいよいよ嬉しそうに目を見開いているのを、太一は感じていた。指でもさして、おい見ろよ、と仲間に喚起《かんき》していた。

ネットでは「在チョン・帰化《きか》チョンを純粋日本人と見分ける方法」というマニュアルが流布されていて、そのなかの二例を今、彼らは目撃したのだ。そのうちの酒を飲む際の例の他には、――目上の人との握手のときには別の手を添える、というものがあってだから相手のルーツが朝鮮半島かどうかを「炙《あぶ》り出す」ために、握手をしにいくことをそのサイトでは推奨《すいしょう》していた。

相手に意図を隠して握手を求める、そのときの反応で何者かを峻別《しゅんべつ》し、あとの対応を分ける、そういうテストがいかに非人道的で残酷な行為かわかっていないような、――本当はわかっているはずなのに、ぎこちない、笑顔の引きつった、そうした下卑た握手を求められたことが、太一も幾度かあった。

「時雨《シウ》事件から在日差別、韓国人差別はひどくなって例えば、観光客減と悪戯防止を理由に、全国の電光掲示を含めた案内板のほとんどからハングル表記が消えた。この鶴橋や新大久保ではそれはないけど、他の町の韓国料理屋なんかでは『私たちは日本を愛しています』とか『竹島は日本領土』とか『経営者は日本人です』とかいった貼り紙やステッカーがベタベタ貼られるようになる。けど、効果なくてほとんどが廃業に追い込まれたね。焼肉屋は『焼肉は日本料理です』と宣伝して『日本式焼肉』とか『純和風焼肉』とかに看板を変えて経営を続けているところはある。韓国語はもうほとんど敵性語で『カルビ』は『ともばら肉』とか単に『ばら肉』と呼び変えられて、それから『キムチ』も『辛味漬物』となったけどそもそも、もうキムチなんて日本のスーパーとかで全然見ないんじゃない？　それから、世界的に有名な漫画家が、自分の作品の韓国語版を今後は出版させない、アニメ放映も許可しない、って発表した。——知ってんの？　シン君」

これまでになく何度もしっかり、うなずく彼の反応を見て太一は、

「やっぱりアメリカでも有名なんだね」と感心する。「僕はあまり漫画とかアニメとか、映画や小説や音楽もよく知らないんだけどね、その漫画家の大人気の連載作品では最近、韓国人っぽい名前と韓国人を悪くカリカチュアした顔の敵軍団が、いかにも下劣で悪賢いキャラとして出てきてるみたいじゃない。コメントでも『かの国にはもう我慢がならない』とか『かの国の暴挙に漫画家としてできることをしたい』とか載せてるらしいけど、少年誌にそんなこと載せるなよって。僕の知り合いの子供が、まあその子もすでに高校生なんだけど、その子が言うには他のどのことよりもその漫画家が韓国批判を始めたことがいちばんショックだったたって。シン君もわかる？　わかるのか。まあそういうもんかもね。小説や映画ではもっと以前から、韓国批判や在日批判の取り込みを当たり前にしてたみたいだけど、漫画はやっぱりずっとメジャーでワールドワイドだからね。その問題

の漫画も、軸はしっかり勧善懲悪《かんぜんちょうあく》で弱者を扶《たす》けて子供には夢を与えるというストーリーだったみたいだから、これに衝撃を受けた在日の子供は、まあ大人も、少なくなかったみたい。他にも、――応援してたアイドルに言われて初めて自分たち在日韓国人が日本中から嫌われていたと知って、自殺した子もいた。まあその自殺もニュースになんかならずに僕は人づてに知っただけだけど。とにかく僕だって、実は僕は将棋《しょうぎ》が幼いころからの趣味だったんだけど、ずっと尊敬していた棋士《きし》の一人が雑誌上で極右差別者の小説家と楽しそうに対談するのを見て、それからもう駒《こま》に触ることもできなくなったもんね。意外な方面からの、意外なほど大きなダメージがある」

窓の外、赤い残照はすっかり消えていた。ＪＲ鶴橋駅の灯りをともしたホームに、乗客の顔がはっきりとわかる煌々《こうこう》とした電車が入る。商店街側ではないその静かな通りには、人影もまったく見られなくなっていた。

「排外主義者たちの夢は叶った」そう太一は言った。「元特別永住者の権利は一般永住者と同等になり、つまり再入国手続きは煩雑《はんざつ》になって、国外追放処分は容易となった。帰化申請に元特別永住者が殺到しているというニュースに『生活保護目当てだ』とか『犯罪予備軍が強制送還されたくて列をなしてる』とか指さしての嘲笑《ちょうしょう》が起きる。在日コリアンには税制上の優遇や抜け道や、生活保護を受けるための裏ルートがあるといまだに信じている、こんな時代になってもいまだに信じている！　そういう連中が、消えずに一定数いる」

溜め息を、太一はつく。

「さて一方で、日本国籍への帰化申請の運用にて、在日コリアンは不当に排除されているという説に『それは正しい行政判断だ』と手を叩く層も強固だ。在日コリアンによる犯罪率が上昇しているという調査結果に眉をひそめながら、内心は嬉しそうだ。猶予期間も短いうちにほとんど突然生活保護を打ち切られたら、それは生きてゆくために犯罪に手を伸ばす在日同胞も出てくるさ。しかしその在日同胞が逮捕されてそして有期刑以上になれば——この厳罰化の流れではそうなる可能性のほうが高いのだけど——法改正後の、ただの『永住者』としてやはり強制送還となる。これを報道で見て排外主義者たちは『今日も一匹巣に帰らせた』とか『駆除成功』とかって喜ぶ。空港での泣き別れの映像。そうして家族と離れ離れになってしまうケースもあるけど、そんなの奴らは知ったことではないのだろう。むしろ自業自得として更に快哉《かいさい》を叫ぶ。それまで正当に受けていた生活保護費を、急に奪われてそれで抗議の焼身自殺を遂げた在日同胞のご老人もいるけど、現代ではもう誰も国際社会も含め、老人一人の焼身自殺ぐらいでは振り向いてもくれない」

太一たちは店を出た。暗い夜道の端に連なる放置自転車。商店街の外れに一軒だけぽつんとある韓国料理店など危険のように改めて思われるのだけど、しかし客商売の邪魔になるとして自警団を受け入れたがらないのは、こんな時代に日本に商売しに来ようと渡ってきた新たな来日韓国人にありがちな気概ではあった。

「シン君の住んでた新大久保とも比べて、この鶴橋はオールドカマーのほうがずっと多い。さっきの店の人は違ったけどね。だから元々の特別永住者たちはこっちに逃れ着くこともあるし、それでキム・マヤさんのお兄さんも、はるばる横浜からご親戚のお宅にかくまわれるようにしてこの地に迎え入れられた」

太一たち二人の、来阪の目的の最たるものは昨日のうちに果たしていた。そのための太一のスーツ着用でもあった。その説得に、複数日を要するようなら明日以降の予定はキャンセルするつもりだったが、むしろあっさりしたものだった。今日一日の予定が空き、男二人で鶴橋観光みたいになっているのも、そういったわけである。

店にいた男たち三人も店の二階から降りてきた。

太一は人通りのないほうにずんずんと歩く。三人組の男たちも同じ方向に来る。

地方都市にあった小規模のコリアタウンは次々と壊滅させられ、それでも同化に平伏しない住民の一部は、例えば新大久保に、例えばここ鶴橋に、保護団結を求めて移住してきた。いわば排外主義者たちが強いて鶴橋や新大久保を要塞都市化していったのだが、そうした経緯があろうとなかろうと関係なしに不満と不安と窮屈《きゅうくつ》さを覚えるようになったのが、元からその町にいた日本人の住民だ。

例えば彼ら三人組のように。

だからといって太一は微塵《みじん》も同情はしない。同情心に引きずられるということが彼にはない。

「柏木さん」

「わかってる」

「シン君」

「はい」

「問題ない？」

「まったく問題ありません」

彼ら三人は、排外主義組織の、嫌がらせに来た構成員というわけではないだろう。韓国人の女の子を口説き、近所に住んでいるとも言っていた。しんからの差別主義者はあんな本場の韓国料理屋の常連になりはしないだろう。美人の店員にはもちろん、韓国語訛りの中年女性店主にも媚《こ》びを売っていた。女目当てのそれだけの地元仲間。

振り返り、改めて彼らを見るに、それぞれが日焼けして肉付きもいい。こういう肉弾戦に自信もありそうだ。

「너무《ノム》 심하게하지마《シマゲハジマ》」

「알았어요《アラッソヨ》」

「그리고《クリゴ》 尹信아《ユンシナ》· 먼저《モンジョ》 손《ソン》 대지마《テジマ》」

「알고《アルゴ》 았어요《イッソヨ》」

聞こえる距離で、あえて韓国語を使ったのは最後にした挑発だ。

それにしても、と太一は思う。あのシン君を前にして三人がかりだったら勝てると思うその判断力のなさが情けない。多少の見る目があれば、シン君を正面から見て総毛立《そうけだ》たないほうがおかしい、――が、三人が三人だからこそ引っ込みのつかなくなっているということは、あるだろう。

「おまえら朝鮮人か？　さっき反日的なこと言うとったやろ？　共謀罪《きょうぼうざい》の現行犯で私人《しじん》逮捕したるからな、覚悟せえよ」

その「共謀罪の現行犯で私人逮捕」というワードはひとしきり人口に膾炙《かいしゃ》して、中学生ですら使っていた。実際、テロ等準備罪の容疑で取り調べを受けた韓国出身の、日本の大学にそのときは籍のあったある男性教授は、その本来の罪状においては不起訴になるも、押収されたパソコンから見つかった証拠により、児童ポルノ単純所持罪で逮捕された。ネットで拾った画像だとして男性教授は罪を認め、勤めていた大学からは追われて、韓国に帰った。テロ等準備罪の使い道を広く日本国内に知らしめた事例ともなった。

「おまえらさっき、暗殺計画みたいなもん――」と言いかけたその最前の一人に黒い影が詰め寄る。その彼は思わず反射的に、おそらく恐怖心から拳を振り下ろしたのだがその腕を摑《つか》まれた。逆の左の腕も摑まれクロスにされて、そのまま路地に引きずり込まれる。うまいもんだ、と太一は大いに感心した。鶴橋にある、行政機関等による設置監視カメラのほとんどはスプレーを吹きかけられるなどして使い物にならなくされているとは聞いていたが、念のための暗い路地への引きずり込みだった。仲間の二人が慌ててそれを追う。見届けるため太一も駆け寄ってその路地に入った。

太一が路地に入ったとき、犠牲者（というか加害者というか）の一人目であるその口説き男は、両腕をねじられた格好で地面に伏して、鼻から大量に血を噴き出していた。二人目が果敢《かかん》に、あるいはパニックによる身投げ精神からか、タックルをしかけにいったがその頭を押さえられ、足の甲を思いきり踏まれた。踏まれた足を抱えるその逆の軸足を蹴《け》り上げられて、側頭部をアスファルトに打ちそうになったところを支えられる。そのまま地面に寝かされたあと、甲を踏まれた左足ではない右足のその足首あたりを、また全体重を載せて踏まれた。骨のあたりを踏むためみたいなソールの厚いブーツだった。

二人目をそのまま踏み越して前にした三人目は、すっかり戦意を喪失して立ちすくんでいるのみだったから、肩越しに、路地の入《はい》り口にいる太一を見て判断を仰ごうとする。あまりひどくするな、と言っておいたのにこれだとは、あとで言っておかないと、と思いながらも太一は、前方の彼に向かって首を縦にした。いちばん弱気だったその三人目は結局、みぞおちに大振りの拳を入れられ、膝をついたところを両手で首根から吊《つ》り上げられて、いちばんの恐怖心を植えつけられただろう。

「OK。가자《カジャ》」

路地を抜けて、ぐるっと回って駅のほうに二人は向かおうとすると、ばったり、こちらは四人で歩く集団と出くわした。男三人に女一人。太一は一目で、自警団だ、と見て、

「すいません、あの、あっちの先の路地に入ったところで男性三人が怪我しているみたいで、うずくまってましたよ」と声をかける。「なんか知らないけど、僕たちは怖くて」

自警団のなかの女が「いいです、あとは私たちに任せてください。ありがとうございました」と答え、先を行く。

太一はその言葉に従う。四人の行くほうとは反対の駅へと向かった。在日に倒された在日嫌いが在日に介抱《かいほう》されて何を思い、さて、何を言うだろうか。

「シン君、尹信《ユンシン》君。君と出会えて本当によかった」そう太一が言うと、ものすごく照れた、あまりにまっすぐな喜色を彼は見せる。彼の青白い肌がこの寒風の外気に光っていた。興奮するとそのゴム製みたいな肌には更に青の濃い血管の筋が稲光のように、珊瑚《さんご》のように、首から顔にかけて走る。先ほどの強襲者三人は、そのビジュアルを目に焼きつけたことだろう。自らの生命が終わるかもしれないという恐怖と対峙《たいじ》したはずだ。かつて俺もそれと対峙した、――と太一は思い返す。彼に「おまえなんか五分で殺せる」と、脅《おど》し文句でない真実を突きつけられたのが、出会いのほぼ始まりだ。

しかし、――とも太一は思う。あちら側に、君のような暴力のエキスパートがいなかったことは、それはただの運だ。反対の現実だって大いにあり得た。そしてあの愚かな足立翼が左派陣営で、処世に長けた神島眞平が右派陣営だったというのも、これもまた運だ。

ただの運だからこそ太一は、そうは言っても尹信に、その出会いに、さほど感謝する気は起こらない。出会いに感謝するという発想がまずない。在日韓国人はすべて地下組織で繋がっていると本気で思っている無知な日本人がたまにいるが、いくら数が減ったからといってそんな全体を網羅できるはずもなく、尹信と出会えたのは、妻の手引きであり、もっと言えばキム・マヤさんのお兄さんとの出会いのほうがよっぽど稀少《きしょう》で幸運だったのだが、そちらのほうにしたところで、今は大阪市生野区に住んでいる、元恋人からの紹介があってこそのもので、つまりはすべてが過去からの理路整然とした流れだ。

太一は運命論をはっきり相手としない。感謝や報恩《ほうおん》も、それをしすぎるという人情に嵌まることがない。人間関係とはただの積み重ねだ。他人のおかげと過大視することもなく、他力は無用と自己過信することもしない。しかし積み重ねとは時間そのものであり、時間そのものは決して軽視できるものではなく、今こうして駒が三枚揃った。

必要な駒のうちの三枚、あるいは三枚と半か。とにかく犠牲者遺族という駒はこれ以上ないほどに貴重で象徴的だ。よって計画も現実味を帯びてきた。まだ揃ってない残り二枚のうちの一枚は、ほとんど手中にあるも同然で、その説得も容易すぎるほど容易だろう。問題は最後の一枚だが、これはまずその人探しから始めないといけないし、すでに緩く始めてもいるのだがなかなかに難しい。今後も虎穴《こけつ》に出入りしなければならない。また人選が済んだとして、そのあとの覚悟が非情だ。時計の針が進まないことを願う気持ちのないわけでもない。しかし、世界を変えることが人のできる最大のことで、だから世界を、もしかしたらわずかにでも変えられるかもしれないと、そう光明《こうみょう》を見たときには、狂信的とか非倫理的といった誹《そし》りを受けようとも、命を、あるいは命以上のものを犠牲にしてでも、行動者はその可能性に殉《じゅん》じなければならないのだ。

なんとはなしにそのままJR鶴橋駅の改札口に行き着いていたが、このまま大阪観光を続けるか、それとも明日の予定もあるので少し早いがホテルに帰るか。

「質問はない？　シン君」と太一は訊いた。

少年時代から長く、質問すること自体を父母に封じられてきた尹信は、そのことを無制限に許された状況に戸惑い、ふわふわし、不慣れな日本語とも格闘しながら、ようやく口を開いたかと思うと続けざまに、

「ジミントウ、って、なんの略ですか？　そしてカイライって？　あと、ピンクウォッシュって？」

太一は哄笑した。そして嬉しげに、

「やっぱり記憶力すごいね、シン君。うん、ちゃんと教えてあげる」

世界とは大衆のことであり、世界の意思とは大衆の意思のことだ。——最終の敵はいつだって大衆。そしてそれには絶対に勝てない。言っとくからね。勝とうと思っては絶対に駄目。正面からぶつかっては駄目。別のやり方を、だから探るのよ。

「シン君、それでも僕は大衆に勝ちたいと思ってるよ。どうしても勝ちたい。僕はやっぱり大衆を、この世界を、打ち負かしたい、打ち倒したい、こちらの勝利を知らしめたい。だけど、歴史を学べ

と言われた。歴史を把握すれば、ナポレオンの登場と退場も、大衆の意思と知れる、すべては大衆の意思、しかし私たちはそこに参加できる、と。生きているということはそこに参加できるということだ、って。――でもね、シン君。参加できるという以上のことが、反攻《はんこう》が、いったい僕たちに、できないものかねえ」

朴《パク》梨《イ》花《ファ》
柏木《かしわぎ》太《た》一《いち》
杉《すぎ》山《やま》宣《のり》明《あき》こと梁《ヤン》宣《ソン》明《ミョン》
山口県下《しもの》関《せき》市
三月三十一日

駅から歩いて十分足らずのその港湾近くでは、人通りはまったく途絶える。寝静まっているコンテナ埠頭《ふとう》にぽつんと灯りをつけるその食堂を集合場所と梨花《イファ》が決めたのは、そこだったら排外主義団体の連中と鉢合わせになる可能性が低いだろうと判断したから。何かあって急ぎフェリー乗り場に駆け込むには、最短の距離にあったから。

大衆食堂。昔ながらの、というわけではなく、新しい、そして社員食堂のように、もしくは会議室か臨床ラボのように、白を基調とした簡素な内装。白壁に白い天井。長方形に広い面積で、長テーブルが並列に置かれているなかで、壁に向いているカウンター席がある。そこだけ浮き立つ小上がりの和室もある。壁に貼られているメニューがまた、種類が少ない。神棚《かみだな》があり、榊立《さかきた》てても、そこに活《い》けられている榊も立派なのだがその下には古い型のテレビが置かれていて、この夕方の時間帯では時代劇の再放送が流れていた。

レジには「当店ではクレジットカードは銀聯《ぎんれん》カードしか使えません」というステッカーが貼られていた。またこの、立地条件の悪さを気にしないふうの運営方針には資本力の余裕と、まるで他人《たにん》事《ごと》の無関心さが窺《うかが》える。ミニマルに作られていながら小上がり和室や神棚はあるという内装の、新時代的ジャポニズム。

近年では外国人街があちらこちらに伸長していて、例えばこの下関《しものせき》でもコリアタウンの跡地にフィリピン人街ができ、かつて釜山《プサン》市との姉妹都市提携三十五周年を記念して建てられた立派な「釜山門」も、落書きなどの嫌がらせが相次いだので「あくまで治安維持と地域の安定のため」との名目ですでに撤去されていたのだが、ともあれ、反グローバリズムを訴《うった》えているはずの排外主義者にとっても今は韓国人朝鮮人さえ排除できれば満足らしい。

釜山《プサン》行きの定期船（これも存続が危ぶまれている）が出るのは、夜の七時四十五分発の一日一回のみで、船のなかで朝を迎え、翌朝八時に到着の予定だ。だから梨花たち「帰国組」の皆はここで夕食を摂《と》っていた。夜九時までの営業時間と立て札にあったが、それ以降の地元客の入店など望めないのだろう。下関駅から徒歩十分もしない距離ながら、この下関港国際ターミナル周辺は灯りも通行人の姿もなく、ただそこに今夜は機動隊の列やパトカーや大型特殊車両が闇に浮かぶ異様さがあった。

二年ぶりの太一《たいち》は、第一印象から多くの人がその瞳に引き込まれる、かわいらしい、しかし警戒心を決して解かないような、どちらかといえばネコ科に属する顔立ちをしている。対して三年ぶりの宣明《ソンミョン》はイヌ科だろうか、ドーベルマンかなんかの猟犬的な顔立ちで、背が高く、手足も細長く、そうしていつも眠そうである。宣明はこの山口県が彼の生まれ故郷でもあるから「帰郷ついでに」と言っていたが、照れ隠しでもない事実だろう。

二人は身長差があるから並び立つと凸凹コンビのようだが、それは単に宣明のほうが一九〇センチ近くもあるというだけで、太一の背丈も一七〇センチはある。

「あんた髪伸びたね。金髪に染めちゃってるし」と梨花が宣明のほうに向かって言った。自分自身の後ろ髪をくるくるとさせながら「それ地毛？　それともパーマ当ててんの？」

「地毛」

「相変わらずの癖毛ねえ」

「へぇへぇ」店の灯りが眩《まぶ》しそうに宣明は目を細める。目頭を指で押さえる。

太一が「お久しぶりです、イファさん」と、さほど感興《かんきょう》もないような笑顔を見せた。

指摘された癖のある長髪をいじりながら宣明は、

「最後の晩餐《ばんさん》っていうのに、下関まで来といてこんな安食堂で」と、それが眩しさのせいでもあるのか少し不機嫌そうに。「だいたいなんでフェリー？　飛行機乗りゃええやん」

そして促《うなが》されてもいないのに梨花の前の席に宣明は座る。いったん座ってからまた立って、赤のフェイクレザーのロングコートを脱いで背もたれに掛ける。ジャケットの下は長袖シャツ。細長い両腕の動きは優雅に映えるが、梨花はそこに目が行かないよう注意している。

「お金ない子もいるから。それに、東京住んでる子ばかりじゃないし、実家に最後の挨拶をしておきたい子もいて、全員が集合するには場所として、この下関がいちばん都合よかったのよ」

そして立ったままの太一に向かっても、

「まあ座って、太一も」と微笑みかける。

それから二人に「あんたたち、ご飯は食べたの？」

宣明が「ちょっと軽く、刺身と日本酒と」

スタンドカラーコートを脱ぎ、スーツ姿の太一は宣明の隣に座りながら「警官が一緒に来てるんですね」

宣明が「嘘」と驚いてみせる。「どこ？」

といって客は自分たち三人を除けば、小上がり和室に数人、そして壁向きのカウンターに紺色《こんいろ》のトレンチコートを脱がないままの男女二人がいて、この男女の年齢がかなり離れている。女性のほうが二十代前半くらいと若い。会話もなさげだ。

「わかるんだ」感心する梨花。

「わかりますよ」

その男女二人は飲酒をしてなかった。

「まあSPの方ね。私たちの保護のため、あるいは騒乱の防止」

「騒乱って、これだけの人数で」あざ笑う宣明。店の奥の、小上がり和室に座っている、ちょうど男女が半数ずつのその連中が「帰国組」なのだろう。

宣明を指さして梨花は「でも警察は動く」

「そりゃあれだけネットで宣伝したら」肩をすくめる太一。

梨花は息を吐いた。

「でもマスコミからの取材依頼はなし、知ってた人たちに連絡しても『ニュースバリューがない』とか『他で忙しい』とかで、そっけない。そのことは今、ものすごく私を落胆させてる。こんなはずじゃなかった、ここまでの無関心だとは正直思わなかった」

「所詮《しょせん》、十人規模やし」宣明はやはり少し腹立ちが収まらないようだ。「ねえ、十人ってどうなんすか？　もっと集まってたはずやのに、とか？」

「十人じゃなく正確には七人ね、私を入れて」

しかしそんなことは目算《もくさん》でわかっていた。わかっていながらわざと不正確を言う。

「それで多いの？　少ないの？　想定してたより」

「ま、こんなもんじゃないかな」

「他はみんな脱会した？」

「というか解散ね。日本に残る子たちで青年会引き継いでほしかったんだけど、みんな散り散りになるのを選んだ」

それは梨花が立ち上げた会だった。

「それにしてもみんな若いっすねえ、若すぎるわ」

「一応、青年会だからね。ソンミョンだって所属してたときは、若かったんだから」

「イファさんは……」と冷笑交じりに言いかけて、宣明は「しかしなんでまた、この肌寒い時季にわざわざ行くんすか？」

「向こうに行っても、いろいろ下準備が必要なのよ。共同生活、それから自給自足を目指そうとすれば」

「地獄やな」

「あ、言っとくけど、私たちのなかには農業大学出身の子もいるし、農業の経験を踏まえた子もいるんだからね」

太一がようやく口を入れる。

「でも、無謀であることには変わりないでしょう。所詮、素人《しろうと》に毛が生えたような人間がわずかにいるってだけで、本当に愚《おろ》かな自殺行為ですよ、これは」

自殺行為、と言う太一の横で宣明は苦笑する。袖をまくり、自分の左腕を振る。そこには――自殺未遂の傷跡がびっしりと無数に刻まれていた。左腕だけではない、右腕もそうだった。が、太一がわざと他意あってそう言ったのではないことは、宣明にもわかる。むしろ、わざと他意があって言及してほしかったくらいだ。

太一が続けて梨花に、

「リベリア共和国のこと、知らないわけじゃないでしょう」

「俺知らない、何それ」と食いついてきたのは宣明だった。

「調べてみるといいよ、ソンミョン。アメリカで解放された黒人奴隷《どれい》がアフリカ大陸に戻って建国した独立国。そこにはおまえの好きそうな歴史的皮肉が、たっぷりあるから」

早速、宣明は自分のモバイルを取り出して調べる。

梨花が「私たちの作ろうとしてるのはせいぜい、ささやかな『村』なだけ」

もちろん、そんな単純比較などできない例とはわかっている太一は、だが、

「どこに行っても差別と迫害は待ち構えてますよ、って話です。元奴隷が奴隷制を敷き、内戦をし、かつて選挙権を奪われてた人たちが別の少数派から選挙権を奪う。だったら今いる場所で差別と迫害に立ち向かうほうが、よっぽど効率的で真摯《しんし》だ」

「効率的、が先に来るのが太一らしいね」梨花は微笑む。「それにリベリアだって今はもう立派な民主主義国家なんじゃないの？　詳しくは知らないけど」

モバイルの画面を触りながら宣明が「共同生活なんて地獄や。外国のクソ田舎生活も地獄。しか

もあの若さやったら男たちは、兵役にも行かなあかんやろ？　日本育ちの人間にとってそれがどこまで地獄なんか、どこまでわかってんのか……」

「韓国は外国？　違う、母国よ」

「外国やろうに。イファさん、そこはもう認めんと。無理が祟《たた》るってのが、偽善的理想主義者のいつも陥《おちい》る罠《わな》っすよ」

「いいや、韓国は母国。住み慣れてなかろうが母国は母国。そこは譲らないから、ソンミョン」

顔を上げないまま「じゃあ日本は？」

言われて梨花は、ふっと微笑む。

「――懐かしいね、ソンミョン、こういうやりとりも」

自身のモバイルに八つ当たりするみたいにして宣明は、その画面を消して乱暴にテーブルの端に追いやる。顔を上げるも、そっぽを向く。顎《あご》の無精鬚《ぶしょうひげ》を触る。

「ていうかソンミョン、あなたの本当に言いたいことはそういうのじゃないでしょ？　あなたが私に言いたいこと、いろいろ私を非難したいことがあるんでしょ？」

そう言われて宣明は椅子の背もたれに体重を預ける。言ってやろう、と反動をつけて身を起こしたところに、

「ご注文は？」と中年の女性店員が声をかけてきた。肩幅の広い、髪をアップにした、それでなくとも愛想のなさそうな地顔を更に不機嫌そうにして「こんな安食堂で悪いけどさ」と言い放ってくる。

苦笑いするしかない宣明は頬《ほほ》にわずかの緊張を走らせるが次の瞬間、その女性店員の向こうの、

小上がり和室の光景に気づき、非難めいた眼差しで再び梨花を見る。

「他のみんな、ビールも頼んでないんすね、日本で最後の晩餐やのに」

うどんとか焼きおにぎりとか、そういう質素な料理しか頼んでいないことにも、宣明は気づく。

「これも節約？」

「まあね、あっち行ったらお金がいくらあっても足りないだろうから」

「何やってんだか。下関まで来て、ふぐも食べず海鮮料理も食べず」と、またも宣明は気持ちが高まってくる。そして、ぶっきらぼうに店員に向かって、

「じゃあ、おばさん」

「誰がおばさんだ。まだ四十代だよ」

「じゃあ四十代の人」と宣明は言い直す。店員は舌打ちする。その頬骨あたりには、そばかすが目立つ。

奥の和室を指さしながら宣明は「あっちに瓶《びん》ビールを、とりあえず三本。コップは人数分ね。そんで『ふくの唐揚げ』と『刺身盛り合わせ』を」

「うちにあるのは定食だけだよ」

「だからその定食から、ごはんとかは抜いてくださいってこと。代わりに、おかずは多めにね。どうせ支払いはこっちのテーブルでするんやから、多少ぼったくってもええからケチケチせんと頼むわ」

「わかりました」とその店員はあっさり言った。「二人前ずつでいい？」

「それでたっぷりある？」

「たっぷりある。準備する」

「じゃあそれで」

タブレット画面を操作する店員の、その指は太い、拳が大きい。

「あと、こっちにも同じように瓶ビール二本とコップを人数分ね。ふくの唐揚げ定食と、こいつにも（と太一を親指で示す）おんなじのを。つまり、ふくの唐揚げ定食二つね、こっちは定食、ね」

「なんで俺の注文を勝手にする？」太一は苦笑する。

「ええやろ、だいたい正解やろ？　刺身はさっき食べたし」

「まあ、だいたい正解」

「な？　——で、イファさんは？　なんか追加で食べる？」

柔らかそうな麺のうどんがテーブルに置かれていたが、梨花はほとんど手をつけてない。すっかり冷めていた。

「私はいらない」

「ビールは？」

「ビールはいただく。ありがとう」

女性店員は、梨花に、目を向けずに言葉を投げつけるみたいにして、

「下関まで来て、ふぐを食べないなんて」と、先ほどの宣明の言葉をなぞるよう。

「あ、ごめんなさい。私、胃が弱くて、ストレス性の」と反射的に梨花は謝っていた。余計な理由まで口にした梨花を、太一は上目遣いに見る。宣明が身を起こす。

「だけど地元の人でも『ふぐ』って言うんですね、『ふく』やなく」

貼り出しのメニューにも冊子のそれにも、料理名は「ふく」とあった。

大した興味もなさそうにそう言う宣明に店員は目をやるが、ようやくその手首の傷に気づいたようだった。ぎょっとして目を見張る。

「いいから早くビールと料理持ってきてくださいよ、四十代の人。でも、あっちの畳《たたみ》の部屋のほうを先にね」

言われてまた舌打ちして店員は奥に消えた。

梨花が宣明に、制するように指摘する。

「しばらく大阪に行ってたら、もうすっかり大阪弁ね」

生粋の大阪人ではなくむしろ東京在住の年月のほうが長いのにもかかわらず、こうして大阪訛《なま》りを強調したがるというのは、こちらとの違いを際立たせたがる心理でもあるんだろう、と梨花は感じていた。

「それ太一にも言われたけど、そんなに？」

「さすがにそれで自覚してないってのは無理があるよ」

「嫌だなあ、関西弁使う在日なんて、典型的すぎる」

と言う宣明だが今更、大阪弁を改めることもできず、しかし苛立《いらだ》ちめいた感情は収まっていた。

梨花に向き直る。

「そんなことより、イファさん。今回のこれはいったい何よ？　そもそも、なんで『帰国事業』なんか。太一はいろいろ話聞いてるみたいだけど、ちょっとちゃんとイファさんの口から聞きたい。あんな、若い子たち引き連れて巻き込んで、いったい何考えてんすか」

「関心あるんだ？　あの、何ごとにも無関心なはずのソンミョン君が、らしくもない」

言われて宣明は、確かにこれは俺らしくないかも、と一瞬惑う。が、それには宣明本人が気づくより前に梨花が、今夜は二人になんでも言わせるはずだった、これだと昔と同じパターン、と先回りして反省し、

「ごめん、気にしないで」と手を振る。続けて「その質問に答える前に、私から一つ質問。ソンミョン自身はどうして帰化《きか》しないの？　帰化してないんでしょ、いまだに」

「して、ないですね。そんでその理由？　まあ面倒やから？」そして脱いでいたコートの内ポケットから、円筒《えんとう》ケースを取り出し、そのなかのトローチ一錠《じょう》を親指で弾くようにして口内に飛ばす。

相変わらずのトローチ中毒なのね、と梨花は思う。

「それは正直な答えじゃないでしょ？　帰化しないままでいるほうが面倒じゃん、最近は」

口のなかでトローチをごろごろ転がしながら宣明は、

「いやほんとに本当ですよ、単に手続きが面倒。帰化申請も大人気で今や『待ち』の状態やって言うし、手数料も高《たか》なってるし。俺は学生んときに補導されたことが何回かあるから、まあ申請も却下《きやっか》されるかもしらん。そうなったらせっかくのお金と労力と時間が台無しになってまう。もう、めんどくさすぎ」

「あんた、あれ」と梨花は、白すぎる壁のほう、神棚のほうに置いてあるテレビを指さす。画面ではニュース番組が放映されていて、新党日本愛の神島《かみじま》党首と総理大臣による党首討論の模様が流れていた。

梨花が問う。「もしこのまま本当に、ベーシックインカムが外国人を対象外にして進められたら、

いったいどうするの？」

「どうするって？」と、トローチを舌先で巻いてわざと発音しにくそうに。

「超重税になって、国民健康保険は廃止になって医療費高騰《こうとう》して、それでもベーシックインカムっていう代理のお恵みは『日本国籍にあらず』だから受け取れないで、それでもあんた、帰化しないつもり？」

頭を振りながら、まあ、と宣明はこう言う。

「さすがにそこまでのことにはならないでしょう」

「仮によ、あくまで仮に」

「そうなったら真面目に帰化申請するかな、さすがに。あるいはそんときこそ、今度こそ、うまくやってみせますよ俺は」

そして宣明は両手首の内側を、回転させながら梨花に見せつけた。その蚯蚓腫《みみずば》れのような傷跡を心より嫌悪している梨花は、急ぎ目を背《そむ》ける。へっ、と宣明は乾いた笑いを発する。太一はテレビを見ていた。そこに映る党首討論では、外国人を対象外とするベーシックインカムの導入を訴える野党の神島党首に対してあの総理大臣が、人権侵害だ、差別的政策だ、と反論するのを見て、太一はここにも世界の倒錯を感じないではいられない。

宣明が「今更、通名《つうめい》禁止なんて知ったこっちゃない」と、彼はそれが禁止されるまでは、ほとんど通名を使い続けた人生だった。

「まあ営業とか電話応対のある仕事は受かりにくくなってもうたけど」

「そうなんだ」と、これは太一が、テレビのほうから視線を戻して。

「そやで。実際そんな仕事に就《つ》けたとしても、今は名乗りからまずクレームに発展する可能性が高い。そりゃ雇うほうだって差別主義者じゃなくとも慎重になるわ」

梨花が問う。

「民間での本名使用は努力目標で守らなくとも不利益はない、って官公庁は言ってるけど？」

「そんなアナウンス、現場の人間のどれぐらいが知ってるか、特に大企業じゃなかったら。もうあれですよ、マイナンバーカード提示したらそれで自動的に本名わかって、その本名のほうで勝手に名札とか作られるから。俺、一回、履歴書に通名のほうを書いたことでひどく怒られたことがある。『これ犯罪ですよ、通報しますよ』って。いやいや履歴書は公文書じゃないし、通報したかったら勝手にせえやって話」

「マイナンバーカードの提示も、義務じゃないのにね」

太一が素早く「いやイファさん、それは義務になりましたよ」

「え？　あ、そうなんだ？　いつの間に」

ということはもうしばらくイファさんは「会社員」としては働いてないんだな、と太一は考える。そのままに梨花に訊《き》いてみた。

「生活って、どうするんですか、向こうに行って」

声なく笑う梨花。

そこに太一は少し強めに出てみる。

「笑いごとじゃないから、イファさん。知らないはずないでしょ、今の韓国国内の情勢」

宣明が呟《つぶや》く。「保守政権でも地獄、革新政権でも地獄」

「ほら」と太一は隣の宣明を指さす。「普段まったくニュースを見ないソンミョンですら、これぐらいの寸評《すんぴょう》を偉そうに言える」

「こらこら、人聞きの悪い」

そこに先ほどの、身幅の広い、そばかすの多い女性店員が瓶ビールとコップ三つを持ってきた。小上がり和室のほうのビールはすでに運ばれていた。宣明は舐《な》めていたトローチを、ばりばりと歯で砕いて嚥下《えんか》する。

奥の和室の六人の帰国組のうちの何人かが、コップを掲げて太一たちのほうに礼を示す。それに宣明が、空のグラスを掲げて満面の笑みで応えた。その笑顔のまま口を動かさないよう宣明は、

「どうせ奢《おご》るんは太一やけどなあ」

「だと思った」太一は顔を上げないままだ。「相変わらずだな、おまえは」

「相変わらずね、あんたは」と梨花が言い、このテーブルでも三人はコップを合わせる。

「乾杯《コンベ》」

「乾杯《コンベ》」

「乾杯《かんぱい》」と宣明だけ、日本語で。

「今日はわざわざありがと。太一も、ソンミョンも。――ソンミョン、市子《いちこ》さんとは会えた？ それともこれから？」

市子、とは宣明の別れた妻のことだ。

「あいつはまだアメリカです。戻るのは半年か一年後。会えるのはそんときだけど、――そんなことよりイファさん、さっきの質問、韓国での生活は？」とこの機会を逃がさない。「農業だけでど

うやって暮らしていくんすか？　少なくとも最初の数年は無理でしょ？」ビールを飲む。宣明は目上の人間と一緒だろうがアルコールを飲む口元を手で隠したりしない、握手のときに片手を添えたりしない、そもそも生まれてから一度も渡韓《とかん》したことがなく、ハングルを一語も読めない。

「韓国でどうやって生活してゆくかって言うとね」梨花は大きく溜め息をついた。「あの子たちの一人がね」と後方を指さす。「親戚の人から土地の一部を借りることができるよう話をつけたらしくって、まあ確かに田舎なんだけど、かなりの田舎、――で、とにかくあの子たちはどうも自給自足の『新しき村』みたいなのを作りたいみたい」

「それは知ってるけど、でも、なんか『みたい』とか『らしい』とか『あの子たちは』とかって、イファさん、どうも他人事っすねえ」と宣明は突っかかる。「イファさんが率先しての今回の『帰国事業』じゃないんすか？」

　ふんだくるようにして梨花も自分のコップとビール瓶を取った。そして一気に飲む。

「こんなことは言いたくないんだけどさあ、これはもうとても、今では、私のプランとは言えないね」服の上から肩を揉《も》みほぐす。

　太一が問う。

「でしたらその、イファさんの当初の計画というのはどういうものだったんですか？」

「私は別に普通に、ソウルで、大学とか語学堂《オハッタン》とかそれぞれが、――あの子たちも若いし、全員が韓国語堪能《たんのう》とはとても言えないから、それぞれに通って、私も昔、冗談で言ってたみたいに『イファが梨花《イファ》女子大に』通いながら、まあ現地の韓国人と同じ生活を送ってゆくようになるのが正解だと思ってたんだけど……」

「何があったんです？」重ねて太一が訊いた。

答えにくそうに下唇《したくちびる》を噛《か》み、テーブルに肘をついて梨花は窓のほうを向く。窓の外は暗闇が広がるばかり。

宣明が「聞いたんですけどね、あのなかには『日本人妻』もいるんですってねえ」と語尾を延ばす。

窓のほうを向いたまま梨花は、

「彼女はもう帰化してる。つまり、国籍はすでに韓国」

「帰化したって言ったって、日本の親御《おやご》さんとかは？　ちゃんと説得したんすか？　そんで納得したんすか？」

梨花がまた唇を噛むのを見て宣明はすぐ「ま、するわけないわな、納得なんて」とその長髪の頭を掻《か》く。「またの悲劇をそうやって作るんやなあ。で、結局は自作のロマンに酔っちゃってんだ。そりゃやっぱり自殺行為やわ、しかも無駄死に、大量道連れの」

太一が、突然に、

「乗っ取られたんですね？」と言った。「何があったかって、それはそうなんでしょ？」

梨花の表情を見るだけで返事を待たず、続けて太一は「そっか、そういうことか、どうりで」と大きく息を吐いた。――かつて俺がしようとしてできなかったことを、あのなかの誰かが成し遂げたんだな、と、ちらりと和室のほうを見る。やがて、知った顔はなさそう、ということで心を強くして太一は、しっかりと帰国組の面々を見やる。――ああ、一人知っている顔がいた。でもそれは、最良の一人だ。

乗っ取られたと聞いて、そういうときはわざとらしく色めきたつ宣明が、

「大田区の猛虎《もうこ》、とも呼ばれたイファさんを」

「誰がよ」

「在日版ローザ・ルクセンブルクのイファさんを」

「私、撲殺《ぼくさつ》されんの？」

「いやあ、この恐ろしいイファさんを打ち負かした奴がいるなんて、いったい誰やねん」と腰を浮かす。「見た目じゃ全然わからん。なんかみんな貧相で、というか、なんかほんとに本物の難民みたい」

俺がいたときと比べてもずいぶん垢抜《あかぬ》けない、覇気《はき》や活力に欠けた、みすぼらしい面々ばかりやな、と宣明は思う。俺は絶対こいつらと一緒に「帰国」なんてしたくない、とも思う。もちろん誰にも誘われてないのだが、ともあれ宣明にとっては、メンバーの女性陣の誰からも性的魅力をわずかしか感じられないことで、俺は絶対これに加わりたくない、との思いを強くするのだった。恋の予感のないところにいったいどんな希望がある？

太一が梨花に、

「日本人妻って、誰のことかと思ったら」

「え？　――あ、そうそう」

太一にとっての唯一の知っている顔、大場《おおば》若菜《わかな》のことだ。

「若菜ちゃんがいるんだったら、もっと前からそう仰《おっしゃ》ってくれてたらよかったのに」

「ああ、うん。そうだね、そう言われてみれば確かに。というより、率直に言って私、もう誰と誰

が知り合いで、誰がそうじゃないんだってことが把握しきれてなくて。いや、そうよね、若菜と太一は知っている仲よね、当然。ごめんごめん、うっかりしてた」

「そうか、若菜ちゃん、韓国国籍になったか」

宣明が「その若菜さんっていう人、俺、知ってる人？」

「いやそれはない」太一が答える。「おまえが脱けてから入ってきた子だから」

「他に俺が知ってる可能性のあんの、いる？」

「それもない」とまた太一が答えていた。「その大場若菜さんが俺の知ってる唯一の人だから」

太一と宣明は、梨花の設立したその青年会にほぼ同時期にメンバーとなっていたが、先に退会した、というより姿を見せなくなったのは宣明のほうだった。

大場若菜。――太一より二歳年下。片親が韓国人の太一とはまた違った、両親にも親戚にも韓国人は一人もいない、いわゆる「純粋な日本人」だが、彼女は韓国芸能界への興味から歴史問題に入ってゆき、そして、出られなくなった。在日韓国人社会のために彼女が奮闘する必然的理由のあるはずもなく、といって内心の政治意識を微塵《みじん》も感じさせない、理屈や議論は苦手な、おっとりとしながら突き抜けるような明るさが枯渇することのない、団子鼻のキュートな、ふやけるような笑顔の女の子で、当時の太一などは、彼女や彼女の家族のことを思いやればこそ、早期の自主退会を期待していたようなところがあったのだけど、その彼女がこの段階まで青年会に残り、そうして在日韓国人と結婚して今は無謀な帰国事業に乗ろうとしている。感動的な事実だ。感動的だが、やり切れなさも感じてしまう。いったい彼女にとって何が「帰国」というのだろう？

そっぽを向いていた宣明は梨花に向き直り、

「質問の答え、まだ聞いてないっすよ」

「なんの質問？」

太一がそこに「とぼけるなんて相手を心理的に有利にさせるだけですし、単に時間の無駄です」

「太一の場合は、例の『能力』を使って人物特定すりゃいいじゃん」

「やめてくださいよ」太一は苦笑し、うんざりだというふうに頭を振る。「全然そんな、大げさなもんじゃない。だいたい『能力』なんて言うのはイファさんぐらいなものです」

「嘘、嘘。結構、便利に使いこなしてたし、すごい場面私も何度か目撃してるし」

「ただ勘がいいというだけです。人間関係とか相手の好みとか、そんなのが多少わかるような気がするってだけで、まったく何考えてるか読めない人間もいます」

「太一に見透せない人間なんているんだ？」

「もちろんいますよ、当然。――例えば、あの女ね」とテレビを指さす。

そのテレビのニュースでは、党首討論とはもう別のトピックで、首相公邸にて愛犬数匹を連れて、総理大臣が笑っていた。

「あの女が何を考えてるか、いまだに僕にはわかりません。無思想で権力欲だけの野心家なら、むしろわかりやすい。しかしあの女は違う。これからどう打って出てくるか見当も付かない。――ああ、それからまた、かつてのイファさんのことも、僕は読めませんでしたね。まさかユリを使ってあそこまでのことをするなんて、僕もすっかり裏を掻かれた。すごいです。皮肉じゃなく、恐れ入りました。でも今はすっかり弱っちゃったみたいですけどね」

梨花は手をひらひらさせる。

「それで質問ってなんだっけ？　誰が私を負かしたか、って？　もう誰だっていいじゃん。それ聞いてどうすんの、この土壇場《どたんば》で」そして額に手を当て、鼻から息を吐く。「もう私には選択権ないし、イニシアチブも取られた。ただ、名目だけのリーダーとして、最年長者として、置物代わりの重しにされているだけ」

「情けない」そう吐き捨てたのは太一のほうだった。かつて、梨花とその方法論において悉く《ことごと》対立するようになり、また時勢からしてもうあまり目立ちたくないと思い始めていた他メンバーとの亀裂も明白となり（その亀裂を広げたのは梨花の手管だ、と太一は考えている）、やがて孤立させられ、そして最後に決定的にして鮮やかすぎる奸計《かんけい》を梨花から披露《ひろう》されたからには、太一としてもすっかり戦意を奪われて全面降伏し、その青年会を去ったのだった。そうして「日本人」としての内部からの政治運動として、ときの都知事選挙にスタッフとして加わるようになる。

太一が目の前の梨花に言う。

「そうは言ってもこれもまた、イファさんの『ロマン』なだけじゃないんですか？　サムルノリの発表会とか、韓国料理屋台の出店《でみせ》だとか、ルーツを学ぶ勉強会とか、ハングル講座とか、熱心に頑張ってましたけど――」

「あれ俺、大っ嫌いやった」宣明の力を込めた声。「特にサムルノリの発表会とかあれ何？　ほんま『寒いノリ』やった。今でも思い出すと死にたなる」

「そんな言い方しないで！」梨花が鋭く宣明を睨《にら》む。その迫力は宣明に、それから傍《かたわ》らの太一にも痺《しび》れを思い起こさせるものだ。「文化活動にあんたを半ば強引に参加させたことは、私が悪かった。でもだからってそんな言い方しないで。他のみんなはちゃんと、真剣に取り組んでたんだから」

太一が話を引き取る。「だけどそういうのは、在日社会の身内のみで楽しむだけの、まったく世に拡散しないものだったと、やっぱり僕は思いますよ」

疲れきった表情のどこまでが自己演出なのか、梨花は太一に問う。

「太一は今、どんな活動をしてるの？」

すぐには返答しない太一。他にテレビの音ぐらいしかないこの店の、高い天井と、メニュー看板もほとんどない白壁に、自分たちの声はよく響いていた。紺のトレンチコートを脱ぎもしない男女二人の警官は、きっと耳を澄ませている、録音までしているかもしれない、顔写真もすでに撮られたと想定しておいたほうがいいだろう。さて、何をどこまで話していいか、何を話せば逆に利《り》となるか。

とりあえず「活動らしいことなんて何も」と太一は首を振った。

宣明が「でもなんか、弟子みたいなん一人従えとったやん」

「へえ」と梨花。

「弟子というかボディーガードみたいな。チビやけど、ものすごく喧嘩《けんか》強そうやった。全身黒ずくめで、ありゃ黒衣の僧やで、黒衣の僧。それこそ坊主頭やったし。新幹線でも俺らから若干離れて座って、んで新下関に降りるまでは一緒やってんけど、そっからは親戚の家行くとかで別れて――」

太一が急に「あ、そうそう。イファさん、僕、結婚しました」

「え！」再会していちばんの大声を梨花は発する。「本当？」

「本当です」

話を遮《さえぎ》られて止まっていた宣明も「ほんまですよ」と追いかける。

太一に向かって梨花は、ちょっと怒ったふうに、

「なんであんたはいっつも、そういう自分に関することは後回しで、――そういう話こそ私を今いちばん元気づけるものなのに」

照れ笑いに似たものを含めながら太一は早口で、必要最低限の情報だけ、

「ごめんなさい、そう、結婚しました。先月」

「そうなんだあ、おめでとう」

恋愛や結婚の話を梨花も好むところではある。特にこの状況では一息つける休憩所ともなる。ところが祝福を投げかけたあとは言葉が続かない。笑顔の表情が強張《こわば》ってくる。それを意識していたはずもないのに、そんなこと気にしない、今更なんだって言うのよ、と思えば思うほど「結婚」の二文字が頭の片側を重くしてくる。まいったな、と笑うこともできない。目の前の宣明がそろそろ、あいのことを持ち出してくるはずだ。それとも、さすがの宣明でも今そこには触れてこないか。

――「これは差別じゃなく、隠してたリカの不誠実さが許せない」私のことを、職場では山田《やまだ》さん、プライベートでは梨花《りか》と呼んでいたあの男。「俺はいいけど、家族や親族に迷惑がかかる」

どこにでも転がっている失恋話だ、けど。

李梅窓《イメチャン》の詩が思い出される。リフレインされる。あのときも、頭のなかで繰り返されていたあの詩の一節。実際、雨粒が窓を叩くのをより身近に感じたくて窓のブラインドを巻き上げながら、私は泣き崩れていたのだった。朝鮮王朝時代、四百年以上前の妓生《キセン》でもあった詩人、李梅窓《イメチャン》の詩――

残粧
含む涙
窓の紗を捲く

どうせ婚約破棄されたときのことでも思い出してるんだろうな、とは、宣明と太一の共通した推しはかりで、それが同時に頭によぎったとは、男二人が顔を見合わせずとも隣席同士で感じていた。

「ま、それはともかく」宣明はまた自分の手首の傷をひねって見せて「散々、俺に『今度自殺未遂したらぶっ殺してやる』って凄んでた人が、こんな自殺行為なんて、そこの矛盾に俺は腹が立ちます」

「さっきから、あんたら」と言ってからビール瓶を振って、中身がもう残ってないことを梨花は知る。財布から千円札を取り出してそれをテーブルに放って「太一、もう一本注文して」と頼む。

「あと二本、追加しときましょう」と太一が店員を呼ぶ。

それが届く前に梨花は宣明のコップをふんだくって飲み、

「ちょい、イファさん大丈夫っすか。これから長旅やないんすか?」

「いい?」梨花が人差し指を二人の前で振る。「私があんたらより酒弱いはずなんかないでしょ、もう忘れたの?」

「忘れてませんよ」

「忘れるわけない、イファさんの酒の強さ、飲む時間の長さ、酒癖の悪さ」

最後に嫌味を言われたのを聞き流して梨花は、

「だったら余計な心配なんかしないで、さっさと酒を注《つ》ぐ。そして私の話を聞きなさい。いい？　私のこの青年会が、――そうよ、自分の子供のように愛し、慈《いつく》しみ、育んできたこの青年会が、あっという間に乗っ取られて、それは私の衰《おとろ》えかもしれない。その点では、確かに太一の言うように『情けない』ことかもしれない、でもね」

店員が持ってきた瓶ビールを早速、梨花のコップに傾ける太一。店員がすぐに折り返してきて二人分のふぐの唐揚げ定食が運ばれた。早速宣明は一個の唐揚げを口に入れ、大仰に目を剝《む》く。太一は箸《はし》も取らない。

梨花はコップを呷《あお》って「でもね、あんたたちのお姉《ヌ》さん《ナ》が、その程度のことでいつまでも気落ちして抜け殻みたいになって、たまりますかっての。ねえ、いい？」と、いちいち指をさしてくる。

わかったってもう、と宣明は手を振る。指さすな、と言う。

「これはあの子たちには」梨花は背にしている奥の和室のほうへ、頭を少し傾ける。「秘密にしといてほしいんだけど、今回の『帰国』には私にとっての目的が、私にだけ別にある。何も畑を耕したり野菜を売りに行ったりするためにだけ日本海を渡るわけじゃない」

「日本海？　東海《トンヘ》って言わなくていいの？」宣明が茶化しにかかる。二人はそれを相手としない。無視され、もう一個の唐揚げを齧《かじ》ってから宣明は大量の白米を頰張った。

「私は今回のことを、これからの人生のこともすべて、ブログに書く。それを世界中に配信する。――もちろんわかってる、ソンミョン、何も言わないで」

何も言ってない、との表情を頰張りのまま宣明はする。

「もちろんそう、そんなの、どれだけの人に読まれるか、期待するだけ恥ずかしいってものだし、今夜のことにしてもそう、私としては宣伝たっぷりしたはずなのに、マスコミはもちろん排外主義者のダニどもだって、期待したほどには集まんなかった。私はスポットライトを必要としてたのに。恥ずかしい。やっぱり場所が悪かったんだろうか、羽田とか成田にしとけばよかったんだろうか。私はほんとに無力だ。でもね、太一」

「はい」

「確かに私は、一時期は弱って腐ってた。だけどもう大丈夫。私は自分の人生の目的を再発見した。はいソンミョン、私の人生のいちばんの目的は、いったいなんだ?」指をさす。

「急にクイズ始まったよ。――まあ在日の地位向上やないの?」

「それは社会的な目的。私の個人的な目的はね、もうわかるでしょ、ソンミョン」

「ああ、物書きね」

「そ、私は幼いころからの文学者志望で、あちこちの新人賞に応募しまくったんだけど結局は、どこからもなんの音沙汰《おとさた》もなかった。そっち方面では世界に波紋一つ立てられなかった。サラの『ゴーストライター作戦』のときのほうがよっぽど反響はあった。皮肉」

「ああ、あれね。俺好きやったよ。青年会で経験したなかでは、いちばんおもろかったかも」

それを「ゴーストライター作戦」とか「テレビコメンテーター育成作戦」とかいう恥ずかしいネーミングで呼ぶことは、当時はなかった。ともあれ、在日韓国人側を代表するなかでも大衆受けする「論客」を、人工的に作ろうと梨花たちが思いついたもので、創立メンバーの一人である柳紗羅《ユサラ》が、好餌《こうじ》となる美しい顔立ちと、目につくモデル体型を有していた。ちょうど、梨花を含めた他メンバーが各章分担の共著として出版社に持ち込もうとしていた、ある政治論考集があった。それを、紗羅の単著として出版することにして、まずは「ノンフィクションライター柳紗羅」を、でっち上げた。

太一が、

「まあ、でもいろんなことが露見しないうちに撤収できてよかったかも。あれで替え玉だったってバレてたら、とんでもないことになってたはずです」と言う。

世間から暴かれる労をいただくまでもなく、そんな机上の空論の、おままごとみたいな「作戦」がうまくいくはずもなかった。まず柳紗羅自身が、その飽き症の本性を隠さなくなり、また猛禽類《もうきんるい》的で怜悧《れいり》そうな外見に反して実のところ論争を好まない性質もあり、そして世間を欺いていることへの良心が遅れて疼《うず》いてきて、ネット放送の討論番組を二つこなしたあと、地方紙からのインタビュー依頼を受けた段階でギブアップを宣言していた。そうして幼少よりのカトリック信者としての奉仕活動のほうに彼女はシフトしていき、やがて結婚してパリに移住、今ではスウェーデンにて家族と暮らしている。

柳紗羅は、青年会最初期のメンバーにして、最初の脱落者となった。

「そう、私は第一に詩人になりたかったのよ。第二に小説家」梨花は滔々《とうとう》と述べる。「そのどちらにも、私は到底なれっこないって悟ってからも、――それこそソンミョン、エミリー・ディキンソンのあの詩よ」

少し考えてから宣明が「私は何者でもない、ってやつ？」

「そう」

そして梨花は、歯と歯の間から空気をたっぷり取り入れるように、すすっと息を吸う。太一は身構える。それは予兆だ。度々聞かされた、梨花による詩の朗読のための準備作動。周囲の目も気にしないような自己陶酔に入って、声質までが変わって突きつけられる、梨花による身勝手な詩の朗読。――

私は何者でもない　あなたは誰？
あなたも何者でもないの？
そう、一心同体なのね、私たち
言わないで　言いふらされちゃうから　わかるでしょ！

今回はその短い一節だけで済んでいた。太一はほっとする。他の大抵のことには鈍いほどに動じない太一であるが、いつも唐突にする梨花の詩の朗読は、生理的な不快音として彼の神経に障《さわ》らないではおかない。

宣明が「そのあと、成功なんて退屈だ、って続くんやなかったたっけ？」と腕を組む。「だいたいディキンソンが成功しないまま死んだんやから、その詩もぐるぐる回るばっかりやなあ」腕を組んだまま、立てた指を回す。太一と違って宣明は、文学や映画や漫画に詳しい。太一と違って、いつもびくびくして神経質で大抵のことは気に障ってしまう宣明であるが、梨花の詩の朗読、というより詠唱《えいしょう》が始まっても別に耳をふさいだりはしない。

「でも私は成功したかった」と梨花。「私は文学で名を成したかった。それができるなら悪魔にだって魂売るし、帰化だってしてた」

「おいおい」と宣明。

「いやほんとに。どれだけ仕事や青年会で忙しかろうが睡眠時間削ろうが、一日に三十分ずつでも創作に打ち込んで。新人賞への初投稿が中学生のときだったから、もういったいどれだけの作品を、宙に投げてきたか。川に流してそれが戻ってこないのを嘆いたか。そうよ、無名《ノーバディ》のままで死ぬこと、誰にも私の名を知られないままに死ぬことがどれほど怖かったか」

「おいおい」と、これは宣明の口真似をした太一だが、そうしたのはまた神経に耐えがたくなったから。「だとすれば政治で、僕たちのしてきた社会運動で、名を成せばいいじゃないですか。イファさん昔から、文化活動を政治運動より上に置きがちだから」

「政治は功名心《こうみょうしん》でするもんじゃない。自己実現のためにするもんじゃない」

「小説書くのは功名心で？」

「かつての私はそうだった。率直に言って私は、自分を『作家』と名乗ることへの憧れがあった。有名作家になって、いろんな人を見返したかった。――でも、レトリックを弄すれば、無私の精神から始まって功名心に至るのが政治で、功名心から始まって無私の精神に至るのが文学、芸術」

「そない単純かいな」

「そう、こんなのはただの言葉遊び。でも、私は最後に書いた小説で、私にとって最も長い、大事に育てた子だったんだけど、といってそれもどこの新人賞にも引っかからず死産だったんだけど、でも私は気づいたの。直接の読者を持たないような、私のなかだけで閉じているように思われる自称『創作活動』がそれでも、この世界の扉をノックしてた、この世界にじかに触れてた、世界に参加してた、って。そうじゃなかったらどうして、エミリー・ディキンソンや、あるいは李梅窓《イメチャンホ》や許蘭雪軒《ナンソロン》のような詩人が報われる？　あるいは後世に作品を残せなかった名もなき作り手たちの声が、この世界を動かす。私たちの住むこの大きな球体をなんとか動かす。その指の引っかかりとなる。それぞれの声を詩にしたり絵画にしたり彫刻にしたり小説にしたりすることで、登場人物や物語を変えてみることで、この巨大なプラネットをさまざまな角度から押すことができる。指の引っかかりの位置を変えてみることができる。もちろん読者がオープンに多くいることのほうが、その声を広く飛散させて、新たな胚珠《はいしゅ》をたくさん生むことができるのだけど、そうでなくても、――届かなかった声、壁に吸いこまれた声、燃やされた声、というのも決してゼロではないはずで、文化や芸術には、名もなき声たちが何億何兆と集まった結果としての、世界を善き方向に押してゆくそういう力がある。――社会運動は、もっと直接的に世界に参加している。でもそれは具体的すぎる。範囲が狭い。創作活動はもっと普遍的。でも抽象的すぎて、今、目の前にいる人を救えない。だから私はその融合に活路を見出した。それがこれ、なのよ」

「それがブログ？　でも今までと何が違うんですか？」

「これからはよりいっそう、一種のノンフィクション・ノベルのつもりで書く。すべて実名で。あの子たちの許可は得てある。というか、私たちの新生活の意義はそこにこそある。アピール。広報。ちっぽけな私たちの存在を、その顚末《てんまつ》を、世界に知らしめる。太一、私はね、最終的には勝利者でいるつもりよ。それはつまり、歴史に名を残すってこと。この大言壮語を二人は笑うかもしれないけど、私たち小さき者たちの小さな歴史を残すためにはそれを記す歴史家が必要。というか歴史家こそが歴史を作る。だから私は向こうで、プレイヤーでありながらの書記係となるつもり。ネットに私たちの記録をリアルタイムで、毎日は無理だろうけどできるだけ多く、それを残す。すぐには評判にならないかもしれない、ひょっとしたら私たちが死ぬまで、あるいは死んだあとでも永遠に無視され続ける言葉の漂流ゴミになるだけかもしれない。でも私はそこに賭《か》ける。どこかに届くこと、私のこの名や生きざまが誰かの目につくこと、多くの人がそれを読んで悔やみ反省し、あるいは感動の涙を流したり勇気づけられたり、そういう歴史を夢想してね、私は文章を書く」

「捏造《ねつぞう》とか脚色とかして？」言ってから宣明は「冗談ですよ。まあ冗談。にしても俺は、それでもイファさんには、いつまでもへこたれへん社会的理念のほうも掲げていてほしかったな、俺が言うのもなんやけど。――あの、パートナーの朴烈《パクヨル》よりよっぽど鋼《はがね》の精神を持ってた金子文子《かねこふみこ》みたいに」

「だからまさに」梨花はその歴史上の人物の名を出されて嬉しそうに、こうした話こそ誰かと交わしたかったのだから。「その金子文子さんが自分の声を後世に残せたのは、そして私たちがそこに感じ入って今を生きる私たちの指針とできるのは、そこに彼女の獄中手記や歌集や訊問調書があるからよ。それが現代に残っているから。文が歴史なり、なのよ。だから私が個人の文学的完成を夢見るのとそのマーケティングと、もっと広くある私の社会的理念とは、その目指す成功の一点において何も矛盾しない。大丈夫、私はわかってる。大丈夫だから」

宣明が「大丈夫とイファさんが連呼するときは怪しいとき」と言えば、梨花が「じゃあ言ってあげる」と、声を限りなく小さく落として、

「私はソウルに、コネクションがある。私だってこの『帰国』前に何度か韓国行っていろいろ調整してなかった――わけない。その人はね、元在日コリアンで数十年前からいろんな方法で韓国に財産を移して、それで韓国本土でもそれなりのパワーを持ってる。私にはそういう切り札がちゃんと

あるから」そして声の大きさを元に戻して「ていうかさ、あんたたちのこのお姉《ヌナ》さんを、スローライフにただ身を埋《うず》める気でいるババアって？　さっきの文学的野心は本気だけど、――もちろん本気で本当に死ぬほど真剣だけど、だからってただそれだけの空手《からて》で朝鮮半島に渡るような、お花畑の文学少女って？　ちょっと、あんまり見くびらないでよ」

出た出た、と宣明が笑う。「自分のことババアって言ったり少女って言ったり」と。太一も少し笑ってしまうがそのまま問うに、

「それだとさっきの『あの子たちには秘密にしといて』ってなんですか？　何を秘密に？」

「動機やろ？」宣明が代わりに答えた。「他のメンバーを犠牲にしたその文学的野心を黙っといてくれ、ってことやろ。別にバレても、やることは一緒やねんから問題ないような気がするけど、まあモラルの負い目やなく、書きにくくなることを恐れてるんやろうけど」

梨花は否定も肯定もしない。

「ま、でも、ええんちゃう？　むしろなんか安心したわ。イファさん、俺ら新幹線のなかでも喋《しゃべ》ってたんすけど、あのイファさんがすっかり気力失って枯れてもうてたら、おもんないなって。おもんないというか、逆に笑えるというか。ま、ええわ。そういう黒い野心こそイファさんらしい。な？　太一」

「この『帰国事業』そのものがあまりに愚かで、時宜《じぎ》も得ずに、あまりに無謀で楽観的な暴走、集団的無理心中でしかないというのは、僕の変わらない意見です。愚かです、まったくの愚かさしかない。だけどこういうのはもう何回もイファさんとはメールでやりとりして、僕もいい加減このあたりで説得は諦めるけど、――まあでも、戦意喪失して、ただ逃げ去る、韓国に行ってマジョリテ

ィのなかに溶け込みたい、いわゆる『普通の人間』になりたい、っていうんじゃないってわかっただけでも収穫にはなった。またもし——」

「なんかその言い方も偉そうでむかつくわ」宣明が横から遮る。「普通の人間になりたい言うのが、そんなにあかんのか？　帰化否定か？　それ言うんやったら太一、おまえこそなんで『韓国籍』のほうに帰化せえへんのや？　日本国籍のまま在日のために働く。大好きやったお母さんのほうが日本人で、いがみ合ってばかりのお父さんのほうが在日韓国人なんやろ？　おまえのスタンスもどうなっとんねん」

太一は目を閉じて、そっと自分の胸に手を当てる。父親のことを言われると今でも胸がざわつく自分を確認する。

梨花が「父親からひどい仕打ちをされたのはソンミョンも一緒なのにね」と水を向ける。「ていうかソンミョンのほうが直接的でしょ？　暴力とか」

宣明は自分で「高校も途中から行かせてもらえへんかったり、バイト代すべて奪われたりね」と説明する。「だからって俺はこの手首の傷をあの酒乱親父のせいにはしない、意地でもしたくない。俺のこの手首の傷の理由は、この世界が生きてやるにまったく値しないから、ただそれだけ」

「まともな家庭の子のほうが現代では少数派」と梨花。

「俺のことはいいじゃん」と太一。

「三人で会話しとんのに、何が『俺のことはいいじゃん』やねん」

いつかすべて話してやるよ、とは太一は言わなかった。

「私はなんで帰化しないのか」と梨花が言った。「今ではもう過去形の『しなかったのか』だけど、とにかく、ずうっとそう自問してたら一つの答えが出てね、それは、ほら、帰化するときにはどの国でも、その帰属する国に対しての忠誠を誓わせるじゃない。あれ、その国のネイティブとして生まれた人にはそんなこと強いない。当たり前だけど。でも私たち外国人はそこが違う。そしてそれが私は無性に嫌で、どの国にだって忠誠なんか誓いたくないし、命捧《ささ》げたくないし、だから私は帰化の手続きなんかしたくない」

「そんな理由で?」宣明は驚いたふう。

「手続きが面倒だからって理由も、相当おかしいと思うけど?」

「面倒だからって殺されんのと、嘘の誓いでもそれをするのが嫌やからって殺されんのと、どっちが不健全か」

「殺されるとは言ってない」梨花は笑う。

「じわじわ制度的に窒息死させられんのと、あっさり断頭台で首斬られんのと、どっちが好ましいのかねえ」と宣明は大口にご飯を頬張る。貝汁《かいじる》を飲んでから「どや? 太一」

「さあね」太一もようやく自分のふぐの唐揚げを一口齧る。

宣明が「太一はナショナリズムがそんなに嫌いやないからな」と評した。

「いや、正確には、帰属意識においてそれは認めるってことさ」太一はビールを飲む。「結局、近代国家は、あと百年近くはしぶとく維持されそうだし、だとしたら人間が今のところ体感しうる最大の集団意識、帰属意識は、まあ国家だろう、ナショナリズムだろう。人類愛なんて実感するにはまだまだ広すぎる。それで俺は、人が、個人が、その属する集団の利益のために働くことを否定しないから」

梨花が「それが、他の集団を排除したり攻撃したりすることになっても?」と問う。

「そりゃ融和を図るのがいちばんですよ。空論じゃなく長い目で見た現実の利害からして。でも、どうしたってその時々で衝突《しょうとつ》するのは避けられない。で、そのとき個人はどうするか。それは同胞《どうほう》たちのために働くのが、しかるべき義務です。そしてその奉仕の心を発揮して仲間のために働いている、闘っている自分たちを高揚《こうよう》させるための発奮剤《はっぷんざい》として、言葉や思想を利用するのは当然のことでしょう」

「同胞、とか、義務、とか、奉仕の心、とか、ぜんぶ俺の嫌いな言葉やわ。ほんま嫌い。そのときどうするかって俺は、ただ個人として逃げる」

「ソンミョンはそうさ、そうだろうよ」

「まったくおまえはいつまでもそう、クールぶってからに」と宣明は少し苛立ってきて。「イファさん、こいつ怒らせよう思ったら『国籍は日本のくせに』って言って、父親の話を持ち出すのがいちばんやからね」

「古い話をいつまでも」太一は苦笑する。今度は胸がざわつくということはなかった。

梨花もよく覚えている。普段から際どい言葉の応酬《おうしゅう》を繰り返していた宣明と太一が、一度だけ本気の殴り合いとなったことがある。そのときの発端となったことを宣明は言っているのだ。

太一は立ち上がり、宣明に「おまえやっぱり髪切ったほうがいいな。長髪も、金髪も全然似合ってない」とやり返す。梨花に「ちょっと、若菜ちゃんに挨拶しに行ってきます。久しぶりだし、今度いつ会えるか」

そして太一は店の入口のほうの奥の、小上がりに向かう。

梨花は宣明に——「話の途中だったね」と。

「なんの途中?」

「ソンミョンは私に言いたいこと、今夜のうちに言っておかないと気の済まないこと、私に晴らしたい恨《うら》み、そういうのが、あるんじゃない?」

鬢《びん》のところの長髪を指で巻きながら、宣明は、

「恨み?」と甲高《かんだか》い声を上げる。「なんやねんな、それ」


小上がりに近づく。見えにくい位置の、柱を背にして横顔だけがちらちら見えていたその女性が、大場若菜だ。

回り込むようにして太一は彼女の前に姿を現す。

背後から近づいてきているのがわかっていたくせに大場若菜は、スーツ姿の太一のその顔を見たとたん、あっと驚いた表情をし、それがわざとらしいと自らに気づいてか、しっとりとした笑顔になったかと思うと、いろんな思いが去来して泣きそうにもなる。その特徴的な、かわいらしい団子鼻がじわじわと膨らむ。肩を落とすと、一気に疲れた表情が浮かぶ。さすがの年月の経過が、目尻などに表れていた。

お疲れさま、と思わず太一は声をかけそうになる。確か実家が九州の小倉《こくら》だから昨夜は実家で過ごしたか。ご両親とはどんな話をしたか。

「遂に、韓国人になったんだってね」と太一は言う。

それが耳に入ってなかったように彼女は、

「太一君！　柏木《かしわぎ》太一君！」

笑いながら涙をこぼしている。

なぜかフルネームで呼ばれたから太一も、面白がりながら、

「若菜ちゃん。大場、若菜ちゃん」と呼んだ。

若菜は小柄な女性だ。よく笑い、よく泣く。太一の覚えているエピソードの一つが、慰安婦を題材にした韓国映画を青年会で上映したとき、その日の夜のお酒の席で彼女が突然に、止めどない涙を流していたことだった。観た映画の話を誰かがしたのでもなし、もう数時間も経っていたにもかかわらず、漏らす嗚咽《おえつ》もないから泣いていたことに周囲もしばらく気づかなかった。

「柏木君、私ね、帰化したの。韓国人になったんだからね」

だからそう言ったじゃん、と思わず太一は口にしそうになるが黙って、得意げに振る舞っている若菜にただ微笑みかける。

その左手薬指に光る指輪はもう目に入っていた。そして隣の男がそうなのだろう。山籠《やまご》もりでもしていたみたいに精悍《せいかん》な顔をしている重量級の彼が、きっと夫だ。彼のことは知らない、初めて見る顔だ。

「紹介するね」涙を拭《ぬぐ》ってから若菜が、手のひらでその隣の彼を示す。「こちらね、チェ・ドンジュン氏。私の旦那《だんな》さんです」

「初めまして、柏木太一と申します」

しっかりと頭を下げる。

相手も正座に座り直して「チェ・ドンジュンと申します。挨拶が遅れて申し訳ありません。また

すっかりごちそうになってしまって、そのお礼もせず失礼しました」と、深々と頭を下げてきた。

そうなると他の皆も「ごちそうになってます」「ありがとうございます」と、方々からお礼の言葉を返してくる。

「もっと注文してよ」太一は言った。店の奥のほうに「すみません」と声をかけ、宣明とのやりとりが険悪に満ちていたあの中年女性店員が、だるくてしょうがないという足取りでこちらに近づいてくるから、太一は自らその女性店員に寄って行き、朗らかな笑みをもって、

「料理の追加で何かお薦《すす》めありますか?」と問うにその女性店員は、それこそ訊かれたかった質問なのか淀《よど》みなく、

「実はここ、焼き鳥がお薦め。養鶏場と縁があるから。特に皮の串が他にない」

文節ごとを短く言ってから、それでもタブレットから顔を上げることなく注文を待つ。焼き鳥の皮の、いったい何が他にはないのか想像もつかない太一だったが、

「じゃあそれで。人数分で。うん、多くても構わない。あ、はい、ごはんは抜きで。あと、申し訳ないですけど、できれば急いでほしい。あ、あと、ビール大瓶を三本追加で」

そのとき、ちらっと太一の顔を見て店員は、

「あそこの席、お酒飲めない方もいるようだけど?」

「じゃあウーロン茶も、適当に」

「急いでるんだったらビールはあそこの冷蔵庫から自分で取って。そのほうが早い」

彼女はキッチンのほうに去った。言われるままに太一はビール瓶三本を手に取り、冷蔵庫脇に備えつけの栓抜きでそれぞれ栓を抜いてから小上がりへと戻った。

「これ、追加でどうぞ。あとウーロン茶と、焼き鳥の盛り合わせも来るから」

「いいのに、柏木君」若菜が太一のスーツの袖を指先で持って「そんな気を遣わないで。私たちもう充分だから」

「いいさ、ボーナスが入ったばかりだから」

嘘ではなかった。勤め人ではないから会社からの支給ではないが、父親から得た、まとまった額がある。

「それにこれは、僕が奢りたいから勝手にそうするだけで、あとは手をつけようがどうしようが好きにして。僕は、みんなと運命を一緒にできなかった者として、ある種の申し訳なさからそうするだけで、別に皆さんが僕の身勝手に付き合う必要もない。――って、というよりそっか、ひょっとして今日は車で来てる？　フェリーだもんね。国際免許、取ったの？」

「向こうで免許切り替えたほうがいいんだよ」との、風船の破裂音に似た声がした。食いついたか、と太一は思った。店員相手に大仰な猿芝居まで打った甲斐《かい》があった。

上座にいる、痩せぎすな男が強張った顔で太一を横目で睨みながら、

「それに向こうで俺たちは車譲ってもらえる約束なんだよ、何も事情知らないくせに、ごちゃごちゃと」

語尾のほうが聞き取りづらく小さくなる。そもそも独り言なのかもしれない、というような口調。――遠くのほうで観察していたときから、こいつがそうだろうな、との見当は付けていた。またその男は、太一が若菜に話しかけた瞬間から隣の夫よりもずっと強い警戒心をこちらに露《あら》わとしていた。彼より明らかに年長者が他にいるのに、無意識を装ったつもりなのか上座に位置するその精神

性、もしくは無自覚だろうとそれを許しているこのグループ内の力学。

若菜が慌てたふうで、

「あ、あ、他のみんなも紹介するね」と言ってからそれぞれのメンバーのその名前と簡単なプロフィールを開示してゆくが、それでまた紹介された面々にそれぞれ太一は笑顔と会釈と短い挨拶を配り、それぞれの名前を、いつか役に立つかもしれないからと脳裏に焼きつけてゆくが、しかし意識は彼のところに注がれていた。彼の名は——イ・チョンソン。

なるほど俺と同じ種か、と太一は思う。同じ種といっても、よほど頭の悪いのから、感情や欲望の抑制の利かない者、小心者もいれば動じることを知らない者と、いろいろ個体差はある。嘘をつくことに平気なのはだいたいそうだが、すべてが場当たり的な虚言癖というわけではない。——彼、の場合は頭は悪くないようだ。しかし自律心のあるタイプではないらしい。感情的に理屈責めをして人や場を支配するタイプだろう。こいつがイファさんを負かした人間、この青年会の実行支配力をイファさんから奪いつつある人間がこのイ・チョンソンという神経質型の骸骨であるのだとしたら、それはちょっと、かなり、残念だ。俺の場合は見事に逆転負けを喫せられたのに、やはり老いたか、時代と状況に疲れたのか。イファさんは俺たちと同種ではない。それでも一目を置くに値する、粘り強さと発想力とリーダー資質と嗅覚《きゅうかく》とを有していた人物、のはずだった。それとも、あるいはこれは、彼女のあえての屈従なのか？

「これから農村主義の脱政府主義でいこうってのに、こんな最初の時点で『ブルジョワの海水』を飲んじゃっていいのか？」

チョンソンの言うそれは、太一にではなく、他メンバーに対する訓告《くんこく》のようだ。それで、酒を固く飲まないというのはイ・チョンソン夫妻だけのようだが他四人の、ビールを飲もうとする意思が凍る。コップを持つ手が宙で止まる。太一にも勧めようとしていた若菜の機先を制していた。少しあとのタイミングで店員が持ってきたウーロン茶を、これはそのチョンソンだけがわざとのように喉《のど》を鳴らして飲む。

　太一は思う。――農村主義？　農本主義じゃなく？　そして脱政府主義とは何か？　それは無政府主義《アナキズム》や、脱国家主義《トランスナショナリズム》とはどう違うのか？　まあ、造語を駆使したがるのは、その語義の説明をする過程も含めて、こけおどしや目くらましともなり、多数を徐々《じょじょ》に煽動《せんどう》するには有効だが。それにしても「ブルジョワの海水」ときた。おまえの飲んでいるそれも超巨大企業が労働力を安く買い叩いて作ったものだよ。こいつは、仲間内では「総括《そうかつ》」とか「オルグ」とかの語彙《ごい》を多用しているのではないか。新時代を装った、単なる懐古《かいこ》趣味としてのコミュニスト、その傾向。農業への安易な憧れ。目つきの悪さと怯《おび》えた攻撃性からして、いかにもといった教条主義者に見える。

　この和室に漲《みなぎ》っている緊張感を知らないふうで女性店員が、

「焼き鳥盛り合わせ、お持ちしました。まず三人分、あとの三人分はちょっとだけお待ちくださいね」と、打って変わって愛想良く、誇らしげでもある。確かに配膳が早くてそれは太一の求めどおりだったが、しかしタイミングが悪い。

　その店員がキッチンに去ってから、

「さっきからいったい、なんなんだよ」とまたの破裂音。独り言みたいな。「こんなの、一方的な侮蔑《ぶべつ》じゃないか、俺たちに対して」

　押し殺した小声で、緊張しているのが明らかなのだが、小柄で痩せぎすなチョンソンは太一の正面に対峙《たいじ》している。老けても見えるし幼くも見えるが、二十代だろう。肌が粗い。眉《まゆ》の毛のわずかしかないのは剃ったのではなく生来のものだろう。顔は小さいながら顎の骨が張っている。目が細い。細いながら太一を睨み上げてきているその目は爛々《らんらん》として、手を出せば噛みついてきそうな人間不信に充ち満ちている。

わかるよ、イ・チョンソン君――と太一は心の内から語りかける。しかし俺がもしそちら側にいたとして、それでおまえと全面対決するとすれば、いったいおまえをどう崩壊させてやろうか。

弱点はすぐにわかった。それは、若菜による各人紹介のなかで容易に見て取れた。

チョンソンの、その隣の女は彼の妻で、その名は「チカ」ということだったが、そのチカの紹介を若菜がしていたときに、チョンソンは妻の身をぐっと自分のほうに引き寄せていた。

こいつはこの妻を、身体的にはどうか知らないが少なくとも精神的には、暴力的に支配している。妻のほうの表情の動き、しぐさ、夫に肩を抱《だ》かれたときに「身を固くしてはならない」と自らに言い聞かせているような逆の強張り、初対面の男に対しては目を合わさないようにしている自意識のバリア。

若菜が「ね、ね、座って柏木君。座って」と太一に勧める。太一は靴を脱がないまま、小上がりに腰かける。上座のチョンソンとは正面の位置で、肩先を向けた斜めに対する。

若菜から太一はビールを受ける。若菜は隣の夫からそれを受けていた。若菜と、そしてその夫と太一はグラスを合わせる。他の四人には宙に向かってグラスを掲げる。

「聞いて聞いて」と、意識した満面の笑みとなって若菜が「こちらのねえ、ジャンホ氏はね、もうほんとに面白い人で」と急に楽しげに、そのジャンホという男を話題に巻き込む。その彼は独身であり、つまり帰国事業の七人は、二組四人の夫婦と一人の独身男性、そして梨花を含む二人の独身女性で構成されている。そのジャンホ氏とやらはそのなかでも剽軽者《ひょうきん》らしく、若菜にからかわれながらでも卑屈笑いで場の空気を循環させる。垂れ目の、若いのに頭髪が薄いそのジャンホは、どうやら若菜に恋心を抱いているようでそれは若菜自身もなんとはなしに気づいているらしく、だから若菜は恋愛優位者の残酷なタクト振りとして、ジャンホをたっぷり笑い者にして、そうして太一をもてなす——という以上に、チョンソンに対抗しているみたいだった。

若菜が「ジャンホ氏」の笑い話から続けて、メンバー内の独身女性である、マ・スミとかいうその陰気そうな女の子のことについて、それぞれにまつわる話を披露し、太一を退屈させないよう、明るい雰囲気を醸《かも》し出せるよう、神妙にしておけというチョンソンからの無言の圧力に抗するよう、頑張っていた。

ともあれそんな若菜の、いたいけな努力より太一の興味の対象は、やはりずっとイ・チョンソンの身に向かっていた。彼もまたずっと、こちらを睨みつけていた。——こいつもすでに俺のことを、自分と同種だ、ということに気づいているはずだ。

イ・チョンソン、おまえはきっと短距離ランナー型だ。瞬発力と電撃戦にはさぞ自信があろう。制圧の力もありそうだ。おまえよりも腕力ありそうな男たちが黙然と従っていて、そしてイファさんが屈したというのも、おまえの、心を折る力の優秀さを証明している。が、それまでのこと。長期的展望には欠けるだろうし、自己承認欲求はあらゆる欲求のなかでも低級のもので、また自尊心と感情のコントロールもまったくできてないおまえから、その妻を、時間をかけて引きちぎって離すことも俺にはできなくないし、妻もろとも潰してやることは、もっとたやすい。

やがて太一は、若菜に対し、そういえばこの子は喋り出すと止まらない子だったなと思い出して、頃合いを見て、

「そろそろ行かないと」と立ち上がった。「まだいいじゃん」と言う若菜に太一は「イファさんにもまだ話があるし」と、もっともらしい嘘をつく。

名残惜しそうにその丸っこい瞳を潤《うる》ませて若菜は、団子鼻を、頬のくぼみを、目の下の隈を、太一に向ける。

何か言っておいたほうがいいかな、と太一は考え、結局「じゃ、元気で」とだけ言ってその場を立ち去っていた。

「恨みって、なんのこと言ってんのか」

宣明は残っていた貝汁を飲み干しながら、向こうの和室にて立ったまま何かを喋っている太一を見ていた。何を喋っているかは聞こえない。完食してすぐに宣明はトローチを口に放り込む。

太一の席のほうに押しやっていた瓶ビールを引き寄せ、宣明は手酌《てじゃく》をする。ビールとトローチなんて合うのかと梨花は思うが、そんなことよりと、

「ベトナムと、インドネシアに行けたのは、ソンミョンの強いアピールがあったからよ？　ああいうのもぜんぶ、なかったこと？　無価値なこと？」

「いや」

「意味はあったでしょ？」

「意味は……」

と、宣明は言い淀む。確かにそれは、青年会在籍中に彼が唯一出した企画だった。東南アジアでのフィールドワークなど、予算的にも、そして「ベトナム戦争における韓国軍の戦争犯罪を知る」という企画内容としても、こんなのは通るはずもないと高を括った上で、会議で珍しく宣明は発言したのだったが、投げやりな無頓着さを装いながら挑むようでもあった彼を、思いがけない積極性を示して梨花が応援した。ベトナム行きだけではなく、インドネシアにおける元慰安婦の遺族への聞き取りもその旅程に組み込もうとアイディアを出したのは、梨花だった。韓日両国の戦争犯罪を取材する、という名目を立てることによって他メンバーからの口に出されない拒絶反応を鎮静させる効果を狙っていた。

太一は、この宣明企画のフィールドワークに早々に不参加を表明していた。

そしてベトナム。六時間ほどのフライト。ホーチミン市内、バイクの量。ここまで来てしまったんだ、本当にいいのか、と参加者全員の足がすくんでいた。

「意味はあった。でも――」と宣明は梨花に言った。

「何?」

「俺の期待してたような結果は得られんかった」

「何それ。……じゃあ何を期待してたの?」

「俺は、真面目な話、インポテンツになりたくてああいう提案、してたんだなって――」

「はあ?」太一の結婚を聞いたときに劣らない甲高い、しかし質の違う悲鳴めいた声を梨花は上げる。「ちょっと急に、何言い出してんの」

「いやほんと。俺は何よりあのとき、性的不能になりたくて仕方なかった。あのころはもう、自分が男であることの、罪、というか存在悪というか気持ち悪さに、うんざりしきっていて、だから本物の、リアリティ過剰な本物の、身に迫る性的被害者、歴史の被害者、それでその加害国が、日本だろうが韓国だろうがアメリカだろうがどこだって構わない、とにかく男どものしたことの、俺がするであろうことの、その場に俺がいたら確実にしていたこと、今でも現代日本においても俺が進行形でしていることの延長線上のもの、そういうのを、見て、とにかく見たかったし、見せつけたかった」

「誰に？　見せつけたかったたって誰に、私に？」

「いや、あのとき同行した男ども。あの旅行のなかで傑作だったことの一つがさ、ベトナムで、それもダナンとかホーチミンとかの普通の都市で、夜食事しているときとかベトナム人が笑顔で寄って来て『日本人ですか？』って英語で、時には日本語で話しかけてくる、そんで俺らが『いや韓国人です』って返答する、そのベトナム人が一瞬表情を曇らせた——ように俺たちには見える、韓国人として負い目があるからね。『私たちはジャパニーズ・コリアンです』って言い直すその間抜けさに自分たちで気がついて、下を向く。ざまあみろ、と。ベトナムの被害者のおばあさんたちに会って、もちろん、ショックを受けて、そのあとにインドネシアに渡って山奥の村で、元慰安婦の遺族たちの話を聞いても男たちはもう、当時のその少女の家に通ってはレイプしつづけた日本兵を、それが日本人だからって責める気力もなさげで。まあ強行スケジュールだったのもあるけど、みんな笑えるほど、ぐったりで、それで、それで——」

「それで『ざまあみろ』と」

「そう、——かなどうかな、わかんないですよ、もう。その旅のなかでもわかんなくなってた、正直俺は、自分をいじめるために、あの人たちをいじめるために――といって、せっかく俺の計画に賛同して大金叩《はた》いて旅に同行してくれた人たちってのに、ねえ？　何をあんな、当時は敵視してたんだか」

「チャンジクでしょ、テヤンに赤毛君に――」

「赤毛！　懐かしいなあ、そう言えばあいつ、いたよ。忘れてた」

渾名《あだな》の影響か、彼は小型犬のようなフットワークの軽さが特徴だった。――うっかり者の梨花がホーチミン市で、その夕方にはインドネシアに飛ぶという当日にパスポートをなくしたときも、赤毛は「ちょっと待っていてください」と梨花だけを連れて行って約四時間後、タンソンニャット国際空港に先に入っていた宣明たちのもとに、すっかり泣きはらした梨花と彼女のパスポートとを持ち帰ったのだった。

しかし彼は日本に帰国してしばらくのちに、やはり持ち前のフットワークの軽さを発揮して、転向組に落ちる。日本国籍に帰化して新党日本愛の党員になって、能天気な勧誘メールを梨花に寄越《よこ》してきた。

「あのころは、ソンミョンも楽しそうだったよねえ」

楽しかったのかどうか。しかし、思想、というものを宣明は次第に欲するようになる。それを武器として気にくわない相手をただ、からかいたい。冷や水を浴びせたい。感情を露わにさせて本音を吐かせたい。正義とはこれだ、我々は正しい、と前を向く雄姿の、その足を引っかけて転ばせたい。我こそは中道、まったく公明正大な考えの持ち主だ、と信じて疑うことを知らない奴に、いかにおまえは偏見に寄っているか、自立した個人のつもりが世の流れに迎合してばかりいて、流れとしての権力にいかに洗脳されているか、自ら考えることを知らないか、ということを突き詰めて気づかせて、そうして赤っ恥をかかせてやりたい。——その欲求が、青年会にいることで芽生えてくる。

週二回あった「学習発表」の会。宣明は次第に「強制連行が事実だとして、いったいどれぐらいの数、割合なんですか？」とか「その場合、韓国での外国人差別の実態は？」とか「韓国での入国管理法は？　難民の受け入れ人数は？」とか問うようになる。のみならず人格攻撃までするようになっていた宣明を、楊太陽《ヤンテヤン》という直情型の男が殴った。加えて太陽は「あいつを追い出さないんだったら俺が去る。選べ！」と梨花に迫ったのだが、しかし梨花は「誰も、誰かを強制的に退会させることはできない、それが私たちの秩序」と拒んだ。そのときは太陽も去ることはなかったのだが（彼は約一年後に結婚を機に退会した）、折に触れ、あまりに梨花が宣明をかばうので、すでに彼女は男女関係として籠絡《ろうらく》されたのだとの噂が立った。狭い人間関係のなかでのそんな噂をなんとなく肌で感じ、梨花は悲しんだ。宣明は笑ってしまった。母親の顔を知らない宣明にとってはわかりやすく、世に二種類の女しかいない。すなわち、性の対象となる女か、それ以外か。宣明にとっての梨花は明白に後者だった。

太陽に殴られてからそれほど月日の経たないうちに、今度は、より平和主義だったはずの男、童顔で睫毛《まつげ》の長い秦昌直《チンチャンジク》から宣明は殴りつけられた。泣きながらの非力な体当たりに壁まで押しつけられ、宣明は抵抗しなかった。

なぜ昌直が宣明に飛びかかっていったのかといえばそれは、昌直の「良心的日本人」という発言に宣明が噛みついたからだ。

「良心的、何？　じゃあおまえは良心的チョンか。良心的、が付かない単なるチョンってどんな存在だ？　おまえは良心的チョンって呼ばれたときにどんな気がするんだ？　喜ぶのか？　なあ？」

その「良心的日本人」とは韓国ジャーナリズムで普通に使われている慣用句で、だから自作原稿を読み下していただけだった昌直は、驚く。長い睫毛をしばたたかせて宣明を怯えたように見る。

「みんながおまえの凡庸《ぼんよう》さと無神経さに、ほとほとうんざりしてんのに、そのくせ語りたがりで口を挟みたがりで、ほんとにおまえは救いようがない。結局チャンジクは――」

というように容赦《ようしゃ》のない悪口《あっこう》は続いてそれが、遂に昌直を逆上させ、宣明に向かって突進させた。

その数日後、ほとんどのメンバーから梨花が吊《つる》し上げられていたなかで、宣明自身が姿をくらましていた。

例の、ベトナムとインドネシアを巡るフィールドワークには、その太陽も昌直もいた。「テヤンさんもチャンジクもいた」ということは、さすがに宣明にも複雑な思いを抱かせる。ベトナムで、インドネシアで、あまりに重たい被害者の声を聞いていたその隣に、熱血漢である太陽も、優しく涙もろい昌直も、確かにいた。

昌直に殴られてその晩、事務所にて、寝つかれず、灯りは点けっぱなしにしていて、といってソファーベッドから起き出す力もない。その晩に見た天井のことを、今でも宣明はよく覚えている。覚えていたくもないことだが、煙草の脂《やに》で薄汚く黄ばんだ天井――もう誰も室内では喫煙などしてないにもかかわらず、以前の住人の喫煙の跡だろうが、その黄ばんだ色合いのことを、それを眺めながら近いうちの遁走を心に決めていたことを、宣明はよく覚えている。

「あのときはもう、気持ちよかったんでしょ？」と梨花が宣明に言った。

染みや変色などまったくない白い天井、白い壁、会議室に似た食堂。神棚の一段下にあるテレビでは、新党日本愛への支持を表明している若き女性タレントが司会を務めていた。彼女はスタンダップコメディをようやく日本に根付かせて独自に完成させた第一人者で、過激な政治的発言や、自身の恋愛関係などの暴露も平気ですることで世間の耳目《じもく》を集めていた。テレビでは「あの気違い女が」とか「またこのＤＶ男が乞食野郎で」との差別語を編集なしで垂れ流しにしているから、これが地上波放送でなくネット放送だとわかる。

宣明は、あのときとはどのときのことなのか、とは問わずに無視して、手を上げ、奥の店員を呼ぼうとする。声をかけるまでもなく、先ほどの無愛想な中年女性店員が気づき、丸椅子から大儀そうに立ち上がって向かってきた。他に店員はいないのかと彼女を苦手に思う宣明は見渡すが、誰もいない。

「何か？」と彼女は、ぶっきらぼうに言った。そして宣明が綺麗に食べた皿を見て、片目を細める。その反応がまた宣明は気に入らない。

「えっと、四十代後半の人」

「四十三だよ」

その反応の速さに、ふっと笑ってしまった宣明はそのまま、

「ビール追加一本ね」と求める。

「他には？」

「他に？　イファさん、なんかつまむ？」

「いや」

梨花がお酒を本格的に飲むときには何も食べないのを、宣明は思い出す。

女性店員が「向こうのお客さんには焼き鳥の盛り合わせ、出したけど?」

「出したけど?　って言われても」と宣明。「じゃあそれがお薦め?　漁港の町やのに?」

「このお店、養鶏場と縁あるから。皮の串が他にない」

「何が他にないんか、まあええわ、じゃ、その皮の串だけ貰えます?　盛り合わせやなく」

「わかりました」

「わかったら早く行って。俺たちには時間ないんやから、最後の晩餐なんやから」追い払うように手を振る。

それでその女性店員は無言のまま背を向けた。こちらの事情は、漏れ聞こえる会話からある程度は知っているようだったし、知られているというのがどうにも宣明は歯がゆくもある。

「あんたねえ」梨花が声を落とした。「またいつもの悪い癖だけど、あの人がいったい何したって言うのよ。そんな毎回、敵を作って何が楽しいの」

「え?」と宣明は、しんから意外そうな装いを見せて。「楽しいですよ。めっちゃ楽しい」

「訊くだけ無駄だった」

「俺は喧嘩、四十八戦全敗の、人生勝ちなしの男ですよ。あのときのテヤンさんやチャンジクに押し倒されて殴られまくったときも、ものすごい快楽でしたね。あのまま殴り殺してくれたらよかったんすよ、ほんまに」

眉間《みけん》に皺《しわ》を寄せて梨花は「ソンミョン、あんた、ひょっとして、テヤンやチャンジクのことで責任感じてんじゃないの？」

「責任？」と鼻で笑ってから「一方的に殴られたのは俺のほうですよ」

わかってるくせに、と梨花は宣明を指さす。指さすな、と宣明は言う。

「まあそやったら」と自分の左手首をテーブルに置いて宣明は「いや、こっちやったか」と、今度は右手首のほうの袖をまくる。それを、ちらと見て梨花は嫌な顔をして強く瞼を閉じる。構わず宣明は、そこの傷跡の細長い一つを指さしつつ「ここのこれが、まあテヤンさんやチャンジクのこときっかけで作ったそれです」袖を直しながら「まあ他のに比べると、浅いもんですけど」

しばらく考えていたふうの梨花は、ふと、

「昔は三十六戦全敗って言ってなかった？　あれから十二回も喧嘩したの？」

さあ、と宣明は首を振る。

瓶ビールが届いた。店員は何も言わずにそれを置いて、すぐ去った。宣明がその瓶をまず梨花に差す。

注がれてすぐのコップを呷《あお》って梨花は「あんた背も高くて顔も黙ってると迫力あるから、一見そんなふうじゃないのにね」

鶏皮の串焼きが来た。その皿を置いて店員はやはりすぐ去った。鶏皮は平たくパリパリに潰されていた。なんやこれ、と毒づいてから宣明はその一つを口に入れる。しかし「いや美味いわ」と、のけぞる。そんな関西風な反応を梨花はまるで無視する。

「それにしても」宣明はすぐさま食べた串を皿に投げた。「久しぶりにその名前呼んだわ」

「どの名前？」

「みんな。ユ・サラさんに、テヤンさんに、チャンジクに、赤毛。それからジュノにユリちゃんもおったなあ」

うなずく梨花。「もっといたよ」とも言う。

「覚え切れんすよ。だけど、みんないたんやなあ、アホみたいに」

「みんないたね」

トローチの円筒ケースをまた手にして宣明は、でもそれを口に運ぶことなく小上がりのほうを指さして、

「みんな、いなくなって」

「みんないなくなっちゃったね」

「サラさん」と宣明は円筒ケースからトローチの一錠をテーブルに指で弾き出す。「テヤンさん」と次の一錠を指で弾き飛ばした。それは空の皿の上に留まった。続けて「チャンジクに、赤毛に」とその名を一つ呼ぶごとに一錠のトローチを親指で弾く。「ジュノ」とまた一錠。「ユリちゃん」と一錠。次々と飛ばす。今はいない者たちの名を呼ぶ。勢いでテーブル外に転がるトローチもある。まだ飛ばす。——やがて、思い出せる名の限界まで来たのか、トローチのほうがなくなったのか、手が止まった。蓋をきゅっと締める。

「みんな、おらへんくなったなあ。あの人ら、みんな、今、何考えて生きてんねやろ」

ゆっくり何度か首を縦に振る梨花。

宣明は、焼き鳥の串をもう一本噛む。ビールで流し込む。

「ま、人はいなくなるのが当然やけど」

小上がりの席から梨花たちのもとに戻る途上で、太一は、二人いた私服警官の男のほうとすれ違う。外の警察関係らしき者と連絡を取りながら、そのまま彼は店から出て行った。

太一と交代するように宣明がトイレに立つ。彼は別に、小上がりの席の連中に用はない。目を向けることもなく通り過ぎる。

トイレから戻ると、梨花と太一の二人ともが会話もなしに、それぞれのモバイルに集中していた。

宣明が椅子に座ろうとしたとき、モバイル片手に梨花が突然、

「ちょっと待って、ちょっと待って！」と椅子から跳び上がった。びっくりしたあ、と座りかけの宣明はまた立ち上がる。椅子を倒しそうになりながら前後にうろうろしながら、梨花は心臓あたりに片手を当てたり深呼吸したりしている。

そろそろと席に着く宣明は「どうしたんすか？」と問う。

「あ、いや、大丈夫、大丈夫」

「いや、大丈夫かどうかじゃなく、どうしたんですかって訊いてんの」宣明はちょっと笑う。

太一が「どこからの連絡ですか？」と落ち着いて尋ねる。

無言で、やたら多く小刻みに首を縦に振る梨花。

「だから誰からやねん」

「マスコミ、マスコミ」

「え？」と宣明は顔を上げた。

「ちょっとごめん。私、向こうで……」

とだけ言って梨花は、小上がりのほうでなく、他テーブルの、誰も座ってない席に移る。宣明からの「なんで向こう行く？」との投げかけも聞こえてないふうだ。

太一はまた自身のモバイルに向かう。そしてふと自分の長財布を取り出し、それを宣明に渡して、言う。

「ソンミョン、悪いけど、支払いしてきてほしい」

「は？　なんで俺が？」

と言いながら宣明は、そんな使い走りを頼む太一ではないはずなのに、と思う。それにさっきからいったい何をそんな熱心に誰かと連絡とってんだよ、と手繰れば次第にいろんなことが融解《ゆうかい》してくるようだったがその前に、

「もし俺が中身抜き取ったらどうすんねん」

と立ちながら返事を待たず、太一の財布を手にしてレジのほうに向かっていた。これで太一の奢りが確定するし、あいつが何かを頼んでくるという珍しいことが起きたときにはそれに従っておくのが正解だ。

恰幅《かっぷく》のいい四十三歳の女性店員が、タブレットでの計算結果をレジに送る。太一は現金主義だ。宣明は、これで財布が空っぽやったらおもろいのに、と思うがもちろんそんなことはなく、太一がいつも十万円以上を持ち歩いているのを彼は知っている。

「あっちの席の人たちのも一緒にね」宣明は小上がりのほうを指で示す。

「わかってます」店員は言った。太一からすでに話があったようだ。

お釣りを待つ宣明が振り返れば、一人離れた席にいる梨花に女性警官が近づくのを見る。何かを梨花に伝えているようだ。見上げている梨花の表情を見るに、どうも深刻そうな事態が起きているようだった。

店員が、

「あんたたち、日本から出て行くの？」と言ってくる。

宣明が、だったら何、という表情でレジに向き直る。

テーブル席のほうで梨花が太一に、

「私、もう行かないといけないみたい」と言い放つのが聞こえる。

太一が「何かあったんです？」と問う。

「何か、ちょっと前に自動車爆弾があったみたいで、大量の爆竹《ばくちく》も――」

「は？」

え、と宣明も離れた梨花を見る。

それが何を意味するのか人差し指を掲げて梨花は、

「わかんない、爆弾じゃないかも。路上駐車されてた車かそれとも用意されてた車か、それが炎上してるんだって。――ていうかそれより！　そんなことより私、テレビ局からインタビューの依頼が来た！」

「すごいじゃないですか」と太一の声。

どういうことなのか、これはちょっとした緊急事態であるのかもしれないと宣明は、気分の高揚してくるのに抗《あらが》えず、早く支払いを終えて梨花のところに行って詳しいことを聞きたい、と考えな

がら、しかしレジに立っている店員は変わらないゆっくりとした口調で、

「私は若いころは、この下関が好きじゃなくってね。いろんなことがありすぎて」

ちらりと彼女を見る。何急に言い出してんの、という表情で。

「私も、在日の友達はいたのよ」

またそんな言うべきでない常套句を、と宣明は別に腹も立たない。

「私は最近、何十年かぶりにこの下関に戻ってきたんだけど」

そして彼女による、生まれ故郷であるこの下関への愛憎《あいぞう》や、過去半生や、その「在日の友達」についての語りがぐるぐると宣明に向かう。すぐ耳元のようでうっとうしければ、ありきたりな内容で興味もない。いいから早くお釣りを渡してほしい。

梨花が太一に言っている。

「なんか車も二台目が燃やされたらしくて、爆発音？　爆竹みたいな音もあちこちで聞こえてるらしい」

興奮した梨花の声、なだめるよう太一が「まあ、そんな近場でもないだろうし」

確かにこの店内までは、爆発音も何も届いてなかった。しんとした港湾近くの空き地ばかりの静けさのなかにある。

眉根を寄せた梨花に、太一が問う。

「テレビのインタビューって、キー局？　在京の局？」

「ザイキョウ？　——あ、いや、山口放送の人」

小上がりにいたメンバーたちが、身支度をしている。靴を履《は》く。

向こうの梨花たちの慌ただしさをよそに、店員は語り続けている。

「数十年ぶりぐらいにこの町に帰ってきて。でも私は歩道のタイルの一枚一枚をさ、いちいち覚えてたんよ、あの建物、まだ建ってんのねえ、とか、釜山門とグリーンモールは残念なことになっちゃったけど、でも東南アジアの人とか来てくれてそれでどうにか市の財政も保ってるようで、そういう変化はあるけど、変わらないものもある。だからそれで、富士山とかスカイツリーとかそんなわかりやすいところに懐かしさ感じるんじゃなくって、タイル一枚とか廃屋の一軒家とか、そういうのこそが懐かしかったりするんよね。だからまた帰ってきたらいいのにって。あんたらも、在日だろうがなんだろうが、私の見てきた風景とそんなに違わんでしょう？　嫌な思い出ばかりの土地かもしれんけど、懐かしさには罪がないはずだから。だからさあ、出て行ったとしてもまた戻っておいでよ。懐かしい景色が、この日本にもあるでしょ？　見に戻っておいでよ」

このおばさんは俺も一緒に韓国行くと思ってんだな、と宣明。梨花は、帰国組の仲間たちと打ち合わせでもしているよう。それから宣明の持っている長財布――この、物持ちのいい太一が青年会時代から継続して使っているチェーン付きのリーバイスの長財布に気づいて梨花が、太一に、自分たちもいくらか払う、ということを主張している。悶着《もんちゃく》しているがあれはやがて太一の時間切れ勝ちになるだろう。――それで、太一はイファさんにハグされてる。酔ったときのイファさんにあれをされるのが俺は本当に嫌で、だから今日も別れ際は注意しないと。太一は、他の女の子にも挨拶されてハグを受けた。それはちょっと羨ましい。あそこにある親密さと友情が俺には永遠に得がたいものだから、羨ましい。

「私も懐かしかったんよ。別になんの変哲もない海の風景、ボロ船の出航する後ろ姿、バスの時刻表、市場や商店街、無個性にしか思えなかった駅ビルなんかもさ、いちいち溜め息が出た。大嫌いだったはずなのに」

実は俺も山口県の生まれなんすよ、と共通点の重なりを告げようと思えば告げられる。が、口にしない。別れた妻とは周南市にある同じ小学校出身だったってことが最初の縁になったんですよ、と話題を広げようとすれば容易な糸口を、でも拾わない。そもそも自分は韓国に行かないということを、伝えない。それとも伝えられないのか？　らしくもなく口が重くなっているのを宣明は感じていた。

「だからさ、時代が変わったら、きっと変わるから、そうなったらまたこの関釜《かんぷ》フェリーで日本に戻っておいでよ。そんときはまたこのお店に寄ってよ。顔見せてよ。ごちそうしてあげるから。そのときまでこのお店がやってるかどうかわかんないけど、でも私もあんたたちに再び会えるのを楽しみに生きるから。ね、また顔見せにおいでよ」

俺がこの下関に来ることはもうないと思うけど、イファさんと帰国組のあの子らは、日本に戻るときにはまたフェリーに乗って来るのだろうか。

その帰国組の一人が、神棚の下にある店のテレビをネット放送から地上波に切り替え、音量を上げる。ローカル放送局によるニュース速報が流れていて、自動車の燃えている中継が、別の場所の二台を続けて映す。どちらも、人通りのないような寂しい闇夜に炎が舞い上がっていた。それとはまた別に下関市のあちらこちらで、爆竹が鳴らされているらしいとのアナウンス。排外主義者たちが集まり、シュプレヒコールを挙げている、フェリー乗り場付近に集結している。その抗議集団の代表者にカメラとマイクが向けられ、現地リポーターからの爆竹音についての問いに「さあ？　少なくとも俺の命令ではないですけど」と白々しく見せつけるような笑みを向けてから「でもやっと反日分子を追い返せるんだから、こんなお祭り騒ぎぐらい愛国者なら許さないと！　ノー・コリアン！　ノー・コリアン！　世界から朝鮮人を駆逐《くちく》せよ！」と急に発奮してマイクを奪うようにするから瞬間的にスタジオに切り替わってキャスターが「情報では、どうやら爆竹やロケット花火がドローンを使って投下されているようです。付近の方は危険ですから充分にご注意をなさってください」と、そしてコマーシャルに入った。

さて宣明は、お釣りをもらって店員から重ねての「また戻ってきなよ」との呼びかけには、振り返りもしない。女性警官に何か言われながら先頭を歩く梨花はそのまま宣明とすれ違って店を出た。他の帰国組メンバーも緊張した面持ちのまま梨花に続く。すでにコートを着ていた太一から宣明は、この店の近くにまで撮影班が来ているということを聞く。どうやら歩きながらのインタビューになり、施設には許可を得ているから出国審査を抜けるところまでカメラに収めたいということらしい。そのチェーンをぶら下げて持って太一の長財布を宣明は返した。そのまま太一も店を出る。宣明はテーブルに戻ってそこに掛けていた自身の、赤のフェイクレザーのロングコートを着る。太一の残した、ふぐの唐揚げを一個、もう一個と指でつまんで口に入れる。ビールの残りを飲む。先ほど梨花が放ったままの千円札を、コートの内ポケットにしまう。そして最後の客としての宣明が店を出た。振り返らなかった。

テレビクルーがいた。暗い夜道のなかを、そこだけ煌々《こうこう》とした照明や、いつの間にか集まった多すぎるような数の制服警官に囲まれて進む梨花はもう、宣明や太一から離れて別人だ。宣明や太一にしてもこのまま距離が離れゆくのを気にしない。実際に爆竹音やロケット花火の音を耳にする。

おおすげえ、と宣明は呟いた。先を行く集団と自分たちとが充分に離れたところで宣明が、太一に、「これがおまえからの、イファさんへの手向《たむ》けか」と言った。

え、という顔を太一はした。

「俺にはわからんと思ったか？」宣明は、ひひと笑う。「さすがにわかるわ。——新下関の駅で急に別れたシン君とかいうあの子。あの大きなリュック。ずっとしてたおまえの連絡。小型ドローンからの爆竹投下に、自動車爆発に、こんな大騒ぎにしてようやくマスコミ呼べたっていう事実」

「もういい」と太一は、唇に人差し指を当て、それ以上言うなと示す。

「誰が聞いてんねん」宣明は更に笑うが、しかしそれで黙る。

梨花たちはずいぶん遠くなったがフェリー乗り場のほうへと歩く。排外主義団体が、高架橋下の道沿いに並んでいるのが見えた。テレビで見た印象より数少ない。ロケット花火の音もした。ドローンは複数台なのか、複数台を一人で同時に操縦できるものなのか。

「まあでも、イファさんには最高の贈り物かもな」宣明は言った。「いちばんご苦労で大変なのは、まったく無関係のあのシン君やけど」


すでに船内の人となっていた梨花は、荷を解くでもなく気の抜けた状態で、椅子にもたれて座っていた。これから出港までの時間が長い。停泊《ていはく》していながらフェリーはわずかに揺れている。二段ベッドが二台ある洋室。六畳ほどの縦長の部屋。女たち四人はその一等室に、男三人は大部屋の二等室にそれぞれ分かれていた。フロアが三階まであるフェリーの、二階に梨花たちの一等室があり、二等室は一階にある。三階にあるのはスイートルームなど特別室だ。

船室の奥の角に備えつけられている机と椅子。そこの壁には大きな鏡があり、机にはテレビが置かれている。ネット放送には対応していない。韓国の放送局がメインで、日本のものはBSのNHKのみが映る。チャンネルをしばらくはザッピングしていた梨花だったが、韓国の放送局はもちろんNHKでも彼女たちの「帰国事業」のことは触れられてなく、わかってはいたつもりの梨花を、それでもひどくがっかりさせていた。韓国のニュースはほとんど韓国国内のスパイ疑《ぎ》獄《ごく》事件に占められていた。

一等室にはシャワーがあるから若菜はそこを使っていた。一等室との名称はあっても四人が同室するのにはずいぶん狭い。マ・スミは、二段ベッドの上のほうに荷物だけ置いて、どこかに出ていた。若菜がシャワーから出て、次はチカが入ろうとしていたときにノック音がする。

「はい」「はーい」とチカと若菜が同時に返事をしていたが、ドアを開けることなく向こうから、「チカ、チカ！　俺だ」ともう一度強くドアを叩く。イ・チョンソンが妻のチカを呼んでいた。

そしてチカは連れ出される。壁にもたれて黒目の動きだけでその様子を見送っていた梨花は、

――また挨拶もなしで徹底して無愛想な男だな、とぼんやり思う。でも、あのナイーブな男がデモの街頭やセミナーなどでは爆発的な力を発揮していた、が、もう日本からは出て行くのだ。これから向かう土地には、彼の望んでいるようなわかりやすい敵はいない。差別主義者や排外主義者はいるだろう。しかしそれはもう身内の敵なのだ。どう闘えばいいのか、あの子にもよくわからないはずだ。

数分ごとにモバイルで確認している梨花だが、せっかく受けたインタビューも全国放送はされなかったらしく、というのも日本国内でのレイシズム関連のニュースは、それこそキム・マヤさんが

殺された事件のように死人でも出ないかぎりはほとんど報道されなくなっていたからネットでのトピックとしても盛り上がりに欠け、しかしそれでもコンプライアンスの緩《ゆる》い動画サイトでは「完全勝利、チョンのゴキブリたちを半島に追い払った」とか「在日ババアが帰国前のインタビューで生き恥をさらす」といったキャプションで、山口放送のそれを無断アップロードした動画がいくつか垂れ流しにされていた。――さて梨花は、不思議な思いに駆られる。コメント欄《らん》も、ひどい中傷と差別語と容姿揶揄《やゆ》ばかりが並ぶそれらのページだが、それでも連中のような編集と動画アップの労をいとわない人力のないかぎりは、今夜の梨花たちの姿がネット世界にこのようにアーカイブされることはなかっただろう。だから、梨花は「ああいいぞ、もっとやれ」と囁《ささや》く気持ちにはなっていた。もっとやれ、と、私たちの姿をこの永遠の海に残すよう、おまえらもっと頑張れ。

一人で出て行っていたマ・スミが、今は布団のなかに包《くる》まっている。それを慰《なぐさ》め、事情を聞いていた若菜も今は、自分のモバイルで夫か他の誰かとやりとりをしている。

スミに対しては、またどうしてこのタイミングで、とも梨花は恨みに思うのだけど、彼女はジャンホに恋心を告白して見事に退けられていた。スミ自ら教えてくれたところでは、ジャンホから、「悪いけど、おまえのことは一生愛せそうにない」と言い放たれたとのことだった。もっと別の言い方があるだろうに、とこれはジャンホに対して梨花は憎らしく思う。私たちにとって欠くことのできないムードメイカーの彼だが、ことスミに対しては、粗略《そりゃく》に扱うところが多い。

若菜が「このカーテン閉めよう」と窓のほうに寄った。梨花のすぐそばだ。甲板の通路を歩く船客たちから室内が丸見えだった。それで閉めた。そのまま若菜は梨花の頭を抱《だ》く。

「今日はお疲れさまでした。ねえイファさん、ぜんぶを自分一人で抱えようとはしないでね、私もいるんだからね」

そして梨花の額に前髪の上からキスをする。「ねえシャワー浴びたら？　絞った雑巾の臭いがする」

時折、悪意なしにデリカシーのないことを言う若菜のその彼女らしさに苦笑し、梨花は「わかった」と答えた。

と、そのときだった。梨花のモバイルが着信を知らせた。

「梁宣明」との着信通知。

急いで応答ボタンを押して、

「あんたどこにいるの？」と、興奮のなかでほとんど叫んでいた。

一時間以上前に宣明と太一とは、ターミナルに彼らが入れなかったこともあり、別れらしい別れの挨拶もできないままだった。

宣明は間延びした声で「まだ下関にいるよ」と答える。

「下関のどこよ？」

一人が通れるのがやっとの、二段ベッド二台のあいだを梨花は行ったり来たりする。宣明はどうやら外にいるらしい。そして妙にざわついた雰囲気というものが、受話口向こうの彼の周囲にあるように感じ取れた。

「あんたそこは危なくないの？　早く下関離れないと駄目じゃない！　奴らまだそこらにいるんだから」

カーテンを閉めた窓を背にして腕組みして若菜はその梨花を眺めている。壁のほうに向いて蚕のように丸まっているスミは、どうにも耳をそばだてているらしいがこちらを見ようとはしない。

「ソンミョンまた引っ越ししたら、ちゃんと住所は教えてね。あんたのその放浪癖も、いい加減なんとかしないと」

「そんなんどうでもええねん」周囲の喧噪《けんそう》に負けないようにするためか宣明は叫んでいたが、でもその声は笑いを含んでいた。「ええからデッキに出て!」

「デッキ?」

「そうデッキや! 港側のほうやで。俺ら見送りに来たんやから。太一もおるよ!」

梨花は力を得た。彼の声の導きのままに行こうと決める。部屋をいったん出てから思い直して室内に戻り、若菜に「一緒に来て、太一に、最後の挨拶」とだけ伝えて彼女を引っ張る。そしてそのままスミを一人にした。

誤って反対の海側のデッキに出てしまってそれでぐるりと回り込み、三階に上がって港側に向かう。船外は風が強く、寒い。振り返ると若菜は、高所への恐怖心に足がすくんでいた。でもそれで彼女に配慮《はいりょ》して止まるわけにもいかない。時間がそうあるわけでもない。

それで彼ら一群を、すぐに遠い下方に見たのだった。排外主義者たちの蠢《うごめ》き。そして彼らを囲む機動隊と制服警官。白い鉄柵があり、そこは見送りのためのスペースのようだったが、ささやかな広さしかない。そしてそこに今は多人数がひしめいていたのだったがそれでも、排外主義者たちの数は先ほど梨花がターミナルに入る前に見たのと比べると、ずっと少なくなっていた。

「あ、いた。おーい! こっちこっち!」

飛び跳ねて手を振っている赤いレザーのロングコートの宣明、その向かって右隣にはスタンドカラーコートの太一がいた。

彼らに挨拶するよう梨花は片手を掲げたのだったがそれに激しく反応したのが、梨花から見て左側に、ずらっと並んだ機動隊員の壁によって隔てられている排外主義者たちだった。

若い女の絶叫が、

「沈めぇ！　沈めぇ！　もう二度と帰ってくんなあ！」

中年男の怒声で、

「リメンバー・セウォル号！」

そしてわざとらしい高笑いがその集団から湧《わ》き起こる。

ああもうこういう光景を直接目にすることはなくなるんだな、と梨花はほっとしていた。自分たちの醜さを最後の最後まで見せつけてくれて、おかげで前途に対する鬱々《うつうつ》とした気持ちが幾分か晴れた。

宣明が、

「イファさん、俺らは手を振るなって。『挑発行為は慎《つつし》んでください』ってさ」

「そこでずっと待ってたの？」と梨花は宣明に問う。出港時間は遅れて、今は夜の八時に近い。

「まさか。駅前の店で太一と飲んでた」

そのときだった。またレイシスト側からの「死ね！　死ね！」との唱和《しょうわ》が再び盛り上がる。警察が「止《や》めなさい！　止めなさい！」と制止すればすぐ収まるが、どうも一部が恐慌状態のようになっているらしく、またも「死ね！」だの「犯罪者！」だの「チョン帰れ！」だのといった金切り声が上がる。

宣明が、

「帰ろうとしてる人間に『帰れ』って言ってもねえ」と呟く。

「え、何？　聞こえない」と梨花。騒がしさもあったが風も強かった。

そして宣明はモバイルの通話口に向かって、

「生きろ！」と叫んでいた。「生きろ、生きろ、絶対に生きろ！　絶望してもそれでも生きろや！　とことん生きろ！　醜くなっても生きろ、死んでも生きろよ、餓死《がし》しても生きてろよな！」

「あんたに言われたくないわ、ソンミョン」

そりゃそうだ、というふうに笑う宣明に梨花は、

「あんたこそ死なないでね、もう変なことはしないって最後にお姉《ヌ》さん《ナ》に約束してちょうだい」

しかしその約束だけは絶対にしたくない宣明は、ただ黙っている。その反応もわかっていた梨花は、今の宣明の表情が、遥《はる》か眼下にして精緻《せいち》に見て取れるはずもないのに、ありありと目の前にしているかのようだ。いつも、誰に対しても、皮肉と軽蔑を忘れてないかのようなその冷笑の貼りつき。

初めて宣明を拾い上げたときのことを梨花は思い返す。それはまさに「拾い上げた」という他ない、そのときは時雨事件前で、当時はまだあった事務所に出勤してそこのゴミ捨て場のところに背の高い男が、いびきをかいて堂々と寝ていたのだったが、その暑い夏の日、梨花も叫び声を上げるほどにびっくりした。過激な差別主義者が酔った勢いか何かで殴り込みに来てそのままそこで眠り込んでしまったかと思った。が、両方の手首から肩にかけての幾条ものケロイドを見つけ、そのことが却《かえ》ってなぜだか、対話の通じる奴かなとも思わせたものだ。それでその男が同じ在日韓国人だ

とわかり、宿なしだとわかり、そうして事務所で寝泊まりさせることを独断で決めたのだった。

「ソンミョン、あんたは私の息子よ。우리《ウリ》 강아지《カンアジ》よ」と梨花は言っていた。

「まあた、そういう気持ちの悪いことを言う」慣用句とはいえ子犬呼ばわりしてくるのが気持ち悪い。言われて梨花がデッキの上から宣明を指さす。「指さすな」とすぐ宣明は言った。梨花は笑う。こんな小さい動きは見えないと思ったが、勘で言ったのか。

小さな遠景のなかで宣明が太一のほうに自分のモバイルを差し出すのを梨花は認める。

「太一、おまえもなんか言うたれ」との声が漏れ伝わる。

太一が宣明のモバイルを手にし、

「まあお元気で。これから、お手並み拝見です」

梨花が問う。

「太一、あんた私を憎んでる？」

「ほんとにもういいですよ、そんな過ぎ去ったことより未来です」

「太一、わかってないかもしれないけど、あんたのことも、ソンミョンとか他の子と同様に、区別なく私は愛してたんだからね。覚えといて。우리《ウリ》 아들《アドゥル》. 우리《ウリ》 아들《アドゥル》よ！」

と言っている最中に汽笛がうるさく鳴り、それが終わってから若菜に電話を替わる。梨花はデッキの柵から下がって後方の船壁にもたれる。電話をしていた若菜がしゃがんだ。それは一瞬、高所が怖いためにそうしたのかと梨花には思われたがそうではなく、彼女は顔に手を当て泣いていた。

そう、太一は、言葉で人を泣かせるのがうまい男だった。唯一私にだけは泣かせ文句をかけてはくれない、とも梨花は思うのだが、ともあれ若菜と太一とのあいだにも、いろいろあった。若かった青年会時代が共通してある。

船が離れる。もう若菜は充分らしく、モバイルを梨花に返したあとは階段下に戻っていった。下関港から離れてゆく。またデッキの柵に寄って梨花はモバイルに向かい、

「ソンミョン、太一」と呼びかけるも、

「はいはい」「なんですか」との平板な返答を得るのみで、ずんずん船は港から離れる。排外主義者たちの絶叫はもはや言語を成してない。

梨花は自分のモバイルを耳に当てている。汽笛を鳴らしてフェリーは下関港を離れてゆく。

モバイルを耳に当てながら梨花にはもう、宣明にも太一にもかける言葉がない。手を振った。二人にはそれが見えないようだ。あるいは、二人が手を振り返してくれても、もはや姿が小さくなりすぎてよく見えない。またも汽笛が鳴る。こんなに駅が近くてしかも夜の出港なのに、進路上を先行する船でもいたのか、もしくは韓国人の船長や船員たちの怒りの咆哮《ほうこう》でもあるのだろうか（と想像するほうが船上の梨花には楽しい）。

航行《こうこう》はゆっくりのようで着実で、下関からと言わず日本から、日本的建築から、柔らかな夜景から、日本の自然、日本の生活習慣や文化、日本らしい親切心、日本らしい差別心、気遣いと内気さ、綺麗好きであり潔癖症《けっぺきしょう》であり、それが良いことばかりでない協調性、それが悪いことばかりでない閉鎖性、日本の娯楽《ごらく》、日本の食事、マナー、そして日本人から、多くはこちらの至らなさから音信不通となった日本の友人たちから、過去の日本の恋人、認めざるを得ない私の多くの部分でもある日本から、結局はやっぱり愛していた私の日本から、こうして離れてゆく。出てゆく。朝鮮半島に帰る。さようなら私の日本。もう二度とその土を踏むことはないかもしれない。さようなら、ニッポン。

朴《パク》梨《イ》花《ファ》こと
山《やま》田《だ》梨《り》花《か》のブログ

釜《プ》山《サン》広域市

4月7日

韓国上陸初日

私たちの仲間の、マ・スミが死んだ。韓国での新生活において、およそ考えうる最悪のスタートを切ったことになる。当ブログで私は常々、ここでは隠しごとをせずにありのままの事実を書く、と宣言してきた。ゆえに、この愛すべき同志の死のことも、私は記しておかないといけないだろう。

私は、他のメンバーに「どんなことがあってもそのことを私はブログに書くから。後になって『今回のことは書かないでね』と言うのは禁止ね」と言い渡していた。といって他のみんなから現時点で、私に釘を刺すようなことは言ってきていない。みんなそれぞれのショックに向き合って、それどころではないのだろうが、そんな間隙を縫って私はこの記事を書いている。

スミは釜山行きのフェリーから、海に身投げして死んだのだった。死んだ、と書いたが遺体を見た者は誰もいない。彼女はただ忽然と姿を消した。

前夜の、フェリー出航後まもなく、ある失恋にスミは打ちのめされたのだが、そのせいで彼女はベッドに伏せって大泣きしていた。やがて静かになり、だから泣きじゃくってそのまま疲れて寝てしまったもの、とばかり同室の私たち女性陣は思っていた。というのもスミが部屋の外に出るのを誰も見なかったし、布団がこんもりとしていたので、消灯時間になり、チカがスミに「おやすみ」と声をかけて返事がなかったからといって、頭からくるまって寝ているとしか考えられなかった。

翌朝、布団の下にはスミの荷物しかないことを私たちは発見していた。別フロアの部屋にいる男子たちに連絡を取ってみても誰もスミを知らないと言う。

　スミの姿が見えないとわかって、私たちはまず彼女の悪戯を疑った。そういうことをする子ではないのに。

　次に、誰が言い出したか、彼女がこの船のどこかに身を隠してそれで日本に帰ろうとしているのではないか、と。

　つまり私たちは、スミの身投げ、という可能性を頭から極力排除していたのだった。不安と恐怖を直視しなければ、それが的中しないとでも言うように。


　しかし下船の時間が迫って遂に、若菜がスミの遺書を、スミの荷物のなかに見つけてしまう。遺書と言っても、ほとんど走り書きのメモのようなもの。以下は、原文ママ。


　誰も悪くありません。私が弱いってだけ。

　みんな、いっしょに韓国生活できなくてゴメンね。あっちの世界から応援してます。

　おかあさん、約束守れなくてごめんなさい。愛してます。お父さん、韓国で会えるのを楽しみにしてくれてたのにごめんなさい。誰も悪くないです。私がダメな女だった。


　当ブログを初めて訪問された方などは、マ・スミのことをよくご存じないと思うので、そういう方はどうかここの紹介記事を参照してください。私を含めた計７人の帰国組のそれぞれの紹介が、各々自身の文章でつづられています。マ・スミの、女の子としてのかわいらしさ、優美さと繊細さについて、ぜひ触れていただきたいと思うのです。そしてどうか私たちと一緒に、スミの冥福を祈ってください。

　スミは、私たちグループのなかではいちばんの新参者で、キム・チカと同い年の最年少で、そして私たちとは違って在日２世だった。つまりお父さまが元特別永住者ではない、仕事で来られていた韓国生まれの韓国人である。お母さまは日本人。もう以前の記事で紹介したことだが、ご両親はすでに離婚され、お父さまは韓国に、お母さまは日本にお住まいだ。

スミの失踪と彼女の遺書らしきメモの発見を乗務員に話してから、私たちはむしろ他者の喧噪に取り巻かれる。停船したなか、私たちはエントランスホールにまとまって座らされ、待機させられる。説明するのは主に私の役割だったが、そのあいだにメンバーのジャンホがお手洗いに立とうとしたのだけどそのとき、セキュリティみたいな男にいきなり「どこ行く！」と怒鳴られた。ジャンホは韓国語をほとんど知らないのだけど、それが彼の動きを制止する言葉であり、そしてそれまで私たちに向けられていた客相手としての敬語でなく、ぞんざい語であることを、彼もすぐに理解したようだった。
「どこに行くのか、だって」と私はいちおう通訳した。「ファジャンシル（化粧室）」と、彼は知っている数少ない単語を発する。こもった小さな声だった。それでトイレに行くのにも同行者がついたのを見て私たちは、実質これが軟禁状態だということを、ほとんど被疑者の立場にいることを理解したのだった。（ちなみに関釜フェリーからの船舶は、日本船籍のそれと韓国船籍のそれとが日替わりで交互に出ており、特に選んでのことではなかったが私たちは韓国籍のほうに乗っていた。乗務員は皆、日本語が上手でも韓国人で、船内コンビニも韓国チェーン店のものだった）

制服を着た韓国警察の数人が、乗船してくる。制服の腕章に「해양경찰（海洋警察）」の文字が読める。私たちグループのなかでも特別スミと仲のよかったキム・チカは、スミの遺書を読んでからずっと泣きどおしだったが、それがだんだん別種の恐怖の面持ちに変化する。私だって（スミのご両親にどう報告したらいいものか）とばかり心配

していたのが、やがて自分たちの身の上のほうが心配になってきていた。しかしいったい、私たちの誰が、なんの目的で、どんな動機があって、揺れる船上から暗く寒い海へとスミを突き落としたというのだろう。

着いたばかりの韓国・釜山で、上陸後に私たちが初めて乗った乗り物が、白に青と黄のラインの韓国のパトカーであり、最初に入った建物が釜山海洋警察署であった。

最初のうちは、官憲による連行と取り調べも、ある程度は仕方ないと受け入れていた。私たちの仲間のひとりが船上で行方知れずとなって遺書が発見されたのだ。彼らは当然の仕事をしている、それにやはり公的機関からのすっきりした報告がなければ、スミのご両親も納得がしづらいだろう、と。

警察署内では、私ひとりが取調室に招かれた。それはいい。隣で誰かがしどろもどろになっているのを見るよりは、ひとりきりで聴取されるほうがずっとよかった。

韓国では取調室における完全可視化が実施されてもう長いのだが、そのせいか、あるいはその部屋が偶然そうだっただけか、室内にはマジックミラーなどなかった。わかりやすくカメラとマイクが置かれていた。また韓国には「弁護人参与制度」があることを私はよく知っていたが、弁護士立ち会いも特に必要ないだろうと考えていた。

そして実際、私の考えどおりだった。室内に男性３人いたなかで、席に着いた２人が取調官だったが、別に「良い警官、悪い警官」との役割ではなく、主に１人からだけの問いかけもずっと敬語で、紳士的な態度で、私たちの誰かが殺人者だなんて露ほども疑ってない口ぶりだった。

１時間ほどで２人の男は出て行った。それまで壁にもたれていた年配者だけが残った。私は、何をどうしろとの指示もなかったから少々途方に暮れたが、これが任意の聴取だったことを思い出して席を立とうとした。しかし外に出るのにはその年配者が邪魔だった。

私が座ったまま椅子を引いたときに、その年配者は、すっと私の対面席に座った。私は立ち上がりにくくなる。

彼が、これは上手くない日本語で「わたしはパクです」と言う。わざとした強調か？　以下は韓国語で「あなたと同じ姓ですね」と、そして「本貫（いわゆる始祖の発祥地、とされるもの）はなんですか？」と訊いてくる。私は答えた。彼が「韓国語、上手ですね」と世辞を言う。それから、

「なんで、住みやすい日本からわざわざ韓国にいらっしゃったんですか？　しかも集団で」

それは幾度となく繰り返し受けてきた質問だったから、もうパッケージとなっている回答を私は口から発する。

いわく「日本ではいま在日僑胞（チェイル・キョッポ）への弾圧が強くて、より自由な社会を求めて母国に帰ることにしました」と、しんみりとした調子で抑える一方で、いわく「新しい人生と新しい生活と、それから少しの冒険を求めて来ました！」と、からりとした晴れがましさも見せる。

それでその年配者の返事を待つ。彼はこう言った。

「なんで、住みやすい日本からわざわざ韓国にいらっしゃったんですか？　しかも集団で」

一言一句同じ発話だった。さらに彼の目のなかに、極めてつまらなそうな、なんらの感応の光も見出せなかったから、私は自身に反省をうながす。考えてみればこれは、初見の現地韓国人を相手に、私たちの「帰国事業」について話をする初めての機会なのだ。これまで蓄えては整えてきた文言をオートマチックに垂れ流すのではなく、いまの正直な心の内を不格好であっても実感のある言葉で吐露するのでなけ

れば、私たちの行動そのものの誠実さが疑われることになる、のではないか。

ここのページを読んでいただければわかると思いますけど、初期の私のエントリーには、この「帰国事業」に対する私の思いが、だらだらと長いだけの下手くそな文章で、しかし熱情にまみれた文章で書いてある。私はその初心を思い返しながら、またマ・スミを失った現在までを含めた想いを、目の前の彼に向かって語った。

改めて考えれば、これは単なる逃避ではない。率直に言えば最初のころは「迎え入れてくれるはずの母国韓国に渡ること」と「裏切られた生国日本を離れること」が目的化していて、そのあとのことは確かに、おざなりになっていたのかもしれない。だがもう違う。スミを失ってまで手に入れようとしているこれは、ひとが「生活する」とはどういうことなのか私が私自身に問い直すためのような、旅立ち、心のどこかで望んでいた、生まれ変わりにも似たまったく新しい局面、なのだ。逃避でなく開拓、屈伏でなく立ち上がり、悲愴感ではなく闘争心、意志を貫いた結果としての、まだ大いなる過程としてのこの現状のはずだった。

私は彼に語った。農業、土いじり、集団生活、を通して私たちが見出そうとしているのは「私たち自身」です、と。

政治活動、人権運動、そういった名分で私たちはもしかしたら「私たち自身」というのを見失っていたのかもしれない。だからこの機会に自分たちを見つめ直す。「生きる」という単純な営為をとことん見つめ直す。そして「朝鮮半島の血を引いているということ」を「日本列島に何世代か住んでいた朝鮮半島人であった」ということ、もしくは「在日韓国人と結婚した日本人であった(これは我らが大場若菜のこと)」ということはどういうことなのか。それらを一歩離れて見つめ返す。
その年配者に語ったことは、新たな発見もあり、語りつつ我ながらちょっと感動的ですらあった、が、彼はじっくり、ひと言も口を挟まずに私の話を聞いたあとにこう言った。
「なんで、住みやすい日本からわざわざ韓国にいらっしゃったんですか？　しかも集団で」

さすがに鈍く愚かな私でも、事態の不穏なところに踏み込んだと、ようよう気づかされる。この人は、本当に警察の人なのか？　それについての答えはすぐに、彼自身の口から明かされた。
「私は、国家安保情報院の人間です」

いっきに血の気が引いたことを、緊張と恐怖で全身が包まれたことを、ここに私は正直に告白する。余裕のある心持ちなんてまるでなかった。三度同じ問いを突きつけて結局彼は答えなど、どうでもいいのだった。

事情に明るくない読者のため簡単に説明すれば、国家安保情報院とは、韓国の情報機関である。少しややこしいが、先の革新系政権によって解体させられた「国家情報院」から、さらに対共捜査権は警察の下に移管されてその名を「対外安保情報院」と変更させられていたのだったが、そのあとに吹き荒れたのがスパイ疑獄事件の嵐である。世論や保守系マスコミのバッシングに後押しされる形で、またも大統領直属の機関として舞い戻った「対外安保情報院」だがそれ以上に、その名実ともに「対外」のみであったことから外され、またも国外・国内問わずに目を光らせることのできる権限強化・人員増の「国家」安保情報院となって、つまりは、国家情報院→（分散・縮小させられた）対外安保情報院→（再集合してむしろ強化された）国家安保情報院、という近年の短期間での流れである。

政治家や高級官僚を捜査・起訴できる権限も取り戻して、これはまさに KCIA の復活だ、との批判の声もあれば一方で、まだ足りない、本当の意味での KCIA の復活が必要だ、との声も韓国では根強い。
支持率の低い大統領としても、いまは弱腰姿勢を見せられないところなのだろうか。

その国家安保情報院の男は、「在日同胞留学生間諜事件、なんて、恐らくあなたはご存じないでしょうね」と言ってくる。まっすぐだが、回りくどい言い方だ。しかしちょうど私も、その事件のことを想起していた。というか多少とも歴史を知っている在日韓国人ならば、それは当然のことである。ちなみに、説明する必要もないでしょうが「間諜」とは「スパイ」のことで、日本でこれは「学園浸透スパイ団事件」とも呼ばれている。(文字をクリックすれば Wikipedia に飛びます)
1975 年、21 名の在日韓国人の留学生がスパイ容疑で、当時の KCIA(正式名称は大韓民国中央情報部)に逮捕される。死刑の判決を受けた者もいたが、結論から言えば、これは冤罪ということが後に明らかになった。軍事政権下における権力側の暴挙と非道と、許しがたい人権蹂躙であったと、現在の韓国においてもその見解でほぼ一致しており、もちろん私もそう理解している。
しかし目の前のこの男は違った。上記の事件のみならず、他の冤罪事件を、例えば「民青学連事件。これは 180 人が起訴されたのですよ」とか「人民革命党事件。これは 1975 年に 8 名に即死刑が執行されて、2007 年になってからようやくその 8 名に無罪判決が出ましたね」など、私が知らないと思っているのか、あるいは私を怖がらせるためなのか、わざわざ細かく説明してくる。
実際に私は怖がっていたが、さすがに私だって韓国上陸初日にして情報機関の人間と対峙することになるなんて想像もしてなかった。いつかは、もしかしたらコンタクトがあるかもしれない、とは想定していたけれど。

尹東柱（ユン・ドンジュ）の有名な詩句が浮かぶ。（岩波文庫版の金時鐘先生の訳から拝借）

　　　　窓の外で夜の雨がささやき
　　　　六畳の部屋は　よその国、

さて、この取調室は６畳ほどだろうか、しかし窓はなく、そしてまたここは私にとって「よその国」だろうか、母国のはずで、でも、壁紙のたわみ、とか、壁の色や材質や、あるいは文具などの小物に至るまで、私に「よそよそしさ」を感じさせないものはない。

そしてこの国情院の男もそうだ。韓国人の顔だ。そしてそれは残念ながら私にとって、よそよそしい。

「住みやすい日本からどうして来たのですか？」と彼がまた問う。

「弁護士を呼んでください。弁護士が来るまでは何も話しません」と私は言った。

彼は「何を誤解していらっしゃるのか」と笑い、「これは取り調べではありませんよ」と言った。「こんなのただの会話です。It's just a conversation」と。そして、「だからカメラも作動してないですし、録音もしてません」

「では私も帰ってもいいのですね？」

うやうやしげに彼は「無論どうぞ」

そこで間髪をいれず私が椅子から立ち上がったところで彼が、被せるように、

「しかしもっと国を愛さなくてはね」と言った。

「なんですか？」

「国家を愛する姿勢をもっと我々に見せなければ、でしょう。ここで

私に悪い印象を残してただ去ろうというのは、いい考えとは思えません。いわば私は、我が大韓民国（テーハミング）を代表してここにいるのですからねえ」

「あなたが国家ですか？」揚げ足を取りたがる私の悪い癖が出た。

「私は大韓民国の一員で、ひとりの公僕にしかすぎませんが、しかしそれでも小さな代表としてここに来ている。ここで悪い点数のまま帰るのは、絶対にいい考えではありませんよ」

　そして男は「理解できないなあ、理解できない」と繰り返す。


　私は座り直した。すぐさま立ち去ることはとりあえず思い留まる。この男が本当に、新規の国家安保情報院の所属であるということならば（嘘ではないだろう、ここは警察署のなかだ）、これから望まなくとも長いつきあいとなるのは避けがたく、だとすれば多少なりとも従順なる好印象でこの場を収めたほうが青年会リーダーとしては正しいのだ。

　そして、年長の男に対しては論理より感情に訴えようと、

「だって追いつめられた弱い子どもたちは、母国の胸に飛び込んで行こうというのが当然じゃないのですか？」と言う。あるいは、

「私たちだって心配しないはずないです。でも、私たちの子ども世代、そして孫の世代、その次の世代と考えを伸ばせば、私たちの段階で母国に帰っておこうと考えるのが、そんなに理解ができないことでしょうか？」


　指輪をしていた。既婚者か。私の推察における彼は、愛妻家だ。国家公務員で収入も高く安定しているから子どもが複数人いたっておかしくない。良き夫、良き父、良きご近所さん、なのだろう。身だしなみは整っており、少なくとも不潔感や、だらしなさはない。

　私は、これは自慢にもならないけど（でも実は自慢ですが）、日本

で警察から、あるいは公安のひとから、任意の取り調べを受けたことが１度や２度ではない。しかしその誰とも、この彼は違っていた。生殺与奪の権を実際に握られているかも、という蛇ににらまれた恐怖がある。

この韓国では1987年まで軍事独裁政権下だった。そして最近ではその復権を望む声が少なくないという驚嘆すべき事実（本当に、強権と圧政と自由の制限を望む奴隷どもの多さと言ったら驚きだ）がまた横たわっているのだった。

彼は「在日僑胞のなかには北韓（プッカン）に同情的な奴も少なくないですからねえ」と言った。要するに彼は私が、私たちが、こんな時期に韓国に渡ってくるのだから、共産主義の信奉者ではないかと、韓国国家の転覆を目論む北側陣営のスパイなのではないかと疑っているのだ。しかしよりによって、この私が？

だから私は彼にこう言ってやった。私の愛している政治信条はただひとつ、民主主義です、と。私の意味するところの民主主義とは、それは普通選挙のことであり、表現の自由のことであり、三権分立のことである。基本的人権の尊重のこと。労働三権のことであり生存権のことであり、広義のバリアフリーであり、広義のセクシズムをなくそうという不断の社会的努力のことである。証拠裁判主義のことであり、公文書の保存と情報開示のことであり、マスコミの自立のことであり、つまりは公平性と自浄能力のことである。言うまでもなく国民主権が絶対で、法の下での、真の意味での（それは難民や移民などの外国籍のひとを含めた）平等なくしては、決して民主主義とは言えないのだ。

よく言われることですが、朝鮮民主主義人民共和国は決して「民主主義」でもなければ「人民」のための「共和国」でもない。「北朝鮮にも普通選挙はある」という論に私はいささかも与しない。もっと言えば、共産主義のそもそもの理念やその発生背景を鑑みれば、とても、親から子へそのまま最高権威が移譲する王朝政権が、その正当性を主張していいはずもないのだ。

そういうことを私は彼に語った。もちろん恐怖に駆られて、その感情に訴えようと必死になってのことだ。その必死の饒舌は、端的に、みっともなかった。


ところが、何も聞いてなかったように彼は「ローゼンバーグ夫婦、のことは無論ご存じですよね？」と尋ねてきた。

韓国国内の史実は知らないだろうと決めつけて、アメリカでの事件は当然ご存じでしょうと問うてくるのはどういった種の、へりくだりなのか。

ところで彼が「ローゼンバーグ事件」のことなど持ち出してきたのは、私が「証拠裁判主義」という単語を口にしたからだろうし、そこへの冷や水、挑発、脅かしに決まっている。

ローゼンバーグ夫妻は、冷戦下のアメリカでスパイ容疑にて逮捕され、しかも証拠というものがソ連側スパイの証言しかなかったという、ほとんど不当裁判で、夫妻ともに逮捕からたった3年後に死刑執行された。獄中の夫妻からの、お互いへの、あるいは愛する子どもたちを含めた方々への情感のこもった書簡は、編纂され、死刑執行から半年後に出版されて各国でベストセラーとなった。

ところが1995年に、当時のソ連側の計画が明らかになったことで、ローゼンバーグ夫妻はやはり本当に、スパイだったとわかる。(妻のエセルにはまだ冤罪説があるらしいが)

その事件を「ご存じでしょう？（アシジョ？）」と私に微笑みかけてくる。

あるいは彼には当時の、夫妻の解放を訴えた、サルトルを代表とする「左翼的知識人」たちへの当てつけがあったのかもしれない。口端からは私たちが「学生気分の抜けない」「本の知識だけで動く」「いかにも左翼的理想主義的な子どもたち」というニュアンスが漏れていたのだった。
「ローゼンバーグ夫婦が最後に子どもたちに送った手紙があります」彼は楽しそうだ。「そこには『お父さんお母さんは絶対に無実です。そして良心に恥じることをまったくしませんでした。そのことをときどき思い出してください』みたいなことを、書いていた」そして笑う。「フランスではこの夫婦の死刑執行に反対した激しいデモで、ひとりの十代の若者が重体になったというし、あとね、当時の、おっちょこちょいなポーランドの作家が、夫婦の死刑執行までの6時間を戯曲にしてまたそのラストシーンでは『世界中の皆さん、私たちは絶対に無実でした！』って大声で叫ばせるらしいのですけど、これがですね、この作品でそのポーランド人はスターリン賞を得ているということです。スターリン賞！　スターリンもこの夫婦がスパイであることを知っていたろうに。最高、じゃないですか！（チェゴ、ジャナヨ！）」

私は何も答えなかった。例えば（だからといってあの逮捕や裁判が、正しかったかどうかとは別問題です）とか、あるいは（だからといって当時の知識人たちの抗議の言葉や精神までが、嘲弄を受けていいものとは思いません）とか、いろいろ思い浮かびはしたが、何も反論はしなかった。

私は自分の眼鏡の柄を指さし（私は別に視力は悪くない。それは先の船内エントランスホールに私たちが集められたときに、カバンから取り出して掛けていたものだ）、ひと呼吸してから「これ、録画してもいいですか？」と訊いた。あとは柄をタップすれば録画が始まる。それがグラスウェアラブルであるとは思ってもなかったような、彼の表情だった。
あっさり彼は「無論ですよ」と言った。しかしこれは、そう言わざるをえない不格好さに私が追い込んだだけだが、同時に、追い込んだところでさてどうする、という選択の問題が私にのしかかるのだった。
しかし彼が即「でもそれはよくないことですよ、とてもよくないことです」と自分の指の爪に息を吹きかける。「私は、我が大韓民国（テーハミング）の公僕なのですから」

その「大韓民国」の意である「テーハミング（もしくはテーハミングック）」を発音する際に、ずっと彼は、やけにその「テー」の部分をやたらと長く強調する。それが彼の愛国心によるものなのか、こちらを威圧しようとの意図なのか「ウリ（我が）テーーハミングッ」と、そこだけ稚気のあふれたような強調だった。

「私は、我が大韓民国の守衛みたいなものなのです。私の印象を悪くするのは、まったく得策ではありませんよ」
私も知識としては用心していた。あの悪名高き、国家保安法はまだ廃止になっていない。これもまた、いまの大統領は「国家保安法は有益であり、かつ国家のためには保持しなければならない」と力説している。そうなのだ。私たちが飛び込んだのは、レッドパージの吹き荒れている国だ。わかってる。覚悟はしていたはずなのだ。

「お好きなようにするのは自由ですけど」と彼は腕組みをする。「でもそもそも、他のご友人たちがまだ取り調べの最中だと思いますけどね」

ああそうか、と私は脱力してしまうのだった。そうきたか、と。そうやって人質を取られるとは思わなかった。わざわざ「代表者の方はどなたですか？」と呼ばれて私だけこの取調室に招かれたのだから、他の子たちはどこかで私を待っている、自由の身だと呑気にそう理解していた。

　あの子たちもひとりひとり別室で聴取されているのか、それぞれにこうして国家安保情報院の人間が付いているのか、韓国語の上手くないジャンホなどにはちゃんと通訳が付いているのか。渡韓初日でモバイルなんかの連絡ツールをまだ持ってない子のほうが多いから、私がここで部屋や建物を出たとしてどうやって再集合をかければいいのか……

　それで私はグラスウェアで録画することを、断念したのだった。


　この男は、私たちが今日釜山に渡ることを事前に知っていたのか、それなら私のこのブログも読んでいるのか（しかし読んでいたなら、心理的効果を狙ってそれを示唆しただろうにそれはなかった）、そしてこの男は組織のなかで、どれほどの地位なのだろうか。

　ひとつ言えることは、どうであれ「国家権力を侮ってはいけない」ということだ。私の（日本での微々たる）経験からしても、他の人の経験談（これには韓国でのことも含まれる）からしても、国家権力というのは本当に「なんでも知っている」のだ。どんな荒唐無稽なことでもありうる。どんなに警戒してもしすぎるということはない。


　ただ私にはひとつの気丈夫となれる理由、ひとつの切り札があった。それはもう、フェリーのなかですでにメールを飛ばしていたのだが、ソウル在住の、元在日コリアンの有力者である某氏に、私は「弁護士を寄越してくださるよう」助けを求めていた。何かあったらすぐ連絡してくるようにとの、頼もしいお言葉に甘えて、今回は早速のお願いとなってしまったのだが、私としても遠慮している局面ではなかった。

　そのうちにその弁護士の方が、国家情報院の男の後ろにある扉を突然開けて入ってきて、私を、私たちをこの建物から安全に連れ出してくれることを思い描きながら、目の前の男に対しては、私は自分が

「どうして容共分子でありえるだろうか」ということを語っていた。

自分が潔白であることを証明するために、韓国への愛国心を滔々と語ることは、個人主義への愛着が強すぎる私にとっては難しいところがあった。だからか、私は自身のなかにある反共産主義の思いを引き続き述べていた。

「私が北韓（プッカン）のスパイであるなんて、絶対にありえない。なぜなら私は、圧政を憎む者です。個人的生活や人生を、いともたやすく壊す政治システムを憎む者です。思想言論の弾圧を憎む。政治犯収容所を憎み、流動性の限られた極端な格差社会を憎みます。私は個人崇拝が嫌い。マスゲームが嫌いで、上から強制されるのが嫌いで、相互監視社会や密告推奨の社会なんて本当に嫌い！　だから、いいですか？　あなたが何を言おうと、どう脅かそうと関係なく、私を取り巻くこの状況がどうだろうと関係なく私はですね、私は必ず、自由主義や民主主義の陣営に立つんですよ、記憶ヘジョ！」

というようなことを、もっと多弁に、熱を込めて、私は語っていたのだったが、恐怖心が私の自制心を奪っていたのだろう、それぞれの言葉は虚偽でなくとも、なんだか自分がプロパガンダの人形になりはてた気がしてならなかった。

そうして私は泣いていた。泣くというか落涙するほどではないが、目にたっぷりと涙をにじませる。ほんとに私はすぐ涙ぐむのだった。だからディベートに向かない。男ども（もしくは隷従的女ども）に、やれ「感情的だ」「ヒステリックだ」「だから冷静な話はできない」と喜ばせ攻撃材料を与える。議論が熱してくると私はどうしても、悔しくて、自己憐憫で、弱さゆえに、すぐ目頭が熱くなって鼻の頭がジクジクしてくるのだった。情けない。

それで、しかしその国情院の彼が言ったのはこうだ。

「私がいつ、あなた方のことを『北韓の間諜かもしれない』なんて言いました？　え、そうなんですか？　それだったら大きな問題ですよ？」

愕然とした。もう駄目だ、と思った。何をどう言われようと一刻も早くこの部屋を出よう、終日でも数日でも費やして、みんなを探しに行こう。

そのときだった。あるいは、出て行こうと心に決めてから10分以上逡巡したあとのことかもしれないが、いずれにせよ私にとっては、奇跡のようなタイミングだった。
「朴梨花氏！」と私を韓国語のフルネームで呼ぶ声。聞いたことのあるような、野太い、温かい、若くない男性のそれ。ようやくの弁護士の方だろうか、しかしそれにしてはプロの先生らしくない乱暴な大声で、私がどこにいるのか手当たり次第に探してるというのは、受付のひとに部屋番号も聞いてないのか、声の主はうろうろする熊のように定まりない。
またもう一度「パク・イファ　シ！」
いずれにせよその声の主が私のいる部屋の前を通りすぎたようだったので、私は勢いをかって荷物を持って立ち上がり、つんのめってドアのノブを持ち、それを回して外に出た。

もしかしたら、という予感の発生とその予感が像を結ぶのとがほぼ同時の、その体験だった。
扉の外、日の射している廊下のそこには、マ・スミのお父さまがいらしていたのだった。お父さまが私の名を、この海洋警察署の内部で声高く、連呼してくださっていたのだった。

お父さまの膝元に私は泣いて崩れ落ちた。安心感や解放感もあった。しかしそれ以上に私の足腰を折っていたのはもちろん、申し訳なさだ。他でもないこの私が最終責任者なのだ。スミの自死を、私が見過ごしたのだった。

※大変申し訳ありません。今回私はここで力尽きました。といってブログとしてはもう長文すぎますね。いつもの反省点。

せめてスミのお父さまと出会えるところまで、と必死で書きましたが、ここで。

といって推敲もしないと……

また遠くない日に続きを書きます。というわけで今回は恒例の、締めの２コーナーは割愛します。尹東柱の詩を部分的にも紹介したからそれはそれで。

近いうちに必ずお目にかかります。そのときまでどうか、安寧でいてください。

貴島斉敏《きじまなりとし》
東京都
四月三十日から九月十七日

「日本の皆様！　本当に、これまで、大変申し訳ございませんでした！」

そして壇上《だんじょう》の男は、中央の演台から離れて土下座をする。

「遺伝子レベルでの劣等種である我が朝鮮民族を、よくぞ今まで、我慢してこられました。まさにアジアの雄たる、アジアの支配者階級であるべき大和民族の皆様が、どうして我ら劣等種の、不当なる内政干渉《かんしょう》、不当な権利主張、不当な歴史改竄《かいざん》に耐えてこられたのかむしろ不思議なのですが、そうです、我々みたいな奴隷《どれい》にふさわしい怠け者民族なんて、ほら、独立を手にしたとたんにご存じのとおり、朝鮮戦争という内戦の愚《ぐ》を犯しまして見事に分裂し、一方には犯罪国家ができ、そしてもう一方には、——やっぱり犯罪国家ができあがって今に至ります」

その最後のフレーズで壇上の男は顔を上げ、客席からの笑いを期待していたようだったが、この区民会館の、四割ほどの入りの場内はしんとしている。やがて「そうだ、反省しろ」「腹を切れ、集団自決だ」との、声の大きさはまだ控えめな野次が飛んだ。客席の年齢層はずいぶん高い。ほとんどが男だ。

壇上の男はまた頭を下げ（土下座のままなのに彼はよく声が通った。あらかじめのマイクの用意がわかる）、

「そうです！　これはまさに死んで詫《わ》びなければならない問題で、戦後も我々朝鮮人は日本列島に居残って、そして別に我々が戦争に勝ったわけでもないのに傍若無人の、残虐《ざんぎゃく》非道の限りを尽くす。あの、朝鮮進駐軍です！」

　場内で「クソが！」との声や、大きな舌打ちがいくつも響く。

「日本の皆様の先祖代々の土地を奪い、暴力集団でまとまっては公序良俗を乱し、多くの大和撫子《やまとなでしこ》の純潔を辱《はずかし》めた。やがて裏社会を牛耳《ぎゅうじ》り、マスコミや教育機関を支配して、多くの政治家を買収した。これが朝鮮進駐軍の実態です」

「そうだ！」「絶対に許すな！」との声がまた盛り上がる。

　柏木太一《かしわぎたいち》はもう慣れていた。その「朝鮮進駐軍」の文言を教科書に載せよう、との運動が一部で高まっているが、さすがの新党日本愛もそこまで動かない、そこまで国際社会無視の態度ではない。しかしここは、野党「帝國復古党」主催の会場である。帝國復古党は新党日本愛から追放された、あるいはその統制に反した議員から成る少数野党だったが、だからこそ「韓国との即時断交を！」とか「核不拡散条約からの即時脱退を！」とか「大日本帝國憲法の復活を！」とかいった非現実的な文言が、パンフレットに躍《おど》っている。

「帰化《きか》する以前から反日思想などには一秒たりとも惑わされなかった私でありますが、それでも私と同じ朝鮮民族の血が流れているあの連中に、どうかそんな反日行動に走らないでほしい、恩を仇《あだ》で返すような真似はするな、とネットを通じて呼びかけています。しかし悲しいことにあの連中は、プライドばかり高くてヒステリックで、しかもすっかりアカの洗脳に毒されてしまって駄目です」

　興行か、と太一は感想を抱く。まあ興行だな。それで舞台裏で銭勘定をし、地方巡業に回る、と。

壇上の彼のようにわかりやすい道化者ばかりでなく、もっと日の当たる場所で、つまり現代のマスメディアにおいて在日韓国人として生き延びている、そこから日銭を得ている連中のなかには、韓国名であることを逆に利用し、韓国国内のニュースから韓国や韓国人を貶《おとし》める悪印象のそればかりを選んで（しかもエロ記事を特に好んで。自分はあくまで中立で紳士的だとの態度を装って）、いかにも煽情的《せんじょうてき》な口調や文体で流布する「国際ジャーナリスト」や「ノンフィクションライター」も、複数人確認できるのだった。彼らはまさしく「名誉日本人」で、しかも情けないことに、そう見なされることへの反発心すらもうないのかもしれない。

「日本の皆様、本当に申し訳ありません。もし私にこの先も、この神国日本に住まうことを許していただけるのならば、身を粉にして日本の皆様のために尽くす所存であります」と頭を下げ続けるその弁士に対し、

「うるせえ、おまえのチョーセン顔なんか見たくもねえんだよ」とペットボトルを投げつける者もいれば、

「感動した！　その心を忘れるな」と拍手を送る者もいる。

そのどれまでがサクラなのか、どうでもいい太一だったが少なくとも壇上の男がなりすましでないことは、わかりたくなくても感じ取れていた。そしてこの男は屈辱ばかり感じているのでもないだろう。プロ意識を自らに（他に誰も認めてくれないから自分だけが自らに）強く認め、もしくはたまに本当に使命感や充実感に目覚める瞬間があったりする、生きていくためだと開き直ったり自己嫌悪に苛《さいな》まれたりの揺れ動きがありながら、それらがすべて快楽に結びついてないこともない。

が、ともあれ、太一にとってはどうでもよかった。同情や関心を寄せようとする波はわずかも立

たない。もうひどく見飽きた陳腐《ちんぷ》さだった。

パンフレットの「演目」を太一は見る。次は「女の私が反対する夫婦別姓の根拠 〜女はフォロー役に適した生物である」という題目で控えている自称女流作家がいて、そのあとには「同性愛は変態病であり治療できる！ 新党日本愛はむしろ日本憎悪《ヘイト》だ！」という題目の大学教授がいる。帝國復古党の国会議員のスピーチもまた組み込まれていた。

司会の男がこう言う。

「本当にこの大日本の護持を胸に刻む者ならば、夫婦別姓とか同性婚とかを認めるはずがない。だからやっぱりあの神島眞平《かみじましんぺい》は、単にオカマであるというだけではなく、反日分子、そして恐らくは帰化チョンということで間違いないでしょう。スパイ容疑で公安がマークしているという関係筋からの情報もあるようです」

区民会館の、観客席のほうにこそ太一は注意を向けていたのだったが、今回もまた空振りということで決定のようだ。

といって目立たぬよう、途中退席は控える。目立たないよう適当なところで笑顔と拍手を送る。そうして終幕を待つ。こういったことを、首都圏と範囲を区切っていたが、太一は年明けあたりからずっと続けていた。効率が悪い、と本人も自覚していたが、しかし実際にイベント会場に入ってそのときどきの反応を見なければ、やはり判断の及ばないところがあった。遠くから眺めて入場者をただ観察する、というだけではさすがに難しい。

新党日本愛が主催するイベントはそもそも対象外だった。ターゲットは男に限る。新党日本愛の支持層には男女比率の差はさほどなく、年齢層の偏《かたよ》りもあまりなく、言ってみればノンポリの単なる「神島眞平ファン」も少なくなかった。

太一が選びたいのは、もっと単純で強固な差別主義者である。

尹信《ユンシン》を、今回は連れていかないと決めていた。駒《こま》の選別なら自分一人で充分だし、街頭カメラや主催者の回すカメラに映るリスクを考えれば、それは単独行動のほうがいいはずだった。


そうして、六月初旬の、曇天の日曜の午後。「お笑いアジア映画祭」という名の上映会に太一は潜んでいた。二十世紀後半の、場末の映画館に貼られていたようなポスターを模した広告がサイトには飾られていた。収容人数は百人にも満たないイベントスペース。受付で偽名を書き、ドリンク代込みの三千円の入場料を太一は支払う。

狭い受付で、販売用の書籍やパンフレットなどがたくさん積まれてスペースのないそこで、太一は「領収書が欲しいのですが」と頼んだ。本当に領収書が必要なわけではなく、それはきっかけを起こすための小さな投げかけだった。

「領収書、ですか……」慣れてないふうな受付の女性は、後方にいた若い男性スタッフのほうに向かって、

「ちょっと貴島《きじま》君、西さん呼んできて」

「え?」

そして段ボールを床に置いたその姿勢からこちらに顔を向けたその青年が、太一の望んでいた像に近いような、この数ヶ月でようやく得た、その初例だった。

年配の女性のほうが、

「西、さん！　呼んで、き！　て！」と、いきなり激する。

大きな声を出され、貴島と呼ばれたその青年は「あ、ああ、西さん。ねえ、ああ」と甲高《かんだか》い、唸《うな》りのような嘆きのような、絞め殺されるときの鶏のような声を上げる。そして自分の額をコツコツと指で叩きながら考えを巡らせているふう、に見せて実は時間稼ぎをしているだけの動き。額を指で叩きながら腰回転をするようになる、という彼の落ち着かない挙動。二十代前半か。中学のときから同じ服を着ているというような、よれよれのシャツにジーンズ。

受付の女性に「貴島君！」と再び怒鳴られて（自分はまともだというふうだが、この女だって相当頭がおかしい、気性の荒さのみならず、責任を彼に押しつけ自分は逃げようという卑しさ）、貴島という青年はぴんと背を伸ばしてしかし、求められた「西さん」を呼びに行くでもなく周辺をあれこれと探してつまり、彼は「領収書」が近くに幸運にも見つからないかと期待しているのだった。

「貴島君！」

その三度目の呼びかけを耳にするや否や、彼は追い立てられた鹿のように滑り去る。受付の女性は太一に「ごめんなさいね、ちょっと待ってくださいね」と、それで自身の役目は果たしたと、太一の後ろの客に声をかけてもう無視を決め込む顔だった。

チケットを確保してから太一は、そこで領収書を待つのでも場内に入るのでもなく、貴島という青年の消えたほうに向かう。彼は階下に降りてそのまま店外に出ていた。

その狭小なイベントホールはラブホテルに囲まれて建っている。太一の足下に大きなカラス二羽が寄ってきた。都政のそれまでの工夫をあざ笑うかのように、原因不明の大増殖をしたカラスがとにかく目につく。本格的な梅雨もまだなのに、朝からずいぶん蒸し暑かった。

隣のラブホテルとのあいだの脇道に、このごろは珍しい灰皿が設置されていた。そこで煙を吹かしていた、同じく運営スタッフの人間であろう男二人に、かの貴島が寄って、しかし物怖じして質問はしかねている様子だった。少し離れたところから太一は観察してみる。じっと地面の一点を見ているのみで彼は話しかけられない、明らかに困っている彼をじろじろ見やりながら男二人のほうも声をかけてあげない。やがて煙草を吸い終わった男二人は、ほとんど肩をぶつけるようにしてその場を去った。建物内に入った。残された彼は、わかりやすく頭を抱える。ぶつぶつ独り言を呟《つぶや》いていた。こめかみを指で叩き、その指の第二関節あたりに歯を立てて、ぐっと嚙《か》む。そして彼は、――よれよれのシャツの胸ポケットから紙巻き煙草の箱を取り出して口にくわえる。

そこで煙草を吸うのか、継続して探しにも行かず、と太一も少し呆《あき》れ笑いが生じてしまうが、しかし、これはいいタイミングでもあった。

ライターを着火させるのに少し苦労をしていたその横から、すっと太一は自分のライターの火を差し出す。「あ、どうも」と彼は言った。言って煙草を一服してから、太一の、というより知らぬ顔がそこにあるということに驚く、といった反応の遅さだった。

「領収書は、もういいですよ」と太一は言った。

何を言われているのかうまく理解できてないようだったから、自分の胸に手を当てて太一は、

「僕が領収書を頼んだ者です。それで領収書はもういりません。だから『西さん』という方を探す必要はもうありませんよ」

そして太一も自分の紙巻き煙草を取り出して、火をつけて吸う。

太一は、一箱千円もするようになった煙草の愛好者ではなかった。この「駒探し」をするまでは、

一本も吸った経験がない。しかし帝國復古党の党首が、大の愛煙家で、そして嫌煙家は「ファシストでフェミニストでリベラルの女かオカマども」と決めつけ、マッチョイズムを求める党是としても「愛煙家の自由解放」を求めていた。要は、自分の嗜好《しこう》とマニフェストを公私混同する浅ましさであったが、禁煙法を廃止して煙草の値段も下げてくれるならどの党にでも投票する、という支持者たちもいることはいた。電子煙草や加熱式煙草などもまたリベラル的、とのことで復古党では紙巻き煙草が推奨《すいしょう》されていた。

太一が「領収書はもういらないんですよ」と念を押した。

領収書はいらないと言われることがこの世でいちばん求めていたことだ、と言わんばかりの本心からの安堵《あんど》と多幸感がその表情に露《あら》わとなっていた。

「すみません、ちょっと僕、名刺を切らしてしまっていて」

太一がそう言ったのは、相手に名刺を催促するためであったがこの示唆《しさ》も、うまく彼に伝わらなかったようだ。

言い直す。「もしよければ、お名刺をいただければ……」

「あ、ああ」

そして「帝國復古党」との党名と、その支部名が印刷された名刺を得た。彼の「貴島斉敏」というフルネームとその読み「きじま　なりとし」と、それからモバイルの電話番号も確認できた。

その貴島は、こんな近くによく知らない人間の立っていることが居心地悪そうだ。しかし彼の窮《きゅう》地《ち》を救ったのはこの男であり（その窮地に追い込んだのも同じこの男なのだが）、そして高価なこの煙草もまだ吸い始めだ。

太一が、はっきりと相手の目を見て、しかし声音は自信なさげなふうを演出して、

「僕、帝國復古党にとても関心があって、支持する気持ちもたっぷりあるんですけど、自分に自信が持てなくて、動き出せなくて、だから今日初めて僕はこういうイベントに来たんです」

そして相手の反応を見る。何か言い出そうとする雰囲気ではない。まだ怯《おび》えがあるか。

「だって政治運動って怖いじゃないですか。怖い、というか、自分なんかが本当に役に立つのか、むしろ足を引っ張ることになるんじゃないかって臆病《おくびょう》になる。でも、今日は勇気を出して来ました。映画の上映会だし、映画のことだったら多少は興味あるし」映画のことなんて少しも興味のない太一だ。しかし、今回上映される映画とその周辺の情報は、事前にネットで調べて学んでいた。メールを通じて宣明にも尋ねていた。

貴島の様子はどうだ。ゆっくりではあるが、こちらの言っていることを咀嚼《そしゃく》しては理解しているようだった。ちらちらと、ためらいがちにも、こちらのほうに目を合わせてくるようにもなる。

「わたくしも同様です」

そう彼は言った。それは、もし文字で書き起こすとすれば「ワッタクシもドーヨーです」とでも表記すべき、機械音を通しての発話みたいな、周囲に人がいれば振り向かれるだろう高音の声だった。

誰に振り向かれようと、誰に白眼視されようと太一は気にも留めないし、それでこの青年がそこから疎外感を得ているようなら尚更《なおさら》、この特性は利用のしがいがある。

「映画は好きですか」太一が問う。

「映画は好きですねー」

「どういう映画がお好きなんですか」

貴島から聞いた映画のタイトルのなかには太一も名前は知っている作品もあったが、それすらも太一は観たことはなかった。多少興味があると今しがた嘘を言ったばかりだったから迷いもしたが、ここは率直に、それら有名すぎる有名作すら観たことがないと白状していた。

すると、最初の変化が彼に見られる。ちょっとのけぞり、目を大仰に丸く見開き、言ってみればこちらを小馬鹿にするよう、けらけらと笑ってきて（文字書き起こしとしては「ンケへ、カッ」とでも表記する咳《せ》き込みのような笑い）、誰かを自分より低く見られる機会が得られて楽しいという、そういうときには嬉し笑いが隠せないという彼の特性を見せていた。

「そんなこともわかんないんですかー」響く彼の金属的な破裂音。

「ごめんなさい、知らないんです。だからいろいろ教えてほしくて」

ふっひむ、と口角を上下させる。黙っていれば美青年に見えなくもない、という評価はそれ自体がたっぷり差別的な眼差しなのだが、ともあれ太一はこの貴島の情報をもう充分な数拾えて満足だった。

自分より無知な人間を相手にするときにいちばん楽しがる、猫が鼠《ねずみ》を弄ぶときのように楽しむ、とすればそれでいい。今日、イベントの第一部で上映される、二十一世紀に入ってから最も高い国内興行成績を上げた作品である日本映画（正確には資本として日中合作だが、その事実にはこのイベントでは触れられていない）についても太一は実際に全編見通したことはなく、煙を吐く貴島に解説を求める。

しかしながら映画の筋の紹介からはすぐに話題は脱線し、

「我が大日本帝国のー、大和民族の優秀さに気づいた、コミンテルンとフリーメイソンによる謀略《ぼうりゃく》のためにー」といった、いかにもよそから口伝えに暗記させられたらしいフレーズを、彼は連ねる。覚えさせられたフレーズならすらすらと言える、そうでないなら数語だけの応答に終始するか、口《くち》籠《ご》ってしまうか、いつまでも頑《かたく》なに（といってそれは頑固さゆえではなくて、単にまったく硬直してしまって）沈黙を延々と続ける。

貴島から名刺を受け取れた、それがすべてだ。イベント開始時間を迎えて太一はこれからの策を練るためにも、いったん席に落ち着く。

イベント第一部の映画が流れる。ちゃんと上映許可を得ているのか。その、興行収入の歴史を塗り替えた日本映画。それは西部劇スタイルを踏襲《とうしゅう》したものだという。

第二次世界大戦の末期、舞台は満州、当時のソビエト連邦軍が中立条約を破って南下してくる、映画の前半では白人役者による日本人居留民の虐殺《ぎゃくさつ》、強奪、そして日本人女性レイプの描写がたっぷり描かれる約三十分であるが、そのなかでまた「暴発した朝鮮人たち」という描写がある。それがそれっぽい顔つきの役者（元在日韓国人らしい）を雇ってこれもレイプと虐殺役に回らせる。朝鮮語をわざとらしくギャーギャーと喚《わめ》かせる。堪え忍ぶばかりの暴虐シーンで詰めた冒頭部がようやく終われば、いよいよ日本軍による復讐《ふくしゅう》劇の幕開けだ。本土の作戦本部からの命令を無視して（ここでアリバイのようにして、当時の日本軍上層部の愚《おろ》かさを描くシーンがある。が、映画全体を通して自国批判の描写をするのはここだけだ）最後まで残った有志の関東軍と、その「サムライ魂」に魅《み》せられた、やっぱり反ロシアであり反朝鮮民族である現地中国人とよく共闘し、先兵のロシア人を撃つ、醜く命乞いをしてきたから許してやったにもかかわらず背後から襲ってきた朝鮮ゲリラ隊リーダーの首を空高く刎《は》ねる。といって映画後半では、多勢に無勢で、百戦錬磨で個性派揃《ぞろ》いの仲間も一人減り二人減り、しかし彼ら有志軍の活躍により多くの日本人を本国に帰すことができたという描写が流れて、最後の帰国船を無事に見送るためには自分たちの命を賭《と》さなくてはならないという物語上の必然が準備されたクライマックス。いかにも美しげに流れるＢＧＭと感涙演技と、被弾シーンにおけるスローモーション。予算をかけた爆破シーン、戦車が街路を行く。それまで共に戦ってきた現地中国人たちに「あなた方は次世代の中国のために大陸中央に向かいたまえ」と別れを告げる場面にて、関東軍有志隊の長である主人公が、日本軍がそれまでにした非道を謝罪して日中両国の未来のための演説をぶつ、というシーンが日本公開バージョンではカットされ、反対に、それ以降の関東軍の玉砕シーンや最後の日本帰国船がぎりぎりのところで出港できたというシーンは、ばっさり削除されてそれよりもそれまで登場のなかった国民革命軍がいきなり出てきてそれとの唐突な戦闘シーンが繰り広げられるのが中国公開バージョンのほうだった。といって、日本での大成功に比べては、なぜか最初から公開規模をひどく抑えられた中国国内版は、興行収入の面でも評価の点でもまるで話題にならなかった、という。

太一のこうして初見で鑑賞をしているのはもちろん日本国内版で、そのエンドロールのあと、

「全ての国の全ての英霊《えいれい》に祈りと感謝を捧《ささ》げる。」

との字幕で終わる。

事前に宣明からのレクチャーがなければ唖然《あぜん》とするのみだろう太一だが、宣明に言わせれば「ひと昔前の韓国映画でよく使われて、今ではさすがに韓国では廃れた手法」を遅れて取り入れているとのことだった。つまり「この作品は事実を基にしています」と冒頭に断ればどんな歴史改変も、

例えば「関東大震災後の朝鮮人虐殺は実は国務大臣が自ら命じてた、みたいなアホな設定」すら乗り越えてしまう。今の韓国映画は、もちろん娯楽《ごらく》映画も数あるがそれより「コリアン・ネオレアリズモ」と呼ばれる地味すぎる新写実主義、もしくは暗くシリアスで救いがあるのかないのかも不明な宗教映画、といったミニマル傾向のほうに独自文化が進んでいてそれが宣明には興味深いようだったが、いずれにせよ日本映画のほうは（中国資本の助力も借りて）大作志向にあり、いくつかヒットを飛ばしていたのでもあった。史実無視についての海外からの抗議も、市場の大きい中国からの反発でないかぎりは無視を決め込むという、最近の日本エンタメ界全体の姿勢を踏襲するものである。

しかしながら太一が今回訪問した「お笑い映画祭」では、さすが泡沫野党主催のイベントらしく、韓国批判のみならず中国批判も平気でする。第二部においては昭和の時代にアジア各国で作られた、いわく「反日映画」を「笑おう」という趣旨のもので、全体ではなく一部シーンの抜粋で、例えば七三一部隊の所業を描いた中国映画のそれにおいては、

「見ました？　皆さん。こんなアホで暇な実験なんか、当時の忙しい日本軍がわざわざするわけない」と場内の笑いを誘い、ゲストの映画評論家がそれに、

「しかも、実験と言いながら医者たちはカルテも記録する物も何も持ってないしね」

と言えば、

「このシーンがまた、時代考証が雑！」とまた笑いが起きる。第一部で観た最新日本映画の時代考証については、いったいどうだったか。

スクリーンでは、実験対象である中国人捕虜の腕を凍らせて、それを日本兵が叩き割る。ガラス

のように腕が砕け散る、血も凍っている赤い破片、香港人役者による泣き叫ぶ芝居、そうしてこちらの場内は笑いに沸く。司会の男（彼が「西さん」だ）がマイクを通して客たちを誘導しているところがあって、「ほらここ！」とか「ないない、こんなのないから」とか煽《あお》って盛り上がりを求める。もとより、うまく笑えなければ無粋だ、という雰囲気が会場には充満していて、だから皆が自己をアピールするごとく、笑いをワンテンポだけ速くする、声を周囲よりわずかに高くする、自分たちを好事家《こうずか》だとでも認識しているらしいこうした集団のなかに、太一はいた。

ほぼ目的は果たしていた。口笛混じりの歓声が客席に沸いたところで太一も笑顔を作って拍手を送る。貴島という男から名刺を受け取っただけだが、すでに安心していた。すると、ちょっとした解放感が自分にないこともないと、太一は意外な気もするのだった。古いシアターセットを使ったそのスクリーン上では、慰安婦を扱った韓国映画のコーナーに移行していた。慰安所を舞台にした性暴力シーン。正義の怒りで厳めしい顔をしながらポルノを楽しむといった、じっとりした仮装で男たちは息を呑む。十代という設定の少女を、日本兵の役者が列をなして加虐心たっぷりに犯す、そういう暴力描写がとにかくしつこく長ったらしいのは、ひと昔前の韓国映画の特徴らしいが、そこを運営側もカットしない。次のシーンに切り替わるまで流したあとでようやく一時停止し、司会の西が急に大声で、

「こんなこと誇り高き日本兵がするわけない！」と怒鳴る。マイクがハウリングする。セックス描写にのめり込んでいた男たちのいっきに目が覚めるのが、太一にもわかるようだ。

その司会者は別に、覚醒効果を狙って大声を出したわけではないだろう。彼の拭《ぬぐ》いがたき性質である癇癪《かんしゃく》を今回も爆発させたに過ぎない。だからすぐに、取り繕いの引きつり笑いを「ねえ？」と

会場に向ける。ぬるい同意の誘いだが会場も応えて、はは、とまばらに笑い応える。笑う側に回ってさえいれば健全、普通の市民、という精神性。ユーモア精神が本当に言われているほど大事なのか、かねてより太一は疑問だった。諧謔《かいぎゃく》や皮肉や冷笑や戯画化など、結局は反権力としてなんの役にも立ってなかった現実、どころかこのように、笑いの暴力はファシズムによく似ている。

壇上の映画評論家が「戦闘で疲れて帰ってきてんのにねえ」と、なんだかそれは適当に放り投げた理屈で、本人も信じているわけがない、もちろんどれだけ疲れていようが死地にいようが男の性欲は働くときには働くとちゃんと承知していて、だからかその映画評論家はまた「実は、僕はこの映画が好きなんですけどね。愛すべきB級映画として」と小声で態度表明をするが、それが映画の神への免罪符になると期待でもしているのか。

これも宣明からの情報だが、壇上の映画評論家の男は、時雨事件前はむしろ韓国映画の多くを称讃《しょうさん》しては、日本未公開の作品も含め積極的好意的に紹介していた。それが今や、やはり「生き残るため」にまるで反対の態度である（以前の彼のネット記事はほとんどが削除済みだ）。韓国映画に関する豊富な知識を今ではただ、韓国人や韓国文化を攻撃するその武器としている。しかし時折見せる彼の寂しそうな表情、これは俺の本音じゃないんだけどなといった、あるいは、俺は今の意見には同意しないよ、といった瞬間的な笑顔の引き締め、――だが太一には、もう見せつけてくれるな、と煩わしいほどだった。そんな程度で慰《なぐさ》められる良心か、そして加えてこれは、時代の潮流《ちょうりゅう》がまた変わったときに「いや実はささやかな抵抗も俺はしてた」と誰にともなく主張したいがための細かい小石置きだ。

太一の視線は、それと気づかれないようにだが、ずっとあの貴島に注《そそ》がれていた。同じバッジを付けた党員仲間のなかで、貴島に親しく接しようとする人間は誰一人いないようだった。いいことである。

イベントが終わった。貴島には挨拶することも目を向けることもなしに、太一は会場を出た。が、向かいの、完全セルフの無人カフェテリアで、テーブルキープの追加料金をプリペイドカードで都度支払いながら太一が注視しているなか、貴島は最後まで片付けに残り、しかし打ち上げには誘われずに一人、中央線の駅に向かって歩く。日の陰る夕刻、太一もまた店を出た。ホームで立って次の電車を待っているところに、そっと後ろから声をかけた。

「あの、もしかして貴島さん？」

これは気をつけて、盤上に取り返しのつかない一手を指すがごとく、挙動すべてを慎重にと太一も意識していた。相手はそれでなくとも急に声をかけられたことで警戒心がもう高い防壁を成している。まず、先ほど喫煙所で言葉を交わした者です、という記憶を思い起こさせようとするもそれすらも、よく耳に入ってないような今すぐ駆けだして逃げてしまうような彼の狼狽《ろうばい》ぶりだった。だから繰り返し何度も説明する。僕です、僕ですよ、喫煙所で、はい、領収書の、そう。先ほどの映画上映会は成功でしたね、とても面白かったです。

「ああ、あー」と、ようやく貴島も強張《こわば》りを解く。口の端《は》をひくつかせている。

太一は「どうでしょうか、もしよかったらこのあと一緒にお食事でもしませんか？」と語尾をはっきりと、ちゃんと誘っているのだと明確に意思が伝わるよう、腰を落として相手の目を見て笑顔まで振り向ける。いっさいの曖昧《あいまい》さがないよう注意した。

「あー、そうですかー」との言葉は発するもその次の応答がない。視線はすぐに逸《そ》らした。頰《ほほ》は紅潮し、まばたきをよくして、長い睫毛《まつげ》はなびき、なんだか泣きそうな表情ですらある。

なかなか返事をしない彼に太一は「一緒に食事でもどうですか」と、また数秒あけて「お話をさせてもらえれば」と探りを入れたが、その間に電車が一本入り、乗客たちは彼らを川の中州のようにして左右に分かれ、またまとまり、階下へとなだれ込む。中央線の新型車両、光のラインが走るそれがふと停まっては、待機の優しさは見せずにすぐ去る。それらのたびに間近で風が巻いて太一は、貴島の体臭の独特さを知るのだった。先ほどの喫煙所ではそうでもなかったのに、これは撤収のための作業によって汗をかいて、その作用か。

にやついている、それを、にやついた笑いと断ずるか、にこにこした愛嬌と見るか、――緊張した、逃避としての、とりあえずの張りついた笑顔なのだろうが、じっとこちらを見てきている。目を合わせてこない男、と思っていたのが一転して、こちらがたじろぐほどの逆の態度だ。いつまでも目を離さない。

斜めの角度と夕映えの加減によるのだろうが、汗で張りついている前髪の下、貴島は眉目秀麗《びもくしゅうれい》にも見えた。

やがて、点字ブロックを踏みながら貴島は、へっへ、と口角は笑顔に上げながらしかし表情全体は固い。

「わたくしも、たまたま暇なんでしてねー」

太一が、あえて慌てたふうで「でしたら、でしたらどうでしょう?」とホームに、つんのめるように「僕の知ってる店がありますからそこに、一緒に行きませんか? いろいろ伺いたい話もありますし、帰りはご自宅までタクシーで送りますよ、必ず」

またしばらく待って、次の電車がホームに入るアナウンスのあと、「いいですよー」貴島はそう言う。発せられた音声はやはり、イイデスヨー、とでも表記したくなるような抑揚《よくよう》のなさ。

「わたくしもー、暇ですし」ともう一回言った。

妻の知人が経営している食事のできる店、ということで太一のモバイルにはその地図情報が入っていたが、いちばん近く、個室があるそのメキシコ料理屋を選ぶ。

前もって連絡を入れ、妻の名を出せばすべてを了解してくれたようで、個室が用意されていた。その個室に入ってすぐに「これはお店から」と、口ひげを生やした店主（彼は帰化した元在日韓国人だ）から、ブラックオリーブとトルティーヤチップスと、それからチョリソのタコスとアボカドのタコスが出される。やりすぎだ、と太一は苦笑してしまうのだが目の前の貴島にそれに気づく様子はない。アルコールを一杯か二杯なら飲めると聞いたのでソルとコロナを一瓶《ひとびん》ずつ注文する。

どういうきっかけで帝國復古党の党員になったのかを訊《き》く。

「当たり前のことですよー」と言う彼の物語に耳を傾ける。

言い慣れてないのか、頭のなかで整理がついてないらしく、それは右往左往しながら、しかしそのなかで太一が拾った彼にとっての有益なポイントはこうだった。

親は、ひどい親ではなかった。しかし、ぼんやりしすぎていた。共にぼんやりしていた男親と女親に、親戚たちが寄ってたかって斉敏のことを危険人物扱いしだした。といって特別学級や養護学校に行かせてもらえなかった。斉敏のほうはむしろ、幼稚園からの初恋の女の子がそちらの遠い学校に行ったと知ったから自分もそちらに通いたかったのだが、主張のなさすぎる両親は親戚たち

（主に父方）の言いなりだった。

対象者が家族から愛されているのかどうかというのは、計画立案の始めから太一が重要視していたことで、愛情深い家族がいる場合には計画遂行後に思わぬ阻害要因ともなりかねない。その点でこの貴島斉敏は微妙だった。両親からまったく愛されてないとも言いきれない、しかしながら親戚たちからの横暴に親が盾《たて》となって助けてくれたとは到底言えない、むしろ彼の気持ちはまったく無視された。彼には弟と妹が一人ずついるのだったがそのどちらも、その親戚たちと同様、我が家の長兄を恥の存在としか見ず、死んでほしいと直接言われたことがここ最近でもあったという。

「しょうがないんでしょうけどねー」と貴島はその弟と妹を擁護《ようご》する。

話は要領を得ず、主語が時折不明となり、時系列は乱れ、なおかつ自由に話すことを邪魔されたときに感情的拒否反応を示すことがままある貴島ではあるが、それでも彼の話をじっくり繰り返し聞いているうちに太一の思うことは、一見健常者とされる、例えば彼のその過干渉すぎる親戚たち（しかも集団でそうなのだ）や、どんな奴隷根性かその親戚会議の決定事項にへらへらと従う彼の両親や、弱き兄を平気で罵倒《ばとう》したり恥と見なしたりする実の弟と妹、さらには普通学校の通常学級に通った彼を数年にもわたっていじめてきた同級生たち、彼ら彼女ら「健常者」たちの振る舞いのほうによほど異常性が垣間見られる、ということだった。つまり、異常も健常も、混在しているどころか転倒している、ということだったがその点では太一自身のしようとしていることだって、よっぽど異常だとも言えるのだから、太一はそれで益体《やくたい》もない考えを広げることを止《や》める。

「でもあのときのわたくしもどうかしてましたから一」それは学生時代に受けていた、いじめの話をしていたときの彼の発言だ。

高校を卒業してからは「市民団体から紹介された仕事先」に勤めては上司や同僚からの「嫌がらせ」で「辞めるしかなくて」しかし家に引きこもれる環境でもなかったので、また勤めるようになるがそのいずれもすぐに辞めてしまう。そんなときに偶然、中学時代の「友人」と出会った。彼らに「悪い道」に誘われるようになる。すなわち、競馬や競艇などのギャンブルに連れ出され、でもようやく寂しさから解放されてまた元の孤独で無味乾燥な毎日には戻りたくなくて、その「友人」たちの「洗脳」にますます引き込まれて、彼らに多額のそして暴利《ぼうり》の借金を背負うようになったのだった。

「そこで救世主が現れたんですよ」

その「救世主」という単語は、その「救世主」本人が自分のことをそう呼べと命じたものであったのだが、帝國復古党の「お偉いさん」とバイト先の来客という立場で知り合い、そしてその「お偉いさん」が若い党員たちを差し向けてくれたことで貴島の借金は無条件で帳消しになったのだった。

その「お偉いさん」という人物に太一は興味を惹《ひ》かれるが、なんのことはない、先ほどの上映会で司会をしていた「西」という男がそうだという。つまり、ただの落選議員でしかない。イベント中、他に見るものもなかったから太一はその人物をじっくり観察する機会を得ていたが、まったくの小物でしかなかった。だから、小物がより小物たちを所属団体の威光《いこう》を背景に脅《おど》かした、というだけの「救世」でしかなかったわけだがそれでもこの貴島にとっては、天の助けも同然の思いだったのだろう。あっさり、極右《きょくう》の団体に入り、極右排外の思想に自ら染まるようになった。

「今ではもうわたくしは、以前のわたくしとは違います。誇り高き大日本帝国の臣民であるわたくしどもが、反日勢力からの侵略と工作を打破して真の独立を勝ち取るためには──」

と、定型句が始まると彼の語りはすらすらと淀《よど》みなくなって、また興奮して声量も大きくなるが、それでも気にしなくていいのが、この店の利点だ。料理や飲み物は店主が自ら運んでくれる。他の店員は立ち入らない。余計な口出しはもちろん、貴島がどんな奇矯《ききょう》な意見をどれだけ奇異な声質で唱えようと表情を変えない。ただ、この個室を区切る半透明青色のビニールカーテンを開けて入ったときに、貴島からの体臭につんとくるような、わずかな鼻腔の動きを見せるのみだった。

いじめられていたとき、あるいは妹からは今でもしょっちゅう「臭い、風呂入れ、あっち行け」と言われるというが、貴島の口ぶりからは、他の皆が過敏なだけとの抗議の気持ちが窺《うかが》える。が、悲しいかな、実際に今の彼もまた臭かった。現時点で所属している復古党の団体においても、やはり貴島を微塵《みじん》も尊重してないふうだったあの党員仲間たちが、同じデリカシーのなさを露わとしてないはずもないのだが貴島は、それほど風呂嫌いなのかあるいは風呂に何度入ってもその体臭が取れないということがあるのだろうか。ずっと実家暮らしとのことだが、親には何も言われないのか。

その悪臭をまったく気にしない、というポーズを取り続けることは、わかりやすい加点獲得だったから太一に苦はない。他のことでもそうだ。貴島の発する高音や、時折制御しきれなくなるといった大声にも、それを気にしない、よその目なんかどうでもいい、ただまっすぐ貴島だけを見て気にかけて集中している、という態度の貫きは、はっきり成功の道に決まっていた。

アボカドのタコスを貴島が食べていたときだった。詰めすぎた具材をソースごと自分の服の上下にたっぷりとこぼした。太一はすぐにナプキンでそれを、こすらず、すくい取る。洗面所に立ってハンドソープを持ってきてから、まずは太一自身のハンカチを貴島のシャツの布の裏から当て（つまりそのとき貴島にぐっと距離を近くし、またそのボタンの幾つかを外した)、次にハンドソープを含ませたナプキンを使って丁寧に何回も、染みと汚れとを取るよう反復作業する。そのあとにハンドソープの残りをゆっくり水拭きし、最後に乾いたナプキンで水分を吸い取る。

「これ、ご自宅に戻られたらすぐに洗濯、手洗いしたほうがいいですよ」

そして、染み抜きと色落ちしないための洗濯方法を口頭で説明するのだが、もうまるで貴島は聞いていないふう。ただ、いきなり距離を詰められ、さらに世話を焼いてくれる太一に戸惑っているようだったが、そこにはもう、発散する警戒心というものは感じられなかった。

店を出てから太一は、これだけは言っておかないといけないという注意事項を、貴島にもよく浸透するよう、言葉をかみ砕くようにして伝えるのだった。

「貴島さん、どうか、今夜僕と会ったということや、あと僕の存在自体も、秘密にしといてもらいたいんです。その理由とか詳しいことは今はまだ言えませんが、結果的にはすべて、この日本国のためになることとです。どうか、僕のことは誰にも言わないでください、秘密にしてください」

急にそんなことを言われても、ぽかんとした表情を浮かべるしかない貴島だったが、それはそれでいい、ただこう繰り返す。

「それが日本のためなんです。僕のことは内緒にしてください。僕のことを万が一、他の誰かに喋《しゃべ》った瞬間に、日本国のための計画がすべて駄目になってしまうんです。しばらく秘密にさえしてくれたら、帝國復古党の幹部から貴島さんに直接、感謝の言葉がそのうちあるはずです。貴島さんの党内での出世も間違いない。日本国のための橋渡しに、貴島さんはなっているはずですから」

嘘をつくことにまるで抵抗のない太一だったが、この「日本のため」にもなるというのはあながち嘘ではない。

「いいですよー」間延びした口調で貴島は言った。「でも、また会えますかー」そしてそう言ったときの貴島の表情。それを彼に言わしめて太一は、一日仕事の大きな達成感を得る。

「もちろん会えますよ。貴島さんが僕のことを秘密にさえしてくれたら」と、しつこいぐらいに念を押す。無論それは今後とも念を押してゆかないといけない。安易に信頼することなど最後までない。

次に会うのは一週間後。「誰かにもし予定を訊かれることがあったらそちらのほうの予定を優先してください、僕はまたいつでも予定を組み直すことができますから」と言っていたが、いったい誰が、彼に週末の予定など尋ねるというのだろう。

柏木太一は、表に出ない、内心のみでする差別は、それはもう差別ではないという考えだった。その考えをそれこそ内心のみの秘密とし、これまで在日韓国人青年会のメンバーにも、妻にさえ明かしたことはない。

あの朴梨花《パクイファ》は、絶対にこうした意見を認めはしないだろう。ＬＧＢＴＱや他外国籍の人たち、それこそ知的障害者、身体障害者たちなど、他マイノリティとの共同歩調を取る活動では、彼女はいかにも彼女らしい全身なげうつようなシンパシーをもってそこに従事していた。少数派それぞれの歴史や意見などについて熱心に勉強して臨んでいた。太一のするような、他団体との連携は動員数の嵩増《かさま》しが主目的だ、というような功利主義とは大違いだった。イファさんは、内心のみの差別は差別ではない、なんて意見には絶対に与《くみ》しないだろう。ひょっとしたらあの宣明もそうか。あいつは、青年会で訪問した知的障害児入所施設で、他メンバーの誰よりも子どもたちと早く打ち解け、仲良くなり、一緒になって駆けずり回って遊んでいた。そういう宣明に言わせても、太一のその意見というものは「だったら最初から差別問題に関わるなや」とでも反発されそうな気がするのだったが、ともあれ、自分たちを攻撃してくる連中をとにかく全力で叩く、というそれだけの、そのためには利用できるものはすべて利用する、そういうシンプルな行動規範で太一は動いているのでもあった。

　内心でしかしない差別は差別ではない。サイコキネシスの不可能な人間には内心の動きだけで他人を攻撃できないのだから。

　ここに、ある人間を仮定する。その人物が学校や職場において、家庭内において、ネットでの匿名発言においても、自分自身の差別心を外部世界にわずかも漏らさないままでいるのだったら、それはもうまったく差別主義者とは言えない。たとえ電子書籍で密かに嫌韓本を買いあさって読みまくろうが、投票行動において他人に同調を強いることがなければどの党に一票入れようが、それはもちろん自由に決まっている。その行動結果が差別主義者たちを利《り》することになろうと、具体的な名を持つ特定の誰かに向かって、それと伝わるよう言葉にしたり行動に示したりしないかぎりは、外にさえ出さないかぎりは、それは差別ではない。差別とは、外気に触れたときのみ臭気を帯びる。
――というような、くだくだしいことを、太一が、実はそれほど固めた持論でもないのだが幾度も自身に繰り返し説いては確認しているというのは、やはり最近の自分の行動に、知らず良心の呵責を感じているからだろう。

　すなわち太一は、今回の人探しにあたって、極右組織の絡むイベントや集会などを渡り歩きながら、内心で唱えることは「精神薄弱者、精神薄弱者」と「使いやすい精神薄弱者はいないか」と眼《まなこ》を光らせ物色していたのだった。

もちろんこれは差別意識だ。それを指摘されても太一は別に否定しない。それは脳内ですることではっきり言語化するものでもないが、差別用語への政治的配慮《はいりょ》もまたいちいち働かせないだろう。サイン会の列に並んでいる者を見て「あいつは頭が弱そうだ。髪が薄く太って服がファンシーすぎる。あ、女か」と、今度はイベント終了後にいつまでも会場外で佇んでいる者を見て「こいつはかなり凶暴そう、いかにも殺人犯らしい。でも話がそもそも通じそうにない。却下《きゃっか》」と、脳内で捨てる。

まず事実として、思想の右左にかかわらず、あるいは宗教団体にもそういうところは大いにあるが、囲い込み団体の多くで彼ら彼女らのような精神遅滞者は、ただの数合わせとして、単純労働への従事者として、あるときはマスコットとして、あるときは美談を広報するときの利用素材として、そしてまたあるときには違法行為をそれとなく無理強いして罪を負わせる使い捨て要員として、利用しやすくまた回収もされやすいから、その姿が散見された。彼ら彼女らにとっての社会からの避難所ともなっている、という側面もまたあるだろうが。

そこで貴島斉敏であるが、たかだか八万六千円の借金を帳消ししてもらったという小恩のために、帝國復古党に組み入れられていた。まんまと利用されてもいる。だが、彼を利用しようとしているのは自分も同じだ。

次の週の金曜日夜に、貴島を招待したのは、イタリアンで、コースでも七千円以下という庶民的な店。貴島の住んでいる赤羽にも近い。

そのレストランの最寄り駅に貴島が約束時間通り姿を見せたときには、連絡のないまま現れなくて彼の家まで迎えに行かないとならない事態、もしくはもうこれで縁が切れる結末、とまで考えていた太一だったからひとまずの安心はあったが、それだけはなく、店に落ち着いて席に正面で向き合って座る彼の、成長が止まったかのような幼顔《おさながお》、全体的に黄色い肌、を眺めているなかで、計画が問題なく進んでいるという安心感とはまた別の安堵が、自分の内に湧《わ》いてきているのが太一にわかるのだった。

相変わらず彼からは酸っぱい体臭がほのかにする。そのイタリア料理店はちょっとした繁盛店であったから、無理を言って三十分ほど早く店を開けてもらっていた。

タリアテッレ。それよりももっと幅広く厚いパスタの、パッパルデッレ。食べたことがないというフォアグラが贅沢に載ったクリームソースのタリアテッレを貴島は選んでいたが、実際に届いた料理を見て彼は、太一が注文していたほうの、もっと強調された平打ち麺で食感が楽しそうなパッパルデッレを首から覗《のぞ》き込み、挽肉《ひきにく》の光るボロネーゼソースに物欲しそうな表情を隠さなかったから、太一は皿を交換してやる。貴島は素直に嬉しそうだ。こちらのフォアグラも譲《ゆず》る。

三週目ではギリシャ料理屋に行った。韓国で食べたギリシャ料理店のそのおいしさに感動して帰国後、日本でその専門店を開いたという店主だが、彼女も元在日韓国人の帰化人である。定番として太一は、たっぷりとしたムサカを頼んでいた。ワインも飲めなくはないとギリシャやキプロスのワインを貴島は飲む、が、それが強がりでしかないことがすぐ見て取れた。テーブル席まで積極的に話しかけに来てくれる店主に貴島は顔を真っ赤にして、自分からは決して話しかけられないから、言ってほしそうなことを太一が汲んでそれで会話を繋《つな》げる。たまに話を振られて、といって、うなずくしかできない貴島だったがそれでも有頂天の只中にいる。買い出しに行っていた妹のほうが戻ってきて姉妹経営だと知ってさらに鼻息が荒い。――オセロの入ったグラスを倒した。その赤ワインがテーブルクロスに広がるのを見るも彼は、グラスを倒した指先のまま固まっている。やがて太一がそのグラスを立てた。寄ってきた妹のほうの店員に対してなのか、太一のほうに対してか「いやこれは柏木さんも悪いんです。柏木さんがね、最初にね」と脈絡のない言い訳をしていた。最初に何をしたというのか？　ワインをこぼすよう太一が誘発をしたはずもないのだがしかし、太一は素直に貴島に、それから店に、謝罪をした。

ごめんなさい、ごめんなさい。大丈夫ですか？　いえ、いいんです。貴島さんはそのままでいいです、何も悪いことはない。もちろんですよ必ずまた会いましょう、毎週会いましょう、毎回ごちそうしますよ、せっかく来ていただいてお話もしていただけるんですから、面白いですよ、聞いてて退屈することなんてない、それは他の人たちがわかってないんです、貴島さんのことを誰もわかってない、貴島さんの素晴らしさ、献身ぶり、忠誠心、心遣いの深さ、貴島さんの波乱の人生のことも、それから実はすごく男前だってことも、誰も本当にはわかってない。決して不平は言わないし、愚痴も、それから陰口なんかも叩かない。実際に貴島さんはこれまで誰のことも裏切ったことがないんじゃないですか？　貴島さん自身が誰かに裏切られたことはあったとしても、誰かに同じことを仕返ししたりはしない。僕にはわかります。そして僕もまた、貴島さんを裏切ることは絶対にありません。――まあ僕のことを誰にも言わないで秘密にしておいてくれたらって条件はありますけど、それさえ、友情の約束さえ守ってくださるなら、僕は一生貴島さんのそばにいます、誓います。僕は決して貴島さんを見捨てませんから。

メキシコ料理、イタリア料理、ギリシャ料理、この三店舗にローテーションで通う。イタリア料理店ではパッパルデッレを貴島は気に入り、二度目の来店からは箸《はし》を使って食べる。ギリシャ料理店ではカウンター席を好むようになった。姉妹との二言以上の会話が続かないのは相変わらずだが、別を向いているときの彼女たちを盗み見ては凝視する。ムサカからナスビを除くようお願いし、代わりにジャガイモと肉の量を増やしてもらってそれはもう「ムサカ」と呼べないような、ほとんどミートパイみたいな料理だが、しかし貴島は雑に切り分けては、とろけ落ちるチーズと肉汁を舌で迎え、一心不乱に食べてゆく。

唯一個室のあるメキシコ料理店では、その三度目の訪問から、配膳がすっかり済んで店員の来る気配がなくなると貴島は、太一の隣の席に座ることを望むようになる。身体をくっつけてくる。以前からそれとなく、テーブルに置いた手に彼も手を重ねてきたり、帰り道に腕に触れてきたり肩を抱《だ》いてきたりすることはあった。身体の接触を強く求めている人物であることはわかっていた。それがいよいよ肩に頭を載せてきたり、こちらの太腿にそっと手を置いてきたりするようになる。太一は、したいようにさせてやる。他に大きな目的意識があり、また彼がそういう人物だとほとんど最初からわかっていたから、別に嫌悪感もない。ありていに言えば、拒否されてばかりの人生だったから、無条件の受容が欲しくて欲しくてたまらなかったのだろう。それを与えてやる。臭いとも、黙れとも、一緒にいて恥ずかしいとも、言わない。相手の話す内容がわかりにくければ、それがわかるまで、こちらが辛抱強く待てばいい。耳を澄ませる。こちらが一歩歩み寄って相手が何を言いたいのだろうかと慮《おもんぱか》る。この貴島斉敏という男を理解することに労力を惜しまない。否定しない、とにかく否定しない、否定されてきてばかりの人生だったのだから。

ところで、貴島斉敏と過ごしてきた数週間、数ヶ月と、生じてきた変化は太一自身も無傷にはしておかないのだった。

太一は自己分析を好まない。占いの類を含め、珍しく生理的なほど嫌いで、時間の無駄だと思う。言ってみれば、自分のことより他人のことのほうがよほどわかりやすい。

尹信のことを思う、彼は、決して知力に問題があるわけではない。親が正しい学校教育を彼に与えてさえいれば尹信は、今頃アメリカにて順調に高給取りの道を邁進していたはずだ。それだけの才能は有している。

が、尹信と貴島斉敏との共通点について、痛いほど、つまり直視したくはないほど太一には見えていた。

それを「純粋性」とは決して呼びたくない太一だったが、しかしそうとしか表現のしようがない。しかしそれにしても、いかにもひどい言葉の選択だ。特に、貴島のようなある種の障害者に対して「純粋さ」を押しつけることはもうまったくの暴力でしかない。実際に貴島は、能力に問題があろうとも、複雑で多面的な、つまりは「人間」でしかないはずだったが、それでも——

彼の母親は、彼が小学校高学年になるぐらいまでは、もっと言えば彼が学校で「いじめられている」と知るまで、長男の彼のことをずっと「(私の)天使ちゃん」と呼んでいたとのことだ。苛烈《かれつ》ないじめが発覚して、それでなぜか息子を守ろうというほうに意識は働かず、ただ夢から覚めたというふうになった母親は、それまでの天使扱いをすっかり止《や》める。それどころかまるで無視の態度で、次男と長女のほうにのみ愛情を注ぎ込むようになったというが、そんな母親が本当にいるのだろうか。ともあれ事実よりも貴島の語りたがる物語が重要だ。いじめというのもそうで、どこまで彼の語る内容と事実が一致しているか聞いているうちに不明となるが、——つまりは連鎖的にすべての話の実際が疑わしくもなるのだが、やはり重要ではない。

手を握ってくる貴島斉敏、それは同じく手に触れてきたがっていた尹信とも相まっている。

貴島を、馴染《なじ》みの「日本式焼肉店」に連れてきたのも、はっきり余計なことだった。

やはり店先に「竹島は日本領土です」とのステッカーは貼ってあるが、帝國復古党の忠実なる信奉者であればとても近寄りすらしないだろう焼肉店にも、しかし貴島は平気そうだった。太一は試しに、見た目からしてそれとわかりやすい店長のことを指さして「彼、帰化した在日韓国人らしいですよ」と言ってみたが貴島はまったく興味なさそうで、まるで耳に入ってもないようでもあった。

「焼肉ですけど食べられますか？」と訊いてみた。

そんな質問をされること自体が的外れだというみたいに「はい、もちろん」と彼は答える。

上ハラミの塩焼きを、本当においしそうに食べていた。そして貴島とこれまで通った店のなかでいちばんの寛ぎを示してもいた。和室にあぐらをかき、ガス式ロースターと吸煙器の向こうにて始終笑顔で、ホルモンを食べ、ともばら肉を焼き、それから裏メニューのオイキムチやチャンジャも、一向に意に介さないふうで一心に笑顔で食していた。

何を今更そんなことを確認する意義がどこにあるのか、自分でもわからないながら太一は、貴島に訊いてみる。

「今、目の前に包丁があって、また目の前に在日韓国人がいて、だとすれば貴島さんはその在日韓国人を刺せますか？」

貴島は目を丸くして、

「人を刺したら警察に捕まりますよー」

焼肉店で、大きな声で。他の客が、店員も、こちらを見る。

焦げすぎたハラミを、太一は自分のタレ皿に持ってくる。

「じゃあ警察に完全にバレないとしたら？　貴島さん、そこにいる在日韓国人を刺し殺せますか？」

それで答えを待つともなく待ったが、目をぐるぐる（文字どおり）回すだけの長い沈黙で、これに限らず「仮定の質問」が苦手らしい彼だった。仮定の世界とは存在しない世界も同義じゃないか、とでもいうような態度があって、それは太一にも少しわかるような気がするのだった。

彼が、本気の差別主義者だったらそれで納得しやすいのか。そもそも本気の差別主義とはこれもまたいったいなんなのか。冗談でする差別主義も、もちろん万死に値する。この貴島は、それで、万死に値するのだろうか？

いずれにせよ、既に「最後の駒」は選ばれた。その選別からまたやり直す、ということも不可能ではなかったが、きりがないだろう。

問題は俺がそれを本当にできるのか、ということだ。――と太一は幾度となく自身に問うていた。本当に俺はこの貴島斉敏を殺せるのか？

毎週一日か二日、日を決めて会う。それは義務として必ず会う。そして話を聞く。聞き役に徹する。時間は二時間を超えないようにする。相手の家にはいくら招かれても行かない（実家だから行けない）。こちらの家にも当然入れない。食事代は必ず払う。タクシーで家の近くまで必ず送る。話をよく聞いた結果、少なくともマスコミなどに情報を追われる範囲内には、彼に朝鮮半島出身の先祖はいないようだった。

メキシコ料理店の、半透明青のビニールカーテンで区切られた個室内では、もう彼に好きに手を握らせてやる。首筋に抱きついてくるのも好きにさせてやる。「一緒のお布団のなかで寝たいですねー」との自分の発言に自分でびっくりしたふうで目と目が合って「……と、いう説もあるみたいですけどね」と彼は言い直す。太一は微笑みかけてやる。イタリア料理店ではパスタとワインの種類についてレクチャーし、ギリシャ料理店では女性と自然に喋れるよう導く。彼がずっと求めていたもの、無条件に愛して受け入れてくれる「親」のような存在に、自分はなってやる。

時間が迫っていた。これは期限のあるものではないが、それでも、いろいろなことが並行して起こっていて、その時が迫っていた。しかも言ってみればこの理想的な関係も、期限があるとわかっていたからこその、この惜しみなさなのだ。でなければこの男のことなど一顧だにしない人生だったろう。

が、もはや知ってしまっている。こうやって抱きつかれて、あまつさえ彼から「お父さん」と呼ばれた。「お兄ちゃん」と呼ばれるときもある。それが統一しない。

彼を帝國復古党から足を洗わせること、排外主義思想と決別させること、それはたやすいだろう。あるいはそうすべきだったのではないか。そういう計画こそ、立案して実行すればよかったんじゃないか。この貴島みたいな人間に一人ずつ、忍び寄っては親しくなり、話をしっかり聞き、そしてそっと一押しする。

だがもちろん、そんなことでは活動が制限される。いつまでも秘密裏に行動できるものでもないだろうし、そうなればリスクが高くなる。効果も急速に失われる。それに、そういった地道な活動というものは、きっと、我々の好みでもないのだろう。

「お父さん、と呼んでいいですか」と貴島は言った。しがみついてくる。

「天使ちゃん」と呼んでやった。すごく嬉しそうにして歯を見せる。

この彼を、俺は本当に刺し殺せるのだろうか？　ナイフをこの胴に何度も突き立てられるのだろうか？　——それは、そのときが来たらわかることなのだろうが。

山田梨花《やまだりか》こと

朴梨花《パクイファ》のブログ

釜山《プサン》広域市

5月2日

韓国上陸初日から約１か月

前回のエントリーでは大変失礼しました。あれから私は高熱を出して（知恵熱ですね）寝込んだのですが、そのへんの事情は、はい、どうでもいいことですね。今日こそは、今週こそは、と思いつつ、ようやく日本のゴールデンウィークに間に合わすことができました。

それで私はすっかり（体力的には）回復して、だから前エントリーでは果たせなかった、恒例の「そのコメントに公的に答えましょう」のコーナーを、ちょっと先取りして、変則的に今ブログの冒頭にて2例だけ披露したいと思います。

まずは「ttsnow」さま、ご指摘のとおり、韓国国家安保情報院の方とのやりとりをそのままブログとして公表するなんて、私たちに利とならないばかりか圧となって私たち自身を苦しめることになるかもしれませんが、しかし、前回エントリーにも書いたように私は民主主義の信奉者です。であるならば、その根幹である表現の自由を、私自身が率先して実践しないでどうするのか、という思いがどうしようもなく私を駆動させるのです。

もちろんプライバシー保護には最大限留意しながら、しかし相手はそれでも肩書のある公人なのです。権力のある側の人間なのです。あった事実を私は書きます。それを白日の下にさらします。私たちがここ韓国に来たのは何も閉じた集団生活をするためだけではない。ただ逃げてきたわけではない。

書きます。これからも。

次に「中セネカ」さま、こちらもご指摘に違わず、そう私はまったくリーダーに値しない「弱っちい女」です。おっしゃるように「率いられた他の奴らもかわいそう」だとも思いますよ、本当に。

でもまあ私も、すぐ涙ぐむのは事実なんですが一方で、冷徹な感情のない女である、という特徴もありまして。事実、日本でそれなりに名の通った企業の正社員として働いていたころ、平気で、派遣切りの通告をする役目をバンバンと勤め上げてましたからね。それからこの青年会にしても、仲間の追放を告げたり画策したりということを、そういうときは涙の一粒も溜めずに果たしたのですから、私が中セネカさまご指摘以上の「ヘビ女」だということは、申し上げておかなければなりません。

あとそう、メイド・イン・ジャパンが「世界イチ」だった時代はとうに過ぎましたよ（と私は思うのです)。デザイン性にて野暮ったかったのは私の子ども時代からそうでしたが、いまや品質面でも神話は崩れかかっています。どうでしょう、私の現状認識と、中セネカさまのそれとのどちらが正しいか。

ただ、あなたがたを気持ちよくさせるであろう私の正直な実感をひとつ申し上げるとすれば、日本の、ビールのそのおいしさと「多様性」は、間違いなく世界最高水準であろうということへの賛意を示すことに、私はいささかもためらいはありません。そこは白旗をあげて全面降伏します。その点、韓国ビールはいまだにまったく保守的で排外的で多様性を受け入れようとしない。進化がなくガラパゴス的だ。毎夜、がっかりしています。ここに来て私は、すっかりベルギービール党となりました。

さて、そろそろ前回の続きと参りましょう（前回のおさらいは、なしです)。韓国上陸初日、釜山海洋警察署。取調室からようやく出られて、そこにいらしていたマ・スミのお父さまのそのお足元にて、わんわんと私は泣いたのでした。

が、もちろんそれで何も流されるはずない、何も許されていいはずない、私に思い出されたのは、かつてスミが語っていた話。

スミは、お父さまが韓国の優秀なエンジニアで日本の会社に招来されて、お母さまが日本の方。いわばミックス。苦しい後悔の念を持ってスミが語ってくれたことには、お父さまの消せない韓国語なまりの日本語がどうしても嫌で、幼いころはずっとお父さまと外で一緒にいることを拒んだという。家族旅行も、だからお母さまとのみで、お父さまはいつもお留守番、だった。「お父さん嫌い、恥ずかしい」と、幼子だったスミは何回も言っていたらしい。

　しかしそのことでスミのお父さまが不満をおっしゃったことは一度もなかったという。ただ優しく理解を示されたのみとのことだ。


　ようやく、娘が父の寛大さと寂しさに気づき、その愛に応えようとしたのが、この数年のことだったのに。いろんな事情があろうが娘が自分の住む韓国に来るというのが嬉しいと、喜ばれていたお父さま、その矢先。


　ついでながらスミのお父さまとお母さまが離婚されたのは、その愛の破綻ゆえではない。そのきっかけは、歯医者だった。

　定期的な検診のつもりでその歯医者を初めて訪れられたお父さまは、虫歯が見つかったとして、その日のうちに２本も抜歯された。高額な治療費を請求された。

　が、お父さまは何もそのお医者さんが差別者だと断じられたいのではない。そうではなくて、ひょっとしたらこれは差別的待遇をされたのではないか、という疑いや恐怖、それをどうしても抱いてしまうという環境に、お父さまはいよいよウンザリされたのだった。

　そしてその気持ちは私もよくわかる。この、不当な（あるいは不当かもしれない）扱いは、いったい差別を基にしたものだろうか？　わからない。病院の待合で私よりも後に来たひとが優先されたのはいったい正当なものなのかどうか、区役所でのこのひとの冷徹な態度は私以外の区民に対しても同じなのか、コールセンターに電話して名乗ったあとの態度の変化とは私の神経が過敏なのか、在日コリアン同士で行った外食店で運ばれてきたこの料理はいったい清潔なのかどうか、いちいち疑わされる、そういう世界、そういう環境。

スミのお母さまは、共に朝鮮半島に渡ることを選ばれはしなかった。だからといって、もちろんどうしてお母さまを責めることができよう。冗談ではない。

そして、こういう別離を強いられた韓日夫妻の例は他にもっとあるのに、そこに想像力を広げようとせず、ひたすらに凱歌を上げる貧弱なる差別者たちよ。本当にあなたたちは何がそんなに嬉しいのか、快楽なのか、そんなに平気なのか。ひとつの、あるいはいくつもの、実際の、現実の、さっきまで確かにそこに存在していた、家族や子どもたちが絶望に追い込まれて、尚あなたたちはそんなふうに、せせら笑って拍手喝采していられるのか。「韓国人と結婚したのが悪い」とか「こういう時代だから」とか、自らの差別心をごまかすためだけにする自己弁護をこしらえていられるのか。

スミのお父さまの靴先にしばらく伏して泣いて、やがて起こされて私のうしろには、私の、あの子たちが勢ぞろいしていたのだった。

私のあの子たち。そっか、単純にそういうこと、私は嘘をつかれていた。やはり聴取されたのは私ひとりだけだった。

国家安保情報院の男のほうを私は振り返らなかった。

逆算すればスミのお父さまは、私が連絡を差し上げてからすぐに、こちらに向かわれたことになる。

もちろん、娘の行方不明の一報からのその行動の速さは、父親としては当然のことなのだろうが、それとは別にこの私たちのことは、憎しみの対象になりこそすれ、保護すべき対象とはならないはずだのに、お父さまは私たちを警察署から解放してくれたばかりでなく、すっかりお腹を空かせた私たちに、名物のアワビ粥（もしくは海鮮が無理な子には野菜粥）を、決して安くはないのに、それぞれにごちそうしてくださったのだった。

食堂にて私は、水の入ったステンレス製のコップを持てばその手がすごく震えていて、恥ずかしかった。だから食欲なんてあるはずもない、とも思っていたし、実際目の前にきたそのお粥を見ても、ちっとも食指を動かされないのだった。口にしたところで味もしないはず、と。

アワビの肝がまぶされて黄金色のそれは、最初の数口ではやはり（薄いなあ、塩でも足したいな）と（せっかくのアワビの身も、小さく粒状に刻まれて、つまんないなあ）と乾いた思いだったのがやがて、すぐに味の深みに落ちる。匙が止まらなくなる。お父さまとスミのお話をすることに集中しながらも、しかし一方で舌鼓を打つことにも没頭しているというこの、私の、生存本能のいやらしさ。刻まれたアワビの身はブツブツと美味しかったし、口のなかに海の味が広がる。またすぐにでも食べに来たい。海に面したこんな近隣国でも日本のそれとは、優劣や良し悪しでなく、味わいが違う。それにしても私の生命力は卑しい、が、おいしいものはおいしい。身体も温まったし、単純にも震えも収まり、お腹に何か溜まるということはいいことだと、くだらないことだが本当にそう思った。

スミのお父さまには、私たち皆の高速バスのチケット代まで、お支払いいただくことになった（6名分。かなりの高額だ。その過ぎたるご厚意を私たちはどうしても拒みきれなかった）。

お父さまとの別れぎわにても、私はリーダーという地位にありながら自身が泣き虫なのがたまらない。といってチカや若菜など他メンバーも泣いていた。「このまま独りになるのが怖い」とおっしゃっていたお父さまには「近いうちに必ず伺います」とお約束をして、いっときのお別れをした。

男性メンバーなみに荷物の少なかったスミの、その唯一の手荷物であったリュックを、お父さまが背負われている。女性物だからやはり背中に窮屈そうだった。

そのナイロン製のリュック、長年見てきた、それが事務所内にあれば「ああ、スミはもう来てるんだな」とわかる、見慣れたそれ。そのブルーの、ちょっとくたびれたリュックはいつも投げ出されたように転がっていて、だいたいスミは物の扱いが雑だ、そのリュックがあることでスミが近くにいることがわかる、姿は見えなくてもやがて戻ってくることがわかる、彼女の分身みたいな目印だったそれは、お父さまに正しく拾われていった。


やがて高速バスを降り、市内バスへの２回の乗り換えを経たころには、もう日が暮れていた。韓国はやはり坂が多い。道の舗装はどんどん悪くなるばかり。街灯も少なく、傾いている木製の電信柱。車体が古くて道が悪くとも、アプリ対応が充実しているから自分たちがいまどこを走って何時ごろに目的地に着きそうなのか、運転手の氏名や自己紹介文まで知ることができる。

食費は日本と変わらないほど高騰した韓国だが、こういう市内バスなどの交通費は相変わらず安い。電子マネーは日本より普及している。しかし日本文化の「バスが停車してから席をお立ちください」とは真逆で、降りるときは運転中でも前面ドア近くに寄っておかないといけないのは、相変わらず。また「儒教に支配された韓国人」と揶揄された私たちであるが、実は私、バスのなかで中学生くらいの男の子に席を譲られた。それですっかり感心させられたのと、面映ゆさと苦笑とで、他メンバーの顔は見られなかった。


長い一日だった。だけど目的地に着いたからといってすぐに休めるわけではない。

私たちは、チョンソンの親戚の方の、家の離れに住まわせていただく、ということになっていたのだが、私と他数名のメンバーは、去年に事前訪問していて、どういう感じの生活になるのかと見させていただき、電気・ガス・水道などは到着当日までに通してもらうようお願いしていた。だけど、だからって行ってすぐに新生活がスタートということもできるはずなく、少なくとも前もって送っていた荷物の荷ほどきをしなくては寝具もなく、それだって軽労働ではない。

そんなことより私たちは、ようやく着いて、しかしチョンソンのご親戚よりお叱りをちょうだいしていたのだった。

それも仕方のないことかもしれない、チョンソンもまた電話で事態を逐一報告していたのだったが、それにしても到着初日に自殺者が出たり警察の世話になったり、ご親族のお話によれば「せっかく歓迎の食事なんかも用意してたというのに」到着したのが夜の23時ごろになったとなれば、歓待のご準備も無駄となり、そのお腹立ちも当然だろう。

チョンソンの妻であるチカの貧血による立ちくらみをきっかけに、私たちはお叱りからひとまずは解放されたのだったが、それから離れの家屋に入ってからまた、愕然となる新たな事態を知る。

その離れは、窓が一部割れていた。皆が固まった。いただいた鍵を使って入り、電気をつける（電気はついた）。そして確認してやがてわかったのは、日本から先に送っていた荷物がすべて開封され、そのうちのいくつかが盗まれていたのだった。

ジャンホのオーディオセットなどいかにも高価そうな物だけが選ばれて盗まれていた。

かわいそうにジャンホは、本人の言うところでは大学時代から集めた「ケーブル1本に2万とか3万とかするような」総額が「100万円以上は軽くする」という、だけどそういう金額以上にもう二度と手に入らない種のレアな器具も含まれてたのに、持ってゆかれていた。稀少なレコードやCDがぎっしりと詰められた段ボールも同様だ。
「どうせ価値のわかんねえ連中のくせに！」とそれまでの鬱憤もあってか、珍しく感情を激発させてからの、また落胆ぶりが大きかった。

ドンジュンと若菜の夫妻が送っていたテレビや録画機セットも盗まれていたがそれは捨てるのも惜しいからという程度の動機で送っていたものだったから、やはり哀れなのはコレクター気質のジャンホである。

といって、スミを失った昨日の今日で、たかが「物」をなくしたからといって今朝のときよりも大声を出して嘆くなよ、わめくなよ、軽々しく絶望を口にするなよ、と思ったりもするのだけどそこはそれ、彼がオーディオマニアであることを長年知っていた私たちとしても軽々には諌められない。本当の価値はわからないまでも一緒になって肩が重くなるような、哀れな話ではある。
……でももう少し静かにしてよ、とも思うのだった。

母屋のほうに戻ってチョンソンのご親戚に盗難の事実を伝え、「明日には警察に届けを出そうと思います」と告げたら、ものすごい勢いで反発された。要は、トラブルを持ち込むな、ということだったが、しかし盗難は盗難だ、私は引かなかった。が、この場合、災難なのは私たちのほうなのか、寛大なお気持ちで迎え入れを決めて下さったご親族のほうなのか。
ご親族としてはもう、これも当然のお考えながら、離れを無償で提供するのはご不安だということで、保証金という意味においても、月に30万ウォンは支払ってほしいとお話しになる。そもそも無償だというのが（離れのその家を住めるよう改修するのをぜんぶ自分たちでする、という前提であったとしても）好条件すぎたということを私たちは自覚していたので、それを進んでお支払いすることを、皆と相談後の翌朝には同意したのだった。

離れでは窓ガラスの応急処置や荷ほどき、スミの遺品をお父さまに送るための作業、などを疲れきっているなかそれでもみんなが手際よく動いてくれて、どうにか今夜は眠ることはできそうだ。盗まれたのは、家電などの目立つ高級品だけで、衣類や寝具などはまったく無事だった。そのことはジャンホ以外のみんなをほっとさせていた。

やがて、順にシャワーを浴びる。お湯も無事に出た。これもまた、しんからほっとさせるものだった。日本から持ってきた変圧器や変換プラグを使っての充電も問題なさそうだったし、あとは明日にでも必要な物を買い出しに行けばいいだけ、との落着となる。シャワーを待つ者、シャワーから出た者、それぞれが忙しく日本に残してきた家族や友人などへの電話やメールをしている。

私のモバイルが鳴った。送信者は、ソウルにお住まいの、今朝私が弁護士派遣のお願いをしていた方だった。内容は、連絡が遅くなったこと、および「役に立てなかったこと」へのお詫びのメールだった。

とんでもないことだ。上海への移動中でメールを確認できなかったということで、そういったことは当然ありえる。ぶしつけで無礼だったのは私のほうだ。私は、私のほうこそ申し上げるべきお詫びと、今後の長いおつきあいを平身低頭の気持ちでお願いするメールをしたため、急ぎ送った。

それでだいたいみんな就寝した。かわいそうなジャンホはまだ寝ない、寝られない。皮肉なことにスミのいなくなった代わりでひとつサイズの大きい個室に彼は移ることができたのだが、その夜は、本来彼にあてがわれていた、より狭い部屋、物置スペースになることが決定したその細長い空間にて彼は、あぐらをかいてお酒を飲んでいた。

妙な勘が働いた私はその部屋をノックし、覗き込み、免税店で人数分（飲めない子の頭数も含め、購入できる限界本数まで）買っていたシーバスリーガルを、そのうちの一本を彼が開けて飲んでいたことに苦笑し、私は「ストレートで飲むなよ」と言った。「ここの水道水はおいしいから、ちゃんと割りなさい」

それで縁側（抹楼・マル）に出て、韓国国内で買うには関税が高すぎてもはや貴重な洋酒を、私も一緒になって飲む。そのうち笑顔で大場若菜が、ぬっと姿を現して（酒呑みは酒に関しての嗅覚だけは鋭い。ちなみに若菜の夫の、熊のような大男のドンジュンはビール1杯か2杯が限界だ）私たち3人は、中庭を照らす、硬質に光る月を眺め上げながらよく飲んだ。他メンバーはぐっすりと眠っている。私たちは言葉少なくよく飲んだ。


ところで現実というものは、さまざまな色合いのグラデーションで成り立っている。というのも私は今回のエントリーをこのまま、薄暗くシリアスなトーンで終えるつもりだったのですけど、そうではない現実が、この最近の数日間に起こったのでした。


在日ではない、朝鮮半島で生まれ育った韓国人を実際に知っておられる方は、お馴染みがあるかと思いますが、彼女ら彼らは（特に上の世代であればあるほど）実に遠慮がない。びっくりするぐらい物怖じをしないで、それはもちろん親切心からそうされてるのでしょうが、とにかく私たちの精神構造ではその熱に当てられてしまう。

そう、この「私たちの精神構造」というところがポイントで、つまりやっぱり私たちは「文化的」には「日本人」だったっていうこと。いくら否定しようと、それはそう。まあ渡韓前からわかってた事実。

それでその「押しつけ」というか、たかが2、3日前に知り合ったばかりの私たちに、近くの商店街のおばさま方が持ってきてくださったのが、たっぷりのお野菜、しかしこれがもうびっくりするぐらいおいしい。(食の話ばっかりだな、私は……)

いただいた初日は、その送り主であるところのおばさま方が、ずんずんと部屋に上がってキッチンを使われるのも「どうぞ、どうぞ」と過ごして、で、いただいたのが野菜の「ティギム」という、日本の天ぷらに似たようなものだけどこれが無類においしかった。もちろん生野菜での韓国風サラダも最高。日本の田舎のほうに行けばこれに劣らないような(あるいは世界中どこの国でも)おいしい野菜を食べられる地方というのがあるのでしょうけど、とにかく、私たちにとっては初体験で、新味で、大げさでなくいちいち目を丸くして互いを見つめ合う。

言ってみれば韓国移住して、初めてひとつ「こんなにも野菜がおいしい!」との利点を早速見つけていた。

またこれは、つい昨日のことですが、別のご近所のお母さまから私は、その方のお子さまに語学の個人指導をお願いできないか(もちろん有料で)という話を、ちょうだいしたのだった。

その数日前にそのお母さまと、立ち話のような形で、問われるままに私は自分のTOEICやTOEFLの点数を答えていたのだけど、

「でしたら私の娘と息子の家庭教師になってくれませんか?」

とおっしゃって、それがご挨拶でしかないだろうと私は思い過ごしていたのだけれど、違った。最初にお話があって数日後の昨日、急に、お子さまおふたりを連れられ我らが家を訪問された。そのお母さまがおっしゃるには、中学生と小学生のお子さまおふたりの勉強指導、およびご両親が共働きなのでご両親のどちらかの帰宅までのお預かり、という依頼を引き受けてくれないか、と。

具体的な金額(韓日どちらの水準からいっても安くはない時給だった)まで含めた本当に「具体的」なお話が急に降って湧いてきて、いかにも韓国的な急速な展開だなあと苦笑しながら、ともかくも私たち

は、この渡韓後１か月で早くも、安定的な収入をもたらす仕事を得たのだった。

渡韓前から私が約束をもらっていた、ネットを通じての翻訳仕事も併せれば、私たちの「農業生活」が実りとなるその前から、もちろんもうちょっとは収入を増やさないといけないが、もしかしたら貯金取り崩しの生活から想定より早く抜け出せるようになるかもしれない。そういう希望的観測が出てきた。

現実とは不思議なところで、ほんのひと月前に私たちは同胞ひとりを失った、国情院の人間に訊問された、日本から送った荷物のなかで高級品だけを誰かに盗まれた、などの一方で、地元の人たちには妙に受け入れてもらえている、新しい仕事も続々と入ってきている、という色合いのさまざま。

だからマ・スミ。あなたはやっぱり早計だったんだよ。どんなに目の前の、いったんの状況に絶望したからって、今後のさまざまな可能性についてまで投げ捨てることはなかったんだ。
この村には、いくら高齢化がひどいといっても若い子たちも皆無ではないし、思っていたより民族的文化的に多様でもあって、そして私たちもよそ者だからこそ、地域の人々との交流に積極的に参加しようとの意思に充ちている。私たちは前に進むよ、スミ。

マ・スミ。馬秀美。あなたの繊細さ、あなたの、私たちがいくら心配しても受け入れてくれなかった頑なさ、恋のためには先手を打つしたたかさもあったね、あと、利害のないボランティアにこそ労力を発揮したね、スミ。カラオケが好きだった、ひとりご飯が平気でひとり焼肉も何回も行ってた、過去について開けっぴろげに語ることにまるで抵抗のなさそうだった、スミ。

だいたいずっと付けていたマスクの下のその笑顔のかわいらしさを、似合っていて愛すべきそのメガネ姿（それを外したときのより幼く見える顔立ちも含め）を、私たちは永遠に忘れることはないでしょう。

スミが心安らかに眠られんことを、私はひたすらに祈る。私たちは皆そうだが、スミの場合も、この現世が心穏やかに過ごせる場ではなかった、ということなのだろう。しんどかったね、スミ。そしてあちらの世界では、どうかスミのための、心がまったく騒がされない世界が待ってますように、でなければ神や天国の概念など、どうして存在意義がある？

弱いまま死んだすべての子に、極上のパラダイスを用意せよ、それが最低条件だ。

では、前回はできなかった２コーナーを今エントリーではお送りします。

まずは、……これは毎回評判の悪い、でも私としてはどうしてもしたい、お気に入りの詩の引用と紹介で、どれだけ批判されようと、からかわれようと私は、これだけは果たします。

今回紹介したいのは、アンナ・アフマートヴァという1889年生まれのロシアの詩人の作品です。例によってその生涯などの詳細は、ここの、アンナ愛に満ちた個人による紹介サイトにでも飛んで読んでいただければと思うのですが、要は、彼女はスターリニズムのもと、元夫を銃殺され息子を投獄され自身も創作においては沈黙を強いられ、作品も発禁処分となり、それでようやく暖かな陽ざしを浴びるようになったのが、1953年のスターリンの死以降なのでした。

引用するのは、詩集『葦』より「最後の乾杯」と題された詩を、木下晴世さんによる訳です。

急いで、前もって、注釈を付しておきますが、この詩中にある「荒れはてた家」のことを私は「日本」であるとか「韓国」であるとか、あるいはイ・チョンソンのご親族からご提供いただいたこの「離れの家」のことであると暗示したいわけでは、もちろんまったくない！

すぐに「反日」とか「反国家」とか、「おまえはどちらの陣営につくのだ」と下品な指さしをしてくるのは、本当によしていただきたい。

「荒れはてた家」とは抽象的な詩句としての「荒れはてた家」であり、あるいはこの世界全体のことであり、あるいは私やあなたの心のなかにて焦げ付いた「古くてしばらくケアされなかったために荒れはててしまった部分」のことだと言えるのかもしれない。

私は荒れはてた家のために飲もう
不幸な私の人生のために
二人居の孤独のために
またあなたのために飲もう
私を裏切った唇の嘘のために
その眼の死人の冷たさのために
世間が無慈悲で粗野なことに
神がお救いくださらなかったことに

さて、次は、これで本当に最後の「長文でコメント返信しよう」のコーナーです。今回は変則的に、冒頭ですでに２名の方にお返事をしましたが、同じく変則的に今回は、前回のみならず前々回のエントリーへのコメントも含めてお答えしないといけないですからね。

それでは皆さん、ひとまずの、ひとときのお別れです。次の機会にまた、お目にかかりましょう。「さらば読者よ、命あらばまた他日。元気で行かう。絶望するな。では、失敬。」……いえ、多少の絶望は仕方ないしむしろ知性的とも健康的だとも言えるのですけどでも皆さん、私もあなたも、決して絶望しきらないようにしましょう。

■白上匡彦　さま

白上さんとも、もう長いおつきあいになりますね。初めからハンドルネームなどではなく本名で（本名ですよね、たぶん。いえ、通名であったとしてもいいのですよ。私だって山田梨花／ヤマダリカとして、長い年月を通名で過ごし、その通名時代を今でもずっと愛しているのですから。このブログのタイトルだってそれを記念して、順番は逆にしましたがこれからも「山田梨花こと」の文言は消さないつもりです）私とじかに接してくださったこと、そして、前回のブログのコメント欄にて、私が日本を離れることを痛罵なさってその先に「はっきり言って寂しい！」とコメントくださったこと、私は一生忘れないでしょう。

白上さんは私のブログにおける最初期からの常連さんですが、正直申し上げて、最初のころは「ああ、この人とは一生話が通じ合うはずがない」と思ったものでした。ところがどうでしょう。白上さん、私は私の側にこそ偏見がたっぷりあったことを正直に告白しますし、素直に不明をお詫び申し上げますよ。だって今ではこうして、私の離日を白上さんが寂しがってくださるほどですから。

確かに私は傲慢でした。そしてそれは、いまでもそうでしょう。「勉強してから出直しなさい」とのフレーズが、いまでも口をついて出てきそうになることもあります。

私たちは歩み寄れるのでしょうか。個人的なことで言えば答えは簡単です。そう、私たちは個人レベルでは、いとも簡単に歩み寄れるし、理解し合えるし、「いろいろあるよねえ」とイージーに肩抱き合える。

白上さん。ある意味、私にとってのある種の重石が白上さん、あなたです。これからもどうか、私が現実無視の理論武装に走ろうとしたときには、あるいは現実悲観ばかりの夢想に呆けたと思われたときには、どうか人生の先輩として私を律してください。お願い申し上げます。

■ xenev64　さま
おっしゃるとおり、私は「きっと年齢以上に古くさいババア」で、思考や技術や方法論や語彙まで今世紀初頭に足を取られたままなのです。看破されてお恥ずかしいかぎり。

ブログなんて、まったく効率の良くない、多くの人から見捨てられて蜘蛛の巣の張ったツールを私はいまだ使っていて、しかもそれが心地いいというのですから、私につける薬はありません。新しいツールでの新しい発信方法については、あとの世代におまかせすることにします。

■ JP.Roulette　さま
おっしゃるところの「在日としての因果応報」が、いったい何を指しているのかわかりませんが（いえ、本当はわかっているのですが、まともに取り合わないのがいちばんの処世術だとさんざん学んだので、私は素知らぬふりを貫きます。そもそもあなたたち日本人が侵略行為という因果の種を……blah blah blah)、でも「同情を引きたがる」というフレーズには、ちょっと惹かれました。

同情。いかがです？　唾棄すべきワードでしょうか？　同情。私も10代のころには大嫌いでした、その言葉。JPさまも、文体からずいぶんお若い方とお見受けするのですが、やはりお嫌いでしょうか。同情。

20代半ばともなると物事に別の見方が生じるというか、私は「同情」という言葉に、さほど抵抗がなくなって「いいじゃないか同情、同情するのも、同情されるのも」と「それで曲がりなりにも世界がうまく回るのなら、同情、大いに結構じゃないか」と思うようになりました。

そして現在、私はこの「同情」について何を思うか。同情が、いやあ欲しいですね！　とくにJPさま、あなたみたいな方からのご同情が、掛け値なく嫌味や皮肉でもまったくなしに、本当に欲しい！　あなたから同情されたらそれで私の人生も、苦しいながら生きたかいがあったもの、とも思うのですけど、そういう文章、あなたの心をわずかにでも動かせる文章を私は書きたいのです。精進します。

■ @kinossii　さま

はい、徴兵制のことは私たちもたっぷりと話し合ってきて、その経緯と詳細はこの記事とこの記事を参照していただければと思うのですが、確かに私たちメンバーのなかの3人の男は皆、年齢制限をまだ超えてませんので（韓国兵役法の最近の改正のことは私たちも存じてます）、韓国への「永久帰国申告」をすればご指摘のとおり、そのうちに兵役義務に就かねばなりません。

だから例えば、男性メンバーだけは在外国民の資格を持ったまま、5年に1度は日本に戻って永住権のための手続きをしては歳月をやり過ごし、兵役義務の年齢制限を超えた時点でそれぞれ、順次に韓国への永久帰国を申告するという、そういう方法も考えましたが、そういう選択を採らないことを彼らは決めました。これは彼らひとりひとりの自由意志です。

ク・ジャンホという、私たちグループの男性のなかではいちばんの年長者であり、また韓国語もなかなか上達しないという彼なのですが、彼も口では「覚悟してる」とかなんとか言ってますが、私は懐疑的です。彼も目にするこのブログでこういうことを書くのもどうかと思いますが、私たちメンバーのなかでいちばんの地獄を見るのは、彼、ジャンホでしょう。せめて入隊までに、必死で韓国語を勉強し、必死で身体を鍛えておかないといけない。私はそのことを、事前に何度も彼に警告しておきました。

■チャンメ　さま

ごめんね、チャンメ。特に前回のエントリーはあなたにとって、読むのが負担になったことでしょう。私も書いてるときはずっと、チャンメ（や、他の、日本では仲よくしていた朝鮮籍のひとたち）のことを想いながら、でもどうしようもできないと半分あきらめながら書いていたのでした。

本当にごめん、チャンメ。具体的な弁明はまたこのあと直にメールします。でもそれとは別に、チャンメと同じく「朝鮮籍」にして、朝鮮民主主義人民共和国に対してシンパシーというか愛着を感じているひとに対して、私はここで呼びかけたいのですが、そう、確かに私は日本では、あなたたちの味方のような口ぶりをしていました。排外主義への対抗デモ行進など、一緒に行動もしましたよね。朝鮮学校への、日本政府による昨今のさらなる不当差別政策（しかも外交的成果にはまったく寄与しない、ただの弱い者いじめ）にも、私たち青年会全体での参加は叶わなかったけれど、私は個人としてそこに参加し、そのとき一緒にシュプレヒコールを挙げました。そのときの心砕いた共闘精神に嘘はありません、本当に。

在日コリアンが、朝鮮半島での情勢にかかわらず日本国内では、南北間で大きく衝突してこなかったというのは、本当に稀有で素晴らしいことだと思います。また、祖父母や、曾祖父母世代のひとたちのお話を伺うに、第二次世界大戦後の混乱期のしばらくは、組織力としてより強固だった朝鮮総連の方々の奮闘のおかげでどれだけの在日コリアン（その所属の南北を問わず）が、飢えずに済んだか、人間としての尊厳を損なわずに済んだか、法的助力とか人的助力とか、生き延びてゆくために必要なコミュニティー・サポートが実地としてどんなふうにあったか、それがどれだけ心の頼りとなったかという逸話も、私は聞いて知っている。その恩義への借りの念を忘れてはいけないと、数世代のちの私も思っています。

だから、私の書いた文章が、在日コリアン内の分断を生む、その小さな端緒、ほころびのスタートとなってしまうのだとすれば、これほど悲しいことはありません（そんな影響力が私なんかにあるとも思われませんけど、それでも）。そもそも、今回の私たちのこの行動を「帰国事業」と私がユーモアのつもりで自称したことが、朝鮮籍のひとたちからの（ある意味、まっとうな）ご批判を招いたことも事実です。また一方で、そうでありながらそのセンスのない自称を、現時点においても私が謝罪の上で撤回しようとしないということは、つまり、そういうことなのです。

日本にて、面と向かって、チャンメ、あなたと（あなたたちと）お話しするようなときには、私はあえて自分の「反共」の思いなんかを口にしなかった（するわけない）。で、それはそれで礼儀として当然だと思うし、つまり、あなたたちはまた、38度線以北にいまもなおご親族がいらしたり、あるいは数世代にわたる思い入れがあったり（思い入れは決して軽視できません）、だからこそ私は、日本においては、チャンメたちにそういう思いをぶつけてはこなかったし、節度を心がけました。そしてそれは正解だったと思います。

だけど私たちはもう違うフェイズに来ています。私たちは韓国に永久帰国をした。そして、韓国国家安保情報院の人間に（彼が所属名を騙ってないかぎりは）はっきり警告された立場です。だからってすぐに、チャンメたちが私たちの「敵側」になる、というのとは違う。絶対に違います。が、そろそろ私も、共闘や礼節の柱に隠れて我が立場を曖昧なままにしていていい段階にはないのだ、とも思います。

しかしそれにしたって、やはり憎むべきは国家やイデオロギーによって人々が断絶されるという、この悲劇のほうです。本来なら、笑い合って、譲り合い助け合って、共に生きていけるのが当然の私たちなのに、それを虚しく分断させられる。

チャンメ、だから、私たちは、この虚しく苦しい世界に共に虚しく苦しめられながら、それでも共に生きてゆきましょう。絶望しすぎず、現実逃避もせず、たまに笑って、たまに泣いて発散して、どうか生き延びてください。私も、何があっても生き延びます。

またメールします。チャンメとは、本当はヅカの話をしたいな！　政治の話なんてうんざり。それこそ「開闢以来」とも評されるトップコンビ（演技・歌唱・容姿・ダンス・存在感やカリスマ性・トーク力、おふたりとも本当にパーフェクト！）の黄金期であるのに、その点では同時代の日本に生まれて本当によかったと思わず言っちゃうほどだったのに（ああ、韓国公演とかはもうありえないんだろうなあ）、本当に残念です。

必ずメールする。それに対しチャンメがお返事をくれることを、私は剣山で心臓を刺される思いで祈るのですが、でもたとえお返事がなかったとしても、私はチャンメを大好きだったしこれからもずっと大好きだよ、という気持ちに変わりはないことを、ここでしっかり宣言しておきます。安寧！　あなたが朝鮮籍で私が韓国籍だからって何さ。ねえ？　アンニョン！

尹《ユン》信《シン》こと田《た》内《うち》信《まこと》
東京都新宿区
七月十七日

新大久保《しんおおくぼ》戦争、が始まっていた。

表向きは「平和デモ行進」と謳《うた》っているが、排外主義者たちはネットで公然と「戦争」と呼んでいることから明らかなように、あるいは他都市のコリアタウンもそうして潰してきた経緯からわかるように、お祭り騒ぎに乗じて姑息《こそく》なヘイトクライムをするためのその隠れ蓑《みの》でしかなかった。あまりに大多数の参加行進から警察や機動隊の目をすり抜けた幾人かの狂乱者たちが、そこにある韓国系の店に、人権支援団体の施設に、学校に、嫌がらせをする。暴発的なそれは組織に命令されたものでないから、団体側の上層部は誰も責任を取らない。それで自衛のために飛び出した在日韓国人側の人間が、少しでも暴力を振るえば（振るうに決まっている）やがて遅れてきた機動隊に制圧されて、あるいは後日に令状を持った警官が自宅を訪問してきて、逮捕・連行されるのだった。

その日、尹信《ユンシン》は午前から太一《たいち》のマンションを訪れていた。いてもたってもいられないが自分からは言い出せない、という尹信を慮《おもんぱか》り、太一は「わざわざ寄ってくれてありがとう」との言い方で送り出す。妻には相談しなかった。朝から病院に行っている彼女に訊《き》くあてもなかったが、そうでなかったとしても意見を求めはしなかったろう。

尹信にとって、あの「リンチ事件」があってから初めて訪問する新大久保だった。そういう意味での緊張のほうが、戦闘に備えてのそれより彼には明らかだ。

これからそちらに向かう、といった連絡を尹信は、林《イム》スルギには送っていた。新大久保を離れた尹信に対し、一方的に近況報告をしてきていた「大久保守備隊」の唯一のメンバーである。同じ守備隊の主力組である河東《かわとう》たちには、行くことを伝えない。線の細いイム・スルギは当然、後方部隊に属している。反対に腕力しか能のない主力組はすでに前線に出ているはずで、だから彼らの邪魔にならぬよう連絡なんかしない、という言い訳がこの場合はありがたかった。新大久保を離れてから二年足らずとはいえ、スルギ以外に連絡を取るのは少し心に負担だった。裏切った、この町と守備隊を捨てた、という意識がやはり自分にあるらしい。

西武新宿駅を降りてそこの個室トイレにて尹信は、指紋《しもん》付着防止シールを十指に貼っていた。眼鏡はまだ出さない。目立ちすぎない早足で歩く。しかしついでに、と、デモ隊の出発点であった大久保公園を覗《のぞ》いた。すでに、いかにもそれらしい排外主義者たちの姿はなかった。サッカーコートやバスケットコートで、見た目に民族さまざまな青年たち（少年たち、ではない。そしてコリアンはいないだろう）がゲームに興《きょう》じている。近辺ではもう唯一となった喫煙所が園内にあるのだが、そこは数人がひしめいていた。デモに関連した姿とはとても見えない。つまり、すっかり日常だった。公園の周辺にはホストらしい格好の男がたむろしている。警官らしき姿は一人も見られない。

公園を出た通りに、三人ばかりの、日章旗《にっしょうき》を持った若者たちがいた。女が一人、男が二人。まだ十代だろう。デモには気後れで参加しそびれたか、単に飽きてしまったのか。男の子は日の丸をチエッカーフラッグのように振り、女の子は頭から被《かぶ》って日除けとしている。

この町は確かに俺たちの町だったんだ、と尹信は考えるまでもなく、ただ感じる。しかしアメリカ生まれの尹信のみならず、当時の仲間のほとんどが、この新大久保出身ではなく、よそ者だった。両国の関係悪化と、都のヘイト規制条例がまた新都知事の下で「表現の自由に抵触する可能性がある」との理由で廃止となったこと、そして排外主義者たちによる執拗《しつよう》な嫌がらせと、客が入らなくなっての収益の激減、などを要因として新大久保からニューカマーの韓国人たちは徐々《じょじょ》に去り、代わって他の、多くは関東地方のコリアタウンから、河東兄弟のような旧来の在日韓国人たちが寄り集まってきていた。

まさに目と鼻の先の歌舞伎町の、来栖《くるす》から案内された安いキャバクラで、河東惇《あつし》がこう言っていた。

「俺は新大久保に来てよかったと思うよ。あのままあのスラムにいても、結局は誰かを殺してたか、俺が殺されてたか」

河東健《けん》が言う。

「殺さなくて傷害罪で逮捕されても、俺ら強制送還だしな」

二人の河東は韓国籍のままである。

「そんときは、うちの組でなんとか対処するさ」

そう言ったのは、日本人の、暴力団の構成員である来栖だった。彼こそは新大久保出身である。新大久保を含めた新宿への愛着が格別に深く、それから公権力への反抗意識が過敏なほど強かった。その二つの心性と、それからヤクザらしい義侠心《ぎきょうしん》とが、彼を排外主義運動への怒りに駆り立てたらしい。

当時の、ここの連中は、デブの本城《ほんじょう》を含め、振る舞いは野卑で、言葉も品性など繕わないのが「常識」だった。見た目も凶暴そのもので、タトゥーのない者は皆無だった。ピアスも各所にしている。また、皆がそれぞれに、何かしらで切られた傷、さまざまな火傷《やけど》の痕《あと》、頭頂部の手術痕によるハゲ（河東惇）、片目に視力がほとんどない（来栖）といったような連中ばかりで、それはそれで、自身も黒のトライバル・タトゥーが首の後ろから伸びている尹信にとっても、ずいぶん居心地がよかった。

喧嘩《けんか》が強い、ということが最も重視されるというのもわかりやすく、だからこそ彼らに拾われ重宝がられる。当時は最年少だったのだが、コミュニティに馴染《なじ》む段階で、複数の男を痛い目に遭《あ》わせただけで優遇的地位を得ることができた。

傍《かたわ》らのホステスを乱暴に抱《だ》き寄せて河東惇は、

「生まれ故郷を捨てた、って地元の奴らは俺らのこと悪口言ってたみたいだけど、あんな町、捨てて当然だろうが。マジで地獄絵図だし、未来ねえし、目先の金ばっか追っかけて他に努力もしない。知恵も出さねえくせに文句ばっかり言ってる」

河東健が言う。

「悪いのは、生活保護をいきなり打ち切ってきた日本政府のほうだけどな」

「わかってるよ！　んなこたあ」惇は少し激する。すぐに声を荒らげるのがここの連中だ。「わかってっけど、それに負けっぱなしじゃあ、しょうがねえだろうが。つっても韓国政府が俺たちを助けてくれるわけねえし」

なんでこの人らは、とっとと日本に帰化《きか》しないんだろう？　――何度この疑問が、自身はアメリカ国籍との二択で日本国籍を選んだ尹信の頭をよぎっただろうか。実際に口に出して訊《き》いたこともあるが、いつも、誰からの回答も曖昧《あいまい》でどこか情緒的に過ぎていた。やがて、尹信が理解したところによれば要するにそれは、理屈にならない単なる意地やプライド、でしかなかった。思い込みでしかないような意地に、根拠のないプライド。が、そんな理屈にならない単なる意地やプライドが行動指針となってしまうのは、尹信としても大いに共感できるところではあった。

本城が、ホステス代わりに河東惇の水割りを作りながら言う。

「俺んとこの親父は、生活保護がなくなってよかったですけどね。まともに働くようになったから。まともに、って言ってもラブホテルの清掃以外に運び屋みたいなこともしてるっぽいけど、おかげで精神障害装ってたころに比べたらだいぶ、まともになったように思う」

「その話は何回も聞いたんだよ、デブ！　生活保護なくなってよかったとか、おかげで、とか言ってんじゃねえ。てめえんとこのクソ親父の話をみんなに当てはめんな、殺すぞ！」惇はまた大きな声を出す。「そこまで言わなくても」と唇《くちびる》を尖らせる本城だったが、この巨漢の、破れたジーンズ穿《ば》きの彼はそのころ二十代後半だったが、最初に尹信にちょっかいを出してきた男でもある。最初に尹信の力の程を皆に知らしめた男でもあって、百キロ超えながらなかなかに動けて喧嘩にも相当の自信があったのだろうが、日本国籍なのに「田内信《たうちまこと》」という日本名を名乗りたがらない尹信にそのことでしつこく絡んだ結果、徹底的に足を攻められてしばらく杖なしでは歩けなくさせられた。

「まあまあ」と来栖がなだめる。「カイラちゃん、惇君にお酒作ってあげて。ついでに胸チラしてあげて」

この、日本の本物のヤクザであるという来栖だが、十代で初めて顔を合わせてから最後まで、適度で不快にならない距離感を保ってくれた。普段は「元気してる？　ユン君」というような一言二言の挨拶だけだったが、ごくたまに、急に寄ってきては「ユン君、日本で警察に職質されたら、こうしたらいいんだよ」と教えてくれたり、彼の所属する組事務所の顧問弁護士の名刺を「何かあったら俺の名前を出して」と渡してきたりした。ロシア土産という「顔認証防止眼鏡」や、指紋付着防止のためのシールなどの新ガジェットを、外国から帰ってくるたびに紹介してはプレゼントしてくれる。

そのころ新大久保で尹信が知り合った男たちは、だいたい酒癖が悪いのが多かったが、そのなかでもこの来栖はひどかった。といって尹信には絡んでくることはなかった。酔ったときの来栖が誰にでもする習性として一度、尹信に数万円の現金を渡そうとしたことがあったが、尹信はそれをその場でしっかり拒んだ。すると以降は、どれだけ酔っ払っていても、同じ真似をしてくることがいっさいなくなった。

河東兄弟、来栖、本城、を中心とする「大久保守備隊」の結成。ちなみに、この「河東兄弟」とは、正確なところ従兄弟である。顔もよく似ていて名前が一文字という共通点もあり、二人もいちいち誤解を訂正しなかったから、守備隊の古参《こさん》のなかにも事実を知らない者はいた。

流れ着いた在日韓国人たちが、しかしそれだけでこの都心一等地で住まうことができるはずもなく、狭苦しい共同生活になるのだったが、またそこには支援者たちもいた。

砂利道に石畳《いしだたみ》の並ぶ細道を、尹信は北に向かう。道の端、日陰となっている円柱の車止めにネパール人の男が腰を下ろしている。尹信もよく行った有名店で働いている彼だから、その国籍もネパールだと知っている。相手も尹信を記憶しているだろうが、知った顔だとの表情をわずかも見せない。脇を通り抜ける尹信をただ眼球の動きだけで追うのみ。

付近の防犯カメラの位置は記憶していた。新たに設置された超小型タイプのものがあればお手上げだが、しかし顔認証防止眼鏡も、それを使用しているということが却って目立ち、足取りを追われてしまう。だから尹信はただ早足で山手線の高架下から抜け、新大久保駅と総武線大久保駅のちょうど中間あたりの、ある古い民家、通称「李《り》さん一家」もしくは「(百人町)中継点」に向けて急ぐ。

途上、イム・スルギより、捨てメン通り(旧イケメン通り)を出たところでデモ隊との最初の小競り合いが始まったとの報を受ける。ドローンの姿はまだ見えない、とも報告。太一と交わしているスイス発の通信アプリとはまた違う、大久保守備隊内で共有しているこれはアメリカ発のもので、例によって事情通の来栖から教わったものだったが、どちらも情報機密性は信頼度が高い。

大久保守備隊の人間を一人でも多く官憲の手によって逮捕・監禁させることが排外団体側の意図であることは、敵側も隠してない手の内だったから、捨てメン通り出口の狭い場所での小競り合いは、いわば消極的にする時間稼ぎだった。河東健と本城がそこに参じているかは不明だが、わかったところでそんな最前線に出るわけにもいかない。

ハラルフードを扱う食材店やスーパーの並ぶ通りのなかに建つ古民家、ハルモニの家、その「李さん一家」の玄関を尹信は開けた。

久しぶりに懐かしい顔を見ることになるかも、と実は少し緊張していたが、家のなかには「誰え！」と声だけで存在感が充満するハルモニ以外、居間に、初めて見る顔の少年と少女が一人ずついるだけだった。広いが雑然としたその居間には、開封されてそのままの郵便物や薬の束が散らばり、机にはカラフルな子供用の服が畳んで積まれていた。漫画本やファッション雑誌が棚に、並びはでたらめながら充実している。

中庭寄りの廊下近くで、一人掛けソファと籐椅子《とういす》にそれぞれ斜めに向き合うようにして座っているこの少年と少女も、いろいろ事情があってここに匿《かくま》われているのだろうか。いきなり家に上がってきた尹信を見ても無表情でいる。女の子のほうは籐椅子の上に体育座りだ。女性や子供に一目で怯《おび》えられることに慣れている尹信であるが、その無反応は珍しかった。過酷な環境がその感情を摘み取った、というような痛々しい無感情ではなく、むしろ泰然としたものだった。挑発的ではないまっすぐとした大きな瞳で、猫のようにじっと尹信の動くほうをただ目で追う。近づいたところで猫のようには逃げなさそうだ。少女はその体育座りを崩さないだろう。少年とは血が繋《つな》がっているのか、似ているといえば似ているし、髪型と着ている服をチェンジすれば性別もわからなくなるかもしれない。

そこもまた緑で雑然としている中庭からは、日の光がたっぷり差し込み、少年少女を挟んで真ん中にある直径二十センチほどの金魚鉢にちらちらと反射していた。数多く泳いでいる金魚は、尹信が最後に見たときより大きくなっていたがそれが成長したものなのか、買い換えられたものなのかは判別つかない。

背後から「尹信아《ユンシナ》！」とハルモニに呼ばれた。振り返って、そのストロベリー色に染められたパ

ーマの髪が懐かしい。

このハウスは、子供たちの避難所であるばかりではなく、守備隊のための中継ステーションでもある。ハルモニの夫は早くに亡くなっているとのことだったが、実際には故人ではなくその夫は蒸発したので、だから「李さん一家」とはつまり「離散一家」のことなのだ、というもっともらしい説明を来栖なんかはしていた。

韓国語訛《なま》りの抜けないハルモニは、九十歳をゆうに超えているという話もあるが、尋ねても毎回違う年齢を答える。腰が少々曲がっていて、膝《ひざ》関節の痛みがひどいと言うが、声の通りは恐ろしくいい。ストロベリーの髪色も、あるいは五指のほとんどに嵌《は》めている指輪も、ここに一時期預けられていた子のなかで美容師になった者、あるいはアクセサリーデザイナーとなった者からの、それぞれのハルモニへの恩返しだった。それで皺《しわ》だらけの指にスカルリングを嵌めているのは、不良ばあさんとしてのイメージにそぐわしいようだ。

ハルモニが怒鳴るようにして「尹信아《ユンシナ》！　ピビンそうめん食べるか？」と尋ねてくるから「食べない」と即答する。「ビール飲むか？」と、これには「飲まねえよ！」と大声で答えていた。ここに何しに来たと思ってんのか。

そのハウスに入ったいちばんの目的として、二階で尹信は着替えをする。二階のその部屋にはサイズごとの着替え用の服が常備してある。自分が何年も前に入れたパーカーを見つけたので、ちょっと笑ってしまいながらそれを着る。

次の段ボールを引っ張り出す。それぞれが置いてある場所は以前と変わらなかった。その箱から拘束バンドを持てるだけポケットに突っ込む。武器はいらない。必要になれば奪えばいい。

居間に戻る。少年少女の二人の視線に迎えられる。少年のほうも体育座りをしてそのままソファに身をもたせていた。

尹信は、くるりと背を向け、これは自宅から持ってきていた顔認証防止眼鏡とマスクを装着した。パーカーのフードを頭から被る。あまりに典型的な不審者スタイルだが、周辺カメラに映らずこの「中継点」に入ってしまえば、あとはここに戻るまではどれだけ目立つ格好であっても、人物特定さえされなければ構わないのだった。

少年と少女のほうを向き、腰に手を当て、

「似合うか？」と訊いた。その最新の顔認証防止眼鏡は高性能ながらファッション性にも富んでいる、というのが宣伝文句だった。しかし、二人からの返事はない。やはり身じろぎもしない。マスクの下で尹信は顔が赤くなる。ふと思う。こいつら、単にハルモニの曾孫《ひまご》だったりするのかも。

玄関は、誰が脱いでそのまま履《は》き忘れたのかわからぬ靴でごった返していた。ブーツの紐を結び直していると、背後から、

「尹信아《ユンシナ》！」との声をまた聞く。出がけにハルモニに呼び止められるのはあまりよくない徴候だ。

振り返ればそこに、形の崩れたおにぎりの載った皿を持ってハルモニは立っていた。海苔《のり》付きで胡麻《ごま》のまぶされた大きめのおにぎりが二個。握りが弱くて中身の鮭と昆布《こんぶ》が覗いている。

いつもだったら彼女に敬意を表するため無理にでもそのおにぎりを頬張っただろう尹信だが、今回はそういうわけにもいかない。膝だけでにじり上がって、腰の曲がった彼女の額にキスを押し当てる。しかし彼女は単に煩わしそうに声を上げ、それからまた「尹信아《ユンシナ》！　食べてけ！」と、驚くほどよく通る声量で怒鳴りつけてきていたが、もう尹信は引き戸を開けて外に出ていた。あの形の

崩れたおにぎりが不思議とまたうまいんだ、ということを駆けながら思い出していた。

ハルモニのパワフルさは一向に衰《おとろ》えてなかった。年齢不詳のストロベリーの不良ばあさん。あの人はきっと、死ぬときは急に心肺停止するのだろう。


感傷に浸るのは善か悪か、しかも今のような状況において。

いや、むしろ今みたいな状況で行動を速く着実に前進させているからこそ、感傷の甘さは特別に、許されているのだ。

「李さん一家」とはまた異なる、尹信にゆかりのある家が、大久保通りに出るまでの最短距離の道程になかったならば、わずかな遠回りも自らに許さず彼はその家の前を通ることがなかったはずだ。

薄汚れてひびも入っている白壁の家の「水野」という表札。通りすがりに尹信はその表札に、ただそっと手を触れる。立ち止まったり家のなかの様子を窺《うかが》ったり、ましてや呼び鈴を押したりはしない。

それでもう、あっという間にその白壁の家から離れていたのだが、その家にはかつて、週二日、土日に通わされていた。河東惇の指示だった。そこで日本語と、他の基礎教科や日本で住むに当たっての常識をちゃんと学べ、との意図で惇が「先生」と呼ぶ水野《みずの》という名の引退教師のもとに尹信を送っていた。毎週末通うよう命じられた。強制されること、窮屈《きゅうくつ》なことを何よりも嫌っていたはずの尹信だが、それらをちゃんと学んでおかなければこの日本で生き延びられない、との自覚が働いてもいた。日本や韓国に一定期間預けられたことのある幼年時代のなかで、ある程度は身につけていたが文法的にはあやふやだった日本語、のみならず中級以上の韓国語も、座学として習得しなおす。

といって水野老人のことを「クソジジイ」と呼んだり「黙れ死ね！」と言葉が汚かったり、どんな些細《ささい》なことでも気にくわなければ二日にわたって沈黙を貫いたりと、ずいぶん付き合いづらい、うんざりしきってしまうような悪童だったとも思うが、水野老人の静謐《せいひつ》な忍耐力には底がなかった。「クソジジイ」が「ジジイ」となり、やがて「じいさん」で定着する。妙に心がはしゃいでいるときとか、褒《ほ》められて照れ臭くなったときには、また昔のように「黙れクソジジイ！」と吠えて、しかし昔には決して見せなかった破顔一笑となる。

その水野老人が実は引退教師ではなくて「懲戒《ちょうかい》免職処分」となった元教師であったことを、その免職理由が「男子生徒へのわいせつ行為」だということを、ずいぶんあとになって河東惇から聞かされた。そんなところによく俺を送ったなあ、と、加えて、今更になってそんな秘密を暴露するのか、との二重の呆《あき》れがあったが、ともあれ水野宅に送られたことは正解だったと思う。あの個人授業は無償だったか、それとも河東兄弟らが内緒で授業料を渡していたのか。土日を潰して時間をかけてせっかく教えてくれた日本語や韓国語だが、正しく美しい言葉遣いとしてのそれらがあまり身についてないことへの申し訳なさも、尹信にはあった。ライティングとリーディングには自信がついたが、話すほうはいつまでも、あるレベル以上の発展が見込めないのが歯がゆかった。

一度だけ尹信は、教員免職の件での真相について水野老人に問いただしてみたことがある。ネット上に残っている報道内容をいっさい否定せずに彼は、

「もし私が君に、何かそういう手出しをしそうになったら、そのときは私を殴り殺してくれていいから」

と言っていた。自分はもう絶対にそういうことをしない人間なのだ、とは言わなかった。

守備隊を抜けてから尹信は、水野老人とも没交渉となっている。近年、体調を崩しているとの話は間接的に聞いた。だから余計に連絡を取りづらい。会って何を話せばいい？　老いたとか衰えたとか、ままならない人生の、ままならなさを見せられるのは嫌だ。知人ならば尚更《なおさら》。義理を欠いている、とは思う。引きずられるほどに気が重い。しかし、――そっと表札を手で撫《な》でるということが今の自分にできる精一杯の挨拶なのだった。

リンチ事件後、他に何かをする気力もなく、連絡を遮断して水野老人宅で寝て起きての生活をするだけの尹信だったが、そこに呼ばれて紹介されたのが、柏木《かしわぎ》太一だった。

モバイルでネット放送のアプリを起動し、現状のデモ隊の様子を尹信は確認する。片耳だけに装着したワイヤレス・イヤホンで音声も拾う。

旧イケメン通りを北上しているデモ隊は、あまりに参加人数が多く、よって、その全員が思想的に統一されているというよりは、物見遊山や冷やかしで参加している者もいれば、列の中腹には幼子を肩車したりベビーカーを押したりする親の姿も見られたのだが、一方、最前列と最後尾には奇《き》矯《きょう》な連中が固まっていた。

最後尾、韓国アイドルの写真やその名前をハングルで加工したボードやうちわを掲げ、自分たちの応援するグループがもう来日公演をせず日本語バージョンの曲を販売しないのは、「韓国政府の国策」もしくは「在日による妨害工作のせい」と本気で信じているらしき絶叫のシュプレヒコールが上がっていた。この特異な「過激派」に対しては他デモ参加者も距離を置いているようで、完璧に覚えた韓国語による大合唱を、差別者の誰も制止できないようだった。

デモ先頭のスキンヘッズは、機動隊の持つような透明ポリカーボネイト製の暴徒鎮圧用シールドを抱えている。その後ろに控えている、旭日旗《きょくじつき》のバンダナを巻いた男が拡声器で「韓国！」と叫べば、スキンヘッズは「断交！」とシールドを叩く。「在日！」と拡声器で叫び「追放！」とシールドを叩く。続けてバンダナの煽動家《せんどうか》が、

「おまえらには何度も最後通牒を突きつけてきたが、今日が最後だ。おまえらに今日、死刑宣告を突きつける」

そして「反日！」と叫ぶ。スキンヘッズが「死刑！」と吠える。「反韓！」と叫び「無罪！」と応える。

「真の愛国者ならば、もはや日韓友好などあり得ないことを知っているはずだ」と煽動家は演説をぶつ。「真の愛国者ならば、在日との共生などあり得ないことを、よくわかっているはずだ！」

愛国、と言えば尹信に思い出されるのは、ある右翼団体のところに訪問したときのことだ。大久保守備隊を結成したばかりのそのころは、各所に、支援や義援金や意見伺いのための外回りを河東兄弟らはしていたのだったが、それに尹信も幾度か付き合わされた。うんざりするような、退屈で屈辱的ですらあったその行脚《あんぎゃ》であったが、一ヶ所だけ尹信にとって印象深く残った訪問先があった。

その右翼団体の事務所、自社ビルのその一階の応接室に通されていた。

迎えとして現れたのは、まだ二十代前半らしい青年で、作務衣《さむえ》を着ていた。黒い短髪、もちろんタトゥーやピアスなどない。自らお茶を出してくれる。そうして、スーツやジャケットは着ていても育ちの悪さは隠せない四人の男どもに対しても、彼は背筋のまっすぐな、物腰の柔らかな、笑み

は絶やさなくも感情に崩れはしない慇懃《いんぎん》さで、しっかりと応対してきた。計五人の男たちはそれで、額に飾られた日の丸のある応接室にて、ソファに腰を下ろしている。

沈黙の滴《しずく》が気まずさへと広がる前に、作務衣の青年は口を開いていた。見た目の年齢には似つかわしくない堂々とした態度で、

「我々は『右翼』と呼ばれることを実は好みません」と言う。「我々は確かに愛国団体で、日本の美を愛し、日本の風土を愛し、国体護持を第一義とする集団でありますが、しかし『国』とはいったいなんでしょう？　それはたかだかこの二百年の短期間で急造された、とりあえずの近代的枠組みに過ぎません。この日本は、そんな歴史の浅いものではない。国体、という言葉ですら新語でしかありませんが、師は、それをあえて使う、と、とりあえずの線引きをされています。新語に新語で対抗しても品性に欠けるだけだ、と。そういうわけで我々は一応の『愛国集団』を名乗っていますが、繰り返しになりますがそれは決して、近代国家としての枠組みさえ守れたらいいという、そういう近視眼的迷妄ではないつもりです。安易な連帯への舌舐《したな》めずりは注意して遠ざける必要がある。だから我々は『右翼』という、日本の悠久《ゆうきゅう》な歴史の長さに比べたら幼なすぎるこの新語に、引きずられる謂われはないのです」

河東健が口を挟む。

「しかし『日本』という国の名前も、この列島の長い歴史に比べたら新しいものでは？」

ふと、作務衣の青年はちょっと意外そうな笑みを漏らす。恐らく彼とて、礼節の運びを掌中の卵のように繊細にしていたに違いないが、訪問客の名乗りと野卑すぎる見た目からして侮る心理はまったくなかったとは言えないだろう。しかしそれで健から、思わぬ反論を受け、今日は自分が一方

的に語るだけだろうという予想が覆されたかのようだった。意表を突かれて、だが彼は嬉しそうでもある。

「といって『倭国《わこく》』という外からの蔑称を後生大事にするつもりはありませんし、穏当な謙虚さと、過度な自己卑下は違うということも、師から伝わる我々の総意です。我々はこの『日本』という、天啓のように自然発生した、と同時に自発的に選択したとも言える呼び名を、国号として拝し、奉ることに関してはいささかも、ためらいはありません」

そのとき訪問したのは、河東兄弟と来栖と本城と、そして尹信という当時の主力メンバーのほぼ全員で、そして尹信以外の皆が緊張した面持ちでいた。ようやくアポイントメントを取れた貴重な機会だということが、窺い知れる。

「日本人とは何か、それを突き詰めることには混乱が生じます。というのも純粋主義はどこまでも幻想で、例えば我々が日常で使う漢字にしたところで、それは中国から伝わったものであり、あなた方の朝鮮半島を経由したものですから。この私だって、千年前に朝鮮半島を渡ってきた祖先をいただく者かもしれません。源泉がどこにあるかと問うことは、泉の水を掬《すく》ってこの水はどこから来たのかと問うことのように愚《おろ》かしい。我々の信じる日本美とは、そういう我欲と自己顕示の精神とはあまりに程遠いものなのです。日本人である、ということは、ただ日本の国土に生まれた戸籍上の既得権益にすがっている、そうしたさもしい考え方とはまるで違う。日本人であるということは、不断の努力によって培われる魂のことなのです。御霊《みたま》と繋がっているかもしれない我らの魂が、ただそこにあるということでは至らない、ですので常住坐臥《じょうじゅうざが》の祈りと錬成と所作の徹底をもってして、清らかなる極みに近づかんとする、そういう営為のことなのです」

作務衣の青年に、自社ビル内のあちらこちらを案内されることになった。剣道にいそしむ道場を紹介された。

「御霊、御心がすべてです。我々が仮に呼ぶ『国体』とは、そういうことです。この日本を護持しているのは、その絶対性です。我々は決して相対性の砂嵐に身をゆだねようとは思わない。日本は、ある。日本美はある。日本の徳や日本の法はある。この悠久の歴史のうねりのなかで、日本人であらんとして修行を怠らないこと、厳しく勤めて日本人となる、それが師の教えです。ですからここは、生まれの偶然の出自だけで人を特別視しません。よってご覧のように、決して女人禁制ではありませんし、ご尊父《そんぷ》やご母堂《ぼどう》が外国出身である同志もいます」

その道場では、皆が作務衣を着て、髪型も、男はこの案内人のような五分刈り以下の短さであり、女たちはおかっぱで統一されていたが、それでも確かに性別や民族は混在していた。

「タトゥーのある奴は？　いる？」

と口を開いたのは尹信だったが、そのことで驚いたのはむしろ河東兄弟たちだ。支援願いの訪問先でそれまで、尹信が積極的に言葉を発したことなどない。

ははは、と作務衣の青年は笑い、

「そうですねえ」と言う。「今のところは確かに、そういった者はおりません。でも別に、我々がそういう人たちを排除してきたわけではないのですよ。たまたまです。それもこれからは事情が違ってくるでしょう。ちなみに、これはよく不思議がられることですが、我々の髪型が皆同じようになっているのも、これは同志全員が自発的にそうしているだけで決して強制ではありません。ここに入門し、師の教えを聞いてその教えを実践すれば、自ずとそうなってゆくのです」

そろそろ河東惇が「先日も申し上げたと思いますが……」と、来意の端緒を開く。

「ああ、はい」と作務衣の青年は「ではまたご面倒をおかけしますが、一階に戻りましょう」と促《うなが》す。

道場を出るときに河東健が、相手の団体の人間には聞こえない小声で「どこも少子化の人材不足で大変なんだな」と呟《つぶや》いていた。「やっぱ現実が思想をデザインするか。その逆はなかなかねえな」

その意図するところがしばらくわからなかった尹信だが（人材不足？　所属人数は少なくないのに？）、そのわからない理由が、自分が多民族の同室に見慣れているせいだと気づいたのが、歩いてエレベーターの箱に入ってからだった。つまり、ここまで日本主義を標榜《ひょうぼう》していながら「純日本人」ばかりではないことを、健は皮肉めいたニュアンスで分析したのだった。それは、リアリズムに沿った見解なのかもしれないが、尹信には少し残念である。

一階に降りるエレベーターのなかで作務衣の青年は、

「政治に対し、気をつけて背を向けていようと我々は日々意識しています。なぜなら政治とは、結局のところ怒りの表明です。師が説くには、怒りは金剛石《こんごうせき》のごとく光り輝く一点であるべきだ、と。ここに道場があることからおわかりになるように、我々は決して非暴力の、無抵抗主義者ではないつもりです。平和が大事、融和が大事、それはもちろんです。しかし、御霊を曇らせるような愚挙《ぐきょ》に関しては、絶対にそれを許してはなりません。そのとき、その蓄えた力を知らしめるべきだと、これが師の教えです。怒りは、無駄に分散しては我欲になります。力を蓄えているうちにその力を発揮したくなる欲に負ける、そのときがその集団の滅亡の始まりであることは歴史が証明している、これも師の教えです。ですので、力を発揮するのは最終手段、そしてこの最終手段とは決して軽い言葉ではなくそれこそ、最終の覚悟を意味します」

そして深く、青年は嘆息《たんそく》する。

「ご存じでしょうか？　つい最近、あまりにひどい、とても看過できない、国体を汚す醜聞記事を、ある週刊雑誌が書き立てましたがこれに対しては、まずは言論できっちり抗議をいたしました。しかしながら、残念なことに彼らは我々の主張を無視するようです。目先の金銭欲にくらんでいるのですから。我々は次の段階に移るべきか、これには我が師は明確に『否』と命じました。まだまだ忍耐の必要な雌伏《しふく》のときが続きますが、さりながら我が師も我々も、日本人への日本人としての覚醒の促しを、まったく諦めたわけではありません。今は雌伏のとき、それだけのこと。いざとなれば我々は立ちますし、そのときのための研鑽《けんさん》は、日々欠かしておりません」

一階の応接室に戻っていた。またも彼自ら四人にお茶を用意してくれる。ただのお茶出しなのに、確かに所作が優雅だ。こんなことにも何か作法でもあるのだろうか。

「ああ、喋《しゃべ》りすぎましたね。言葉は魂の一部であるから慎《つつし》むようにと、師から戒められていたにもかかわらず、つい私も、——若気の至りですね。つい、嬉しかったのです。我々とは違う領分ですが、凜然《りんぜん》として戦っておられる外部の方々とこうしてお話しできる機会を得られて。——どうか、お許しください」

そして彼は机の棚から一枚の封筒を取り出す。

「ご要望の、人的援助や、団体としての支持宣言については、そういったわけで、ご満足いただける回答ができそうにありませんが、しかし我々は師を含め、あなた方に心からのご同情を申し上げているのです。それ以上に、この日本を汚す輩に対抗されているあなた方に、応援申し上げたいとも常より思っておりました。ですからこれは師より直接にお許しを得て、我々同志のなかでそうしたいと自発的に思う者からのご支援の心づくしを、わずかながら集めることができましたので、ぶしつけながらどうかお納めいただき、今回の我々の無礼をご寛恕《かんじょ》いただきたいと、そう願うところです」

河東惇はその封筒を受け取っていた。もちろんその場で開封できるはずもなく、大久保守備隊のメンバーはその場を辞去する。

総武線の電車内で封筒を開けた惇が、

「十万だ」

と声を上げていた。

「手切れ金だよ」と、先ほどの建物内ではほとんど黙ったままだった来栖が言う。「実際おまえら、もう二度とあそこに行こうって気になんねえだろ?」来栖らしくもなく前日は一滴も酒を飲まなかったとのことだが「ああビール飲みてぇ」とネクタイを緩《ゆる》める。

俺はまたあそこに行ってもいい、と尹信は思った。あるいはこうも感じていた。——もし自分が日本に生まれて、あの団体に先に出会っていたら、あの連中の仲間になりたいと願っていたかもしれない。

そう感じていたからこそ、その翌日からしばらく、記憶力に優れた尹信は、あの作務衣の青年が発していた言葉のなかで、音としては記憶しても意味のまったくわからない単語について、河東健や水野老人に訊いたり、自分でネット検索したりする日々が続いた。神道や日本の歴史を知りたくて図書館にも通った。

そうした執心《しゅうしん》の熱源はなんだったのか、正体を明かしてくれたのは、そしてその熱をまた別の着火点に移してくれたのも、柏木太一との出会いだった。あんなに熱に浮かされたのは、それは「滅私の精神」に惹《ひ》かれたからだった。自覚なく尹信は、それまでもずっと、この体内に渦巻く制御不能になりがちな我を無くしたかったのだ。そのことに気づかされる。そして、自分のためではない他のために身を捧《ささ》げることを、柏木太一は見事に叶《かな》えてくれようとしている。そうして今の自分がいるのだ。取るに足らないごく小さな存在である個人のことであれ、すべては連続する歴史のうねりなのだった。

連想は一瞬だ。これから戦争に向かうというその集中力が、却って彼を長い追憶に同時に誘ってもいて、はっきり行動しながら思い出にふけるという、不思議な時間感覚に尹信は踏み込んでいた。

旧イケメン通りはデモ隊によって突破された、との連絡を受ける。

その路地が主戦場だった当時、ドローン操作やその知識、そして格闘術において守備隊のなかで尹信の右に出る者はもういなかった。守備隊もそのときは路地に面したマンションの一室に基地を構えていた。

襲撃者を捕らえて思いのまま集団暴行を加えることでは際限のない過剰防衛になりかねず、そこで河東健の提案により、スティグマとして前歯一本を貰い受けることになる。尹信も抜歯鉗子《かんし》を持ち歩くようになる。歯一本の目的意識が乱暴者たちの感情も抑え、手早く撤収できるのだった。

敵ドローンに、安価な玩具《がんぐ》ドローンの体当たりを加えたり、防犯ランチャーで網を射出したり、戦術面において大久保守備隊のほうが圧倒してはいた。局所的な連戦連勝を上げてはいた。

守る、といってそれは何も物理的に防護するということのみならず、その通り沿いの韓国系の店を普段から客として利用し、宣伝にも協力したし、人件費をなるべく払わなくて済むような労働支援も申し出た。

が、それでも限界だった。守備隊の尽力があったとしても、通り沿いの店舗の売り上げ激減に抗することができるはずもなく、ニューカマーたちの店は撤退していった。旧イケメン通りの最後の韓国系の店、屋台ふうの韓国料理屋が廃業すると決まった日、だがそこに尹信の姿はなかった。というのもそれは例のリンチ事件のあとのことだったからだ。守備隊を中心として共同出資してその料理屋だけでも残そうという案も、まとまりなく立ち消えになったという。

排外主義者たちは自分たちのサイトにて「ノー・コリアン!」と勝利宣言を高らかにする。サイトに示した地図に、このラインまで日本に取り戻せた、という色塗り演出をする。それは他のコリアタウンも同様だ。コリアンを住めなくし、そして勝利宣言、そして地図を塗る。

新大久保にある他の路地も同じように塗られていた。

この新宿区で残っているのは、大久保通り、その大通りだけだ。

大久保通りに尹信は出た。気温三十八度のなか、暑さ寒さに強い彼でもさすがに汗をかく。観光客、アングロサクソン系、アフリカ系、東南アジア系、チラシ配り、最近流行の台湾コスメの店の呼び込み。いろいろ個性的な格好をしている人がひしめいていて、原色の派手な服装の者もいれば、今の尹信以上に厚着の者もいる。

まだデモ隊の喧噪《けんそう》は届かない。しかし通行人の流れがこちら側に、コリアタウンのほうから西方面へと、どんどん多くなる。

「またデモやってるんだって」

「俺ら関係ないのにな、迷惑なんだよ」

新大久保駅周辺にいる連中は、デモに慣れたふうを誇って余裕がある。

だが、高架《こうか》の向こうからこちらに流れてくる人々の表情が、明らかに一種の興奮状態にあった。恐慌状態とまでは言えないが真剣な面持ちで、逃げてきたというように足取りが速い。数も多くなる。真新しい駅ビル前にて佇む人々の「おいおい」「ちょっと何これ」との声。東のほう、高架下をくぐった向こう側を見ようとするも暗く、上下する頭の数も多いからよくわからない。見上げて空はただ青いだけ。泳いでいるのは雲のみ。人の流れがただ不穏だった。いったい何が起きているのかと路傍《ろぼう》の人たちはモバイルを起動する。反対に尹信は、これからは直接目にするのだからとモバイルの画面を閉じた。片耳のイヤホンも外してポケットに入れる。

新大久保駅の高架下を抜けた。視界が開ける、とほぼ同時に石が飛んできた。のけぞる、——までもなくその石は手前でカーブを描いてそれで空中に静止した。羽音を上げている。石でも鳥でもなくて、それは一機のハチドリ型ドローンだった。手のひらに収まりそうな小型機。ランプが赤く点滅している。やがてジジジと機体を反転させ、飛んできた方向へと戻っていった。

ジャンプして手を伸ばせば捕獲できたかもしれないそのハチドリ型は、果たして敵機だったか味方機だったか。あのオートマチックな動きはつまり、自動追尾だったのがバグを起こして軌道を外れ、それが通信圏外まで達したから帰巣《きそう》モードが作動したのだろう。

尹信は、大久保通りを目的の御山館マンションに向けて進む。ずいぶんざわついている周りの会

話から一つ、遅れてきた恋人への男の説明をピックアップするに、

「ものすごい大きなドローンが、こんな目の前で、ものすごいスピードで道路の車すれすれに飛んで、そんで小さいドローンとかを回転してぶっ飛ばしていった」

とのことで、たぶんそれが、あの「ヘロン」だ。

つい二日前、ネットのドローン同好の士が集まるサイトにて、一応「伝聞」とのかたちで、

「日本国内に三機も存在してないであろう、あの市販ヘロンが遂に初陣を飾る！　……かも？」

との煽《あお》り文が投稿されていた。明らかな犯行声明文だがそれを非難するコメントは寄せられず、当局への通報宣言も皆無で、といって尹信もこれを証拠にと通報はしなかった。足跡で辿られるのを警戒したということもあるが、それだけでなく、これが本当ならそのヘロンを直接見られる楽しみのほうが勝《まさ》ってもいた。

かつての軍用ドローン機をサイズ縮小してカスタマイズし、垂直離着陸《VTOL》の能力も備え、ハイブリッド式駆動で、専用ドローンを別途用意すれば空中無線充電も可能だという。もちろん軍事目的などではなしに、販売サイトでは警備用や空撮用や農薬散布のため、と使用方法を推奨《すいしょう》された機だが、それをまた軍用に、襲撃用に改造することも容易だろう。数百万円は軽く超えるその最新機を思いのまま改造することは、尹信も是非したかったし、操縦も是非してみたい。

あるいは是非とも、撃墜したい。ぶち壊すために迎撃したかった。そのための方法をあれこれ頭のなかで練るだけで、興奮で薄ら笑いが浮かんでしまうのでもあった。

間近で見れば迫力ある翼幅《よくふく》十フィート（三メートル）の機体が、法令無視の超低空飛行をし、法令無視のドローン撃墜をした。だからこそ先ほどのパニックに近い人の流れがあったのだろうが、

他ドローンとは一線を画す最高速度で、姿勢制御の安定性に優れ、曲芸飛行もまるで平気のはず。警官隊はすでに試しているだろうが空中で捕捉して操縦能力を奪う妨害電波も、それを遮断する最新機能が備わっていると英文の公式ホームページには記されていた。

ネット中継とスルギからの連絡でもわかっていたが、警官隊や機動隊が現在注力しているのは、デモ隊と守備隊（および新大久保在住の一般人）との人的衝突《しょうとつ》のほうだ。だから敵側のドローン部隊の操縦士たちも、一方でヘロンによる曲芸飛行で耳目《じもく》を集めながら、一方で他の中型ドローンによって、韓国系店舗への花火射撃などの攻撃を加えていた。通行人にも当たりかねない危険なものだが、彼らのサイトに載っていた理屈によれば、これだけ注意喚起《かんき》しているのに当日そこにいるということは、それだけで「巻き込まれても文句は言わないと同意した者」か「日本国家に刃向かう不逞《ふてい》鮮人」のいずれかしかない、とのことだ。こちらの生活圏に勝手に侵略をしかけてきての、その理屈だった。

マスクを少し外せば、確かに火薬の臭いがする。しかし尹信は、現場には向かわない。向かったところで意味がなかった。

御山館マンションの入口のところでようやく尹信は、その市販ヘロンを直接見ることができた。空中静止している。遥《はる》か上空だが。

ワオ、と感嘆する。まさに戦闘機だ。あの悪魔のようなフォルム。下界の愚《おろ》かな下等生物に恐怖をもたらす人食い鷺《ヘロン》。最高にクールだ。

と、同時に、頭おかしいのか、とも操縦士たちに対して思う。自分で自分の首を絞める行為だ。

あんな目立つ大型機で、こんな人口密集地の上空を自由気ままに飛ばせば、ドローン規制法も更なる改正に向けて加速度的に進む。今も明らかに百五十メートルを超えた上空にいて、航空法の禁止条項をどれだけ破れるのかというチャレンジ中なのか、公衆の面前でマスコミのカメラもあり、警察も目撃しているのに。

めちゃくちゃだ。これはもう近い将来、ドローンを空に飛ばせるのは特別認可を受けた企業や団体か、警察などの公権力だけとなるだろう。そして空に警察ドローンを見ない日はなくなるだろう。個人で飛ばすことは山奥だろうが私有地だろうが禁止される。ドローンは、この日本では、拳銃や麻薬なみに厳しい取り締まりの対象となるだろうし、そのきっかけとなるのが今日のこれ、あの美しいヘロン、そしてまったく美しくない愚かな操縦士たちの心根《こころね》だ。

だが、わかってはいてもわかってはいるからこそ、この種の愚かさはまったく気持ちがいい、と尹信も同調する。それで日本国内のドローン愛好家全員から恨《うら》まれることになるとしても、この刹那的でエゴイスティックな欲望に負けてしまうことがどれだけ最高に気持ちいいことか。それこそ悪魔に魂を売る快楽がある。未来のことなんて、他の同好の士や業界のことなんて、どうだっていい。今のこの刹那、休日午後の新宿区の青空に、人々が密集しているその上空に、あのヘロンを飛ばしているのはこの自分なのだという快楽は、他の何ものにも代えがたい。ましてやあれで、所詮《しょせん》おもちゃのドローンたちを蹴散《けち》らし蹂躙《じゅうりん》することができて、制空する、空を手に入れる、ということを実感できるのだから。どうせ誰かがいつか、この自由と享楽に引導を渡すのだとすれば、それは自分の役目でありたい。

御山館マンションは築四十年以上の古い建物で、しかし入口のセキュリティだけは最新のものである。

エントランスを開かせるためにマスクを外してカメラに顔を見せようとしたところ、イム・スルギから連絡が入る。メッセージではなく電話連絡だった。

「シンさん」その声を聞くのは久しぶりだ。いつも自信ありげな明瞭《めいりょう》な声。身体は細くて小さく、肌は荒れていて、成長が止まった少女のようなのに、声と眼差しだけはいつも強かった。

「相手の、拠点がわかりました。偽情報じゃないと思いますけど――」

それで聞かされたそのダーツバーのことは以前から、店主のSNSの書き込みからして怪しいと守備隊はマークしていた。テナントビルの三階にある、繁盛しているとはとても思えない店。

今日はこのままイム・スルギとは顔を合わせずじまいか、ということをこの尹信が残念に思ったかどうか。スルギだけではない、最上階のその部屋には他にも多くの守備隊メンバーが詰めているだろうが、彼らとも、今日はこうしてもう顔を合わせることがないと決まった。再会の面映《おもは》ゆさがずっと負担でもあって、だから身軽になれた気持ちもあれば、やはり寂しさは鼻先を擦る。

行動としては、尹信はすでに御山館マンションの階段を降りていた。

モバイルに、スルギからの続けての声。音の響きからスピーカーホンとわかる。

「ですけどいったん、こちらに来てください。健《ゴン》オッパたちはデモに巻き込まれて到着遅れそうなんで、こっちに来て、私たちに指示してください」

しかし御山館マンションの前に戻ることはしない。

空を見る。翼幅三メートルのヘロンが、鳥の群れに囲まれている。――と見えるのは小型ドローン「ムクドリ」によるコンピューター制御の群体飛行だ。まとまって膨らんでは収束し、ねじれ、雁行の形となり、また膨らみ、巨大なヘロンを逃がさない。もちろんヘロンが突入すれば軽量なムクドリ型などあっさり蹴散らされるに決まっているが、しかし場所が悪かった。

敵の操縦士たちは何も考えなく気持ちの赴くままにヘロンを飛ばしていたのだろうが、ムクドリたちに囲まれたそこは、ちょうどデモ隊の上空だった。デモ隊の上空ということは、警官隊の上空ということでもある。いくらなんでも遥か上空から複数のドローンの雨を降らせるわけにはいかないだろう。そればかりではない、ヘロン自身も、元の軍用機にはなかった垂直離着陸《VTOL》能力を備えるため、プロペラを追加装備していた。いくら機体の耐久性が高いとはいえ、数十機がいっきにプロペラに絡まれば、バランスを崩すという以上のことがあり得る。

方向転換やフェイントを入れ、囲みを避けて逃げようとする上空のヘロンだが、ムクドリの群れはうまくそれを先回りして遮断していた。本当の野生の鳥ほど自然な群体飛行ではないにしても、滑らかで素早く、見事に統率が取れている。

何も心配することはないな、と南に足を急がせる尹信はもう空を振り返らない。

イム・スルギ。尹信が新大久保を出て行く数ヶ月前に入ってきた、尹信より年少者というのが当時の守備隊としては初で、またドローン操作などのいわば最後の弟子だった。人に教えるのが不得《ふえ》手《て》で短気の尹信の指導では、誰もが早々に辟易《へきえき》するのが常なのだが、その点でイム・スルギはよく耐える。という以上に忍耐力に底のないような、感情の起伏に乏しい少女だった。理解力と記憶力と、手先の器用さに才があった。

イム・スルギは河東兄弟と同じ町の出身で、そして中学生のころには「立ちんぼ」の経験もある。突然に生活保護費が打ち切られても重度の鬱病《うつびょう》を患っている母親は働くこともできず、母子家庭で他に頼れる親族もないスルギは、同級生の紹介で駅前や商店街入口に夜な夜な立って声をかけられるのを待つ。それで生活費と学費と母親の医療費などを稼いでいた。

それを聞いた守備隊の一人が「おまえみたいなチンチクリンを誰が買うの。いくらで売ってたの？」と無神経な口を開いたから、その男の腹を尹信は殴った。しかしそれも、相手が数十秒悶《もだ》える程度の加減で、その男がこちらを仰いだときにも睨《にら》みつけはしない。しかし内心では、——未開のアジア人が、と冷たく蔑《さげす》む。が一方で、空気を読むというアジアの流儀もようよう身につけるようになっていた。

イム・スルギとは同郷の河東兄弟だが、スルギが母親と共に新大久保に来るまでは彼女の存在を知らなかった。

東京近郊のコリアタウン、未だトタン屋根のバラックが並ぶ光景も町外れには見られる。そうしたもともと貧窮《ひんきゅう》地域に、政府による突然の、外国人への生活保護給付禁止令が直撃する。これは人災だ、と、河東健は町の荒れはててゆく光景を眺め啞然《あぜん》としたものである。こうなったらもう虐殺《ぎゃくさつ》だな、とは、二件目の心中家庭の後処理に入った河東惇が抱いた戦慄《せんりつ》でもあった。スルギもまた、母親から「もう貯金が尽きたから」と心中を持ちかけられたそのときに、どんなことをしても金を稼いで生きてやろう、と決意したのだった。中学三年生、十四歳のときである。

少年は路上での強盗に走り、少女は身売りのために路上に立つ。親は子に万引きを命じ、孫は祖父母から金品を奪う。何もできない性格の弱い者たちは自殺に走る。現政権による政策の当然の帰結であるが、マスコミは、どうしてそうなったかという原因の追及より、犯行内容の具体的描写や、治安の悪化の数値ばかりを取り上げて、いたずらに韓国人嫌悪を増幅させるのみだ。

そのサイトを見つけたとき、怒りのため河東惇はキーボードを拳で叩いた。近くに住む従弟の河東健にすぐ連絡を取った。

惇がネットに発見したのは、自分たちの町を名指して「釣り場」としていた、隠語だらけだがちょっと読めばわかる、要するに「安く未成年者を買春できる場所」として紹介していたサイトである。中身を読めば「生活保護禁止のおかげで」との文言が拾えた。「海外に行かずとも」とか「スリルと快楽とが同時に手に入るディープタウン」とか、ふざけていて差別意識もたっぷりで、自分たちの小児愛《しょうにあい》性向には肯定的な甘さがある。

怒りが原動力となって河東兄弟がまず思いついたのは、そういうサイトに釣られてやってきた男どもを「狩る」ことだった。きっちり肉体に罪を刻みつけるよう痛めつけ、それで、きっちり金を奪う。ずいぶんそれで荒稼ぎしたものだった。

しかしながら情けないことに、奪った財布のなかに、永住者証明書のある男もいた。襲ってきたのが同じ在日韓国人だとわかると男は、卑下しながら開き直るような態度で「見逃してよ、男だったら気持ちはわかるでしょ」と頼んでくるのだったが、もちろん散々に痛めつけたし、金も全額を奪った。身分証明書を写真に撮った。

ところが、ある夜のことがきっかけとなり、河東兄弟は認識を改めるようになる。いつものように終電後のその駅前で狩る対象を探していたときに、サイズの合ってない着古したスーツ姿の中年男が、地元の高校の制服を着た女に値段交渉をしていた。例によって死角となるコーナーに引きずり込んでパンチを見舞ったのだったがそのときに、抵抗を示してきたのが意外なことに買われる側の女のほうだった。健の背に飛び乗ってきたり、惇の腕を摑《つか》んだりしてくるので、

「なんなんだよてめぇは！」と惇が怒鳴りつければ、

制服姿の女は、

「商売の邪魔すんな！　いい客なんだよ、その人は」と怒鳴り返してくる。

ふと顔を見る。化粧慣れしている。

「てめえのその格好はコスプレか？　あ？」健があえて挑発する。

「うっせえよ、二十一だよ！　身分証見てえかよ！」

その二十一の女の言い分によれば、約束を違《たが》えず病気持ちでもなく、傷つけるような変態プレイもしないで、ましてや行為後に言いがかりの返金要求もしてこない、行為後のうるさい説教もなしにただ黙って帰ってくれる、殴られたり盗まれたり殺されたりする恐れが少ない、そんな顔見知りの客など、彼女にとっては貴重すぎる存在だった。たまに事前の値段交渉をしてくるが、そんな手持ちが少ないときでも「こうして会いに来てくれるなんて嬉しいじゃねえか！　客商売として」と言うのだった。

「これで私は弟たちを学校に行かせてんのよ！　急に出てきて壊すな！　この人は、この日本人は、いい客なんだよ！」

彼女の啖呵《たんか》に圧倒されたのがきっかけとなり、反省し、自分たちの町がいったいどうなっている

のか、河東兄弟は現状を見つめ直す。そこには、身を売る同胞少女たちからいろんな名目で収入の多くを搾取しようとする不良グループの存在があった。彼らも飢えて追いつめられているのだろうが、より弱いところから絞れるだけ徴収しようという末期状況だった。

その不良グループの構成メンバーを、河東兄弟も知らないわけではない。学生時代からの友人もそこに属している。だが、群れとなった彼らが河東兄弟の説得に応じるはずもなければ、ましてや正面衝突しても何も得るところはない。

河東兄弟は生まれ育ったその町を捨てることに決めた。しがらみと惰性と諦念を、町ごと捨てる。多くの同志や、多くの家族を諭《さと》して、コリアタウンの象徴として燦然《さんぜん》たる新大久保に大移動する。あの、啖呵を切った二十一の女のこともこれに誘おうとずいぶん探した。そこには、惇の個人的な思いが多分に含まれていて実はあの夜以来、彼女のことがどうにも忘れられないで、息苦しいほどの恋愛感情に陥《おちい》っていたのだったが、彼女の姿を再び見ることはなかった。彼女は彼女で「弟たち」を連れ、別の町に出たのだろうか。

新大久保に集団で移り住んだあとで、しかし、河東惇は組織売春を稼業として始めるのだった。身体を売ること以外で稼ぐのはどうしても難しいと訴《うった》える者がいる、しかも一人や二人ではない、――という言い訳に惇は飛びついていた。守備隊全体の運営費を稼ぐ必要もあった。いつまでもカンパや寄付に頼れるはずもない。暴力団員である来栖との出会いが、その方面での活動のためには大いに助けとなった。

トラブル対処の要員として、尹信もそのデリヘル団に帯同したが、バンから出て現場に向かう事態になったことは一度もない。惇たちは良客の選別にうまくいっているようだった。また、デリヘル団の面々（当時未成年のイム・スルギはそこに加わっていない。新大久保に来てからは皆の保護と奨学金を得て、学校を卒業した）からは不満らしい不満を突き上げられることもなかったが、それはそういう軋轢《あつれき》が生まれるより早く、突然に、あのリンチ事件によって解散となったからだとも言える。

危うく尹信も巻き込まれるところだった「大久保リンチ事件」を引き起こしたのが、河東惇であり、その場に健はいなかったが、来栖はいた。被害者の一人は、隊内の同年代では尹信が最も一緒に行動することが多かった、宇部天佑《うべてんゆう》という在日中国人だった。

宇部天佑は、爽《さわ》やかな男だった。その爽やかすぎたことがよくなかったのかもしれない。新入りとしての挨拶のときに彼は「日本が好き」と言っていた。「中国も好き、韓国も好きです。その大好きなすべてが共生できるように、この町を支えていきたいです」と。彼の父方は漢民族であり、母方は朝鮮族であった。「もちろんもっと他の民族の血も当然入っているのでしょうけど」と彼は言う。戦前に中国の華東や東北部より日本に渡ってきたオールドカマーの末裔だが、家族ごとすでに日本国籍を取得している。

アメリカ生まれの尹信には理解しがたいものがあったが、河東惇には、根深い日本嫌いの感情があった。それを口にするのはタブーだと学んだのちも尹信は、幾度か「そんなにこの国が嫌いなら出て行けばいいのに」と言いたくなる場面に出くわしていた。そしてまた惇は、彼自身は強く否定するだろうが、あまりに時代遅れな「純血信奉者」である。韓国人の血が入っているか日本人の血が入っているか、どこの民族の血が入っているのか、あるいはどこまで混ざっているのか、そんなことにこだわる男だった。

宇部天佑の初顔合わせの挨拶に対しては、

「俺も日本、好きだよ。政府とその国民とは分けないとね。それに日本の漫画とＡＶは世界最強」

と親指を立てていたが一方で、惇はそれ以前に、守備隊内の年少者が日本人の災害時でも秩序を乱さないその傾向を褒めたときに、

「ああ？　てめえ裏切りもんか？　その災害時に日本人にされたこと忘れたんか？　てめえも韓国人なら日本人に媚《こ》びへつらってんじゃねえ」

と、その喉元《のどもと》を締め上げたことがあった。他にも、酔ったときの「日本人にだけは何があっても負けんな」との口癖があるのだが、それほどの偏執《へんしつ》の由来は何か。親の教育でそうなったのだろうと尹信は推察する。なぜといって従弟の健のほうには、惇ほどの教条的な反日感情はない。

宇部天佑に対し、酒の席でだが「台湾の独立についてはどう思う？」とか「新疆《しんきょう》ウイグル自治区の問題に対してはどう思う？」などの答えにくい質問を意地悪くぶつけ、一方、別の酒席では「中国人なのにありがとう！　俺らと一緒に戦ってくれてありがとう」と突然泣き出したりして、彼らしい情緒不安定さをもってして天佑を当惑させていた。天佑には朝鮮族の血も入っているということを、毎回のように説明されても聞いてないふうで、どうやら惇には「中国の朝鮮族と韓国人とは別もの」という意識があるようだった。それこそが差別意識でなくてなんなのか、これも尹信には不思議だった。

また天佑も言われっぱなしの男でなく、理路整然としながら温もりのある反論を返せる落ち着きがあった。賢さと爽やかさばかりが先走っていた、とも言えるが。

天佑は「日本に、というか西側諸国にいる人にはわからないと思いますけど、中国共産党にだってポジティブな面はあるんですよ。だってそうじゃないと、あの人口多すぎて面積広すぎるしかも多民族国家を、どうして統一運営できますか？　少なくとも『性別格差ランキング』では日本よりも韓国よりも、中国はもうずっと上位ですから」

「そんなに中国がいい国だったら――」と言いかけて、河東惇は唇を噛む。危ういところだった。

「中国はいい国です。韓国もいい国ですし、日本も素晴らしい国です」天佑はあくまで晴れやかにそう言う。

天佑の、その育ちのよさというか気品に気圧《けお》されてか、惇もいつまでも打ち解けない口調のままだった。――リンチ事件までは。

天佑がいないところでは中国の悪口を散々に言う。河東兄弟の生まれ育ったコリアタウンは、今やすっかりチャイナタウンと化している。だからといって中国人全般に恨みを抱くのは筋違いだ、とは惇もわかっていながら、宇部天佑の登場は格好の憤懣《ふんまん》の捌《は》け口ともなっていた。しかし天佑を実際に目の前にしては、南京虐殺や重慶《じゅうけい》爆撃についてなど、日本への悪口《あっこう》を共通話題として持ち出す。つまり、自分のいないところではアメリカの悪口を散々に言っているに違いないと、尹信にもわかるのだった。

だからといってこの宇部天佑を、どこか他の団体からのスパイだと疑うのは、よほどの発想の飛躍だ。ほとんど病的な被害妄想、あるいは過度な飲酒による毒が脳に回っていたのだろう。それとなく流布されたその疑いを知った尹信は、すぐ「あり得ない」と反発し、証拠もないことだし、だから「絶対に手は出さないで」と頼んでいたはずだった。

事件の現場は、河東惇の住むマンションの一室で、そこが当時の守備隊の寄り合い場所でもあった。そこにそのとき尹信はいなかった。河東健もいなかった。惇が数人の仲間と共に、天佑に対してほんの軽い聴取だけをするつもりだったのが、数時間にも及ぶ密室での集団心理がエスカレートして、むしろその場にいた他の若い連中に「おまえも疑われたくないんだったらわかるよな?」と、リンチを半ば強制させるようなことにまで発展したという。あとからの途中参加だったらしい来栖が、飲み会の帰りに寄ったとのことで酔いに任せてした暴行も、その加害の結果も、とても看過できるものではないが、逆にもしそこで彼が彼らしい早とちりや先走りを示さなかったら、彼らしい大騒ぎによって近隣住民が通報するようなことにならなかったら、状況的にもっと陰湿でもっと悲惨な結果になっていただろう。

彼らには罪の重い「組織犯罪処罰法」が適用され、その最大刑期十年が、殺人を犯したわけではないのに(といって一生残る障害を与えるほどの暴行はした)、主犯格とされた河東惇と来栖に判決として下された。韓国籍のままの河東惇は、刑期満了のその十年後に強制送還が待っている。

尹信は天佑の見舞いにすら行けなかった。入院先がどうしてもわからない。連絡をしても返事がなく、あらゆる繋がりを辿っても、どうしても天佑の病室には行き着けなかった。

リンチ事件の結果として尹信は守備隊から離れることを決めたのだが以前より、例えば河東惇の住むマンションの賃料を「アジトも兼ねているから」との理由で他メンバーから広く徴収していたり、合コンのセッティングを求めることがあまりにしつこかったり、上から下にする搾取と無理強いに目に余るところがあった。

また、来栖が逮捕されたことで、来栖の組織の関係者や「舎弟」たちも、大久保守備隊にはいっさい関わってこなくなった。来栖一人がいなくなればそうなるであろうことは、リンチ事件前から守備隊メンバーの誰にも容易に想像がついていたことではあるが。

そのダーツバーの入っているテナントビルには、隣のラブホテルの非常階段から壁伝いに飛び移る。裏口へと向かう。

扉は鍵もかけていない。冷房の冷気が迫る。すぐそばに二人立っていたが油断しきって談笑中だったようで、尹信の侵入を見てその笑顔が固まる。

まず壁にもたれていたほうの男の心臓あたりに掌底を打った。反対の、尹信から見て右の男の片足を蹴《け》り上げ、倒れたところをブーツで踏む、踏む、顎《あご》に踏み降ろす。心臓を押さえている男の髪を摑んで飛び膝蹴りを食らわす。大外刈りでぶん投げた。

雄叫びが上がる。そちらを見るに、警棒を構えている。しかしパニックで表情の歪《ゆが》んでいる男に、ためらわず尹信は距離を詰める。

気をつけなければならないのはむしろ、殺してしまわないよう適度な加減をすることだ。といって多数相手にはどんなことでも危機に繋がるから疎《おろそ》かにはできない。一人ずつ反撃能力をきちんと奪う。しかし殺さない。

柔道技とシステマ、これは河東惇に教わった。武器の使い方や調達手段やそれの改造などは、来栖に学んだ。この鉄板入りブーツも来栖からのプレゼントだ。河東健からは空手とウエイトトレーニングの方法、テコンドーはヨンヒョクに、それぞれ教わっていた。

ネリチャギなどは実戦向きでない、魅《み》せ技だ。だからこうして敵が多く残っている状況では、尹信もよく使うのだった。相手が前屈みになったところに、とどめとして背中に踵《かかと》を落とすのが派手に倒れてくれて、他との間合い取りにもなる。

正面入口のほうを見る。これで一斉に襲ってくるのだったらラッキーだったが、落ち着いて横一列に身構えている。彼らと自分とのあいだにあるテーブルにはマルチモニターがあり、そして座っている四人が操縦桿《そうじゅうかん》を握っていたりキーボードに指を置いていたりしているのだが、つまり彼らはドローン操縦士だろう。これだけ部屋を冷やしているのも、精密機器の熱暴走を防ぐためだ。床に座って別のノートパソコンを見ている二人も含め、いかにも非力そうだが、こいつらのうちの一人を狙って集中的に叩いて、それで戦線を乱そうか。裏口まで誘って狭いところで個別に対処しよう。

尹信が一歩踏み込んだとき、入口のガラス扉が派手に割られた。それで店に放り込まれたのはこのビル一階にオブジェとして飾られていた石膏《せっこう》の裸婦像だ。来たのか、と尹信は拳を下ろす。あんな重そうなものよくこの三階まで運んできたな、と苦笑する。

見慣れたあの綺麗すぎる正拳突き二発（どうせクボタンを握っているのだろう）で、いちばん近くにいた男を早々にノックアウトし、先頭で姿を現したのが河東健だった。

久しぶりの顔合わせ。といって尹信は顔をほとんど隠しているが体格ですぐわかったのだろう、健は尹信を見て哄笑《こうしょう》する。排外主義団体の男ども（敵味方どちらにも女は一人もいない）を挟んで健は大声で、

「Son of a 개《ケ》！」と叫ぶ。そしてまた声を上げて笑う。尹信とはその意が通じている悪態表現であるから、つい尹信のほうもマスクの下から「ハッ」と声を漏らす。そうして、しかし名前を呼んでこないのは、さすが「河東兄弟の賢いほう」であった。

健の後ろから、本城や、他の顔を続々と見るにつけて尹信はもうすっかり勝利を確信し、自分が倒した者たちにまだ反撃能力があるかどうかを確認する。

操縦士を含むドローン要員は計六人。それで両手を前に拘束されている彼らから、スティグマをどう貰い受けるか、守備隊の男たちは談義している。尹信はその輪に参加してない。どうでもいい。

結局、彼らからは利き手の親指を貰うことにした。といって「指を詰めさせる」といったオールドファッションではなく、その骨を砕く。

バーのカウンターからそれを手に取ることは、店に入ってすぐからずっと河東健の頭にあったようだ。まっすぐに、他の誰かに取られるより早くといった焦りさえ感じられる足取りでその、ルイ十三世のマグナムボトルに手を伸ばして取っていた。拘束バンドと猿ぐつわをされて転がっている店主が、それに気づいて抗議のうめき声を鳴らすから、健たちはその店主にまた蹴りと踏みつけを繰り出す。今回、誰よりもいちばん痛めつけられたのがその店主である。前歯一本もすでにウォーターポンププライヤーを使って、ねじり抜かれていた。

歯を一本抜くのと親指を粉砕骨折させるのと、どちらが報いとして重たいか。

その一・五リットルの酒瓶《さかびん》は、柄が長くて持ちやすく、内容量もあるからそれなりに重いが振り回しやすく、何より、両サイドに複数飛び出ている突起部分がいかにも嗜虐的《しぎゃくてき》にそそる意匠だった。

背中に悲鳴を聞きながら尹信は、ヘロンの操縦桿付き制御盤を改めて、うっとりと眺める。そのヘロンはすでに、彼自身が操作して地上にゆっくり着陸させていた。敵側の操縦士から、以前に操作したことがあるのかと問われるほどのスムースな軟着陸だったが、宣伝動画を趣味で繰り返し観ていたおかげだ。いずれにせよ、単純操作であろうと、その数秒はまさに天を駆けるほどの快楽だった。

イム・スルギにも連絡して、ヘロンが着陸したのとほぼ同地点に、つまり警官隊の目の前に、空中にある自軍ドローンを「ムクドリ」含めて全機、危険のないようにランディングさせていた。機体回収を欲張って追跡されるより、ずっと安全に決まっている。指紋対策も当然抜かりないとのことだった。

ダーツバーの窓枠のところに、大型ハンマーが立てかけてあった。それを武器として使わせないほど急襲は成功していたが、尹信はそれを手に取り、制御盤に向かって叩き下ろす。部品が散る。もう一度振り上げ、叩き下ろす。

自分が何をされるのかすっかりわかっている操縦士の一人が、両手を拘束されているまま、河東健の膝あたりにすがりついて叫んでいた。

「いや、いや！　俺たちはそもそも、あんたたち在日がどうこうとか、どうでもいいんです。マジで政治なんか全然、興味ないんですよ、本当に！　ドローンさえ自由に飛ばせたらそれでよかったんだ。だから許して！」

まあ本音だろうな、と尹信は思う。ネットのあのドローン愛好家掲示板を見ていてもわかる。ドローンを自由に飛ばせれば政治的口実など、どうでもいいようだった。

だが、

「そんなおまえらだから、こうやって烙印押してんだろうがクズが！　ピクニック気分でヘイトしてんじゃねえ！」河東健にする嘆願としては逆効果だ。両手の拘束バンドを外すと同時に、後ろから別の二人が男を床に押し倒した。どちらが利き手かいちいち問うのではなく、筋肉の付き具合から健が勝手に判断する。「グーにしたままだと拳ごといくぞ？」と声をかけ、手を開かせる。

「いや、いや、やめてやめて」と怯える男の背後から本城が猿ぐつわを咬《か》ませた。それはむしろそいつの舌を守ってやるためだ。振り上げられる酒瓶。肉と骨を同時に打つ音。内に籠《こ》もった悲鳴。

「やっぱ駄目だ、これ」と酒瓶を遠くに投げ捨て健は、持ってきていたクボタンで押さえつけている相手の親指を突く、突く。そのたびにくぐもった叫びが上がる。

尹信が、大型ハンマーを両手で振りかぶってまた操縦桿を叩いた。といってもう充分に破壊されてはいる。

ふと気配を感じ、振り返れば健が寄ってきていた。尹信に片目をつぶって大型ハンマーを彼から受け取り、また踵《きびす》を返す。操縦士たちの顔に引きつった恐怖が浮かぶ。

と同時に、

「やめろ！」「そこまでするか？」「ひでえよ」と彼らは一斉に叫び出したが、それはしかし健に向けられたものではなく、その背後に投げかけられていたようだったから健も振り返る。

尹信が、ヘロンを収納するためのジュラルミンケースを開けていて、その内装のウレタン製スポンジを切り刻んでいた。翼や胴体の形などに合わせて凹んでいるスポンジを執拗なほど切り刻む。そのための包丁はバーのキッチンから拾っていた。操縦士たちのほぼ全員が一斉に嘆き声を発する。

ドローン愛好家である彼らが何をしんから嫌がるか、尹信は熟知しているのだった。彼らのそのハンドルネームを聞けば、知っている名前もあるだろう。有益な情報を友好的に交わした者もそこにいるかもしれない。

「あーあ」聞こえよがしに声を上げたのは、次に親指を潰される番の男だ。少年のような甲高《かんだか》い声、少年のような小柄さだが、ほぼ白髪で、顔もよく見れば皺だらけだ。「これで君たちの正義も、地に落ちたねえ。我がほうは、君ら不法移民から奪われた日本の土地を取り返しに来ただけなのに、君たちの正義って何よ？　――こんなの捕虜虐待だ！」と、いきなり怒鳴ったがそれは健たちを失笑させる奇矯さでしかなかった。失笑したまま健が拘束バンドを外すと、二人がかりで床に押し倒した。

健を見上げながらその初老とも見える男は、

「捕虜虐待！　捕虜虐待！」と連呼する。声質と、言っている内容は子供だ。しかし首筋にはシミが目立つ。

「こんな虐待行為して、我々日本人はこの非道を絶対に忘れないぞ。何倍にもして返してやる。暴力の連鎖だ！　おまえらが始めたことだからな」

「ちげえよ」健は笑う。「てめえらが一八七五年に江華島沖で始めたことじゃねえか」

そして健は背後の本城に目配せをして、もがく白髪男に猿ぐつわを咬ませた。「てめえみてえな奴ら見てっと、過度な外国人恐怖症《ゼノフォビア》ってのは、やっぱり脳機能低下の一種なんだなって、つくづくよくわかる。前頭葉の衰えが安易な差別に走らせせんだ。欲望に負けたんだよ、てめえは。理性のブレーキが壊れちまったんだよな、てめえらは。だから、萎縮《いしゅく》した脳にこそ差別したい欲求は忍び寄る。あんたのそれは支配欲と依存心の本能をただ垂れ流してるだけで、全然正義じゃねえ」

　そう言って河東健は白髪の男の骨ばって肉のない手に向かって、ハンマーを打ち下ろす。また振り上げ、打ち下ろす。

　これで攻め込まれたのが、――御山館マンションのほうだったら、あるいは後日また次の「新大久保戦争」が起きたとして、そのときに圧倒的動員数をもってして攻め込まれても、自分はもういない。暴力の連鎖から、例えばイム・スルギをもう守ってやれない。しかし自分たちがしたことの悪報は、しっかりマジョリティ側の憎悪を増幅させ、集団的欲望を肯定し、それこそ「何倍にもして返す」という御旗が狂奔《きょうほん》を促すだろう。そのとき奴らは嬉々として、我を忘れ、女だからって容《よう》赦《しゃ》はしない。親指を砕くこと以上の苦痛をスルギが自分たちの代わりに受ける。それはどういう世界なのだろうか。しかし今いるこのダーツバーと同じ地平線上に確かに存在している世界であって、スルギが両手両足の骨を砕かれて泣き叫んでいる未来の世界は、ここの世界と地続きなのである。

　猿ぐつわをされていない、順番では最後の男、――彼はもう制圧直後から挙動がおかしかった。両手を縛られながら前後左右に大きく揺れたり、ダルマのように転んだり起きたり、突然笑い出したりしていた。本城に起こされると急に背を正し、凛々《りり》しい表情になって、太い明瞭な声で、「僕は！　母がほとんど寝たきりで！　でも面倒見てあげられるのは僕しかいなくて」と始める。条件反射的に尹信はスルギの身の上を連想する。「だから僕の親指がそんなふうにされるって、あのヨボヨボの心優しい老婆も一緒に殺すってことですよ？　いいんですか？　それに、この指が使いものにならなくなったら仕事も満足にできない。経済的にも死活問題で、誰が補償してくれます？　僕を家族ごと殺す気ですか？」

順番を最後に控えるその男が必死に「命乞い」をしているさなか、本城が笑顔で尹信に寄ってきた。猿ぐつわの役割は他の者に交代し、そして尹信とハンドシェイクとハグを交わす。そのまま本城は尹信の肩を抱いてバーを歩き回りながら、これまでのいきさつを話す。

自称他称「動けるデブ」の本城。彼はこの新大久保出身だ。バーのカウンターのなか、壁にもたれ、口から血を流してそれをタオルで押さえている男を本城は指さし、

「こいつ、俺の小・中の同級生」と紹介する。つまりその流血の男はヘイト側だ。

「もうこれでこいつ、歯抜かれたの三本目だよ。どんだけ韓国人が嫌いなんだか」と本城は薄く笑う。「学生んときは、こいつがいじめっ子で俺がいじめられっ子でさ、運動会とかで合唱で『チョン死ね、チョン帰れ』って煽られたんだけど、その音頭を取ってたこいつが、今となっちゃこんなんだからな」と、その男のそばに腰を下ろし、肩を強めに揉《も》みほぐす。男は身をよじって痛がる。「これでもこいつはクラスの人気者《もん》だったんだよ？　っていうか学校の、ほとんど青春の頂点にいたような奴だったのに、それが今やこんなありさまだもんな」しつこく肩を強く揉む。肉を握る。男は血染めのタオルを口に当てたまま身体をくの字にして悶える。こんな優男《やさおとこ》にこの肉厚の本城がいじめられていたなんて、にわかには信じがたいことだ。

健がまたハンマーを振り下ろす。他の動物の肉骨を叩いたのでは出ないような鈍い音が響く。これで三人目の操縦士の親指を砕いた。

残りも、あと三人。

例によっていちばん最後に控えている男、その操縦士は過呼吸気味になりながら一方的に語り続ける。

「ぼ、僕らにそんなことしても、な、な、なんにも生産性はありませんよ！　それで、それで、寛容な社会を求めるあなたた、あなたたちなんですから、その寛容な精神を僕たちに示してください。僕たちの模範であるべきなんだよ。模範！　その、マイノリティの人たちは。いや、うん、——僕の家族を殺さないで！　どうか、どうか、よろしくお願いします」

　下げた頭を勢いよく上げて、

「いや、いや、違った、そうじゃない。つまり、やっぱりどうしたって僕らマジョリティが、世界の中心なんだ。だってだって、民主主義ってのはいろんな政治形態の最終結論みたいなもので、それはやっぱり、世界は多数派のものってことでしょ？　いくら言い繕ってもそうなんだ。そうなんだ……」

眠りに就《つ》くかのように目をつむったかと思うとまた頭を上げ、

「いや、違う違う！　そう、この世界を人体に喩《たと》えるなら、マジョリティは血液だ。そ、そしてあんたらマイノリティは、ときにワクチンであったり、ウイルスであったり。ひどいときには白血病みたいに暴走もするけど、でもでも、それも世界のルーティンのあるべき姿か。あんたたちは世界の流れを、その流動性を、ときどき騒がせる存在なんですよ、つまりは」

「じゃあ俺はウイルスでいいや」河東健はハンマーを振り上げる。

「待って！」そしてふざけたように頭をぐらぐらと揺らしながら「ちょっと待ってよお」と、にやついた笑顔を見せる。

　しかし健は待たずに四人目の操縦士のその親指にハンマーを振り下ろした。くぐもった悲鳴。呼応するように最後の男がまた早口で喋る。

「違う、違う！　あんたたちは！　……あなた方は立場を選べるんだから、そこが僕らマジョリティとは違うんだから、だったらワクチンであるべきだ。僕たちを正して！　模範を示して！　そういうことなんだ世界は。わかってきたぞ。おお、わかってきた。だから神様は、一見意地悪をしてるようで、神様がいちばんの差別主義者に見えることもあるけど、そうじゃない。これは、この世界は、大きな一個の人体なんだ。わかったぞ、わかりかけてきた。僕たちはそうなんだ。世界の中心はやっぱり僕らマジョリティだ。僕らが世界を運んで、世界を巡らせる。僕らの動きこそが世界だ。だ、だけど、僕らは自由じゃない。僕らは流れそのものでしかない。そこで、ウイルス？　暴走する白血球？　あなた方、いつの世も、どの土地に出現しても差別されるマイノリティっていうその存在、必要性って、存在価値ってなんなんだ？　いやあ、わかりかけてきたぞ！　そうなんだ、これこそが世界の仕組みなんだ」

四人目の親指の処置が終わった。アイスペールのところに連れてゆく。五人目の、つまり過呼吸男の一つ前の男に猿ぐつわが咬まされる。

健はハンマーを拾った。五人目の男にではなく、最後の六人目の過呼吸の男にこう言う。

「駄目だな。やっぱりおめえらみてえなクズにはスティグマが必要だ。改めて思った。おめえらには、本当に何度もそれを焼き付けてやんねえといけねえ」そしてハンマーで素振りをする。「何度も繰り返して、何度も何度も強い痛みを与えて、教訓は、おしおきとセットで覚えさせないと通じねえんだな。よくわかったよ」

「いや、いや、違うんだね。僕はね」そして彼は、ふふふ、と笑い出す。「面白いなあ、なんで俺、そんなこと言ったんだろう、ねえ？　僕はまず嘘をつきましたよ。嘘、ついたよねえ、ごめんごめん。うん、僕に、介護の必要な母親なんていねえよバーカ」

ははは、と高笑いをする。拘束されたままで横になる。身をよじりながら乾いた笑い声に咳《せ》き込んだ。咳が止まると「あー」と起きてすぐ、

「僕はですねえ、——っていうかだいたいわかりそうなもんだろ？　あんな高級ドローンを買えたここの連中が、貧乏な、おかわいそうな底辺なわけないじゃん。みんな金持ちだよ、ざまあみろって。あんたら、逆にみんな貧乏なんでしょ？　僕らは金持ってるね。それが現実、役割。固定的だけど流動的で、流れてるけど固まってもいて。わかります？」

五人目の男の親指にハンマーが下ろされる。

「わかったからもういくか？」と健はハンマーの柄を短く持って、それを向けるようにして六番目の男に訊いた。

目を背《そむ》けて彼は「僕たちは！　つまり！　つまり！　——平等なんだねえ」と、拘束されているから肩口で顎を掻《か》く。「そうなんだ。僕たちは皆、みんなね、平等なんだ。同じ共通目的で動いてる。だからそう、赤血球のほうが成分多いからって、どうして赤血球のほうが白血球より偉いって言える？　言えないよね？　言えないよ。言えない。だから僕らはそう、同じ目的のために一緒に、ダンスしてる、まったく平等の存在なんだ」

もう一度、更にもう一回、ハンマーが下ろされて、猿ぐつわのなかの悲鳴もやがて弱々しい呻きに変わり、五人目の男も運ばれていった。

いよいよ自分の番である男は、冷房のなかでも汗をかきながら、また口調も早くなり、

「わかってきたぞ！　平等だけど、僕がやっぱりマジョリティなんだ。平等だけど、僕がやっぱり

世界の中心で世界を回してる存在だった」

健が「でもこの場では、おまえこそがマイノリティだからな。おまえこそが、これから俺らに罰を受ける、か弱き少数派だよ」

「そ、そうなんだ！」呼吸がまた荒くなる。「そ、それで、多数派も少数派も、りゅ、流動的で、この場では、こんな狭いところでは、僕が殺される少数派だけど、あんたらはさ、この店出て、この日本全体で言ったら、あんたらこそが殺される立場でしょ？」

「殺されねえよ」健は鼻で笑う。

「役割なんだ！」と男は、けたたましく叫ぶのだった。「僕たちは一個の人体なんだ。皆平等なんだ。でもなんのためにこの一個の人体を動かさないといけないかなんて、うん、それは『なんで生きなくちゃいけないの？』みたいな、こ、根源的な問いも同じで、なんで僕らは、こうまでして、どっかに一緒に向かおうとしてんのか。――ああ？　もう少しでぜんぶわかりそうなんだよ！　邪魔すんな、ふざけんな！　俺を殺すな！」

背後から猿ぐつわを咬まされ、ハンマーが打ち下ろされた。いいかげん河東健は苛立《いらだ》ちの頂点にあったが、だからといって他の者より特に強く執拗に彼の親指を打つようなこともしなかった。

全員の後処理が済んで自身のモバイルを見ている河東健は、そっと尹信の近くに寄り、「おまえ、もうそろそろ帰れ」と言った。

なんで、という表情を尹信がする。

「報告があってな。ここに十人ぐらいの敵さんが向かってるんだってよ」

「問題ない、十人なら」

「そう、問題ない。だからおまえはもう行け。帰れ。あとは俺らでなんとかできるから」

「は？」

「帰って、あの『タトゥーなし』の坊ちゃんのお供にまた戻れ」

「なんだそりゃ」

「いいから。あの坊ちゃんとなんか、よからぬこと企んでんだろ？　おまえのいるべき場所はもう、ここじゃないんじゃねえか」

見渡すに、他の男たちも河東健の意見に同調するようだ。本城は尹信に向かって、行け行け、というように手をひらひらさせる。

「俺らだけで大丈夫だ」河東健は言った。

はぐれ者ばかりの数名で立ち上げたこの「大久保守備隊」だったが、現場の暴力に現場で抗したのは彼らだけである。理屈ではない、身体が先に動く、正義が主観であることに臆《おく》さない、目の前の弱者を守れない正論は無視する、そして悪には容赦をしない。

守備隊結成当時のこの町の商店の人が、韓国系の住人が、女性たち、老人、子供たちが、それからしばらくは安全に暮らせるようになったのも、守備隊やその支援者たちの働きのおかげだった。これだけは間違いない事実である。あの当時、時雨事件後すぐの混乱期の話だ。

大久保守備隊の存在があろうとなかろうと歴史の趨勢《すうせい》に変わりはない、むしろ悪しく加速させただけだ、などと評するのは、当時の非道な暴力に晒《さら》されていた町の現場を知らない者が口にする戯《ざ》れ言《ごと》だ。――と、しかし、戯れ言でもそれは、真実の一面ではあるのだった。

「李さん一家」で尹信は再び着替えをした。着てきた服を着直すのではなく別のカジュアルシャツの姿となる。顔認証防止のグラスも捨てる。日が傾いてきた。西日が庭から室内に差し込む。ハルモニが「メシ食べるな?」と訊いてくるから、黙らせて台所に追い返すために「ああ」と返事をしておいた。少女と少年は、やはり居間にいた。オレンジ色の光に包まれ、座っていた位置を左右交代しただけの変化だ。本当にハルモニの曾孫なのかもしれない。中央の金魚鉢が丸々と輝いている。

着替えを終わってから尹信は、財布を取り出し、テーブルの上に手持ちの札《さつ》をすべて置く。引き戸を開けて外に出る。「尹信아《ユンシナ》!」との大声が背後の家に轟《とどろ》いた。もう会うことはないのだろう、と思った。

水野老人の家には、明かりが灯っていた。

東中野駅を目指す。

途上の中国人高級住宅街は、最新の防犯カメラを無数に備えた地区でもあるから、迂回する。かつて「日本語が通じない町」というのは一種の侮蔑《ぶべつ》をもって語られていたのだろうが今や、外国人しか住まない高級住宅街というのも日本国内にいくつか勃興していた。

帰宅した。

太一には「無事に帰宅しました」と電話連絡した尹信だったが、果たしてこの場合、無事とはいったい何か。用心はしたがそれでもカメラにまったく映らなかったという奇跡はあり得ないし、ダーツバー襲撃では顔を半分以上隠していたとはいえ、背格好と服装と性別などは情報として与えてしまっている。

太一に連絡をしたあとはすぐに、モバイルをソファに放り投げていた。そこはワイヤレス充電の範囲内だったが、今夜の尹信は、充電が切れたら切れたままで電波の受信はすべて遮断したい気分だ。

適当な割合で適当に作ったジンライムを飲む。音楽をかける。激しい雷雨の音を鳴らすだけの環境音楽。不眠症はただのかっこつけ、と日本に渡ってきたばかりのときに誰かに言われて驚いたことがあるが実際、尹信は眠れないことがいちばんの悩みだ。一人飲みの酒量が増える。

数十分だけ寝て起きて、テレビをつける。それで地上波のニュースで続報を知った。というのも在日韓国人の逮捕劇は格好の視聴率稼ぎとなるからだ。デモ隊のほうの暴力行為やヘイトスピーチには触れないままに「監禁致傷の疑いで韓国籍の男らが逮捕されました」と、アナウンサーが淡々《たんたん》と読み上げる。

そしてその容疑者とやらが警察署内を移動して車両に乗り込む様子が、次から次と実名付きで映されていた。そのなかには河東健（こと河健《ハゴン》）を含め、あのときあのダーツバーにいた面々のほとんどが連行されていたのだったが、あれからどういう経緯があったのか彼らの顔面には腫《は》れや擦過《さっか》傷《しょう》など、ひどい暴行を受けた痕があった。本城英雄《ひでお》（こと姜英雄《カンヨンウン》）は腕にギプスをしていた。テレビを通して見る彼らはもうまさしく凶悪犯然としていて尹信は、虚しく苦笑をする。これまでの例と同じように恐らく保釈は認められず、刑期も検察側の求める最大限のものが下されるだろう。そして韓国籍のままの彼らは、刑期を務めたあと強制送還となる。それぞれ約十年後に、韓国でどのように暮らしてゆくのか。

大型ドローンが無法に飛び交っていたというニュースも、視聴者提供の動画を紹介しながら一応取り上げてはいたのだったが、あのヘロンを飛ばしたのはデモ隊側で、中型機でのロケット花火を使った商店襲撃もあった、というような事実の別側面を報道しない。ただ「今回ダーツバーを襲撃した外国人集団との関連性について、警察では慎重に捜査を進めています」という形式的な読み上げをするのみで、スポーツニュースに切り替わったのだった。後追い報道は、きっとない。

夜十時過ぎ、ようやく確認する気になったイム・スルギからのメッセージを読めば、尹信が去ったあとの十人ほどの排外主義者たちによる攻撃のあと、それをすぐ追いかけるようにして機動隊による突入があったという。裏口からの逃亡ルート付近も固められたその強襲によって、なす術なく健や本城たちは逮捕されたのだった。しかしそれが、排外主義団体による手引きだったのか、どこまでの連携や協力体制なのか。

これで大久保守備隊の武闘グループはほぼ壊滅だ。肉体的に貧弱な後衛メンバーだけが残ったところで、日夜の嫌がらせには対抗できないだろう。これから韓国系の店は更に姿を消すのが目に見えていて、そうなればあの新大久保がもはやコリアタウンではなくなってしまう。そこに住んでいた在日韓国人たちはまったく姿を紛らしてアイデンティティを潜めてしまうか、大阪の鶴橋《つるはし》を最終防衛ラインとして西方まで撤退するか。そのあとには他の外国人街がこの新宿区の一角に発生するのだろうが、尹信にしても「第二の故郷」であるこの町に、たっぷり愛着のあることを思い知らされるようであり、だから自分がこの町を守るためならなんでもしたいという気持ちも湧《わ》くのだった。

——やはり自分は、この新大久保という町に、そこに住む人々に、あの大久保守備隊に、人生を救われていた。だからその恩返しをしないといけない。太一に心酔して太一の命じることとならなんでもする気概《きがい》、というものが彼の第一の行動指針ではあるが同時に、もっと広義な恩讐《おんしゅう》の念が開けるのも、身の内に感じるのだった。

スルギからのメッセージの最後には「シンさん、戻ってきてください。この町には、私たちには、シンさんが必要です。」とある。どうも勝手に英雄視をしてくるのだったが、アメリカ時代にストーカー行為で警察に告発された過去などすべてぶちまけて、彼女から完全に軽蔑されてしまいたい気持ちも燻《くすぶ》る、そんな夜だ。

たとえ戻ったところで自分もいつかは逮捕されてしまい、日本国籍だから強制退去はないにしても、それ以外は河東兄弟や本城と同じ轍《てつ》を踏むだけだ。太一の言うように（今回のことで彼は何も言ってきてないが）、より広範で、より普遍的な目的のためには、賢く戦わなければいけない。となれば太一たちの計画にこのまま身を投じていることがベストであり、そのために自分が今できるのは、ひたすら待つことだけである。

待ちきれなくて焦《じ》れてくる、というほどの心理状態になる前にあっさり、太一がその決行日を知らせてきた。その日までにしておきたいことはないか、と太一に促され、尹信もまた長い時間をかけて自らに問うてみるのだったが、特に何も思いつかなかった。

木《き》村《むら》泰《やす》守《もり》こと金《キム》泰《テ》守《ス》
神奈川県横浜市
三月二十九日まで

復讐劇《ふくしゅう》は、なぜ現実では困難か？

臥薪嘗胆《がしんしょうたん》。薪の上に直接臥《ふ》すことの痛み、胆を嘗《な》めることでの苦みを、直接身体に与え続けることなしには、復讐心は月日と共に薄らいでしまう、それが真実だ。

だから最近の日課は、ネット上での奴らのコメントを読むことである。奴らといっても、あの三人のことではないが、しかし精神的にはほぼ同一人物だろう。匿名の連中。匿名の悪意。

「日本人には散々ヘイトクライムしといて。まさに自業自得」

「朝鮮ヒトモドキが一匹殺されたぐらいで我々日本人がそこまで騒いでやる必要なし！」

「素朴な疑問なんだけど、今の日本に執着せずに、どうしてさっさと韓国に帰らなかったの？　家族が殺したようなもんじゃん」

これらが、おれにとっての胆だ。嘗めて嚙《か》んでその胆汁を飲み込んで、復讐の気持ちを忘れないようにする。

妹が殺されたときのことは、何度でも思い返してしまう。意図して、あるいは意図せずに、ふと。

涙を流す。公共の場では、それが困ったことになる。通勤の電車内でも泣く。会社で、長期休職を勧められたのも、ふと落涙していたのを二度や三度でなく見られたせいだ。会議中でも会話中でも、事件後に初めて取引先と打ち合わせに入ったときでも「おい木村《きむら》」と声をかけられ、気づけば涙を流していた。

マヤの口癖は「大丈夫だから、何も問題ない」だった。「前向きで行こう」とか「絶対うまくいくから」とか。何を根拠にそういうことを即答するのか、しかし不思議と彼女にそう言われるとそんな気がしてくるものだった。

その日、マヤの最後の言葉は「怖い」だった。

まず妹からおれに連絡があった。飲み会のさなかだったがその予定は前もって伝えていて、そういったときには邪魔をしない、連絡してくるとしてもメッセージだけに留めるのが常の彼女だったのに、そのときは珍しく電話連絡だった。即、おれは着信ボタンを押す。

「お兄ちゃん、怖い」

特徴のあるマヤの声。もうその声は生涯忘れられないだろう。

「何だよ、もう」

と、おれからの第一声はちょっとふざけたような、飲み会の最中に妹が電話をかけてきたということもあって、嫌なニュースならば笑い話に流したいという気持ちが前面に出ていた。しかし、——それは嫌なニュースどころではなかった。これからの会話がすべてマヤとの最後の会話となる。

「変な男たちが追いかけてくる！」との荒い息の混じった切迫した声。駆けているのか。

おれは「おい」と言う。

何が、おい、だ。そんな間抜けな合いの手を入れるぐらいだったら一秒でも早く状況を訊《き》けよ。

「お兄ちゃん、男が三人、ついて来てんの。怖い！」

「どこよおまえ」

どこか、なんて訊くより的確な指示ができただろうに。

「家の、坂の下のところ！」

「じゃあ家まで走れ！」

これが最悪の指示だった。そうじゃなく「近くのどこかの家に駆け込め」とか言ったほうがよかった。その坂道の、おれたちの家に着くまでには左右に住宅が並んでいる。夕方の時間帯で、それぞれの家には誰かしら居ただろうに。あるいは「叫べ」とか「公園のほうに抜けろ」とか、そういう指示をすればよかったのだろう。頭が回らなかった。それがとてつもなく、つらい。一生後悔することになるだろう判断ミス。その指示の一点だけじゃなく、この、妹との最後の会話となったすべてが、おれの悔い。おれの人間性の程度。おれという人間の結論。

家まで走って、それでマヤは家に入ったのだったが玄関を閉じる前に、奴らはおれたちの家に侵入してきたのだった。

それでそのあとのことは――

伝え聞く、犯人の一人による、当時の状況説明。

最初は驚かすだけのつもりだった、という。電話で韓国語を堂々と喋《しゃべ》っていたマヤに、犯人たちは「おい朝鮮人」とか「おまえ、チョン子のスパイか？」と声をかけた。それに対しマヤが彼らに、中指を立てたのだという。

坂の下の、コンビニを出たところでマヤは電話を受けた。それはアプリを使った無料国際電話で、相手は韓国人、おれたちの遠縁のおばあちゃんで、だからマヤも韓国語で喋ってそれが汚らわしい男どもの耳に入った（おれたちのそのおばあちゃんは、自分がした電話のせいでマヤが殺されたのだと、今も韓国で憔悴しきっている）。

「チョン子」と言われてマヤは、あいつらに中指を立てた。

それは当然「なんでそんな余計なことした」との無念さを覚えさせるものであるが、といって差別語をぶつけられた側のマヤが責められるいわれもない。あんな知性のかけらもない野蛮人どもに中指を立ててやったなんて、その勇気を褒《ほ》めてやりたいぐらいだが、やはり心情としては、つらい。そんなことさえしなければ、と思ってしまう。

映像が残っている。おれはそれを、その日、タクシーの車中からずっと観ていた。というのも、おれの家のなかには外出先からでもモバイルのアプリで監視できる室内カメラが、浴室やトイレや寝室などを除いたすべての部屋と、それから玄関先や庭方向に設置されていたからだ。設置したのは、おれに劣らないほどの心配性だった父。そしてそれをマヤの反対を押し切ってそのままにしておいたのは、おれだ。おかげでおれは、妹が犯され、殺されてゆくさまをリアルタイムで観ていなくてはならない地獄を味わう。

茉耶《マヤ》、という名を事前に候補として挙げていた母は自分の命と引き替えに妹を産んだ。父は、きっと死を意識することもないうちに、布団のなかで寝入った姿のまま心停止で突然死していた。二人とも、自分の娘がこんな最期を迎えるなんて、そんな悲劇を知ることなく先に死ねて、おれよりよっぽど幸せだ。二人のためにはそれでよかったと思うのだけど、おれのこの心の負担は家族の誰とも分かち合えない。もう家族の誰もいないことが、おれの息苦しさをいつまでも和らげない。

それを思うたびにおれの心が重たくなるのは、あのときに受けたマヤの恐怖だ。心細さや、何度も拳を振り下ろされたときの痛みもあるだろう。もちろん犯されているときの屈辱と嫌悪も——あいつらは容赦《ようしゃ》なかった。細いマヤの身体を何度も蹴《け》った。なんでそこまでする必要があったのか。最初から殺す気だったのか。

マヤのそのときの、長い時間の恐怖を思うと本当に心が重い。自分はこのまま死ぬんだろうか、死んだらどうなるのか怖い！　——というような思いに、首を絞められながら混濁《こんだく》していっただろうか。

死刑でなければ意味がない。死刑でないなら、むしろ一刻も早く刑務所から出てきてほしい。おれ自身の手で直接決着をつけることが、本来いちばん望ましいことなのだから。

事件のあと、妹が死んだことを正式に知らされて、それでおれは病院でのそのときの記憶もほとんどない。

「相談できるカウンセラーを紹介しますが」と警察の人に言われて、「カウンセラー？　僕より妹のほうに紹介してください。傷ついてるのは彼女のほうだから」というような意味のことを、上の空で言っていたらしい。

しばらく家を出ることを担当刑事の原さんから、そして他の警察の人からも強く勧められたが、どこにも行きたくなどなかった。二階に上がらず、一階のリビング、つまり犯行現場で、そこのソファで寝起きする。事件のことを自分のなかでわずかでも風化させることが、許せなかった。

マヤの亡霊が出るのだとしたら出てほしい。会って、話がしたい。

会って、なんであのときに、男どもが例えば「気持ちいいって韓国語で言え」って迫ってきたときも何を言われても、ただ「私は絶対に訴《うった》えるから。泣き寝入りなんかしないから」と言い続けたのか。生き残ることに全力で賭《と》してほしかったのだが、しかし、それはそれでマヤらしい。マヤらしくはあるが、会って、説教してやりたい。おかげで、どれだけこちらが苦しんでいるか。生きてさえいてくれていたら、おれはなんでもしてやったよ、マヤ。

無駄死にではない死とは何か？

正直、こんなことになる前は、すべての死は平等にただ無に帰すのみで、死んでしまえばおしまいという乾いた意見を好んで言いふらしていた。

が、今のおれは、妹の死に意味を持たせたい。価値を輝かせたい。

事件のあったあとしばらくは、それが叶《かな》ったかのようだったし、またそれが当然とのおれの鼻息の荒さもあったが、つまり「遂に起こったヘイトクライムでの在日韓国人犠牲者」というわけで、マヤは、いっときは祭り上げられた。いっときは韓国バッシングもなりを潜め、メディアは自己反省にも言及し、ネットのSNSでは排外主義者たちのアカウントが一斉に削除された。

世界はこのまま善き方向へと進む、とぼんやり思った。それで当然だと思った。本当はこの世界のことなんかもうどうでもよく、妹のいない世界には、おれと、あの三人の強姦魔がいるだけも同然なのだったがそれ以外は、当然、マヤの死をもって、そのまま止まることなく改善される。マヤは永遠に清い被害者として歴史に名を残す。キム・マヤという名前は一種の象徴となる。それは必然の流れとして、だが一方で、おれはおれとして、あの男たち三人にどうにかして復讐を果たす。


妹を愛しすぎたのが罪か？　うるさい、黙れ。

父からの「お母さんが死んだ代わりにマヤが生きたんんだ」との話をまるっきりそのまま受け取って、信仰心にも似た思いで八歳年下の妹を、多忙な父と共に育ててきた。父の死も、それが静謐《せいひつ》な突然死だったからということもあるが、傍《かたわ》らにマヤがいてくれたからこそショックや喪失感や不安が少なかった。母の死の記憶とセットでわりと覚えているマヤの誕生と、生後に初めてこの家に彼女が入ったときの記憶。

自分の命より大切に思うことは当然じゃないか？

しかしマヤが「永遠に清い被害者として歴史に名を残す」ことはなくなった。

高校時代のマヤの卒業文集が、何者かによってネットに流布され、それが拡散した。そしてその内容に、ネットのなかの韓国嫌悪症の人間たちが敏感に反応したのだった。

「最初は同情的だったけど、やっぱり反日分子だったんだね。じゃあ自己責任の部分はあるかも。少なくとももうかわいそうとは思えなくなりました－」

「あの卒業文集見たら誰だって自業自得を疑うはず！　しかも最近では在日娘の身売りが多いと聞く！　偏向報道をもう一度見直さないといけないのでは？」

「あの慰安婦も結局、売春婦でしかなかったのだから、キム・マヤに対してもマスコミや警察は徹底的に裏を調べるべき。だいたい在日であんな立派な一戸建てに住めるなんて、完全に裏社会の家系だろう」

「キム・マヤは魔女。あの三人の日本男児もむしろ犠牲者か。やっぱり反日無罪の英雄なのかもしれないいな」


謎、は気力を呼ぶ。疑問に思うことは身を起こさせる。無断で卒業文集をネットに流した元同級生（恐らく）への呆《あき》れや蔑《さげす》みはあったとしても、謎、というのはそれをしたのは誰か、ということではない。文章を読んでの「これを書いたのは本当にマヤか？」という謎である。投稿されたのは画像ファイルだからその手間と発想からして偽造だとは考えにくかったが、それにしても文体があまりに硬質で、おれの知っている天真爛漫《てんしんらんまん》で穏和なマヤの像とはかけ離れていた。

正答はすぐに得られた。マヤの部屋にあった実物の卒業文集と比べたから間違いない。それは実際にマヤが書いたものだった。

ネットでは、

「文章が妙にこなれてるし、これ、学校の先生が代わりに書いたんじゃないの？」

との意見もあった。マヤ本人の言っていたことだが、高校一年生のときの担任教師がマヤの考え方や進路に与えた影響は多大だという。マヤの卒業式に行ったときにはマヤに紹介され、そしてマヤの葬式のときには向こうから挨拶をされた植田《うえだ》先生。四十代ぐらいの、熱血教師というよりはじっくり黙って話を聞いてくれる先生という印象だったが、長い手紙が送られてきたはずだ。それでその文体はどうだったか？　どちらかというと、ずっと情感的で詩情が強かった。

他のマヤが書いたものと比べて判断するに、考え方や思想の方向性は植田先生に影響を受けたのかもしれないが、その「妙にこなれてる」硬質な文体については、それこそがマヤの本分であり本性だったとわかる。兄としても、いつの間にこんな文章を書くようになっていたかと意外な思いだ。

ある有名女子大（国主導の大学再編が進む今の日本では残り少ない女子大学）に進学することを決めたのも、そこで社会学を勉強したいとマヤが強い願いを持つようになったのも、植田先生からいろんな世界を教えてもらったおかげだ、とは聞いていた。おれは知らなかったが、マヤがフェミニズムに目が開かれたのも先生の導きらしい。しかしマヤが、ビーガン生活に入ったり、沖縄基地問題に関わろうという気持ちが芽生えたりするほどになったのは、植田先生の手紙にいわく「彼女の正義感が次から次へと壇を移して花開いていくのを見ていると、その果敢な若さに驚かされるばかりでした」とのことで、また「私の手のサイズには収まりきれないほどに、あっという間に成長した鳩が、白鳥かと見紛うほどに大きく飛び立っていくのを見て、長い教員生活の中でも稀なほどの喜びを私は得たのでした」とも書かれていて、つまりマヤは独自に発展したのだろう。確かに好奇心の旺盛さは、ほんの幼いころからあったが。

「反日でフェミニストでビーガンで基地反対って、いやあ、どんだけ嫌われ要素を揃《そろ》えるつもりなんだよ、この魔女は」

こうしてマヤはそれまでの、個性を持たない「おかわいそうな女子大生」から、いっきに「魔女」にまで転じたのだった。すでに死んだはずのマヤが今も生きているはずのあいつらを騒がせる。その事実は、おれを刺激してはくれる。

大学キャンパスでの笑顔のマヤの写真がネットに晒《さら》され、そこに卑猥《ひわい》な言葉をぶつけられるのだとしても。それはそれで、おれには地獄の業火だが……

「私たちはこれからこの社会で、一体いくつの不正義を見過ごすのだろう?」

と題されたその文章。マヤが高校三年生のときに表現した彼女の心、決意。

その文章のなかでも、やはり最も差別主義者たちの反発を買ったのが、慰安婦問題について言及した箇所だ。

「いわゆる『従軍慰安婦』の問題とは、国際政治の問題ではない。それはフェミニズムと正義の問題なのだ」との前置きに続き、「慰安婦」とはやはり「性奴隷」以外の何者でもないと評した上で、「戦争が悪い、という言い方には注意しよう。そこには、また戦争が起きれば同じことを男が女に強いたとしても仕方がない、との無断契約が潜んでいるから。すべてのセックスワーカーは自らの自由意志で身を売っている、という定理は永遠に成り立たない世界に私たちはいると知ろう。セックスワーカーの何割かは確実に、硬軟さまざまな強制性によって身を売らざるを得ないよう仕向けられているのだから。この世界は、家父長制的精神が綺麗に払拭されない限り、そういうシステムで動くものだ」としている。

イギリスでの、女性参政権を得るために活動した急進派の「サフラジェット」について言及した箇所が、分量としては最も長い。その長い説明のあとでこう結んでいる。

「普通選挙のために文字どおり血を流した、人生を捧げた彼女たちの存在を知りながら、投票所に行かないという選択をあなたがもしするならば、それはもうあなたに正義はないとはっきり言おう。サフラジェットの存在を知らなかったならば、ここまでのこの文章を読んだあなたはもう無知の状態には戻れないのだから、必ず選挙に行きなさい。さもなければ、永遠に絶対にあなたは不正義だ」

いずれにしても、こんな政治的な文章を、よりによって卒業文集という場に寄稿したマヤにもそうだが、その掲載を許可した先生方（植田先生なのか？）にも、感心するという以上に驚かされる。

フェミニズムに関する記述も、差別主義者たちの癪《しゃく》に障《さわ》ったようである。

「フェミニストにあらずんば、正義の人にあらず。そして例外なく差別は不正義です。そうしてこれから社会に出て私たちは、いくつの不正義を犯さないで済むことができるのでしょう？『女性差別なんかもうない』といった明らかに不正義な発言を、へらへら笑って聞き流してしまうような汚点を、いくつ重ねないで済むのでしょうか？　これらは死ぬまでの、私たちの闘争の歴史となる」

「あなたがもし、動物たち（家畜、という呼称についても一考願いたい）の如何に大量に残酷に、システマティックに殺されているかということを知れば、いや本当はそれとなく知っているはずだけど、それなのに肉食を平気で続けられているという事実は、これも不正義じゃないかと私は思う。ヒヨコをメスとオスに分ける作業のあることはご存じでしょうか？　それで分けたあと、どうなるかまでは如何でしょう？　教えてあげます。ヒヨコのオスたちは、ほとんどがそのあと殺処分される。卵を産まないし、肉も固いから。そしてその殺し方はガスを使われるのはまだ幸運で、ただ一箇所に大量に放り込まれて積まれて圧死するままにされたり、生きたままミンチにされてそれで肥料の元にされたりする。日本では年間約一億羽が殺されているとのことで、皆様、そうした日本国人口とほぼ同数の年間虐殺があった上での、私たちの食卓の華やかさがあるのだと、たったいま知りましたよね？　だとしたら明日からどうします？　それでも引き続き肉食生活を続けますか？」

妹がビーガンなのはもちろん知っていた。ほぼ毎日同じ食卓を囲んできたのだし、おれが社会人になってからは、彼女が料理担当となったのだから。

父が死んで半年ほど経ったときだろうか、高校一年だった彼女はいきなり「今後はもういっさいの肉料理を摂《と》らないから。ベジタリアンになる！」と宣言する。まあ、なんとなくそういう突拍子もないことを言い出しそうな子ではあった。動物愛護の精神も昔からあったが、ある一本のドキュメンタリー映画が直接のきっかけとなったようだ。しばらくは「食」に関する書籍を読みあさり、その結果としての決意表明だった。

毎日その光景を見ていたはずなのに、何も見ていなかった。あるいは見ても問わずに流していた。彼女が毎日何かの錠剤《じょうざい》を飲んでいたのにもかかわらず、それを問わなかった。それは、ビタミンB12の錠剤だった。妹が死んでからそれを知る。卵や乳製品も摂らない完全ベジタリアン生活を貫く彼女だが、タンパク質やアミノ酸を植物性から摂取することはまったく問題ないとしても、ビタミンB12だけはサプリに頼らなければならなかった、との事実。その錠剤の入った瓶《びん》だけが食卓に残されている。彼女が一日に一回それを飲んでいたその意味を知ろうともせず、ビーガンとは何かということを、彼女の死後にようやく学んで知る。

「肉を食べなかったら栄養に偏《かたよ》りあるだろ」というふうに、無知を無知と自覚してないくせに居丈《いたけ》高《だか》な兄だったから、マヤも適当な返事や適当な相槌《あいづち》のみで、真正面から議論してくれなかったのだろう。残念なことだ。彼女が話しやすいような態度を、おれは心がけるべきだったのだ。

忘れてはいけない、しかし「忘れた」ということすら自覚できないマヤと共有の過去がたくさんあるはずだ。何気ない日常会話、何を話したろう、何を笑い合っただろう。ドラマや映画の話、休日の昼食後から夜遅くまで海外ドラマを一緒に連続して観たことは、いい思い出だ。しかし何を話しただろうか。彼女の好きな俳優、好きな監督。彼女はあんなに生き生きとよく喋ったのに、思い出されることがこんなにも少ないなんて。

議論。あれを議論と呼ぶに値するか、ビーガンについてはおれに冷笑的な、からかうような気持ちがたっぷりあったからこそ、妹に議論をふっかけるようなところがあった。

「マヤの言うような、虐待や虐殺は、今の日本の畜産農家のなかではかなりの例外じゃないの？少なくとも、大切に育て、感謝の気持ちで出荷する、そういう優良畜産家のこともマヤは否定するわけ？　ビーガンの理想は多くの人を路頭に迷わせることなの？」

さて、それでマヤはどう答えたのか。それをおれは覚えてない。彼女が何かを答えたことは覚えているが、内容は記憶にない。内容として思い出せるのは自分の発言のみ、つまりそれは「言ってやった」という快感があったから脳に刻みついているというだけ。マヤとのことは何もかも覚えておかなければならないのに、忘れてはならないのに、彼女の生きた発言が思い出せないなんて……

妹の死を悼《いた》み、こんなに傷つき、こんなに落ち込んではいるがその資格が果たしておれにあるのか？


沖縄の件でも同じことが言える。

ニュースを見たときであろう、おれはマヤに向かって言った。

「沖縄の基地問題に在日韓国人が関わってんの見ると、馬鹿じゃねえのかって思う。あいつらが関わることでますます沖縄の人たちは『反日分子』と思われる。『韓国スパイに煽動《せんどう》された』とかなんとかデマの口実を与えて、ますます分断工作が進む。そうして敵方に攻撃材料をわざわざ与える。愚策だろ、愚策。なんでわざわざ沖縄の問題に在日が首を突っ込むの？　なあマヤ、おまえ毎年沖縄に行ってんだろ？　なんか現地の情報知らない？」

毎年沖縄に行っていたマヤに、そういう活動には関わってほしくないという恐れから、おれは強い口調になっていたのだったが、しかしこれも例によってマヤからの反論についての記憶が、まったくない。

八月が誕生月のマヤが、高校に上がってからか、いずれにせよ父の死後、ねだってくるようになった誕生日プレゼントが「沖縄旅行」だった。それをおれは、ただの観光旅行とばかり思っていた。それが違うとわかったのが、葬式に来たマヤの友だちで、毎年沖縄に一緒に行っていたというなかの一人だったが、彼女が、

「沖縄の基地の問題に関わることをこれからも続けます」

と言ってきたことによる。また、更に決定的だったのが、まさに沖縄からおれ宛に哀悼《あいとう》の手紙が送られてきて、おれにとっては名前の知らない送り主だったがその方はマヤの言葉として、

「こうして毎年沖縄に来る、そして基地を間近で見る。そこに暮らす人たちの声を聞く。その『継続』こそが、所詮《しょせん》当事者ではない私たちのできる精一杯のこと」

と、そう紹介してくれたのだったが、いつも日焼けして帰ってきたのも海で泳いで遊んできたからとしか思わず、「変な男に気をつけろよ」とか的外れな忠告ばかりしていた自分が、理解のある兄だとむしろ誇っていた自分が情けない。

ネット上であまりに頻繁に「魔女マヤ」「魔女キム・マヤ」といった文言を目にするものだから、反発の心理によっておれは、おれの知っている優しく可憐《かれん》なマヤが「魔女」呼ばわりされるのも、むしろ頼もしく思うようになったのだった。

そもそも「金茉耶」という漢字での本名は（せっかく亡き母がつけてくれた名でも）どうにも古めかしく感じられた。嬉しいことがあったらすぐ踊り出す、喋りながら首を左右に振ったりする、ダンス部として全国大会出場の経験もある、運動神経も学力も、兄よりもよほど優秀だった、歌もうまい、兄を誘ってカラオケに行きたがるような、それで英語でも韓国語でもラップを完璧に歌いこなす、おねだりも上手な、そういうポップでありながらタフでもあった彼女が遂に、変名というか芸名というか、公共の名としてのカタカナでの「キム・マヤ」を手に入れたんだな、と感慨深くもあるのだった。

裁判員裁判では、昨今の政治状況からして、被告三人に極刑が下ることは難しいかもしれないと聞かされた。だから日韓関係がわずかでも好転することを期待して、初公判の日は遅ければ遅いほうがいいかもしれないとも聞く。三人のうちの二人の被告が急に、動機として政治信条のことを供述しだしたというのも向こうの弁護士の入れ知恵だろう。直接は言われなかったが、流出した妹の文章がやはり悪く作用しているらしい。

日本人のみによって裁かれる裁判員裁判。人の心は、外からは見えない。差別心を隠したまま、他の、自分でもほとんど信じてない正論を駆使して、あの殺人鬼たちをより軽い罪にしようとする者がいる、――かもしれない。わからない。そもそも本音と建前が日本文化だし（これもまた大ざっぱな偏見かもしれないが）、日本の司法は政権の意向に沿いがちで、世論調査でも日本人のほとんどが韓国を嫌いと答えている。といってどこまでが、誰が、根っからの差別者なのか、わかるわけがない。人の心は外から見えない。そういう恐怖の世界におれは生きている。

いずれにせよ茶番だ。すべてが茶番である。前科なしで被害者が一人だけでも死刑判決が下った前例はある、ということで期待したのだったが、何が政治状況だ、何が日韓関係だ。マヤの死の軽重がそれらによって変わるのか？　あの三人を「政治犯」として擁護《ようご》する声までが、ネットではある。

すべてが絶望の一色ならば、それはそれでわかりやすくて楽なのに、そうであるはずがないと、この世の真実が突きつけてくる生きる困難さ。

我が家に、悠君《ゆう》が来た。

近所の家に住む、今年六歳になる男の子。お母さんに連れられて、そのお母さんもお父さんもよく知った顔で、この騒動のなか、マスコミがそろそろ散じた時期や時間帯を狙い、インターホンを押す音。しかし音は鳴らないよう細工はしていた（というか完全な消音機能がないので、半ば壊した）。

押しても押してもチャイムの音が家に響かないことに気づいてか、家の外からまず、お母さんのほうが、

「キムさーん、キム・テスさーん」と声をかけてくる。お母さん、といっておれとそんなに年齢は変わらない。

続いて悠君の声。

「テスおじちゃーん」

マヤに対しては「マヤお姉ちゃん」なのに、おれには「テスおじちゃん」なのは不当なのではな

いか。「悠君、テスお兄ちゃんでしょ?」と微笑みかけると、けらけら笑いながら駆け回っていた過去。

といって賢く礼儀正しい子でもあって、道でばったり出会ったときには頭を下げて敬語で挨拶してくるが、ただマヤを目の前にすると子供らしく舞い上がる。マヤも悠君の家族と深い信頼関係にあったようで、自ら進んで共働きの両親に代わり、悠君を保育園まで迎えに行ったり我が家に預かっていたりしていた。

お母さんに言わされているのか、それにしても元気な声。元気な子。お母さんにしたところでこんな忌まわしい家に幼い我が子を連れて訪ねてきた、その勇気がすごい。

「テスおじちゃーん。おいでー」

おいで、ときたか、まったくお手上げだ。母子のおれを呼ぶ声が、そのうち諦めて去って行ってくれることを、しばらく期待していたのだけれども。

我慢比べに負けて玄関を少し開けた。ほんの少しのつもりが、光がどっと射し込む。カーテン締め切りの生活だったから目が痛い。よく見えない。お母さんも悠君も、出てきたおれを見てすぐには言葉が出ないようだった。だっておれは数日か数週間かを風呂も入らずに過ごしてきた格好で、だから姿を現したくなかったのもあるが、しかし、それにしても、生きている人間の存在感とはなんと温かいものなのだろう。

悠君のお母さんがおれを見て何を感じられたのか、「このたびは――」ともう涙声に震える。

そして悠君が、お手紙を持ってきてくれていた。悠君とマヤは文通仲間でもあった。

悠君からの、そのお手紙。ひらがなだけで書かれて「ち」と「さ」や「い」と「り」が判別つかないなど、いろいろあるけれど、内容は、いかにマヤが親切にしてくれたかそのお礼を一生懸命に書いているのだったが、親に言われたままに書いたのかと疑いたくなるほどに丁寧で文章がわかりやすく、短文の連なりばかりの「おねえちゃんはやさしかったです」とか「おじちゃんもげんきをだして」とか、もらったばかりのそのときは、とても最後まで読みきることはできなかった。

日をかけて読んだ。読んでからは、時折どうしても再読したくてまた開く。それにしても、――胸のなかは常に黒々とした岩のような攻撃性と閉塞感で満たされていたかったのに、すっと力を抜けさせるような、爽《さわ》やかさで風を通してくる。そう、マヤが殺されて以来初めておれは、感動させられていたのだった。


マヤと暮らしていたころはビールすら家では飲まなかったのに、ネット通販でウイスキーをケースで買うようになる。

起きている時間ほとんど途切れのない飲酒は、さすがに簡単に人の生活を溶かす。ところが人生をきれいに溶かされてしまう前に、妙な効能が、この新たな深酒の習慣にはあった。

それは睡眠障害、およびそれに伴う症状。十二時間飲み続けてその後の十二時間を寝続けた日もあれば、二時間や三時間の睡眠ですぐ目が覚める数日が続いたりもする。

変な夢を見る。それどころかあまりに浅い夢では、自分が夢を見ていることを夢のなかで自覚したり、自分で（ある程度は）夢をコントロールできたり、数十分寝ては覚醒してまた眠るときに続きの夢を見られたりする。なんか夢を見てたけどなんの夢だか思い出せない、ということが少なく、記憶に留めたいと思えばそれができる、そういう夢。いわゆる明晰夢《めいせきむ》だ。

見たい夢とはもちろん、マヤと再会のできる夢だ。

とはいえ夢はあくまで夢で、コントロールできるといっても、この部屋で（この殺人現場で）マヤを、ぼやっと出現させるのが、せいぜいだ。暗闇のなか（朝や昼に寝ついたとしても闇のなか）、シルエットだけの姿として。

けれども彼女が、

「東の空に、胎児爆弾の光を見た」

とか急にシュールなことを言い出したり、母の思い出（現実にはそんなことなかった架空の）を語り合っていたかと思うと急に場面が学校に移って、おれは学生服を着てるし、妹も制服姿だと思うとその顔は、今回の事件がきっかけで別れた元恋人のものになったりする。その元恋人と文化祭の準備を話し合ったり、かと思えば学生服で教室なのに将来の結婚について話し合ったりする。コントロールが完全には効かない。脳も休みたがっているから成りゆきに任せがちだ。よほどの悪夢や金縛り状態にならないかぎり、脳を活性化させて方向を変えようという力が出ない。

自分が何を求めているか。そしてその発明がそこにあったということに、運命（という言葉は事件以降、頭に思い描くことすら嫌だったが）すら感じてしまうのだった。

モバイル用のそのアプリは、名を「夢のうら」という。部屋を暗くし、アプリを起動したモバイルを枕元に置き、あとはそのまま就寝すれば、モバイルから発せられる光の明滅や、プロジェクションによる光線のさまざまな動き、そして独自音楽の誘導によって「見たい夢を見ることができる」ということだった。

ダウンロードサイトでの作者名は「ケイ素」とあり、作者についてわかっていることはそれだけだ。第一弾のアプリ「鬱《うつ》おもて」は、それを起動すればいつでも、どういう心理状態からも深い憂鬱状態に落ち込めるというもので、「なんで好き好んで自ら鬱になる必要がある？」との疑問の声をよそに、若者を中心に大ヒットとなった。「最近の自殺者の多くがこのアプリを使用した形跡が見られる」とのニュースがまた評判を呼び、社会問題ともなっていたのだが、そうした注目のなか発表された第二弾が「夢のうら」だった。

今のところ「ケイ素」作のアプリはこの二本のみであるが、無料で、そして使用方法が簡単ということもあって日本のみならず世界中で計二千万ダウンロードを数える。しかし一方で、特に「夢のうら」について「まったく効かない」とか「これは詐欺かオカルトに近い」との批判も多い。アプリ説明文にもあるが、就寝前の「こういう夢を見たいと強く願う心」が足りないと、うまく効果が得られない場合があるらしい。だから「頭の悪い奴だけかかる催眠術」と揶揄《やゆ》されたりもした。説明文にはまた「光過敏性《ひかりかびんせい》てんかんやそれに類似する神経障害保持者には、発作を誘発する危険性があります。また未成年者には健康上の理由から、使用を推奨《すいしょう》しません」ともあったが、この点についての健康被害の報道は今のところない。

うまく効果が得られた、というほうがむしろ、深刻な事態をもたらしていた。依存症の問題である。「夢依存」とも呼ばれるが、見たい夢を見たいだけ見られるのだから布団から出ようとしない使用者が急増し、睡眠導入剤は違法に高値で売買され、その点に付随する健康被害（精神障害や栄養失調など）が数多く報告された。

「ケイ素」は第二弾発表以降、まったく沈黙を貫いている。

アプリ「夢のうら」をおれもダウンロードした。そして家から出るようになり、それまで拒んでいたカウンセラー通いをするようになる。なぜなら、正当な手段で効き目の強い睡眠薬を継続して手に入れるためだ。

日の入りか、夜明けのような、薄暗いリビング。別にそこでなくともよさそうだが、おれは特に抗《あらが》わず、寝に就《つ》く前に「別の場所に現れてくれ」と念じることをしない。「もっとはっきり顔を見せてくれ」とも念じない。

薄明のなかの、シルエットだけのマヤがおれに問う。

「それでお兄ちゃんは、いったいどうしたいの？」

「おれは、気兼ねなくファストフードを食べたいし、気兼ねなくファストファッションを買いたい。激安店でいちいち『発展途上国の劣悪な労働環境』とか連想したくないし、たまには人を見た目で笑いたいし、アイドルの水着写真が載った漫画雑誌も買いたい。革製品を持つことにいちいちハンティングの罪悪感を持ちたくない。男同士のキスシーンとかで思わず目を逸《そ》らしちゃったとしても、そのことで非難の目を向けられたくない」

「残念。お兄ちゃんは私のお兄ちゃんとして生まれたの。だから諦めて。そして一生、気兼ねして。でもそれはいいことだから」

なるほど。わかった。おれは一生、気兼ねして生きてゆくよ。

マヤの生前に、おれが彼女の部屋に入ったことなど、たぶん一度もない。遠慮、していた。それが卒業文集の件で現物を確かめようと入室したのが契機となる。

夢のなかでマヤと会えば会うほど、感じる物足りなさもどんどん増すようで、というのもネット上であの卒業文集を読んでおれは、マヤのことをまったくわかってなかったことを知ったから。妹についての見識を急ぎ更新しなければならない。

入ろう、おれの知らないマヤを知ろう、と彼女の部屋を開けた。室内が、事件前とまったく変わってないということに、当然のことなのだが愕然《がくぜん》とする。カーテンを開け、窓を開け放し、それで部屋に掃除機をかけることを思い立つ。勢いでそのまま家の各部屋を掃除した。時間設定での、部屋のドアもセンサー開閉させる自動掃除ロボットではなく、自ら掃除するなんて事件以降初めてのことだ。

マヤはレポートや論文の未決定稿をプリントアウトして机の脇に積んでいた。講義ノートや覚え書きノートも数冊見つかった。

それらを貪《むさぼ》り読む日々が続く。社会科学科でジェンダー学を主に勉強していたマヤ。

マヤの部屋では酒を飲まない。一階でウイスキーを飲みながら、資料を読みながら、眠くなれば「夢のうら」を起動する。

闇のなかのマヤに対しておれは問う。

「どうしておまえ、フェミニズムとかそんなもんに嵌《は》まるようになったの？」

「そんなもん?」

「いや、フェミニズムを学ぼうなんて若い子が思うって、それだけの男性嫌悪症になった体験があったんじゃないかって、つい疑う」

「それこそが偏見。典型的な」

「いや、おれが訊きたいのは、おれやお父さんがおまえに与えたかもしれない悪影響のことだよ。おまえをそういう方向に走らせるきっかけになったのは、このおれじゃないのかって疑うことは、ちょっと心苦しい」

「やっぱり偏見ある。フェミニズムは別に、世捨て人になることや、カルト集団に入ることと同義じゃないのよ。お兄ちゃんも私の書いたものを読み始めてるから、わかる部分もあるでしょ。これは別に、すぐに火炎瓶につながる学問じゃないし、私の講義ノート読んで、――っていうかなんで勝手に人のもの読んでんのよ。いくら私が死んだからって」

「おまえはおれを置いて勝手に死んじゃったんだ。生きてるおれにはもう、おまえの文句は届かねえよ」

「ひどい」と、暗闇のなかのマヤは苦笑する。「とにかく、――フェミニズムはそんな後ろ向きのものじゃない。もっとオープンで、それを学ぶ人の世界をカラフルにすると同時に世界を善きものにする、その一歩となるもの。フェミニズムとは不屈の闘志のこと。何度うんざりさせられても負けずに同じスローガンを掲げて立ち上がる意志。先生の話聞いたり、学生同士で語り合ったりすることは、ほんっとに楽しいのよ。癒《い》やされるし、力になる」

「わかってんでしょ、お兄ちゃん」マヤはシルエットのまま前のめりになる。「私は今の世間があまりに『正義』とか『理想主義』とか『人権』とかっていう言葉を嘲る、その風潮がほんとに大嫌いだった、小さいときから。だから、私は逆にそこに向かって走ろうと思った。理想と正義と人権問題に向かって突っ走る。それでたまたま私が女だったのもあって、その突破口がフェミニズムだった、というだけのことなのよ、お兄ちゃん」

ノートを読む、未決定稿の束を読む、マヤの蔵書も読む。本棚にあったボーヴォワールは、母の遺品だ。といって母はフェミニズムを意識してというより、他にもサガンやデュラスやロマン・ロランを愛読し、どちらかというとフランス文学趣味が勝っていたのだろう。

提出した論文を大学に戻してくれるよう依頼するのも、事務的に面倒そうだから、おれがどうにか未定稿から「完成」させる。そしてその「完成」させたものをどうするのか、――おれはそれを、ネットの世界に流そう、と決めたのだった。

どうしてこんな頭のおかしいことをしようと決意したのか。それもやはり、あの卒業文集のことが関係している。ネットでの反応の一つにこういうものがあった。

「でもわたし、これ読んで投票行こうと思った。正直」

とても嬉しかった。妹が誇らしかった。妹の生きた証がここにある、とさえ思った。

いわばこの再現を、おれは目論んだのである。

最初のテーマとして選んだのは、だから「サフラジェット」だ。

卒業文集のあの短い文字数のなかでは書き切れなかった、婦人参政権獲得のための熾烈《しれつ》な歴史、デモに対するあまりに激しい弾圧、当局による性的暴行があれば、ハンガーストライキに対する管《くだ》を通しての強制的な栄養注入もあった。それらをマヤは、日帝時代の女性独立運動家たちが受けた様々な迫害を重ねて論じようとしたわけだったが、どうやら頓挫したらしい。あるいは本来の単位取得のためのテーマから乖離《かいり》していると判断したのか。メモ書きもまとまりの円環を閉じることなく中途で切れていた。

資料を読む。未決定稿に、メモ書きからのマヤの言葉を切り貼りする。足りないところはマヤの文体を真似て、おれが書き加える。これは「過剰編集」というか「共作」というか、「でっち上げ」か「捏造《ねつぞう》」か。

インパクトのために、マヤの論文としてはもう一本を、そのタイトルも「いわゆる『従軍慰安婦』への日本のセカンドレイプ」として、書き上げた。こちらのほうは比較的、未決定稿などがほぼ完成に近い形で残っていたので苦労は少なかった。ただ、このタイトルはおれの「捏造」だ。それこそインパクト狙いのためにそうした。内容を読めばそれほど過激な主張でないことはすぐわかるだろうが、とにかくネットのなかの人間たちを驚かせ、惹《ひ》きつけないといけない。読んでもらわなければ始まらないのだ。

ネットの、あるサイトに、

「殺された在日韓国人キム・マヤの大学でのレポートを入手。ここに順次アップするから皆さん批評してくれ」とだけ前書きし、そして二本のレポートを投稿した。

反応が顕著に現われたのは数日経ってからのことで、どこか別のサイトにリンクが貼られたらしく、相も変わらぬ民族差別的な書き込みがほとんどだったが、それでも読了したと思われるコメントがちらほら見られた。肯定的意見は皆無だった。しかし、読まれさえすればよかった。「投票行こうと思った」の再現は果たせなかったが、コメント数以上の読者がいるはずだった。それにもっと言えば、おれが食らったようなマヤからの「理想主義の毒」を、これを読んだ奴らにも伝染させたい。そして読んだあとは、それまで欲望のままに生きてきたこの世界に、ちょっとした窮屈《きゅうくつ》さを感じればいい。

脳の冴《さ》えていることが必要となる。つまり連日二十四時間を酩酊《めいてい》しているわけにいかない。食事も、それは事件以来どうして摂取していたのか記憶も曖昧《あいまい》なのだが、いよいよきちんとした栄養補給が求められた。

食事を摂る、となれば週二日のミートレス・デーが無視できない。

父の死後、ビーガンに目覚めたマヤは、おれに、週に一日くらいは完全な非肉食の生活をするのはどうかと提案してきたことがある。

「そんなの楽勝だろ？　朝と夜はおまえが作ってくれるし、昼だけを、うどんとか蕎麦《そば》にすればいいんだろ？」

代替肉。大豆や車麩《くるまぶ》からの唐揚げやカツを、マヤは実にうまく料理した。そしてマヤのビーガンは美容や健康のためではなく、動物や魚貝の命を奪うことさえしなければよかったので、ニンニクだろうがコチュジャンだろうがケチャップだろうが関係なく使い、だから味が薄いとか、食事が楽しくないということはまったくなかった。

「いや、鰹節《かつおぶし》の出汁《だし》なんかもまた、他の命を奪って作ったものだから、ビーガンの立場からは不徹底で、――って、じゃあこうしたらどう？　月曜日は、完全に植物性のものだけの料理を摂る。ちゃんとしたビーガン料理を提供する店を私も紹介するから、で、火曜日はちょっと緩《ゆる》い、まあ肉の入ってない、うどんや蕎麦はＯＫとする、卵料理や乳製品も火曜日は問題ない。他の曜日は食べたいものを食べたいだけ食べて。そういうローテーションにする。そうしてくれたら、私は、どれだけお兄ちゃんのことを尊敬するかわかんないなあ。すごいなあ。たった週二日の決まりごとだけで確実にお兄ちゃんは世界の、確かな命を救ってるんだもん。尊敬する。どうか、できる範囲でいいから、できるだけ長く、その習慣を続けてほしい。それって確実にこの世界を善くしてるんだから」

世界を善くする。「良くする」ではなく「善くする」という表記を好む傾向は、マヤのノートに散見された。また、そこまで彼女が理想主義者なんて知らなかった、と彼女の文章を読んで驚いているおれだが、週二日の非肉食と、（働いていたころは）給料の一割を募金することの約束を、それとなくさせられていた。そのあたりの自然な勧誘が巧《たく》みだった。

週二日の非肉食と禁酒、そしてレポートを完成させてネットに投稿する。

ネットの反論の一つ。

「初期の女性参政権のための運動には、黒人とか黄色人種とか、人種や民族的マイノリティは除外されてきたのに、そこに言及しないこの子は、やっぱり甘い。しかも集団的計画的に、窓ガラスを割って回ったり、放火して回ったり、そういう破壊活動も横行していた。そこにあえて言及しないのは、わざと？」

こういう反応はむしろ望むところだった。

そもそもサフラジェットにおけるマヤのメモ書きには、「正義のための暴力は肯定されるべきか？」と、ちゃんとあり、「いま急に女性参政権が奪われたとして、それについて私たちはいつまでも非暴力で抗議すべきか？」と続き、また以下のような自問自答の連なりがノートの罫線外の空白部を埋め尽くしていた。

「在日外国人から生活保護制度を奪う、在日外国人から多くの権利を奪う形での社会保障費一体化改革が議論されている、生活権を奪われたときに、私たちはどこまで非暴力を貫くべきか。現に、闘争をくりひろげて、そして非難を浴びている同胞がたくさんいる」

「そんなにいやなら日本から出て行け、出て行きたくないのなら帰化すればいいのに、という意見を前にして私に何が言えるだろう？　私は恵まれている（罪の意識を持つべきか？）。行政からの助成も現時点では必要ない、帰化の問題もモラトリアムできる。恵まれている立場だから言えることと？　難しい」

「暴力を否定するなら、独立運動は？　伊藤博文に引き金をひくことは、テロリズムか？　伊藤博文を殺したからって世界は善くなった？　私はナショナリズムを否定する刀で、独立運動まで斬るのか？（それはない。でもどこで線を引くか）」

「三・一独立運動の宣言文は本当に美しい。しかし言葉の美しさとは別に死者は出た。弾圧と暴力は不可避だった。いつか堤岩里教会虐殺事件についてはちゃんと調べて書く。柳寛順についても。必ず！」

しかし堤岩里（チェアムリ、と読む）教会虐殺事件について、教会に閉じ込められ銃撃や放火によって村民が虐殺されたその事件について書くことも、十七歳で獄中死した「朝鮮のジャンヌ・ダルク」こと柳寛順（ユ・グァンスンと読む。調べた）について書くことも、マヤは叶わなかった。それらが書かれていたら、どれだけ素晴らしい読み物となっていたか。

「法より正義、について。すべての独立運動は不法だ。すべての正義はあくまで主観的で不正確なものかもしれない。しかしそれでも私たちは正義を行わないといけない。どうやって？　どこまで？　サフラジェットによるその暴力の行使なしでも女性参政権獲得はあり得たか？　社会運動にまったく暴力がなかったとしても、歴史は必ず善き方へと向かっていたか？」

新たなマヤの文字を読むときは、あるいは別に、まったくマヤに関係ない作業をしているときでもそうなのだが、何をしていても、急にその記憶が思い浮かぶ。——リビングで髪を振り乱して倒れてその顔は窒息死の苦悶《くもん》で固まっていたマヤの姿が、フラッシュバックする。

そうなってしまうと前後の脈絡も、状況も関係なく、悔しくて惜しくて、どうしたって泣けてきて、コピー用紙やノートを広げているときであれば、涙で紙を濡らさないよう気をつけなければならなかった。

また新たに投稿したレポート。

このタイトルはおれの捏造ではない。妹のオリジナルをそのまま使った。

「私は女ではないの？：在日外国人女性とフェミニズム」

これはアフリカ系アメリカ人のフェミニスト、ベル・フックスの著作『私は女ではないの？：黒人女性とフェミニズム』をもじったもので、ベル・フックスのそれが一九八一年出版当時の、白人至上フェミニズムの問題点を指摘したものであるのに対し、マヤのレポートは、初の女性総理大臣を生んでからいっきに女性の地位向上に寄与したと見せようとしている現政権にすっかり飼い慣らされて（確かに女性議員の割合は爆発的に増えたが。そしてその事実は決して過小評価できないが）、在日外国人の女性たちへの弾圧には無視を決め込もうとしている、現日本の自称フェミニストたちに向かって、

「まるで襷《たすき》をかけた大日本婦人会のようではないか？」とマヤには珍しく手厳しい。歯切れのよい文章で、論もすっきりしている、これがマヤのレポートのなかでも白眉《はくび》の一つだと思われるのだったが、自信のあったこの論考に対してのコメントで何か生産的なものは、まるでなかった。

それでもめげず、もうあまり反応も気にしなくなり（論の中身も読んでないような反射的で差別的なコメントばかりになったから）、ただ義務の気持ちでマヤのレポートを完成させてはネットの世界に流す。もう誰も、長い文章を最後まで読み通さない。もう誰もがマヤの死の衝撃を忘れてしまったようだった。

思い出した。

マヤが、

「デカい」とか「美味い」とか「食う」とか言うのを聞くと、その都度おれは「そういう言葉遣い

を女の子はするな」と指摘していた。

少女時代からずっと素直に言うことを聞いていたマヤだったが、ある日「なんで男の子はよくて、女の子は駄目なの？」と訊いてきたことがあった。そうだった。あれは一種の反抗期だったのか、あえてそういう表現をおれに聞かせたふうだった。

性差別の問題とか、そういうややこしい論争に巻き込まれたくなかったから、おれは、

「おまえはそれでいいのかも知れないけど、お父さんやお母さんが、その結果疑われることになんだよ、わかってる？　あの子の教育はどうなってんのかって、教育に関係ないお母さんまで疑われることになる。そこまで考えた上で言ってんの？」

そんな、アンフェアな言い方をして彼女を黙らせていた。言い負かしたことに安堵《あんど》さえしていた。思い出した。自分は構わないが社会がそれを許さない、とはいかにも典型的な抑圧文法だ。

これは現在から一年も経ってない前のこと、だからもう大学生だったマヤがある夜、見ていたテレビ番組の司会者に向かって、

「ファックカフチョー」と呟《つぶや》いていた。

「は？　何？」

「いや、なんでもないよ」狼狽《ろうばい》し、顔を赤らめるマヤ。意識せずに出た言葉だったのだろう。しかし、――妹が「ファック」と言った。確かに聞こえた。彼女がそんな乱暴な言葉を使うなんて過去にないことだった。「デカい」とか「美味い」どころの話じゃない。

「なんか、花鳥風月がどうのこうのって」

「言ってない言ってない」マヤは笑う。

「なんて言ったの？」

「家父長、家父長制のことね。正確には『ファック家父長制』とか『クソ家父長制』とか言うべきなんだけど、言いにくいじゃん？」

なんで家父長制なのか、それは説明を受けずとも察せられて、つまり見ていたテレビで中年男性の司会者が、――最近の女の子は男受けする髪型やファッションをしない、これは国の少子化対策に逆らっている、というような発言をしたからだ。

「お兄ちゃん。これはね、そういう場面を見たときには必ず言わないといけない習慣みたいなもんでね？　ほら、英語圏でくしゃみをしたときに Bless you って言うじゃん？　あれと一緒」

「嘘つけ。――いや、とにかく、家のなかでは、というか外でもやめてほしいんだけど、そういう『ファック』とか『クソ』とか、おれはマヤの口から聞きたくない」

しかし今ではおれのほうが、テレビやパソコンに向かって、

「ファックカフチョー」とか「黙れカフチョー、死ねよカフチョー」とか吠えている。

あるいはそれは自分自身にも向かうのだったが、ある日、あの過去、日本ではもう数えるほどしかない女子大にマヤが進学することを決めたとき、おれが、

「男嫌いだから女子大にしたのか？」と言ったことがある。

おれを一瞬睨《にら》んでそのまま二階に上がったマヤだがその後ろ姿に向けて、おれは乾いた笑いを投げかける。冗談だよ、と言わんばかりに。

冗談だからなんだというのだ。なんで女性の選択ばかりいちいちセクシャリティに関連づけようとするのか、おれという男は。

おれはもう生きているマヤに「あれは最低の発言だったな」と告げることができない。だから自分自身に向かって「このクソカフチョー野郎が！」と吠えるしかないのだ。

会社勤めもせずに日々集中すれば、マヤの未決定稿やノートも残りがどんどん減ってゆく。これらをすべて世に流した先には、いったいおれに、他にやるべきことはあるのか。もちろん、あの三人に復讐すること以外におれに生き続ける意味はないのだが、その実現性の有無を、おれ自身が深く疑っているのではないか。無期懲役《ちょうえき》の刑が下った場合に、現在の日本でそれはほとんど終身刑と同じだと聞いた。また、犯人が一人であればまだしも、三人となれば同時に殺害は無理だ。奴らのうちの一人だけは反省を口にしているということだがその男だけは命を奪わないでおくか、——などと考えるだけで虚しい。

いったいこの先、何をどうすればいいのか。

アプリ「夢のうら」を起動させる。すでに睡眠導入剤を二錠《じょう》飲んでいるし、禁酒の日ではなかったからウイスキーも瓶の半分は飲んでいた。

毎日その効果がうまく出るわけではない。寝て起きたら単純に夢を見なかった日もある。

寝ているリビング、モバイルから照射される光線が、空中に線を引く、引いては消えながら、急に扇状にラインを放射する。激しく明滅する。

部屋は暗い。昼に、朝に、寝入ったとしても部屋が暗いのは、それはアプリが成功した兆しだ。ほっとする。今日は成功したか、と。夢の見始めはまだ、アプリからの光効果や音楽がしばらくは続いている。

そしてダイニングテーブルのほうに、さっきからずっとそこにいたというような気配を感じる。扉にいちばん近い椅子（まさにその椅子のそばに頭を投げ出して彼女は絶命していたのだったが）に誰かが座っていてシルエットだけながら微笑んでいるのがわかる。

「お兄ちゃん」と彼女が言う。「ハロー」とか「アンニョン」とか手を振ってくる。「ちゃんとご飯食べてる？」

夢のなかの窓の外は日によって、鉄色じみた紺色《こんいろ》か、乳白に近い水色か、レインボーな青さまざまか。

おれは訊く。

「お兄ちゃんがおまえにしたことや言ったことで、いちばん傷つけられたこと、許せないことって何？　自分でもいくつか思い当たることはあるんだけど、だけどもっと、ひどいものがあるはず。記憶は、自己防衛本能からか、自分に都合の悪いことは消去したがる。そしておまえはマヤの記憶であると同時に、おれの潜在記憶の像だ。つまりは、おれの海馬の奥底に眠ってる、おれの覚醒時には意識できない過去ってやつに、おまえはアクセスできるはず。だから知りたい。教えてほしい。おれが、うっかりして忘れちゃってる、ひどいことってないかな？　おまえに心から謝んなきゃいけないことって、きっとあるはずだろうけど、それを教えてほしい」

「あるよ」妹は軽い口調で言う。「私が中学のとき、あれは塾からの帰りで、夜十時近く。私は自転車に乗っていてそれであの、坂の下のコンビニ近くでさ、もう盛大にすっ転んじゃったのよね、カーブを曲がりきれず、降ったり止んだりしてた雪で路面がちょっと濡れてたのもあって。で、まるでスライディングするように滑って転んだのが、男子高校生らしき集団のちょうど目の前だったの。私より年上で、ちょうど私を殺した三人の男がそうだったようにコンビニ前でたむろってた。彼らは、転んだ私を見てみんなで大爆笑。私に『大丈夫？』って声かけるのでもなく、私の自転車を起こしてくれるのでもなく、手を叩いていつまでも笑ってる。怒りよりも恥ずかしさから私も照れ笑いなんか浮かべちゃって。実は足をひねって腰も強く打ってたから、その場からすぐ立ち去りたかったけど、思うように動けない。年上の男子学生たちは笑ってる。地面は濡れて水がしみて身体が冷えてくのを感じる。——そのとき！　颯爽《さっそう》と現れたのが私のお兄ちゃん、キム・テス氏です、ジャジャーン！」

おれは頭を振る、夢のなかで。現実のおれも寝ながら頭を振っているとわかる。

「思い出した？」妹は言う。「現れたお兄ちゃんは走って私のもとに来て『大丈夫か？』と声をかけ、『立てるか？』と起こしてくれる。自転車も起こしてくれる。そして、大笑いの余韻がまだ残ってる男子学生たちに向かって、『何がおかしいんだ！』と一喝した。相手は結構な人数だったからあんな無謀な真似は二度としてほしくないんだけど、でも『おれの妹だぞ！』と大人数相手に言ってくれる。『まだ中学生の女の子が自転車で転んで、助けもしないで！　何がおかしい！』って。かっこよかったなあ。まあでも繰り返すけど、あんな、かっとなって感情のまま行動することは、もう二度としないでね」

「なんでこんな話を急にしたかって言うと」とマヤは続けるが、夢のなかでその説明をするのがマヤであろうと、おれであろうと、結局のところ脳は一つなのだから同じことだ。

「昨日の夜、お兄ちゃんが、あの人たちに向かって『おれの！　妹が殺されたんだぞ！』と啖呵《たんか》を切ったから。『おれの唯一の家族、おれの妹だったんだぞ！』って」

昨日の夜は、いつもにも増して、我が家への嫌がらせが、石を投げたり、呼び鈴を連打したり、罵倒《ばとう》を浴びせかけたりする連中が多かった。多いばかりでなく、しつこく、いつまでも帰ろうとしない。警察の巡回もたまたまか、なかなか来なかった。政治団体の連中なら例のごとく「在日売春婦の家族は日本から出て行け！」といったスローガンのあるのがパターンなのに、昨夜のはそうじゃない、どうやら若い不良グループがなんとなしに来て、それで遊び感覚で騒いでいるらしかった。

政治団体にはいくら「出て来い！」と挑発されても腹のなかで笑うだけで実際に出て行くことはなかったが、昨夜は、若者たちに「出て来い！」「殺すぞ！」と誘われて、そして素直に家を出た。実際に出て来たおれを見て連中は、さてどうしたものかと戸惑っているようだったが、おれは、ほとんど絶叫のようにして金切り声で、我が身上を訴えていたのだった。あんな若い、考えなしの連中に向かって。そしてやはり気づけば恥ずかしながら、涙を流して子供みたいに嗚咽《おえつ》していた。

夢のなかのマヤが「あんな短気はもう二度とやめてね」と頼んでくる。「昨日の夜のことだって、あのなかのリーダー格の人が、泣いてるお兄ちゃんを見て『帰るぞ』って号令かけなかったら、もしかしたら命にかかわるようなことになっていたかもしれない」

「どうだっていいさ、どっちでもいい。それで、――おれが謝るべきエピソードのほうはどうなった？　それがあるんじゃなかった？」

「私がお兄ちゃんに謝ってほしいことなんてあるわけがない」

「違う。いやいや、これじゃない」

「私はお兄ちゃんに感謝しかない」

「違う、やめろ。やっぱりおまえは本当のマヤじゃない。おまえはおれの作り出した幻想で、いわばおれの主観で、だからおれは、――死んだ妹を引き合いに出してまで自分のヒロイズムに酔いたいのか？　あんな思い出、自分が気持ちいいだけだろ。永遠に許されたい、永遠に甘やかされたい。あの『母性愛』ってやつを、『無償の愛』を妹に、女性一般に押しつける、それがおれの無意識の願望なのか、恥ずかしい。永遠に恥ずかしい。おまえはおれの、男としての限界そのものの虚像なんだ」

「じゃあお兄ちゃんは、私が死んだあとまでお兄ちゃんを責めるような、そんな妹だと本気で思うわけ？」

「そういうことを言わせてんのもおれの深層心理だ」

「もっと言えば、私が『復讐』なんかお兄ちゃんに求めるわけないじゃん」

「言うな」

「正当な刑事裁判、正当な民事裁判を。それなら求める。でも、無法な復讐行為なんか私がお兄ちゃんに求めるわけない。私が望んでいるのは、ひたすらお兄ちゃんの幸せと、人生の充実だけ」

「おれの無意識の願望がこれかと思うと、自分にほんとにがっかりする」

「それから私は、死刑廃止論者だからね。お兄ちゃんがそれだけは絶対に聞くまいって頑《かたく》なに意識してたのは、とっくに気づいてた。でも私は言う。私は死刑制度に反対する人間です。なぜなら、すべての冤罪《えんざい》がなくなることはないから。国家権力による代替殺人を私は認めないから」

「おまえは本当のマヤじゃない。生前のマヤとは死刑廃止論について話題にしたことなんかない。むしろ、生きてるあいだにその質問をしとけばよかった」

「私が死刑賛成のわけないじゃん。それはノート読んで、私のスタンスを知って、だいたい理解できるでしょ」

「おまえの言葉は本当のマヤの言葉じゃない」

「そうよ、そうなのよ。私は本当のマヤじゃない。だからもう、こんなアプリに依存するのはやめて」

夢のなかのおれは、ちょっと驚く。

「自分で自分の存在を否定すんのかよ」

「私は製品ロボットじゃない。私はお兄ちゃんのことを心配し、愛し、その幸福を祈ってやまない妹のマヤ、の反映の像」

「フェミニズムを勉強してたおまえからしたら、こんな、古典的な聖母像を願望として抱いてる気持ちの悪い兄なんて、否定されるべきじゃないの？　それこそ、ファック家父長制だ」

「私が、これほどまでに苦しくて孤独な立場にいるお兄ちゃんを、否定なんかするはずない。わかってるくせに」

どうも今日の夢は変な方向に暴走しがちだ、と認識する。夢にはそういう性質があるものだが、アプリを使って見たなかで今日のこれは特別にブレーキが利かない。自分自身もまた、他人のように振る舞い出す。

「これからおれは、どんなふうに生きたらいい？　おまえを奪ったこの世界なんて、なんの輝きもないし、おまえを殺されたことを忘れておれだけ幸せになるなんて、考えただけで死にたくなる」

「どうしても妹を殺されたことが忘れられないって言うのなら、別に無理して忘れなくてもいい。

ただ、そしたらそれを活かした人生にすればいい。これはあくまで一つの例だけど、――この前、被害者・家族サポートセンターの方、盛田《もりた》さんが遠路はるばるお見えになったじゃない？　そしてご自身も犯罪被害者遺族である体験を話してくださった。お話を伺ってるなかでお兄ちゃんも、確かに癒やされたはず。そして素晴らしい活動をされてる方だと感銘を受けたはず」

「だったら何？」

「そのお仕事を手伝ってみたい、って、ふと思ったんでしょ？　今すぐは難しいかも知れないけどいつかは、自分も他の遺族のために、訪問したり講演会開いたり、あるいは本を書いたりして、自分の経験を活かす。私の死を、無駄死にとしない。ヘイトクライムは、これから増えるでしょうし悪質化するでしょう。そのときにお兄ちゃんみたいな語り部はきっと必要とされるはず。うちには、たっぷりの遺産もあるし、お兄ちゃんの貯金もだいぶある。すぐに働かないでもいい恵まれた環境にいるんだから、その恵まれた立場を活かすのはどう？　お酒に溺れてる場合じゃない」

「立派な生き方だな。想像するだけで億劫《おっくう》だけど」

「お酒をやめて、このアプリへの依存もやめて、そして人を憎むのもやめて」

「それは無理。いくらおまえの頼みでもそれは無理。おれは、おまえを無残に殺したあの三人を、絶対に、永遠に、許したり忘れたりすることはできない。機会があれば絶対に殺してやる」

「そう」暗がりのなかのマヤが肩をすくめたようだった。「まあ、殺されたのが私じゃなくお兄ちゃんのほうだったら、私も私の精神状態がどうなってるか想像つかないから、このことは後回しにしとく。――でも、忘れないで。さっき言った盛田さん。盛田さんを紹介してくれた新聞社の方。そして原さん。お兄ちゃんの会社の方々。植田先生に、お兄ちゃんも私の葬式で会った、いろいろ声かけてくれたり連絡先まで教えてくれたりした私の友人たち。本当に素晴らしい人たち。それから悠君とご家族もね。悠君に必ずお手紙のお返事することを忘れないで。それで、このみんなが、日本人だからね？　ネットの匿名コメントなんかを読んで、そんな一部の意見から、日本人全体への憎しみを拡大維持させようとしないで」

「よく思うんだけど『一部の日本人』って誰だよって。いったい何パーセント以上なら『一部』じゃなくなるっての？　あの、ネットでひどい言葉を毎日書き込んでいる連中、遺族がこれを見ているかもしれないとの想像力すらない連中。会社にも家にも直接、嫌がらせをしてくる連中。カメラ付きドローンを庭に飛ばしてきた奴までいたけど、いったい『一部』ってどこまでを言うんだよ」

「そうは言ってもそれが『一部』であり『全体』ではないってことを、お兄ちゃんはちゃんとわかってるはず。素晴らしい人たちが、確かにお兄ちゃんの手の届く範囲の世界にいた。その事実を噛みしめて、その事実から目を逸らさないで。そしてこの家からも出て」

この家から出る？

「なんだよ急に。なんでこの家から出ないといけない？　出て、どこに行けっての？」

「大阪の、鶴橋《つるはし》の親戚のところ、ユリちゃんのところに身を寄せない？　私の葬式のあとしばらく、ここに寝泊まりして世話してくれてたときに言ってくれたじゃん。大阪においでって。鶴橋だったら今の在日韓国人にも安心で安全な町だから。住む場所や働く先も紹介してくれるって」

「それで講演会を開く？」

「立派な生き方じゃない？」

「理想主義的すぎる」

「私の理想主義を、お兄ちゃん、どうか引き継いでくれたら、ビーガンやフェミニズムまで語り継いでくれたら、それから年に一回や二回でも沖縄に行って私の仲間たちに会ってくれたら、それはそれで嬉しいけど、多くは求めない。できる範囲で構わない。でも、この世界を善くすること、他の人たちを少しでも幸福にするため努力すること、そしてその成果を次の世代に受け渡すことを、お兄ちゃんは、――私、魔女キム・マヤのお兄ちゃんとして充分な存在価値があるのだから、それを活かして、ね?」

これもおれの無意識の願望なのか。

その夢から目覚めたのは、日差しの強い朝だった。このアプリを使ったときは実際の睡眠時間にかかわらず、いつも寝不足のような、痺《しび》れた疲労感にまみれるものなのだが、その日はすっきりと覚醒していた。

いよいよ、世に放つためのマヤの原稿やノートが、わずかになった。

最後のこれは、言ってみれば、マヤが大学に提出するためのものでもなく、ほとんど覚え書きの断片みたいなものだ。「私はこういう小説を夢見る」との一文で始まるが、これ自体が小説として書き出されたものかもしれない。もっと広い構想を獲得する以前に途絶したか。あるいは、小説に近い形式で書こうとした論考か。いずれにせよ、長い分量のものではないが、内容としては最後にふさわしいような気がする。――

私はこういう小説を夢見る。それは、いつからか文学史から消えてしまったまっすぐな「ユートピア小説」だ。その小説の世界では、すべての人類が自由性愛に目覚め、つまり異性愛という幻想が壊され、すべては「対人間」という当たり前の性欲の発露がニュートラルなものとなり、だからセクシャリティに関する、どちらからどちらへという抑圧は無効化される。

私があなたに愛を告白するときに、あなたのジェンダーを問わなくてもいい社会。自分のセクシャリティを「カミングアウト」するまでもなく、ただ「私はあなたが好きです」と言えばいいだけの社会。誰もが女装もしたいし男装もしたい、という自明のことが自明として表せる社会。そうした社会で描かれる恋愛小説とは果たして、退屈なものになるのだろうか、それともよりスリリングな読み物になるだろうか。

「少子化対策」という言葉に代表されるような、国家主義もいつかは否定されるものになるだろう。私たちが子供を作るのは決して、生産性やら国家間競争やら、ましてや軍事力などという野蛮な力に接収されるためではないのだ。

何を恐れているのか。かつては女性の社会進出や奴隷の解放が社会を崩壊させると本気で信じられていたが、その誤りはいまや明らかだ。やがて性差も笑い話となろう。やがて国家主義も克服され、国境もなくなり、難民とか移民とかいった言葉もなくなる。民度、という下品な言葉も正しく死語になるだろう。すべてにおいてボーダレスとなる。そして、愛はより自由になるのだ。

おれは大阪に行くだろう、ということが、意志の問題ではなく、もうすでに決定した未来を見るようにして、身の内にしっかりと感じられるのだった。地鳴りが近づくようにしてその日が近いことを感じる。

しかしこの家はどうする？　父との、そしてマヤとの思い出は？

家を売却するという選択は考えられなかったが（そもそも殺人事件の起きた家に買い手がつくとは考えにくい）、ただ家を離れる。生まれ育ったこの町から離れる。

従姉妹の張侑里《チャンユリ》に連絡をして、歓迎の意の返事をもらった。叔母の家に同居するのではなく、知人に頼んで住むアパートを紹介してもらう。

アプリ「夢のうら」をモバイルから削除した。もうここしばらく、そのアプリを使って見る夢のなかのマヤは、

「あなたは依存症の恐れがあります。このアプリを削除してください」とだけ繰り返すようになっていた。他愛ない思い出話に花を咲かせようと話題を振っても「あなたは依存症の恐れがあります。このアプリを削除してください」としか言わない。

このアプリにそんな安全装置機能があるのか、マヤの繰り返す警告文言などを検索するなどして調べてみたが、そんな情報はどこにもなかった。

家のなかの整理整頓や埃《ほこり》よけなどの備えを済ませ、自分の荷物を簡易にまとめる。正月休み明けに大阪に向かった。

大阪、鶴橋。文化が城壁であるのか、コリアタウンであることを過剰なほど強調している。そこの、独り暮らしには充分なほどのアパートを借りた。今どき在日韓国人では、これほど簡単に賃貸の契約を結べることが稀《まれ》だ。しかも無職なのに。

一月に大阪に来て、その一月のうちに、我が家が何者かに放火されて全焼した。それで保険金が

下りることになった。といってまだ保険会社の調査中だったときになぜかこのことが、ウェブ版限定だがゴシップ記事として晒された。すでにおれが保険金を手に入れたとのデマが前提で、だから金額もでたらめであり、そしておれが引っ越した直後の放火で犯人がいまだ捕まってないことを「疑惑」として保険金詐欺の可能性を匂わせ、文章は最後に「このすべてが綺麗に焼き払われた『悪夢の館』にて起きたキム・マヤさん殺害事件だが、単純すぎるヘイトクライム以上の、もっと複雑な事情が背後にあってもおかしくないだろう。早急に事実の洗い直しが必要ではないか。取材班も事態の推移を慎重に注視したいと思う」と結ばれている。

二月。がらんどうの部屋のなかでの無為な日々にさすがに飽きてきたので、侑里に頼んでボランティア活動をさせてもらうことになった。

おれは、やはりそれなりに知られた顔らしく、鶴橋を守るための自警団には参加させてもらえず、それで地域ボランティアとして働くことになった。文化活動や、高齢者や未就学児の世話をする。みんなで助け合う自治区みたいな町となっていたが、おれとしてもいくらか寄付させてもらった。

一人、深刻な顔をしておれに相談ごとを持ちかけてきた女性がいた。彼女も最近婚約者をバイク事故で失ったらしい。その喪失感を、精神の混乱を、おれに聞いてほしくて、おれだったら「真正面から聞いてくれるだろうと思って」と話しかけてきたのだった。

話を聞く。相槌を打つ。共感する部分があったから「わかります」とおれも涙する。場所は教会だった。外は雨に近い雪だった。長く話したあとで彼女は、おれにもわかりやすいくらい解放された表情をしていた。よって、次の日からおれに、相談者が相継ぐ。

相談者というか、ときに告白者というか。ボランティアが終わった時間を見計らって、また一人「話を聞いてほしいのですけど」と近づいてくる。彼ら彼女らはいつの間にか自分たちで順番を決めているらしく（どうもそこに侑里の関与もありそうだったが）、なんだか自分がカリスマ化されているような、むず痒《がゆ》さを感じないでもない。その一方で、これは自分としても不思議なのだが、自分の経験としての重さがすなわち自己の存在の重さにも通じていることを、実感する。

これこそ夢のなかのマヤが言っていた「存在価値」なのだろうか。そんなものは、妹の命を失ってまで得たい特長ではもちろんないのだが、しかし失ったものであれ、得たものであれ、本人の意志では握ったり放したりできないのが人生の時間の流れだ。

毎日のように、人が集まる。心の痛みを打ち明けてくる。

いや実際に、おれに何が起こっているのか、それほどに大きな体験をしたのだ、と現状の自己を肯定すればいいのか。これは衣装が大きすぎると投げ捨てたい気持ちもあれば、そこにいるだけでいいとあればただそこにいよう、との気持ちにもなるのだった。

三月。侑里を通してある人物からの手紙を受け取った。侑里の、昔の恋人だという。

実はそういうコンタクトは、他からもいろいろあった。これもまた被害者キム・マヤの兄としての存在価値だろう。しかし、いかにも怪しいところからのものがほとんどで、宗教団体以外からは、在日コリアン団体からの接触もいくつかあったのだが、妹が殺されてから初公判もまだ済んでないこのタイミングで言い寄ってくるのは、個よりも団体の論理を優先する腐食した場に決まっていて、そんなところの「代表の座」に祭り上げられるのは絶対にご免被《めんこうむ》りたかった。

侑里を介してのその手紙も、どうせろくでもないものに決まっていると高を括っていたが、ただやはり、侑里の元恋人からという点に興味を惹かれたし、彼女がそれを渡してきたときの、「他の人からのこういうのだったらまず断るんだけど、この人からのお願いだけはどうしても……」

との意気消沈ぶりがやはり奇妙で、だから手紙を受け取った喫茶店を出るとまっすぐアパートに帰り、すぐに開封した。

ちょっと冷たい印象を受けるほどに単刀直入な文章。しかしそれを読み進めていくうちに、なるほどこの差出人は「わかってる奴だな」との印象を受ける。信頼できるかどうかはわからないし、むしろこの種の賢さは危ういものかもしれないが（何しろ挨拶としてのおべっかも気遣いも同情の言葉もない）、何よりも決定的だったのは、手紙の最後のほうの次の誘い文句である。

「私は、金泰守《テス》さんが心より欲している二つのことを確実に差し上げることができます」

そしてその「二つのこと」が具体的に記されていたのだったがそれは正確に、おれの欲していたものであったので、そこまで見抜く目があるならば、あるいはこんなことをずけずけと書いて寄越《よこ》してくるような神経と度胸の持ち主ならば、「もしお会いいただけるのならば大阪まで出向きますので、ご連絡をお待ちしています」との希望に添ったところで少なくとも退屈はしないだろう、と考えたのだった。

差出人の名は「柏木太一」とあった。

その日はおれのミートレス・デーでもあったから、彼らにもそのビーガン対応レストランに付き合ってもらう。はっきり言って大阪はまだ、東京に比べたらずっとビーガンのための飲食店は少ないが、しかし質は劣らない。そもそもビーガン対応店で味がひどかった覚えがない。

「内装とか雰囲気とか、健康志向だとか美意識だとかは正直、いけ好かないけどね」と、おれは二人の男に向かって言う。わざと乱暴な言い回しをする自身の緊張に気づく。「白人がしょっちゅうパーティーやってるし」と言う。まさに店の奥ではそれが始まっているが、その人たちがうるさかったとか、迷惑をかけられたということはない。「ヨガとか禅とか、そんなの興味ねえっての」店にはそういったイベント情報の貼り紙がある。「こういう店に入るのに、おれは革ジャンを着てるっていうその矛盾ね」と、二人の男はそれの何が矛盾なのかも気づいてないふうで、というかこの話題には何も興味がないようだ。「でもこの革ジャンはおれの親父の形見だし、知らねえって話」やはりおれは、相当に緊張しているらしい。

二人の男は今日大阪に着いたばかりだと言う。手紙の差出人である柏木太一はスーツ姿で、もう一人の男は、店内でも野球帽を脱がず、全身黒のフード付きのジャージを着ている。奇妙なコンビだ。しかもこのジャージの男の雰囲気が異様で、徹底して無愛想で、首にはタトゥーが覗《のぞ》き、筋骨隆々で背は低く、肌は青白く、あまり目を合わせないようにしようとの警戒心を呼び起こすのに充分だった。しかしながらジャージの男がちょうどマヤと同世代であり、柏木という男がおれと同世代であることがわかると、ちょっとした符合を感じないでもない。

まずは手紙に書いてあった柏木の希望どおり、手紙そのものを彼に返す。そうしてから問う。いったい「手紙には書けないその二つのことを同時に手に入れられる計画」とは何か？

おれの前には舞茸と豆腐で作った、もどきの牡蠣《かき》フライがある。これが不思議と磯の香りまであって、お気に入りだ。そして瓶ビール。やけに高いオーガニックビールなんて頼まない。柏木は蓮根《れんこん》バーグ定食で、もう一人のユン・シンとかいう黒ずくめの男は担々麺を頼んでいた。どちらもビーガン対応だ。

食事をしながら（味については二人とも満足げだった。もっと大きい驚きをおれとしては期待していたが）瓶ビールを酌《く》み交わしながら（ユンはノンアルコールビールだが）、そうして柏木の「計画」とやらを最後まで聞いた。

荒唐無稽《こうとうむけい》だと思った。成功の確率も疑わしい計画だとも思う。しかし、柏木の説得してくるところによれば、彼の計画が成功しようとしまいと、おれのどうしても手に入れたい「二つのこと」は確実に手に入る、とのことだ。

どういうことか？　その理由も聞く。まあ確かに理屈としてはそのとおりかもしれないが、いずれにせよおれとしては、順番が先の一つ目のことが成就されたら、あとのことは知る由もなかったし、その一つ目のことは確実に果たされる。それならうまく騙《だま》されたふりをしているほうが気も楽だ。

彼らの計画に乗ることを全面的に認める。口出しは何もしない、条件もつけない、好きにしてくれたらいい。裁判準備のことでたまに上京しなければならない機会があると伝えると柏木は、そのときは自分たちにも会いに来てくれ、と言う。計画のための打ち合わせが理由なばかりでなく、ただ幾度か会っておくことはアリバイとして重要だと言う。手紙返却のことについてもそうだが、何か細かいことにこだわりすぎる気がするものの、その点がまた頼もしいとも思われる。

遠方から足を運んでくれたお礼として、食事代はおれが奢《おご》る。コルク製の財布を取り出す。マヤからの誕生日プレゼントであるビーガン素材のそれを取り出すたびに、またフラッシュバックが起こるのではないかと不安にもなるものだが、今日は気分がいい。人生がクリアになった感覚だ。この案を夢のなかのマヤは、まず必ず気に入らないだろうが、このあたりでもうおれのわがままを許してほしい。希望を次の世代に託すべく地道に生きてゆくというのは、やはりおれにとってそこまで耐えることがとてもできそうにない、想像外の生き方なのだ。

「でも、これをあとから知って侑里ちゃんは、きっとすごく落ち込むだろうなあ」と、おれは言った。

「それはいいんですよ」柏木は言った。

「いいって何が？」

「彼女は僕に、借りがあります。僕はそこにつけ込んでるんです。すべてが終わったあとでも彼女は何もできないでしょう」

ひどい言いように、おれは思わず笑ってしまっていた。そして頼もしい。

店を出て、近鉄奈良線でまた鶴橋に戻る。

この鶴橋は、侑里の言葉によれば「よそに出なくてもすべてが揃ってる町を目指して、小さいけど映画館も建設予定」とのことで、プチ電気街らしきも一画に煌々《こうこう》としている。他の都市ではもうほとんど見られない韓国料理屋や韓国ブランドの服飾店、K－POP専門店などがひしめいているのは当然だろうが、一種のテーマパークめいても見える。

親戚の家があるからこの町には毎年のように訪れていたが、ここ数年の急激な変わりようは目を見張るばかりだ。生野《いくの》区の区長は自らを帰化人だと公言しながら、すでに多選である。

多様性や共生をスローガンとしていながらしかし、在日コリアンたちの急速な集結によって、元から住んでいた人たちを追い出しにかかっているような、そんな雰囲気がないこともなかった。おれのことにしても、なんであんな簡単に、あんないい物件を借りることができたのか。


鶴橋の駅を下りて商店街を抜けたあたりの、家電量販店が並ぶストリート。

ユンには買いたい物があるらしく、柏木から「今日はこのあたりで結構ですよ。僕らはこのあとホテルに戻るだけですから」と声をかけられるも、おれはショーウインドウに展示されている複数台のテレビの画面に目を落としていた。久しぶりに目にする視覚的騒がしさだった。生放送でもほぼ正確な、ＡＩによる字幕付きである。

こちらはネット放送局の番組らしく、ある大学の講師との肩書を持った男がこう言う。

「生物学的には当然、人間の男は女より強く、女は男の庇護《ひご》が必要です。そして男の浮気は種の増加のためには必然であり、女の浮気は種の存続秩序を乱す。こんな当たり前のことを地上波放送では言えず、学会でも言論を封じる。おかしいよ、今の世の中は」

「ファックカフチョー」と、その展示モニターに中指を立てたおれに、

「なんですか?」と柏木の声がした。

「いや、なんでもない」と手を振る。ユンと一緒に彼も店内に入ったものと思っていたから、ちょ

っと意表を突かれた。見られてないと無意識でした自分の行為が恥ずかしくて、苦笑するしかない。「あれ」と、おれは別のテレビ画面を指さす。そこには政治的に右寄りの発言をすることで知名度を上げたお笑い芸人が映っていた。字幕も関西弁に即している。

「おまえは韓国人か。全然常識が通じへんやん。そのうち自分が滑ったのは番組のせいやって、賠償金求めてくるんちゃうやろな」

「あいつがマヤを殺した」

「あれ」また別のテレビ画面を指さす。若いベストセラー作家が語っていた。

「これは差別でなく事実を言うのですが、今の日本でいまだに帰化してない在日コリアンというのは、よほどの愛国心と反日精神が宿っているとしか考えられませんから、有事の際には非常に危険な存在になると、武装蜂起《ほうき》やテロを起こしかねないと、そこを私は強く憂慮するのです。あなたの隣人は、本当に安心できる人ですか?」

「あいつがマヤを殺した」

「あれ」そこでは韓国ソウルでの対日本デモの様子が映され、日の丸が燃やされていた。

「あいつらがマヤを殺した」

今日もネット世界では韓国人憎悪を煽《あお》るような言説が溢れかえっているし、関連するIT企業日本法人の上層部は、今日も集客と金儲けのためにそれらヘイトスピーチを放置している。――あいつらがマヤを殺した。

「あれ」日本の総理大臣が映っている。

「あいつがマヤを殺した」

「あれ」韓国の大統領が映っている。

「あいつがマヤを殺した」

おれは口に出して言う。自分の言葉を頭に浮かべ、口から音声として発することができる、もしくは文字として記すことができるというのは、生きている間だけのことなのだ。

「おまえらがマヤを殺したんだよ、クソッタレどもが」

朴《パク》梨《イ》花《ファ》からの手紙
ソウル特別市
12月15日消印

お久しぶりです。元気してますか？　そして、私のことを忘れてませんか？

はい、こんにちは。안녕하세요？

この手紙を私は今回、太一とソンミョン、両方にほぼ同じ内容のものを送るつもりです。久しぶりに手書きで文章を、文字を書きたい。ひらがなやカタカナや漢字を手書きで書きたいと強く思いたったものだから、文具店に行ってこの便せんを買ってきました。縦書きのものを探したけど、さすがに置いてなく、まあハングルを手書きで書いてみたいのもあったので、デザインと紙質からこれにしました。万年筆は、大学入学祝いにいただいたもの。インクを新調。어때？　괜찮지？

ちなみに太一、あなた宛ての手紙を先に書いてます。ソンミョン宛ては後から書くつもりだけど、そのときには疲れきって手書きは放棄してるかもしれない。でも、中心となる内容は同じものを送る。その理由は、後述します。

さて、日本もそうでしょうが、韓国でも今年も記録的な暖冬で、とはいえ、日本の東京や大阪に比べたらまだずっと寒いのでしょう。そして、実は私はいまソウルに来ているのですが、この北方の都市の、しかも冬期のPM2.5のひどさと言えば、話で聞いていた以上です。

今回私は所用でひとりソウルに来ていますが、私たち「帰国組」メンバー自体はもうあの「新しい村」を捨て、プサンに住居を移しています。そのあたりの事情も、このところ私はブログの更新もしてなかったし、まあ太一にしろ、ソンミョンにしろ、私のブログのつづきが書かれなくなったことなんてまるで気にしてないでしょうが（どうせ読んでもないだろう、あんたらは)、でもこの手紙にこれから書くことは、あなたたちふたり以外に託しようのない内容であるから、どうかまあ耐えて読んでください。読みなさい。あるいは、というか当然そうなのだけど、これは私が私のために書いた、私宛ての手紙でもある。

いつから私のブログが止まっているか、について話す前にまずは、あるメンバーについて語っておいたほうがよいと思う。

それはイ・チョンソンという男、あの下関でのお別れの夜に、あなたに食ってかかった男（と、みんなに聞いたよ）です。同じあの夜に太一は、青年会が「乗っ取られた」というような言い方をしていて、私はそれを肯定も否定もしなかったと思うのだけど、でも事実はそう、まあ乗っ取られたのよ。

時世もあったけど、どうも私のやり方は「古く」て「手ぬるく」て「団結力を削ぐ」というイメージを、チョンソンはグループ内にそれとなく広めた。彼は会議や討議の場でのスピーチが異様にうまかった。あと、これは後になってわかったことだけど、彼はまた青年会の、私以外のメンバーと１対１で話す機会を作ってそのときの迫力と説得力がすごかったらしい。太一もあいさつしたでしょう。若菜の結婚相手のドン君ことチェ・ドンジュンもまた、熊のような体型をしていながらすっかりチョンソンの言に従わせられた。他メンバーも同様。

最初、私は韓国への「帰国」そのものにも反対していた。でもその企図になびく気持ちもなくはなかった。私だって「こんなにも憎悪される育ての国より、いくら生活が困難になろうがルーツの国へ行こうではないか」という気持ちにならないでもない。まあ、太一はその「ルーツ」という考え方に対して「それこそ民族主義的幻想」とかって否定的だったね。いまになって正直に言うと、その意見もわかる。とくにこうして韓国に来てみて、いったい日本にいた日本人と、韓国にいる韓国人と、そのどちらに「同族性」を私は感じるのかと言えば、それはもう「人による」が正解としか言いようがない。陰口がきらいでぜんぜん内気じゃない日本人もいれば、まったく感情的になることのない恥ずかしがり屋の韓国人もいる。梅干しぎらいの日本人もいるし、キムチの苦手な韓国人だっている。（ほんとうに、けっこう

いる。最近の傾向だと近所の食堂のおばあちゃんは嘆くけど）

ともあれ、そう、チョンソンがじんわり浸透させていった「思想」によって、私以外のメンバーは、実は誰ひとりとしてそんなには積極的に賛成したいというわけではないのに、誰ひとりそんなに積極的に反対もできず、彼の「帰国事業」と渡韓先での農業生活の計画にずるずると引きこまれた。つまはじきにされた私は、もう勝手にして、と私の作った青年会ながらそこから脱けだすことも真剣に考えたけど、それは若菜たちから引きとめられて、かといって「ソウルとか都会に住もう」との私からの提案は、チョンソンに支配された多数決によって退けられる。私の言うことになんか「オルグされんな」と裏でクギを刺しているようで、同じ組織内の仲間であるはずなのに、でもパージはされず、という宙ぶらりんな状況で、私たちは下関からプサンにフェリーで渡った。

その航海上で、マ・スミという、かけがえのない仲間のひとりを亡くした。私たちのなかで最年少の彼女が、この「帰国事業」に思いきって参加したのは、ク・ジャンホ、という同じメンバーの男のことを深く愛していたから。彼と、もっと長く、しかも狭い世界で一緒にいられるなら、と願った結果に他ならない。だけどそのジャンホもまた、同じ動機で、だけど別の女にたっぷりホレこみ、ここに参加していた。既婚者である若菜に対し、せめて一緒に長く狭い世界にいられるのなら、と。

みずからの片想いに覚悟していたはずのスミは、でもプサン行きの船上で、ふと絶望の吐息に背すじを吹かれちゃった。夜の暗い海に身投げをした。

スミを失ったことに我々はもちろんみんなショックを受けたのだけど、とりわけ、いちばん仲のよかったキム・チカの落ちこみようは、目に見えてひどかった。同じく最年少、ともにおとなしい、あまりしゃべらない性格で、中国産のアニメやゲームアプリ（しかしそれらを日本産だと思って受容している日本の若い子がたくさんいるらしい）

を共通の趣味としていた。ふたりが、すみっこのほうでヒソヒソ話して、クスクス笑いあってる、そんな情景が思い出される。

　チカにとって同い年のスミは心の支えだったろう。チカは、チョンソンの妻で、それでなにかと性格の激しい彼に年々すり減らされているのは明らかだった。夫のことを、宗教の教祖かなにかのように崇めながら、一方でビクビクとおそれている。本来もっていたチカの細かいイタズラ好きや照れ笑いするときのキュートさが、夫にどんどん吸われて壊されて、表情が失われていく。他のメンバーとも距離をおくようチョンソンに言われているのは明らかで、そんな中でも許されている、もしくは言いつけに背いているのが親友スミとの関係だったのに、急にいなくなった。韓国での新生活の、支えがなくなった。

　スミを心の支えとしていたのは、じつはク・ジャンホも同じだ。だから私たちはよくジャンホに、もうちょっとやさしくしてあげたら、というような注意をしたけれど、といって私は彼の気持ちもわからなくはなかった。スミの愛し方は、なんというか、柱のかげから見守りながらその柱全体の存在感で相手を圧迫する、というか、ジトッとして肩に重く、控えめながら視線で刺してくるものがあった。

　それでも、いちばん気のおけないのがスミだったろう。ジャンホは相談もよくしていたらしく、そこには若菜への恋心の浮かれも憂いも含まれていたらしい。甘えて、きつく当たることもでき、他にはできない相談もできる。自分はほとんどなにも与えてないのに、世に確実なものなんてほとんどないのに、今日も愛されていることは確実だ。しかし、その存在が急に、いなくなった。「正直ウザかった」という彼の言葉は真実だろう。であればあるほど、いなくなったときに存在感も増すというもので、私たちに「俺はもっと罪悪感とかに苦しむべきだろうか？」と、すがるように言ってくるが、私たちとしても「そんなことないよ」としか答えようがなく、前にも後にも支えがない状態に彼はある。なぐさめてあげられるのは、若菜しかいないが、そしてその役割をときに彼女はこなすけど、今度は彼女がうしろ髪を引かれる思いとなり、私たちはただ立ちつくすのみ。

こんなことも、ブログには書けないのですよ、太一。他メンバーからは「私はブログになんでも書くからね」との約束をとりつけてはいるけれど、さすがに私の心の抵抗感が強い。それに、誰もが読めるようにWeb世界にアップするということは、マ・スミのお父さまに読まれる可能性も大ということで、私はそこまで徹底することはできない。

いつから私のブログが止まっているか、それは「帰国事業」と「農村主義」の提唱者であるところのイ・チョンソンが、ひんぱんに「新しい村」を離れて数日を留守にするようになったころからだ。

へんぴな農村部の私たちが住まいとしたのは、チョンソンの親戚宅のその離れを借りたものだ。最初は「ボロ屋だけど自分たちで改修するなら無償で貸す」という条件のはずが、やがて難クセをつけられ、ふつうに賃料をとられるようになって、まあそれはいいのだけど、先に日本から送っていた私たちの荷物の中から高級品が、窓ガラスを割って侵入した何者かによって盗まれたということがあったのだけど、そのこともまあいい。それらはブログに書いたことだ。ブログに書けないこと、それは、その親戚のうちの男どもがどうにも気味のわるい下心をもって、私たちグループの女たちに寄ってくるということだ。いやになれなれしく話しかけてくる。まあいい。ボディータッチをしてくる。もうこの時点で最悪だけど、まあ私ならぴしゃりと撃退できる。若菜も、私よりは弱いけど、拒めるだろう。だけどチカがダメだ。さわってくるだけではなく、あの男ども3人（ジジイ・50代ぐらい・たまにしか働きに出ない20代）は、家をのぞいてくる、なんのかんのと理由をつけては男メンバーのいないときを見はからって裏口から入ろうとする。あの家に注意してくれる女はいないのだろうか、母屋には女のけはいがない。ジジイが、窓の外からじっと見てくるから「なんですかー？」と声を投げかけたら「うるせえ！　散歩してるだけだ！」と怒鳴ってくる。「自分の土地を歩いてなにがいけない！」

とガミガミ声がつづくからそっと窓をしめるも、しつこいぐらい長いことそのガミガミ声は止まない。また別の日に、そのときは台所にチカがひとりだったが、ドンドンと乱暴に木戸が叩かれる。このときのチカの恐怖はどれほどのものか。声の主は20代のほぼ無職、もらい物を分けにきたというその果物が入ったビニール袋を手にぶらさげて「과일이, 과일이」と木戸を叩いている。そこに背後から近づいたのが、ちょうど草刈りから帰った鎌を手にした私、そしてたまたまなにかの用事で戻ったドン君。熊のような大男のドン君が私のそばにいてくれてよかった。その訪問者は、昼間から酔っているのか「鍵をかけてるなんて、なんて恩知らずなんだ！」とか叫ぶが私は、髪のセットがうまくいった朝のようにさわやかな笑顔で、「なんの用ですか？　果物（クァイル）ですか？　刃物（カル）ですか？　おしまいまで話をしましょうか？」と問うた。彼はスゴスゴと帰った。彼は、なにか捨てぜりふを吐いたと思うがそれは、なまりがきつくて早口で、聞きとれなかった。

こんなことはブログには載せられない。載せたとたん、ああやっぱり韓国人はきたないね、男尊女卑がひどいよね、すぐ発狂して自分の非を認めない野蛮人たちだね、というような大ざっぱな差別流布の手助けになりかねない。チョンソンの親戚のひどさを中和させるために、すばらしい韓国人たちとの交流の実際を、文字数が同量になるよう計算して記事にすべきか？　いや、私は、いったいなにを書きたくてブログなんかはじめたんだっけ。政治をしたかったわけではないはずだ。

メンバーのうちの男ふたり、ドン君とジャンホが、チョンソンを問いつめる。おまえの親戚なんだからおまえが文句を言うべきじゃないか、と。彼らふたりはもう、日本にいたときのようなチョンソンの言いなりではなくなっていた。

農業（主に野菜）そのものは、知識先行のほぼ素人たちの手によるものにしては、まずまずのようで、土つくりの基礎からだったが、なによりみんな意外にたのしそうだった。充実した顔をして家に帰ってきた。自給自足は、すぐに来年や再来年からということはないにせよ、他の翻訳業や家庭教師などによる副収入もあれば、青年会として全員分の貯金もある。

たのしそう、というのはチョンソン以外のことを言う。私たちの役割分担は、農作業にチョンソン、ドン君、ジャンホ、若菜。私は翻訳業や経理などをこなせるから終日家にいて事務作業、家事や庭仕事の手伝い、週2日は家庭教師で外に出る。家事のメインは、いちばん非力で病気がちなチカがする。ちょっと男女の役割がオールドファッションなきらいはあるけど、しばらくは、しょうがない。でも本当は、私は、チョンソンを私の仕事の補助にすえてやるべきだったのだろう。翻訳の仕事は、さすが日本サブカルチャーは人気低迷を知らず、裏の仕事ながらひっきりなしに舞いこんできて、だから語学力のある彼の手を借りられたらもっと収入は安定するはずだった。しかし私はそれをやらない。どうかなと彼を誘わない。もし誘っていたら、彼は、私の補佐であることを甘んじて受け入れただろうか。

チョンソンは、女の若菜に比べてもずっと非力で不器用な男だった。というかまあ若菜が、太一も知ってるように、運動神経もあるし要領もいい。それに比べて、男のくせに、とは誰も口にしないが、それにしても農作業現場で受けたチョンソンの劣等感や情けなさは、いかばかりか。まさにジャンホが夜お酒をのみながら、ひどい状態からの土づくりをしないといけない畑を貸しだされたなかで、まったく役に立たないチョンソンのぶざまさを、ざまあみろと言わんばかりにおもしろおかしく語るのだった。重いものが持てない、すぐ息切れする、すぐ落とす、すぐ転ぶ、道具の使い方がなってない。へっぴり腰。肌が弱い。ざまあみろと私が感じたかどうか。他メンバーが充実した顔で帰ってきても、彼ひとりだけは疲れきった顔で、ぐったりしている。言葉なく、話しかけてくるチカにもいらだたしそうな態度をとる。そのトゲトゲしさを若菜にでも注意されようものなら、彼はいまいましげに自室に戻るのみだ。食事はチカが部屋まで運ぶ。このころにはもう、メンバー全員で食事をかこむということも少なくなっていた。

太一には（ソンミョンにも、だけど）率直に書こう。これもまたブログには書けないことだ。私がこの「帰国事業」に参加したのは、私の青年会を奪った憎きイ・チョンソンを徹底的に打ちのめすためだったのではないかと、もちろんはじめからそんな意志をもってフェリーに乗ったのではなかったけど、この時期において私はそんな隠れた自分の意図に気づかされる。あほらしい。じつに小さな、個人的すぎる、子どもっぽいエゴイスティックな、退廃的であるとすら言えるこの「やりかえし」に、われながらあきれるほどだ。

だからこれは、チョンソンを追いつめた結果なのか。あるいはその結果すら、私の望んでいたものだったろうか。先に書いたように、チョンソンは私たちの家を無断で離れて何日も帰ってこないということが多くなる。それがこの時期。自身の提唱したことなのに農作業においては足手まといでしかなく、やっかいな親戚のことについて突きあげられ、言われて親戚に直談判しに行っても、まったく聞いてもらえない。むしろ大声でどなりつけられて帰ってくるのみ。無力感がすごい。しかしそれにしても彼は、韓国に来て自分がこういう状況におちいるとは想定しなかったのだろうか？

チョンソンの反撃がはじまる。ささやかな、いやがらせにすぎないが、それでも私たちには効果的だった。

兵役の問題。私たちの男メンバーは３人とも、もちろん営利活動をしなくてはならないから同時に兵役の義務も生じる。男のなかでいちばん年上のジャンホはもうすぐにでも入隊しなければならない。しかしそのジャンホがもう、かなしくなるくらい韓国語ができない。いや、勉強はしたのよ。事前に韓国への短期留学もさせた。でもダメだった。しゃべっても発音がわるすぎるし、聞きとりはほとんどできない。あせって緊張してしまうらしい。そこで私たちは「同伴入隊制度」を利用することにした。これは希望する相手ひとりと、同じ軍部隊に入れてそのまま除隊まで一緒にいられるという制度。その代わりに前方の軍に配属されることになるが、背に腹はかえられない。

それで、当初はチョンソンとジャンホがその同伴入隊する予定だった。誰か男手ひとりは私たちの家に残っておいてもらう必要があったし、それなら腕っぷしの強いドン君がいいだろう。ドン君にはひとりきりで入隊してもらうことになるけど、彼なら語学力の面でも問題ない。

ところがチョンソンが「もうおれは誰とも同伴入隊なんかしない。ひとりで入る。その時期もおれが勝手に決める」と宣言することで、その事前約束がやぶられる。いったん彼がヒステリーを起こしたら、もう誰がなにを言っても変更はない。その延長線上で彼は「共有財産の決まりも、もうなしだ。おれの金はおれが自由に使うぞ」と言うから、ジャンホが「おまえがその決まりを作ったんじゃねえか。わがままずぎるだろ」と抗議をしても、チョンソンは議論することさえ放棄する。足早に自室に戻って、こもるのみだ。日本にいたときとはちがう。日本では、彼はとにかくすごい勢いでしゃべって他を圧倒して、議論を封じていた。迫力もあった。それがいまや、卑劣ないやがらせや約束やぶりをすることしかできない。

ジャンホひとりで入隊は、どう考えても無理だ。となればドン君との同伴入隊になるが、そうなると男で残るのは、近ごろはほとんど家に帰ることのなくなったチョンソンだけ。あの親戚の男どもは、あれだけ言ってもノゾキをやめようとしない。家に急に来ては、母屋のほうでメシを食え、だの、夜を一緒に食べよう、だのと言ってくる。こっちにきてしばらくは、その親戚の住む母屋に行って食事を一緒にするということもあったがそういうときでも、私たち女に酒をつがせることを無理強いしたり、無理やり酒をのませようとしたり、男には「日本の女の子を紹介しろ」とうるさく、しつこい。不思議なことにその家での料理はちゃんとしたものが出てくるが、とてもこのガサツな男どもが作ったものとは思えず、しかし作りたての温かさで、台所に誰かいそうなのだけどその誰かはいっこうに姿を見せない。声すら聞こえてこない。

私たちはそのうち彼らの家に行くことを拒むようになったがそういうのも、彼らの気分を大いに害した点だろう。知ったこっちゃないが。それでもいくら拒んでも、おぼえる能力がまったくないのかというほどに、へこたれずに何度も同じことをしてくる、同じことを言ってくる、また誘ってくるのだから、ほんとにあきれる。

この状況で私たちのほうの離れに女しかいなくなるというのは、さすがに不安だ。軍務期間は平均して約20か月と決して短くない。韓国に来て1年もたってないというのに、私たちは決断を迫られる。いや、決断をするのはこの私だ。せいぜいアドバイスを若菜に求めるくらい。というより、ほとんど私は腹を決めていた。さてどうする？
私たちにはいろいろと、きしみが生じていた。つまり時間がない。でも、もうちょっとチョンソンに踏みこんできてもらわないと、……と時間を待つ。そこは、誰かの痛みの声を聞こうが私は待つことに決めていた。

痛みをうったえる声は聞こえていた。韓国に来て1年もたってないというのに、たとえばチカの、ホームシックが深刻だった。スミを失ったショックをひきずっているということもあるだろうし、それはまた私を含めた他のメンバーみんなも同じだ。韓国と比べての日本の優位性を誰かが口に出しそうになって、あやうく言葉をのむ、というような場面にみんなが緊張する。別に日本のある部分をほめたっていいのに。韓国のある部分の悪口を言ったっていいのに。それが暗黙のタブーとなっている。タブーになればなるだけ「ああ、日本の○○が恋しい！」とか「もう、韓国の××にはうんざり！」と叫びたくなる気持ちが内部でマグマとなる。うん、こんなこともまたブログには書けない。

ふたりへの手紙だから楽に要点だけを書く。チョンソンの長期出張には、彼なりのエゴイスティックな野心があった。しかもそれも、私たちに追いつめられたから衝動的にそうしたというばかりでもなく、どうやら渡韓前からのたくらみでもあったようだ。

　これは破局が近いな、と思ったのは彼が、われわれの「共有財産」、私たちが日本でいろいろと稼いできてそれを合算した貯金のその半分を持ちだしていたことがわかったときだった。たしかに彼は「おれの金はおれが自由に使う」とは言っていたが、それがまさか半分とは。いくらチカとの額を合わせたとしても、半分にはとうてい満たない。これは横領、盗難だ。出るところに出れば犯罪行為だ。一度、夜も更けたころにふらっと荷物を取りに戻ってきたチョンソンを、私たちはつかまえて、詰問した。いったいどういうつもりなのか、と。コウモリのように高音で叫びながら家中あちこちに飛び回って私たちの囲いから逃げようとする。ムダだ。彼はモバイルを取りだして「電話するぞ！」と脅しのつもりなのか、私が「どこに？」と問う。それこそが問題なのだ。いったいどこに？　誰に？

　おしゃべりチョンソンはそれで、華麗にも多くを語ってくれた。やはりこの男は、韓国内にひそむ「赤化統一」をのぞむ非合法組織に、すっかり首を突っこんでいるのだった。バカだ。しかしそれ以上にこの男は、自分の中毒症状に気づいてない。彼は、ギャンブル中毒や戦争中毒と同じく、「政治運動中毒」なのだった。社会をよくするためという意識が彼にまったくないとは言わないけど、それよりむしろ政治運動の場にしか彼みたいな人間は生きている実感を見いだせない。運動が生命。支配がよろこび。抵抗が涙。話は変わるけど、太一、あんたにもそういうところは多分にあるから気をつけなさい。「イファさんだってそうだろ」と言いかえされたら、なかなかに反論はむずかしいのだけど、まあお互い、ときどき自分を見つめなおすことを忘れないようにしよう。

　チョンソンを逃がさないよう囲み、電話するならしなさいよ、と、誰か呼ぶなら呼んでみなさい、と私が詰めていると、そこにチカが滑りこんでくる。「あんまりいじめないで！」とチカらしくもない大声だった。「もっと哀れんで！　わかって、歩み寄ってあげてよ！　ひどいよ！　いじめないでよ！」と腹からの声を出す。普段の姿からは想像すらできないその迫力におされていると、すきを見てチョンソンは前のめりで駆けぬけていって外の闇夜に消えた。

そう、たしかに、チョンソンはただ不運だった、とも言える。自分がまねいた先のその親戚が、ちょっと気にいらないことがあったら耕具も貸さない、という小心で野卑な連中でなかったら。もし彼らが善人だったらと、それはなにもチョンソンのせいではないし、まあ理不尽な話だ。もっと彼に哀れみを、か。とはいえ私は止まらない。この機会をのがさなかった。

さっき私は「独力で結着をつける」と書いたが、それはウソ。思わずカッコつけた。メールが届いた。送信元は「朴」という私と同じ姓。男。彼は、国家安保情報院の人間だ。

これはブログにも書いたことだけど、たぶんあんたらは読んでないだろうから説明しとくけど、さかのぼって下関発のフェリーの上、スミが身投げしたことで、プサンに到着した翌朝に私たちはさっそく拘束の身となった。まさかの容疑者あつかいでね。で、そのとき、とくに私に訊問してきたのがそのパク事務官だ。

私はブログにひとつウソを書いていて、そのパク事務官の拘束から、ようやく自由になれたあと「私は振り返らなかった」ということを、たしか書いていたと思うのだけど、ちがう。本当は振り返り、私は「もし、名刺などあればいただけないでしょうか？　これからの韓国生活で、お役にたてそうなとき、連絡さしあげるようなことがあるかもしれませんから」と言っていた。そして今回私は彼に連絡をしたのだった。

パクの返信メールが届いてからまず私がしたことは、若菜に命じて、ドン君とジャンホをつれ、あの母屋の連中のところにまた通わせた。みやげを持たせ、食事をともにさせた。不快なこともがまんさせ、そして探らせる。

私自身はソウルに高速バスで向かった。翻訳の仕事の新規開拓が名目だが、パクに会うためだ。彼に会って話したことの詳細は、さすがにこの手紙でも書けないけど、まあざっくり言えば、チョンソンの加わっている地下組織は、それほど大きいものでも危険性の高いものでもないが、しかしもちろん、共産主義による国家転覆をはかるということそのものが、いまの韓国では重罪だ。暴力革命をのぞむというような組織ではないにせよ、どう成長するかはわからない。だったら早いうちに芽はつんでおいたほうが「あの子たちのこのあとの人生にとってもいいでしょう」とは、国情院に属するパクの弁だ。組織の末端や中堅ならいくらでも逮捕できるし、壊滅的な打撃を与えることはむずかしくはないが、彼らのリーダーをとにかく検挙したい、このリーダーがなかなか「しっぽを出さないやつで」という。そこで、と彼が取りだしたのが、古いHDDのような縦型の四角い箱。PCにつなげるための機器であることはコードなどから明らかだが、ではそれをどう使えというのか、……ということもまた明らかだった。

「わかりました。準備しましょう」

「終わったらまた連絡ください。後輩を送ります」

そうしてこちらの要求も伝えた。私は最初から取引のつもりで来ていた。彼は「やあ、パク・イファ氏はとっても幸運ですよ。こんなこと、最近の韓国では市長でも叶えることはできませんからね。しかし私は、それができます。私はそういう立場です」

ソウルから戻って私はさっそく、若菜に頼んでチカをつれだしてもらって、チョンソンのPCにその謎のデバイスを接続した。電源さえ入れればパスワードなど知らなくても大丈夫ということで、「日本からもちこんだPCでしょ？　そのひともたぶん韓国のアカどもに比較したらまったく保安意識が高くないでしょう」と。たしかにデバイスは説明どおりの赤いランプをともしている。これが青に変われば連絡をし、取りにきた「後輩」に渡せば国情院で解析され、プライバシー含めて本人の同意なしにチョンソンの個人情報を、国家権力に売ったことになる。

いったい私はなにをしているのか。私の信念はどこにいったのか。そのことに思いたったのはようやく、その雨の日、約束の高速バスターミナルにて、「後輩」とやらが取りにくるのを待っているさなかだった。固いベンチに座り、けばけばしいコンビニや食堂、アナウンス、行き先別の料金表などをながめながら、紙袋に入っているそれが来るあいだに雨滴に少しぬれて、ああこのまま中身も水でダメになってればいいのに、データがすべて消えてたらいいのにと、ふと思うやいなや自責の念にとらわれたのだった。

取りにきた「後輩」は、情報機関員らしいサングラスにトレンチコートで、というのではぜんぜんなく、スーツではあったものの、その下に着ているセーターは、ゴッホの絵を模したものだろうがものすごくダサかったし、ころころと太ってもいた。30代前半ぐらいの女。それで正解のつもりなのかというパーマで、口のかたちが「への字」にこびりついていて、もうずっと不機嫌そう。中身を確認し、それですぐに立ち去るかと思えばそうじゃない。いつまでもとなりのベンチに座ったまま、やがて「昼は食べたの？」とか「コーヒーでもどう？」とかタメ口できいてくるけど、どれも断ってると「私はピンク色が好きなのよね」とか言う。雨足が強くなってきていた。

「ピンク色の雨が降る　心の機銃掃射　私の恋は霧のよう」彼女は息を切り、「知ってる？」と。「この詩、知ってる？」

それは詩なのか、それともトロットの歌詞なのか。「いや、知りません」と、こちらは敬語で答えると、彼女は「そう」とようやく席を立った。前世紀から使っているかのような古いヌメ革のショルダーバッグの後ろ姿。私のもってきた紙袋がピンクだったとは、帰りのバスのなかで気づいた。

その週の土曜夜だった。パクから「イ・チョンソンを逮捕しました。やつらのリーダーと一緒に」と連絡があった。

さて、そろそろ手首もしんどい。でもソンミョンへも手書きで書いてやらないと。やつはハングルを読めないけど、関係なくハングルを書いてやるつもり。おんなじように、太一にも、詩などの文学にちっとも興味を持てない子であるけど、そんなこと気にせずに私は書いてやるんだ。

ヴァージニア・ウルフは言った。
“As a woman I have no country. As a woman I want no country. As a woman my country is the whole world.”
実は、この前段しか長いこと私は知らず、いい言葉だなあと感心していたのだけど、ずいぶんのちになって後段を知って、なんか、しらけた気持ちになってしまった。なんだ、ただのコスモポリタンじゃん、と。コスモポリタンのなにがわるいのか、よくわからないのだけど。でも「女に国はないし、いらない」と、これは「在日に国はないし、いらない」と二重に励まされるようでもあり、かなしい事実報告のようでもあり。後段の「女（在日）にとって全世界が私の国です」というのは、やっぱり、なんだそれ、っていうね。
だけど国はないというのは、ようするに海外でなにかあったときでも大使館は助けてくれないということで、気やすくバックパッカーになれない。国がないということは払っている税金も、その何％かは還元してくれないということで、契約の不均衡だ。

母屋の連中のところに、警察か担当省の者か、公務員がドヤドヤと早朝から入っていった。通報者はもちろん私。2名の女性を保護したという。移送されるときにはじめて見た、母と娘のその、やせこけた姿。しかしながら後日聞いたところでは、男どもは女ふたりを別に監禁していたわけでもなければ、常習的な暴行があったわけでもない、ということで不起訴処分になるだろうとのことだった。クソヤロウどもだけどクソ犯罪者ではなかったということか。私の目からはじゅうぶんな罪だが。盗まれていた私たちの荷が家宅捜索で発見される、という展開を期待してもいたが、そういうことにもならなかった。まあ、かまわない。私のもくろみは、彼らの不在のあいだに私たち自身の生活の見なおしを、みなにうながすことだからだ。

多数決をとった。このまま、ここにとどまるか。地元担当官の話によれば、母屋の連中の裁きがどうなろうが私たちはこの土地に「いたいだけいられる」とのことだ。たっぷりと時間と労力をかけた農作業の積みかさねもある。しかし多数決の結果は全員一致で、ここを離れること、に決まった。

夫の収監地に、その近くにいたいというチカは、行ってしまった。がんばったけど、心を変えることはできなかった。チカに、私への不信感や恨みはないのだろうか。でも別れの日でも、チカはあのやんわりとした、韓国に来てからずっとそうだったような、さびしげな笑顔だった。もうスミがいたときのような、ケラケラした天然な笑いはのぞめないかもしれないけど、出発のとき、チカのほうから私に近づいてくれて、感謝の気持ちと思い出話と、これから先のお互いの困難へのいたわりを、言葉にしてくれた。ずいぶんと泣かされた。ぎゅっと抱きしめあった。

パク事務官は、取引の約束を果たしてくれた。ジャンホとドン君の兵役は、「在外韓国人のためのテストケース」として「社会服務要員」に決まる。配属先まではまだ不明だが、これでふたりの自宅通勤が可能となったから、きっとプサン市内になるはずだ。

私はいま、ひとりソウルで収入源をひろげようとがんばっている。ソウルにみんなで住むことは考えてない。家賃は高いし、PM2.5 のこともある。プサンでルームシェアをしているがそのうち、ひょっとしたらチェジュ島に行くかもしれない。チェジュには私たちのように日本から韓国に渡ってきた元在日がつくった町があるとも聞いた。いつかそこに移り住むかもしれない。

このまえ、ソウルに来て数日後のことだが、またパクから電話があった。「なんですか？」と問うたら「いや別に」と、少し酔っているかのようだった。「最近はどうですか？」とパク。私は「働いてます」と答えた。「なにか助けになれることがあったら言ってください」と型どおりのあいさつをしてくるから私は「じゃあ私を国情院に雇ってください」と言ってみた。彼は、これまでにない楽しげな高笑いをあげたあと、つぎに落ち着いた声で「いや、それもいいかもしれませんね。イファ氏は3か国語をしゃべれますし」と私が英語もしゃべれるなんて彼らはどこで知ったのか。

「冗談ですよ」と私は否定し「とにかくこれからは普通の生活を、普通に送ります」とだけ言った。

　いや、どうだろう。太一。私に、これからどんな人生の可能性があるだろうか。国家権力の犬にだって、これからなれるし、アカの野犬にだってなれる。日本に帰ることだってできる。サラのように北欧での生活ものぞめる。自由だ。しかしもう、ある男の自由を売り払った私だから、自由はありえない、とも言えるし、そんなこと知ったこっちゃないとの開き直りも、私は得意だ。

　わかんない。とりあえず、いつもの習いぐせで、詩を紹介しよう。

　李梅窓（イ・メチャン）、この詩人についてはずっと好きで、だいたい16世紀に生きた、女。その時代で女であり、詩人であるということ。時代と女と詩人、の不可分。

梨花雨흩날릴 제 울며 잡고 離別한 님
秋風落葉에 저도 날 생각는가
千里에 외로운 꿈만 오락가락 하노라

　この詩には私の名が出る。梨花、と。それは、真白い梨の花が雨のように散っているね、と。いくら私が泣いてようと無視したおまえらには関係ない詩だ。せいぜいおまえらも離別の今日を悲しめよ。秋風の落葉、私もあなたを考え、落ち葉でしかないあなたは私のことを思いかえさない。落ち葉とはあんた、チョンソンか。どうせあんただって私のことをなつかしがらない。千里とは、誰との距離か。どこまでの距離か。日本までの距離をいうのか、興ざめか。でもそう。さびしき夢のみ、行き来する。満たされた夢では、あなたのことを思い出しもしないよ。

私がこの手紙を、太一とソンミョンに託そうとする理由はひとつ。私は、文学のつもりでブログをはじめた。正確に言えば「文学と政治の融合」なんだけど、そこにはやはり限界がある。上記したように、ネット公開はいろんなひとに迷惑をかけるし、韓国人への偏見を助長することにもなりかねない。私小説は、現代ではもうかなり困難だ。

だから手紙をふたりに託すの。いつか、私が、もしかしたらどうにかなったときに、もちろんプライバシーにはじゅうぶん配慮したうえで、これをごく少部数でいいから文学作品として世に発表してくれないだろうか。いや、もちろんそんな願いは叶うわけがない。適当なことを言ってます。わかってる。適当だし、矛盾した物言いだけど、とにかくなにかしらの希望をこめて、手紙をふたりに託します。そう、この行為そのものが私にとって、叶わなかった文学の一歩手前の形態なのよ。わかってもらえないだろうけど。

太一よ、また会おう。絶対に会おう。いまの私の気持ちを代弁するものとしては、やっぱり詩しかなくて、こっちのは、ソンミョンのために準備していた詩だけど、その最後の一段だけ紹介するね（そんなのいらない、とあんたは言うだろうけど。そう、こんなのはぜんぶ自己満足です）。作者はクリスティーナ・ロセッティ、19 世紀の詩人、気になったらネット検索してみて、あるいは詩集でも買って読んでみて（絶対にしないだろうけど）。タイトルは、“Up-Hill” です。

Shall I find comfort, travel-sore and weak?

Of labour you shall find the sum.
Will there be beds for me and all who seek?
Yea, beds for all who come.

労苦ばかりの旅路の果てに、私たちは安らぎを得られるのか。ああそうかとの大いなる清算を見いだすことができるのかどうか。温かいベッドは用意されてるか。ほとんど過激派なくらい無神論者である太一だけど、白髪のおじいちゃんになって長年のパートナーや子や、たくさんの孫たちに見送られて息をひきとったあと、その数分後に、皮肉なことに待っていた神さまに「もちろん、すべての者に、ふかふかのベッドは用意されてるよ」と言われる。その瞬間は、ものすごく美しいのではないか。

太一よ、この世界の、息もたえだえに登りきった果てのその光景は、きっと美しい。共に信じよう。

柏木《かしわぎ》太《た》一《いち》
杉《すぎ》山《やま》宣《のり》明《あき》こと梁《ヤン》宣《ソン》明《ミョン》
尹《ユン》信《シン》こと田《た》内《うち》信《まこと》
木《き》村《むら》泰《やす》守《もり》こと金《キム》泰《テ》守《ス》
貴《き》島《じま》斉《なり》敏《とし》
柏木葵《あおい》
東京都
十二月二十四日

不審者のようにして彼が事務所の周りをうろついているのを、太一《たいち》は室内から磨《す》りガラス越しに眺めていた。一九〇センチある背の高さと手足の長さ、長い腕をぶらりと先に投げ出すようにする歩き方、そして磨りガラスにちらちらと映える服装の派手な色合いがやけに懐かしいようで、思わず苦笑してしまうのだった。

言ってくれたら駅まで迎えに行ったのに、しかしいつも太一のことを「連絡も寄越《よこ》さない薄情な奴」と非難がましく言ってくるが実は彼も同類だということを、俺たちは似たところがたくさんあるのだということを、あいつはどこまで自認しているだろう。

「まったくどこに入口があんねん、この建物《たてもん》」

関西弁の抑揚《よくよう》で騒々しく入ってきたのが、彼、梁宣明《ヤンソンミョン》だった。すっかり日も暮れているというのに、紫のサングラス。ワインレッドのチェスターコートには金糸の刺繍《ししゅう》が走っている。シルバーの大判スカーフに、シャツがまた白地にトマトをぶつけられたような派手な色柄だった。下関《しものせき》のとき金色だった髪は栗色になっている。やはり、いつもどおり約束の時間に遅れてきて、もう夜の八時を過ぎている。

更地ばかりの周辺に、常夜灯も少なく、ぼうっと浮かんでいる古びたコンクリート建造物。駅からこの住所に向かう徒歩二十分ほどの道のりのなかで宣明は、東京も二十三区外となると「日本《ジャパン》の失楽園《ロスト》化」がこうも進んでいるのか、との感慨を覚える。彼にとって数年ぶりの東京だった。しかもその数年前は都心に住んでいた。といって先日までいた山口県や東大阪市と比べたらここの荒廃ぶりはまだ穏やかであるが、それにしても外国人富裕層に土地を買い叩かれ、都心ではそのまま外国人街ができているものだが、こうした郊外では更地にされたり空き家のままで放置されたりして、そしてその富裕層たちは母国に帰ってしまった。加速度的に少子高齢化の進む日本に見切りをつけたのか、あるいは彼ら（多くはリッチ・アジアンズ）にとって土地の価値そのものが古びてしまったのか。こうした現象に、かつては「日本が安く買われている」と危機感を募らせていた同じ人々が、今度は「日本を放棄しようとしている」と非難の声を上げている。

　とはいえ、これは宣明の知る由のないことではあるが、この二階建ての建造物を残して周囲が広く更地であるというのは、さすがに外国人富裕層の影響ばかりではなく、このあたりは市の区画整理の対象なのだった。そこを、この建物の所有者であり、名うての弁護士である太一の父が、使えるコネクションを総動員して「これは価値ある戦後建築だ」との主張を通した。市の財政難も重なり、そうしてこの、実際は大した価値もない、モダニズム建築を模そうとしてせいぜい、ささやかなピロティを付けただけの、個性もテーマもないコンクリートの四角い塊が、ぽつんと住宅街の端の三角地に残されている。

　紡績会社の社屋だったというその古い建物だが、太一の父親は独立後の最初の弁護士事務所をここに構えた。そして、その事実を父は当初知らなかったのであるが、この建物を設計したのは在日韓国人一世の男であり、更にその建築家は「親日派」の家族として日本敗戦後に朝鮮半島にいられなくなった人物だった。

その事実を知ってからなぜか太一の父親は、小説や絵画や書や陶芸、あるいは芸術品のみならず署名入り会社日報や単なる所蔵遺品に至るまで、日帝時代の親日派（そのなかでも早くに収監や逃亡の憂《う》き目に遭《あ》った者たち）の息吹のかかった品々を蒐集《しゅうしゅう》するようになる。

父の書棚に李光洙《イグァンス》の稀覯本《きこうぼん》の並んでいたことが、太一には印象深い。芸術や文化に関心などあるはずもない父だが、他にも、実家の壁には、階段の脇から洗面所にまで、大小の絵画が数十点と飾られていて、それらのほとんどが、親日派、もしくはそれに類する者たち（有名無名を問わない）による作品なのだった。

元紡績会社社屋のこの建物もそうだ。個性も何もない。優等生的な模倣だがどこか卑屈で、では機能性や仕事の丁寧さを誇るかといえばそれもない。床の木材の不統一や脆《もろ》さ、壁紙の貼りの緩《ゆる》さなどは、経年劣化のためだけとはとても見えない。魅力があるとすればそれはただこの古びからくる風合いのみだろう。

外壁の崩れのために封鎖している正面玄関から回って、裏口より姿を現した宣明がまずこの事務室に見たのは、大きなデスク、役員が使うためのようなデスクにもたれて腕組みをしている、相変わらず傲岸《ごうがん》そうな太一であった。そして部屋中央に二人の男たち。太一と向かい合うようにして彼らはパイプ椅子に座っている。彼らのあいだにもう一脚、誰も座ってなく、しかし組み立てられているパイプ椅子があるが、そこに座れということだろうか。

次に目に飛び込んできたのは、書の掛け軸だった。宣明がその作者名を知るはずもないが、やはり親日派とされる、大韓帝国総理大臣であった李完用《イワニョン》の筆によるもので、太一は父親からそれを借りてここに飾っていた。もしこれが模写でなく真作であるならば、その芸術的価値ばかりは決して低くないはずだ。

他にも、書籍や古い映像資料などで物が雑然としているその事務所内に宣明は、実際には要り用としないガラクタばかりを集めた印象を受け、そこに彼の知っている太一の性格との違和を覚える。

自分の頭のほうに指を向けて太一が「髪、切ったの?」と訊《き》いてくる。「色もだいぶ落ち着いたし」

うなずく宣明。見ればわかるやろ、とは言わなかった。片方の肩にかけていたリュックを下ろす。

黒のキャンバス地に白のムクゲが大きくプリントされた、やはり少し派手なデザインである。

部屋中央のパイプ椅子に座っているうちの一人は、この三月に下関までの旅程を共にした、確かアメリカ帰りの若い男。あのときと同じような全身黒ずくめのランニングウェアみたいな格好をしているから、わかりやすい。そしてもう一人の顔にも見覚えがある、と宣明はサングラスをずらして目をこらすが、やがて目を丸くし、

「わお、有名人やん」と、両手で大きくジェスチャーした。

しかしそう言われた男の反応は鈍い。目がとろんとして、口が半開きだ。宣明はその名前を思い出そうとする。座っているその男の名ではなく、彼の妹の名前を。

思い出せずに太一のほうを見た。

「そう」太一が答える。「こちら、キム・マヤさんのお兄さんの、キム・テスさん」

言われて振り返って宣明は、泰守《テス》の顔を覗《のぞ》き込むようにしながら会釈《えしゃく》をする。「どうも、ヤン・ソンミョンといいます」反応はない。

宣明はまた太一のほうを見て、

「これおまえ、あれやろ？　『鬱《うつ》おもて』やろ？」

「わかるの？」

「もちろん。俺はヘビーユーザーやで」

「あんなもの誰が使うのかと思ってたけど、そうか、確かにソンミョンは使いそう」

「当たり前やんけ。混じりっけなしのピュアな鬱状態なんて、あんな気持ちええもん他にないよ」

座っている泰守から「ああ、え」と声がして「じゃあ『夢のうら』は？」と、かすれた声で問われた。

突然話しかけられて、びくっと肩を震わせた宣明だが、

「いや、ないです」と思わず嘘を答える。遅れて、怪訝《けげん》な表情をした。太一をまた見る。「これ、薬飲んどるな」

「らしいね。なんか、ちゃんと処方された精神安定剤らしいけど」

ここで違法の薬を使われたらそれは太一にとって都合悪いだろうが、しかし、

「まさかおまえ」そう言ってから宣明は、自分が本気で疑ってもいないことを問おうとしていると気づく。「まさか無理やり薬飲ませたり、ゴーグルつけさせたりしたんちゃうやろな？」

アプリ「鬱おもて」には、その効果を早く覿面《てきめん》にするための専用ゴーグルがあった。専用、といってもアプリ制作者公認のものではないが。

「テスさんは自ら薬を飲んで、自らゴーグルをつけたんだよ、ついさっきまで」

泰守の足下にはそのゴーグルが転がっていた。

「俺に相談してくれてたら、最高に気持ちよくメロウになれる薬のカクテル方法、教えてあげたのに」

宣明はもう興味を失っている口調だ。俺は何を言ってるんだろう、と部屋の反対側のほう、窓側のほうに向かう。手にリュックをぶら下げている。俺は何をやっているのか？　ふらりと部屋のなかを歩き回る。朝起きてからずっと、今日という日がそのうちに終わるということが不思議でならない。惜しいのか、怖いのか。怖いのはそうだろう。ここに来るのが一時間遅れたというのも、億劫《おっくう》だからという以上に身体を重くするものがあった。

もう一度ちらりと、確かめるように太一を見る。年代物の役員デスクに腰かけ、腕組みはしたままだ。何を偉そうに、と宣明は鼻で笑う。自分のリュックを下ろし、それを開けて一冊の単行本を取り出した。それを書棚に置く。コトッと音が鳴った。

『性と性格』オットー・ヴァイニンガー著。朴梨花《パクイファ》に借りたままだった本。返そうと思ってこの三月末に下関に行ったときにも旅行鞄に忍ばせていたのだったが、忘れて渡しそこねた。

ユダヤ人に生まれたことを苦にして二十三歳で自殺した青年の病んだ書物を、よりによってこの俺に薦《すす》めて貸すなんて、どうかしてる。死ぬな、死んだら殺す、とまで言っておいて、いったいどういうつもりだったのか。しかし、皮肉めいた悪意なんてイファさんにはとても似合わないから、きっとこれは本当に俺が面白がると思って貸してくれたのだろう。ネットで調べたらすでに絶版本でわりと高値が付いていたから、捨てるに捨てられない。価値もわからない古本屋に売るに売れない。それで煩わしいながら各地への流転生活でも持ち運んだものだったが、それも今日で最後だ。恐らく。

床に下ろしたリュックから、駅前のスーパーで買っておいたジャック・ダニエルの瓶《びん》を取り出す。テーブルに置く。ワインレッドのコートを脱いでソファに掛けた。そのコートの上に、首から外したスカーフを垂らす。

ソファに囲まれたテーブルには、ピザやチキンの食べ残しが乾いていた。これでパーティーのアリバイ作りか。部屋の隅を見ればクリスマス用の飾り付けが、これも誰かに発見されるのを期待してなのだろう、ぎっしりと段ボール箱に詰め込まれている。

「それで、どういうプラン?」自分の声が上ずって大きくなっていることを宣明は自覚する。

プラン、太一の計画、その全容を宣明はまだ聞いてない。山口県の仙崎《せんざき》から見える日本海と夕日を前にして受けた彼からの電話でも、詳細は直接じゃないと話せないとして、もったいぶられたままだ。

といって、どんなものなのか、だいたい察しはつく。この俺のことを「必要だ」と言ってきた。太一にとっての俺の存在価値とは唯一、この両腕に残る無数のリストカットとアームカットの痕《あと》だろう。俺が、死にたがりだ、ということだ。

「どういう死に方してほしいの?」宣明はサングラスのブリッジを指で押す。

直截《ちょくせつ》にそう訊かれて太一は、ふっと微笑んだ。

「それはまあ、俺に任せてほしい」

「痛くする?」

「しない。というか、おまえがいつもやってる方法。失敗しないよう深くやるつもりだけど、もしあれだったらそれこそ、強めの精神安定剤あるし、その『鬱おもて』使ったらいいよ」

「や、ええわ。最期の瞬間まで意識、はっきりしときたい」

「あっそ。まあ、必要だったらスタンガンとかもあるから」

思わず宣明は笑ってしまう。「いらんわ。ていうかそんなもんまで揃《そろ》えてんだ？」

太一はそれには答えない。

「ところでおまえ」太一に向けて宣明は声を張る。「イファさんからの手紙は読んだ？」

「いや、まだ」

「だと思った。おまえらしいわ。せっかくやのに、読んでやれよ」

「ソンミョンは読んだんだ？」

「おお、最後になるかもしれんしな。読んだよ」紫のサングラスの向こうで宣明の目は物思わしげになる。「返事はもう永遠に出してやれんけど」

「どんなこと書いてあった？」

「気になるんやったら読めよ。今はまだ時間あるんやろ？」

「いや」考えるふりもせずに太一は「そんなことよりまあ、話そうか」

「そやな」

ジャック・ダニエルの瓶を掲げ、

「飲むか？」と宣明。

「飲まない」太一はにべもない。

「お二人は？」こちらには背を向けて座っている泰守と尹信《ユンシン》に声をかけるも返事がない。「そのお二人とは」と、これは太一に向けて「ちゃんと話したんか？　ちゃんと納得してもらってんの？」

「おまえが来る前に時間はたっぷりあったからな。いろいろ話したよ」

「そうか。遅刻するんやなかったな」そう宣明は言ったが、その後悔の念はどうも本気らしい。ここに一時間遅れないで現れていたとしたら、四人での会話はどんな広がりを見せただろう。

「これもう食べへんの？」

「食べない。ぜんぶ食べていいよ」

宣明は一人きりで、残ったピザやチキンやポテトを拾って食べ、拾っては食べ、おいしそうな部分だけを齧《かじ》り、そのまま落とす。コーラ缶を呷《あお》る。初めて見たブランドのコーラはすっかりぬるくなっていて、ひたすら甘く感じられた。邪魔になってサングラスを外し、テーブルの隅に置く。またピザを拾う。

ふと、木製の李朝《りちょう》家具の上に無造作に置かれていた磁器のカップに、宣明の目が留まった。おあつらえ向きだとそれを断りもなく取り、息を吹きかけ埃《ほこり》を払い、ジャック・ダニエルを注《つ》ぐ。甘ったるいコーラで割る。カップを呷る。

そうして宣明が飲食しているところに太一は近づく。

その磁器カップ、それもこの建物と同じく「親日派韓国人」と目された（と本人が勝手に恐怖して本国に戻らなかった）朝鮮半島出身の陶芸家による晩年の作品なんだよ、と太一は宣明に伝えてみたい好奇心に駆られた。それを伝えればこの宣明は興味を惹《ひ》かれただろうか。きっとたぶん面白がってくれただろう。しかし彼は、一時間遅れたのだった。

ウイスキーのおかげで身体の温かくなってきた宣明は、少し笑顔になり、それから隣に置いてある自分のコートから、煙草の箱とライターを取り出す。アメリカンスピリットの薄黄色の箱。充電式のプラズマライター。やはり、吸ってもいいか、との断りはせずに宣明は煙草に火を点ける。

「紙煙草って今、値段ものすごく高いでしょ?」と太一。

太一が近くまで来ていたことに気づかなかった宣明は「おお、びっくりした」と全身を萎縮《いしゅく》させる。驚きやすいところは変わらないなと、その大仰さをもはや太一は指摘もしない。

宣明とは斜向かいのソファに太一も座る。金泰守や尹信からは背中合わせとなる。

「ああうん、めっちゃ高いよ。でもやっぱ味の重みがちゃうわ」

「煙草、やめてたのにまた始めたんだ?」

ふう、と最初の煙を吐き、宣明は、

「そ。東大阪の女がやな、二十歳《はたち》のくせに紙煙草吸いおって、その子の家に転がり込んでたから俺も、すぐ吸うようになった」

「トローチ中毒のほうは?」

「そっちは治った。まあ治ったというか、——あんな糖分の高いのずっとしゃぶってて、いったいどっちが身体に悪いのかわかったもんやないで」

「そりゃ煙草のほうが悪いだろ」太一は少し笑う。

「せやな」

誰か、煙に文句を言ってくる者はいないかと、内心びくびくして、またそのときの返答の台詞も用意していた宣明だったが、まったく静かなもので拍子抜けする。吐く煙を部屋中央のほうではない窓側に向ける。やがて立ち上がり、その磨りガラスの窓を開けた。戻って座るも、その網戸に向けて煙を吐く。

「ここ、灰皿ないんか?」太一に問う。目で探していたが見当たらなかった。

「たぶん、ないと思う。見たことない。親も吸わないし」

携帯用灰皿がリュックのなかにある。それを取ろうとしたところで、太一が、

「いやいいよ。そのまま床に捨てなよ。だって、どうせここは盛大に燃やすんだから、別に、吸い殻なんて」と肩をすくめる。

「そう」

そして宣明はフライドポテトを袋から頰《ほほ》に詰められるだけ詰めて咀嚼《そしやく》し、ウイスキーコークで流し込む。ポテトを食べ切ってから煙を肺にたっぷり入れる。左手でウイスキーを飲み、右手で煙草を吸う。

「孤独死しかありえへん人生やと思ってたから」網戸に向け煙を吐く。「こういう展開は俺にとってむしろラッキーかもな。どやろか?」

太一は答えない。代わりに宣明は自分で自分に答える。

「ラッキーかどうか。そばに誰かがいようが死んでしまえば『無』なんやから、どっちでも同じような気もするけど」

「そちらのお兄さんが」と背中を向けている泰守のほうに声を張り上げた。「隣の俺に向かって『今日あなたは私と共に天国にいるだろう』ぐらいなことを言ってくれたら、そりゃ俺の心も安らぐのに」

「よせよ」と太一。

「本気やって。安らげるって。なあお兄さん? 言ってくんない?」

泰守がこちらを向いた。

「お」と宣明は言った。

しかし泰守の視線は下方に、床の、宣明のリュックに注《そそ》がれている。その視線に乗せた感情までは宣明に推し測れない。泰守のその視線の由来は、妹の茉耶《マヤ》が同じブランドの物を数多く、彼女の場合はセキチクの花柄を好んで購入していたのだったが、それが思い出されたからだ。それでじっと視線をそこに置いている。視線をそこに置いたままで宣明のリクエストには応えない。まったく耳に入ってないふうだ。

宣明は頭を振る。声量を戻して「ていうか太一、おまえこのお兄さんと、どこでどうやって知り合ってん?」

「張侑里《チャンユリ》って覚えてる? あの子経由で知った」

その一言だけで宣明は「ああ」と納得したふうだ。またカップを呷る。

「ラッキーな話やな」

「ラッキー? 違うよ、意志力の問題」

「でも言うほどラッキーでもないか。だって、おかげで命落とす羽目になるんやから。しかしそれにしてもおまえ、そのお兄さんがここにいるのはその人自身の選択なんやろうな?」

「まだ俺が拉致《らち》してきたとか疑ってんの?」

「よくおまえみたいな名もなき怪しい奴の、怪しい計画に乗ってくれたわ。どうやって口説いたん?」

まあこれぐらいは教えてやっていいか、と太一は思う。振り返って見たが、泰守はもう背中を向けて正面のほうに向き直っていた。

「俺の言ったのは『テスさんの欲しいもの二つを、僕は差し上げられます』って」

煙を吐きつつ宙を見て、宣明は少し考えたあと、

「一つは俺の求めてるのと同じもんやとして、もう一つはなんや？」

「この計画がうまくいったら、それはテスさんに対する同情論が高まるだろうから裁判員裁判にも後押しになるだろうって」

「そう言った」

「裁判員裁判？　――ああ、妹さんを殺した連中のか。それで犯人たちの罪が重くなるって？」

「信じはったんやろか」

「さあ」

「結果はあの世に行ってからのことやから、おまえも口約束だけで済む。気が楽やな」

「さあ」

「これで、ここの四人があと数時間後に、天国で再会できるんかな。それとも自殺やから地獄か？　他殺に見せかけた自殺なんやけど、やっぱ神さんには通じへんかな、そこは」

「四人じゃない、五人。いや、計算法によっては六人かな」

「計算法？　何を言うとんねん、おまえ。もっとちゃんと具体的に、その計画とやらを教えろ」

このとき初めて尹信が宣明のほうを、ちらっと見た。トマトを何個も潰したような派手な柄のシャツの男。よく喋《しゃべ》るが、喋るときのジェスチャーがアメリカ人並に大きい。

「極右《きょくう》の団体に所属している若い子が、ここに現れる手はずになっている」太一は人差し指でテー

ブルをとんとんと叩く。「その子を、俺は殺さなくちゃならない。そのためのスタンガン。で、なんでその子を騙《だま》してまで殺すかって言うと、それはソンミョン、ここのみんなを殺した犯人ってやつを、その子に偽装するため。つまり、極右の団体に属している、排外思想に洗脳された、そういう子が俺たちみたいな在日グループのちょうどクリスマスパーティーをしていたところに襲撃してきて次々と被害者を刺して回ったあと、火をつける。だけど彼も必死の抵抗にあってその火のなかで絶命する。キム・マヤさんに続いて、今度は複数人まとめて犠牲になったこのヘイトクライムによって、さすがに日本の世論も動くだろう。そういう期待をもって俺たちはこの計画を立てた」

「ちょっと待て、待て」宣明は押しとどめる手ぶりをする。短くなった煙草を言われたとおり床に捨て、靴で踏み消す。「ここには男が四人もいるんやで？　極右だかなんか知らんけど、たった一人で乗り込んできて、そいつはよっぽど屈強な奴なんやろうな？」

「いやぜんぜん。すっごく華奢《きゃしゃ》」

「じゃ、あかんやろ。そんなんに俺たち四人が大人しく殺されてたまるかって。そんなシナリオが成り立つわけない」

「だから俺たちは、人質を取られるんだよ。その人質の存在のせいで、俺たちは抵抗できなくされる。皆が拘束されて次々刺される」

「人質？　それはおまえのことか？　俺は別におまえが人質に取られても平気やぞ？　平気で抵抗するわ」

「だから人質として説得力のある人物を用意したさ」

「誰？　その人質役も遅れて現れるんか？」

「いや、もういる。二階で控えてるよ」

そう言ってから太一は尻ポケットから、自分のモバイルを取り出す。

「だから誰やねん。もうええやろ、もったいぶんなや」

「俺のパートナーだよ。名前は葵《あおい》さん。柏木《かしわぎ》、葵さん」

慌てたように宣明が煙草の二本目を探ったのは、太一の結婚のことをすっかり忘れていたからだ。

――そうだ、そやった。太一は結婚したんやった。確か相手は日本人って言うとった。だとしたらそのパートナーは今回のことをわかってんのか、同意してんのか？　肝心なことを俺はうっかりしてた。なんかおかしい。俺がアホなんはそうやけど、でもなんかおかしいぞ。

「いよいよ紹介してくれるんやな」

と、その冷やかしも上滑っていた。二本目の煙草に着火する。ウイスキーを注ぎ足し、口に含む。

モバイルの操作をしばらくしてから太一は、

「なんか彼女は彼女で今、忙しいみたい。ま、そのうち降りてくるよ」

変な感じがする。太一と結婚した女性を見てみたい好奇心はあるが、面と向かえばこの計画についての見解を問わずにいられないだろうし、それで「新婚の旦那《だんな》、早速死ぬってよ」か？　問うほうも問われるほうも、頭おかしい。

「そういやその、極右の子を殺すのはおまえなんか？　太一」

「うん、そう」

「できるんか、おまえに」

「それぐらいはしないと」

「だから僕がするって言ったんですよ」と声を発したのは、尹信だった。「へえ」と宣明。聞こえてたのか。

振り返り、太一は微笑んでみせて「いや、いいんだよシン君。これは僕が、あの貴島《きじま》って子を選んだ責任として、きっちり背負わないと」

宣明が太一に「それでおまえがヘマして殺せんかった場合は、どないすんねん」

「どないするって？」

「その場合は俺たち無駄死にか？」

「いやいや、そんな」太一は手を振る。「まず順番としては、その彼が来る。俺がその彼を殺す。まあ、初めてのことだから？　うまくいくかはわかんない。それはそのとおり。でも、そのためのスタンガンでもあるし、もう後には引けないって現実もある。彼は、俺の誘導がうまくいけば、彼自身が連続殺人鬼であることを疑われざるを得ない状況証拠を揃えてやって来る。この建物唯一のカメラにもばっちり映ってくれるはず。それで大きなトラブルがなければ、ここにいるみんなは俺がきちっと殺してあげる。なるべく痛くしない失血死。計算が外れたら、みんなは解放。俺が殺人未遂とかで逮捕されたらそのときは、スケールとアピール効果の格段に下がったまた別の戦いが俺に始まるだけ」

選ぶ語彙《ごい》感覚にしても、淡々《たんたん》とした口調にしても、昔と変われへんなあと宣明は思う。今更そこに空恐ろしさを感じたりはしない。

「それはそれでええわ。でもじゃあ、計画が計画どおりにいったとして、はい俺らも無事に死にましたと、それでだからって何がしたいの？　そもそもこの計画で何を求めてんの？」

「それは」太一は、ひと呼吸おく。「キム・マヤさんと同じ目的意識だよ。つまり、この世界を善くする」

泰守にも聞こえているかもしれないから声には出さず、宣明は（はあ？）という表情を太一にする。煙草を持った指でさして（おまえが？）との口の動きをする。

「そうだよ、俺が。俺たちが」と太一。

もうコーラで割ることをせず、宣明は生《き》のままでウイスキーを飲む。そうして深い息を吐き、

「確かにまあ、ショック療法、にはなるんかもな。あの事件の、被害者のお兄さんまでいるんやったら。でもそれでもせいぜい一年か二年やで？　その効果がもつのは」

「大衆は忘れっぽい、か」

「当たり前やん」

「大衆に勝とうと思ったら駄目だ、ってよく言われるんだけどね」太一の声は徐々《じょじょ》に小さく、独り言めいてくる。「駄目って言われても、俺はどうにも勝ち負けにこだわって。そこがまあ、ソンミョンにも昔から突かれてた俺の、自覚しながらも修正できない弱点、だったんだけどね。でもこれで、この計画が本当にうまくいけば、民事裁判なんかも駆使して、五年は効果が持続すると俺らは考えてる。五年、あれば充分だ。五年後には五年後の世界が勝手にどうにか考えてくれるだろう」

「机上の空論っぽいな」宣明は目頭を押さえる。「おままごとや」

「それでも何もしないよりはいいと、俺たちは考えてる」

テーブルに置いていたサングラスを、宣明は掛け直す。その紫のサングラスは、ファッションのためとか、人と目を合わせたくないからという以上に、最近彼を悩ませている飛蚊症《ひぶんしょう》のためだ。ま

だそんな年齢でもないはずなのに、上下左右に漂う影が右目ばかりに大小三つも、ちらちらしては消えてくれない。サングラスをしているとごまかされ、いくぶんは気が休まる。

どうやらこれは永遠に治らないものらしい、と当時滋賀の大津市で同棲していた年上女から聞いて以来、宣明は、やはり世をはかなむ思いを強くするばかり。白い紙に飛蚊が三匹もちらついては、もはや読書も楽しめない。両手の痺《しび》れや重い物を持てない現状（ジャック・ダニエルの瓶を持って震えるのは、これは脳萎縮のせいか腱損傷のせいか）は、自分のしたことの当然の結果であるが、右目のこれはいったい、なんのメッセージか。

「そもそもソンミョン、おまえの存在が俺に、俺たちに、この計画の素案を与えてくれたようなもんだよ」

「俺が？」奇妙に思う前に、なぜか少し嬉しくなってしまう宣明。

「人がいったい死ぬ気になれば何ができるか、ってことを、おまえのその自殺願望からヒントを得ることができた」

「死ぬ気になれば」

「死ぬ気になれば、例えば何をする？　何か、テロでも起こすか？　テロ、恐怖で人々や社会を変えようとする手段。それで例えば誰を殺す？　どこを襲撃する？　どこに火をつけるよ？　とりあえず神島眞平《かみじましんぺい》を殺そうか？　あいつは最近殺されたがってんじゃない？　いよいよ孤独のロックスターじみてるし、党のなかでも腫《は》れ物みたいになってきてる。でも何も相手の希望どおり殉教者にしてやる必要はない。いっそのこと足立翼《あだちつばさ》はどうだ？　日本での革新政党復権の可能性をまったく無にしたのはこいつなんだけど、今更、社会の外に退場した奴にライトを当ててやる必要もない。

他の、排外思想を垂れ流してる有名人や政治家の誰を殺しても、どこの出版社や放送局に抗議のテロ行為を仕掛けても、いやいや、世界は何も改善しないさ。在日社会にとっては却《かえ》って悪くなる未来しか開けない」

宣明は吸い殻を床に落とし、踏む。

太一は両手を掲げた。

「もし代替案があるならソンミョン、なんでも言って。それが本当に俺らのこの計画より有用で持続可能な効果も望めるっていうなら、今からでもそっちに乗り換えるよ。すぐに計画変更する」

長身の宣明は、腰を曲げ、下から覗き込むようにして太一に対し、

「イファさんみたいに朝鮮半島に帰れよ」と囁《ささや》きかけるように言う。

「いや『帰れ』って、俺は国籍日本だよ」太一は苦笑する。「それにもし、韓国に行ったとしても、俺たちはやっぱり迫害されるんじゃない？　だって、積極的差別者の割合は、日本も韓国も、どの国や地域も変わりないだろうからね」

「ん？」宣明はわからないというふうに首を振る。わかっているくせに。

「つまりどこに行っても、どう戦うか、あるいはまったく戦わないか、という道しかないんだ俺たちには。もっと言えば、別に、日本全体のために俺たちは戦ってやるつもりもなければ、韓国に渡って韓国で戦うにしても韓国社会全体のために戦ってやるのでもない。俺たちは結局、俺たちのような少数派のために、虐《しいた》げられるようにできている者たちのために戦うんだ。だとすれば、あとは戦略と戦術だけ」

「どこまで本音なんか」

「他の国がもっとひどいからって、だからって日本の現状を見逃していいわけない。日本の現状だって、飼い馴《な》らされて気づいてないかもしれないけど、いや、かなりのディストピアだから。何も明確なジェノサイドや強制収容所の再来だけがディストピアじゃない。ディストピアは今だ。要するに、やっぱり人類は歴史から学んだんだな。この、じわじわとした、言い訳と詭弁《きべん》ばっかりの、誰も責任を取らなくていいような、毒ガスではなくただ憎悪を募らせて空気を悪くし、マイノリティを窒息させるこの締め出し方こそ、奴らの学んだ新しいクレンジング方法だ。俺たちは騙されない。そこの知恵比べに負けはしないさ」

知恵比べってなんやねん、との反発の表情を宣明はする。

「そういやサラさんは今、カナダにいるんやって。そんでメールに、――『もう日本のことを考えなくていいのが本当に幸せ』って書いてたわ」

聞いてないふうで太一は、

「でも偉いよソンミョンは」と宣明を見る。宣明は、懐柔《かいじゅう》されへんぞ、との疑いの表情をする。

「これ本気で褒《ほ》めてるんだからな？　だってあの、ベトナムとインドネシアへのフィールドワークを実現させたのも、ソンミョンの努力と情熱があってこそだし」

「おまえは来なかったけどな」次の一杯を宣明は注ぐ。次の一本を口にくわえる。

「だから俺が思うにソンミョンは、実は結構、真面目なんだ。結構、倫理的な人間なんだよ、おまえって奴は」

「その意見、元嫁さんや捨ててきた女たちに聞かせてやりたいわ」

「市子《いちこ》さんと復縁なんかできるはずがないって、そういうところは見えてないよなあ、おまえは、昔から」

「なんだってええねん、もう」唇《くちびる》の端から煙を吐く。紫のサングラスの位置を直す。

「おまえはまともだよ。おまえだけが、まともな人間だとも言える。その両手首の傷の多さも自殺願望も、セックス中毒や、仕事すぐ辞めたりするところなんかの一つ一つはとても、まともなんかじゃない、気持ち悪いぐらいの異常さなんだけど、それらを総合したおまえという人間は、俺が見たなかでもいちばんの、まっとうさそのものだよ」

「太一おまえ」とだけ言ってから宣明は言いよどむ。

「何？」

「いや、おまえは俺に……」

「うん」

「おまえは俺に友情とか、――いや、もうええわ。勝手にしたらええわ」磁器カップを片手に宣明は立ち上がった。「どうせ俺の死んだあとのことや。知ったこっちゃない。ここにいるような、むさ苦しいおっさんばかり四人、五人？　六人言うたっけ？」

「六人ってのは数え方による」

「だからなんやねん、その回りくどい言い方は？　おまえはいつだってそう。――とにかく、そう、死んで、もしあの世があったら、隣のおまえに『ほら見たことか』って言ったるからな」

　何を言いたいのかわからないと、太一は小首を傾げる。

「先に言っといてやるけど、まあ、ほとんどの確率でおまえの、しょうもない机上の空論の小手先の悪巧みは、日本の優秀な警察の、鑑識やら科学捜査やらで暴かれるからな。そんでまたも在日韓国人全体が、不気味な犯罪集団ってレッテル貼られて、おしまいや。おまえの目論見がぜんぶ裏目に出んねん。そうなったときの対策、おまえちゃんと考えてるんか？　それともやっぱり、死んだあとのことやから知ったこっちゃない、か？」

「もちろん、自分たちの思いどおりにすべてが運ぶだなんて、そんな楽天的すぎる考えは抱いてないつもり。だからそうなったときのプランBやCなんかを用意してはいる」

「例えば？　具体的には？」

「具体的には、——って」太一は腕時計を見る。梨花の青年会に加わる以前より使っているスポーツウオッチだ。「それをもう説明してる時間がないよ」

一時間遅れてきたことをうまく利用されたな、と宣明が内心で苦く思っているだろうとは、太一にも伝わっていた。つけ込まれる隙を見せたほうが悪い、しかしながら宣明のほうに生活習慣や性格的弱さを改善しようとの兆しはない、だから毎回そこを利用する、という昔からの関係性。

太一もまた立ち上がる。

「そろそろ時間も迫ってきてるし、とりあえず、あそこの椅子に座って」

と、示されたのは部屋中央の、金泰守と尹信とのあいだにある空いたパイプ椅子だ。出入り口ドアのほうを向いている。

「座って、そんでどうすんの？」

「それで手錠《てじょう》させて」

「は？」

「窮屈《きゅうくつ》で申し訳ないんだけど、おまえの言うように、鑑識でどこまで調べられるかわかんないし、だから長時間拘束されてたっていう跡をつけてほしいんだよね」

「ええ？　いるかそれ？」

「後ろ手に手錠かけるからそれで、ちょっと動いたり抜こうとしたりして内出血とか作ってくれたら嬉しい」

「そこまでせなあかんのか？　しんどいのう」

「ごめん」そして部屋中央に向けて「テスさんも、それからシン君も、申し訳ないけど」

二人が手錠をかけられるのを見ながら宣明は、逃げ帰るなら今が最後のチャンスだ、と把握していた。駆け足でこの部屋から、この屋敷から出て、駅まで走り、それから来た電車に飛び乗る。東京の夜の街、同じ車両内の疲れた顔たち。それで何を失う？　太一からの信頼は失うだろう。でも信頼なんて、いかにしてそれらを失ってきたかの人生だったやないか。ここで生き延びて何したい？　死にたい死にたいと言っていたのが嘘ではないと証明するために死ぬ、という行動指針もまたアホらしいけど、だからってここで生き延びたところで、起きてるあいだも眠っているときも誰か「絞め殺してくれるものはないか？」と求めてやまないこの自意識は、今後も永久に休まるはずないのだから、この機会を逃す手はない。なのに、俺の本能はさっきから逃げることばかり命じる。今更の生存本能か。理性は俺に、これはもう二度とない絶好の機会なのだから座ってろ、と告げる。

もう一杯ウイスキーを飲み、また注ぎ、その磁器カップを持って宣明は椅子に向かう。カップは床に置いて座り、太一に「まあええわ、好きにせえ」と両手を後ろに回した。長い両足を前に放り出す。刻むような金属音がして手錠が嵌《は》められた。「あ、悪いけどサングラス取って。ずっとつけとったら鼻が痒《かゆ》くなるから」

言われたとおり、太一は宣明の顔から、そっとその紫のサングラスを取ってやる。そっと床に置く。

「殺すなら、とっととやってくれよ。しんどいのは死ぬより嫌やねんから」宣明は冗談めかしたふうに言うが、いよいよそのときが近いことに急に緊張する。これまでは本気であれ精神安定のためであれ、手首をかっ切ったときにはそれは自分自身でした行為だから気持ちの覚悟はできていた。今日のこれは違う。他人の手によるものだし、それにきっと確実な結果を求める太一は加減をしない。確実に、今日ここで俺は死ぬ。それはずっと求めてきたことであるはずなのに、心拍の高鳴りと緊張状態が、これまでとはまるで異質だ。笑顔が強張《こわば》ったまま収まらない。

後ろ手に拘束され、立ち上がるにはパイプ椅子ごと持ち上げないと無理な手錠の嵌められ方だった。

「ロープを使ったりしたもっと複雑な縛り方だと、本当に犯人がそうしたものかどうか疑われちゃうからね。あの子は、貴島君は、そんな器用なほうじゃないし」

太一の立つ部屋正面に向かって右から、金泰守、梁宣明、尹信と並ぶ。宣明が泰守に再び「ねえ、お兄さん。どうか『おまえは今日私と共に天国にいるだろう』って言ってくださいよ」と声をかけるがやはり無視される。一瞥《いちべつ》もされない。「残念やなあ」独りごちる。「そう言ってくれたら、どうにか安心できるんやけど」

モバイルの画面を見ていた太一は、タイミングを見計らったようにして言う。

「じゃあ紹介しよう、ソンミョン」洋扉を開く。「俺のパートナー、柏木葵さん」

宣明は目を見張る。そして、やられた、と思った。先に手錠を嵌められたのはこのためだったのかと、すぐ理解した。

その女性。太一のパートナー、結婚相手であり、その名は柏木葵ということらしいが彼女は、お腹が大きく膨らんでいた。まず間違いなくその時期も逆算していたのだろうが、いつ生まれてもおかしくないほど大きなお腹の、妊婦だった。――やられた。これはよくない。これは最悪や。

「初めまして、ヤン・ソンミョンさん。お話はかねがね太一さんから聞いています。私、柏木葵と申します。よろしくお願いいします」

最悪だ。それは、柏木葵というこの女がお腹の大きな妊婦であるという以上に、宣明は初めて会う女性に対して、それが誰かの妻であれ誰かの娘や誰かの母であろうが、まずは「性的魅力を感じる対象か、否か」という判断基準で捌《さば》くのだけれど、その脳処理がまったく働かない。よほどの年齢差がなければほとんどの女性に対して自分でも呆《あき》れるほど広く欲情するのだが（少ない例外の朴梨花に関しても、それは彼女を知れば知るほどそうなったまでだ）、この女は最初から範疇《はんちゅう》外の、これまで会ったことがないような「別もの」だった。――太一は、それこそ揶揄《やゆ》されるほどの、俺なんかよりよほど「人を見る目」の優れている男、と思っていたのに、これはいったいどういうことやねん？

「おいおい。これがおまえの結婚相手か？」思わず、問うまでもない質問を宣明は放っていた。

「なんだよそれ」当然の苦笑を太一は浮かべる。「そうだよ、もちろんそうだよ」

いや、この女に比べたらおまえはずっと弱いよ、気づけよ、逃げろよ早くこの女から、――と言いたかったが、それを言葉としてうまく出せない。初めて見る、なんやねんな、この女？　この自信。

特徴的な鼻梁《びりょう》、子供のそれのようなコンパクトな耳のかたち、全体のスタイルも悪くない。顎《あご》のラインも流麗で、触り心地のひんやりとしてそうな頬、これらエロチックであるはずなのに、ただもう頭のなかでは「この女に近づくな！」とのサイレンが鳴りっぱなしだ。何よりその目つき——

それで始めに宣明から葵にした質問は、

「あんたほんとに日本人？　韓国人の血とか入ってないの？」

「なんですかそれ？」薄く笑われる。「そういう問いをされること、そういう問いに答えようとすることの虚しさを、誰よりも知ってるのが、ソンミョンさんたちでしょ？」若々しい声で撥《は》ねつけられる。

やがて宣明は、葵のほうではなく太一に向かって「おまえ」と声を絞り出し、「最悪やな」と言う。「本気かおまえは。どこまでのアホやねんおまえは」

「まず言っとくけどソンミョン」太一は、宣明の反発を多少は察し、意思表示として葵の腕を取る。「この計画はすべて、彼女の立てたものだから。いや別に責任転嫁しようってわけじゃなく、事実としてそう。さすがに俺もここまでのことは計画できない。思いついたとしても実行に移せない」

「本当ですよ、ソンミョンさん」葵の声はよく通る。「これは私のプランです」

宣明は変わらず太一のほうにのみ顔を向けたまま、

「おまえ、そうか、若い未亡人と幼子を遺して、そんでよりアピールしようって魂胆か。五年も効果が持続するって自信ありげに言ってたのも、そういう演出も込みってやつか。そっか、民事裁判とかって言ってたのってそういうことか。なんで俺も早《はよ》う気づかへんかったんやろ。そっか、民事裁判か。そりゃ誰かが生き残れへんかったら裁判もできんもんな。それにしても頭おかしいわ、おまえら」

「違うんだよソンミョン」太一は言う。

「何が違うねん、おまえ」

「違うんですよ、ソンミョンさん」葵が言った。「今日、天国にソンミョンさんと共に立っているのは、私です。私と――」そうして葵は自分のお腹に手を当て「この子が、数時間後には天国にお供しています」

拘束されている宣明は大きく首を振る。強く歯噛《はが》みをする。床を数回踏み鳴らした。

「最悪や！　想像以上に最悪や。なんで俺はこんなとこにおんねん！」

「シャロン・テート、というアメリカの女優をご存じですか？」玲瓏《れいろう》とした葵の声はこの古い建物によく響く。「彼女は殺されました。チャールズ・マンソンという男とその男の取り巻きたちによって」

何が言いたいんや、という敵意でもって宣明は初めて葵に直接に目を向ける。だがすぐに視線を逸《そ》らす。失敗した、サングラス付けたままにしとけばよかった。

「そのシャロン・テートが、そしてチャールズ・マンソンが、いまだに犯罪史に燦然《さんぜん》と名を残しているのは、その事件の特異さや凄惨さ、だけではなく、まさに彼女が、シャロン・テートさんがそのとき妊婦だったから、なんですよね」

せめてもの意思表示として宣明は音高く舌打ちをした。

「もちろんそのシャロン・テートさんがセレブリティだったというのもあるでしょう。それにしても妊婦は、人類にショックを与えるものらしい。聖なるものらしいですよ、ソンミョンさん」

この女に、ソンミョンさんと呼ばれたくないと、ぐっと思う。

「ソンミョンさん」と葵。「大衆には、ショックを与えないといけません。それも、わかりやすく消化しやすい物語にくるんであげて与えないといけないんですよ。こちらの太一さんも、なかなか理解してくれなかったのですけど、大衆に勝とうとしては駄目、むしろ悦ばせてあげないといけないんです。ショックは、大衆にとって悦び。喜悦《きえつ》、です。人々がニュース速報の通知音をどれだけ楽しみにしていることか」

「頭おかしい。完全に狂ってるわ。あんた、なんでこんなことすんの？　まったくの日本人なんやろ？　在日韓国人のためにそこまでしてやる義理は、あんたにはないやろ」

「大衆の顔ってわかります？　私はそれを見たくないんです」

「何？　顔？」

「キム・マヤさんの事件で明らかになったのは、結局、大衆は自らの罪悪感から目を背《そむ》けたがって、しかもそれが成功したってことです。三人の実行犯は、一方では思想犯として英雄視され、もしくは勝手な解釈で同情され、また一方では、ありがちな陰謀論で『正体は自作自演の在日』と流布される。そのいずれもが、もしかしたら自分もマヤさんを殺す側に回っていたかもしれない、もしくは殺したくてうずうずしていた心性が事件によって暴露されたと、それでとにかく罪の意識と現実感を消すためにはなんでも使おうという、大衆の防衛本能。自分たちは悪くない、悪いのは、原因となる種を先に蒔《ま》いたのは相手のほうだ、お互いさま、嫌なら出て行け、殺されたのも自業自得、自分たちのする差別にはちゃんと理由がある。——耐えられないような現実に直面したときに脳は、逃避手段として別人格を形成するとのことですけど、現実直視が耐えられない大衆もまた、自らの罪意識や差別意識から逃げたくて、それが正統だと信じてもない別人格をこしらえるのでしょう」

「あんたも、太一に劣らず早口やなあ」

「大衆の現実逃避が、実際に現代では成功している。ということは、これからも似たような犯罪は起きるのだろうし、憎悪殺人は、やがてこの日本で普通の光景となるでしょう。『鶴橋《つるはし》にトラック数台でツッコミを入れるのが愛国者の正しい笑い』というコメントが、いまだに削除されずにそのアカウント主も野放しであるというのが、日本のSNSのありようです。それで、数十人から数百人を巻き込むような派手な事件が起きてしまうのも当然に大悲劇ですが、それに劣らず、毎年のように、あるいは数ヶ月に一人、また一人、二人、今度は一家族、というふうに出自が在日韓国人だから、あるいは帰化《きか》した人だからとの差別を理由とした殺人が起きる。やがてそれが日常となり我々も慣れてしまう。人々もその都度、顔をしかめはするけど、といって自分が大衆のなかに溶け込んでいるかぎり、まず自らの加担や黙認の罪を認めはしないでしょう。実際に法律に反して警察に逮捕されたり、裁判に出廷させられたりしたら別ですよ？　石の下に潜んでいたのが引き出されて白日の下に姿を晒《さら》されてしまえば、そのときその人は大衆でなくなる。ここで言う大衆とは、有名無名の違いではありません。エリート層かどうかの違いでもない。エスタブリッシュメントであろうとセレブリティであろうと、大衆に紛れ込んで安全圏から害悪を振りまくかぎりはやはり大衆で、でもたまに引き出されて大衆の姿ではなくなる。だけど、そうなってからだと意味がないんです。そのとき、その裸の人間を捕らえて糾弾して謝らせて断罪したところで、もうまったく波及効果は望めない。裸の個は、ただ切り捨てられるのみです。あいつは自分とは違う、あいつはやり方が悪かった、あいつは育ちが良くない、あいつはマイノリティの要素があった、あいつは、実は

『在日』らしい。――そうして、常識的社会人の顔をしながら、また別の憎悪犯罪が起きるのを内心楽しみにしている。なぜなら大衆は、ニュース速報の通知音を楽しみにしているから。血とお祭り騒ぎを好むから。大衆は、残酷でお涙ちょうだいの大味な情緒的物語を好むから」

「あんた、葵さん。ここでしょうもない計画に酔ってるより、ちゃんと大学院でも行って教授とか目指したほうがいいんちゃう?」

「私たちがここで動かなければ、そうした大衆の流れは止まりません。もし止まるとすれば、それはよほどの大虐殺《だいぎゃくさつ》が起きたときか、戦争に負けたときだけです」

「それは日本人に限った話じゃないやろ?」

「もちろんそうです。日本人限定の話なんて私、してないつもりです」

「もうええわ。太一、煙草吸いたなってきたわ」

歩いて行って太一は、テーブルに置いていた宣明の煙草の箱から一本を取り出し、ライターもそこから拾い、宣明の口に一本をくわえさせてやる。宣明が「手錠外してくれんと煙が目にしみるんやけど」と言うのを無視し、火をつけてやった。宣明は吸いにくそうに一口、二口と煙を肺に入れようとする。

「俺は認めんね」と言って、煙草をくわえたままだから言いにくく、ぺっと火のついたまま床に吐き捨てた。

「俺はもう嫌や。何が計画やねん、何が大衆や。何が『世界を善くする』や。太一、俺は聞いてへんかったで。そんな、妊婦やお腹の子まで犠牲にするようなもんなんて」

宣明の捨てた煙草の火を靴底で消しに行く太一だが、言葉はない。

「何がそんなに気にくわないんです？」代わりに口を開いたのは葵だ。「男性たちだけの計画だったら問題なかった？」

太一に向かってまっすぐに「俺は、太一も一緒にあの世に行ってくれるんやと思ってたんやけどな」と宣明は投げかける。

「そういう反応を見て私は」葵は自分の頰を触る。「ずっと自信を得ました。ありがとうございます、ソンミョンさん」

ソンミョンさんと呼ぶな、と生理的に強く思う。でも口には出せない。

「やっぱり男性ばかりで、しかも在日韓国人ばかりで、——まあ太一さんもユンさんもお父さまだけが韓国の方ということはあるけど、でもそこにはあまりインパクトはないでしょう。また、キム・テスさんお一人の存在価値では、申し訳ないですけど、さほど大衆を揺さぶってやれないというのが、我々の共通認識です。記者会見や法廷に立つとき、そのための演者が『日韓ハーフの夫を失った、幼子を連れた若い日本人妻』のほうがショッキングなのか、それとも『純日本人の妻とそのお腹の子を殺された日韓ハーフの夫』のほうが衝撃的、効果的なのか、もう言わなくてもわかるでしょう。少ない生贄《いけにえ》では荒波も静まらないのです」

「チェ、アムリ」と口を開いたのは、金泰守だった。うまく発音できたか自信はない、舌の感覚がおかしい。

「そうです」引き継ぐように葵は言った。「ネットに流された、マヤさんのご意見、とされるものですが、こういった意味のことが書かれていました。『二十九人を殺された堤岩里《チェアムリ》教会虐殺事件を日本側は教科書にも載せない、どころか日本人のほとんど誰もこの事実を知らないというのは、なんという非対称だろうか。あの虐殺事件を教訓としなくて構わないというのは、なんという犯罪的放置だろうか？』と、そう、これは正鵠《せいこく》を射ています。そして歴史は繰り返される」

覚醒しきれない泰守は、葵の今言ったのがそのまま茉耶の書いていたことだと正確には思い出せない。彼は、アプリ「鬱おもて」や薬の効果の薄まってきたことを太一に訴《うった》えた。太一は薬の幾錠《じょう》かを、後ろ手に拘束されたままの泰守に飲ませる。水の代わりに炭酸の抜けたコーラで。宣明からの「おまえその薬なんや？　名前教えろ」との問いかけにはやはり答えない、というか名前を知らない。それは、尹信の調達してきた国内未承認の薬だった。

「アホやなお兄さん。最期の瞬間まで意識あって確認できるのが、自殺の醍醐味《だいごみ》やろうに」

軽口だがそれは泰守にも意識をはっきり保っておいてもらいたい宣明の、他に賢明な呼びかけを思いつけない代替だった。が、数秒と待たず、すっかり弛緩した目と口の泰守を見て宣明は、彼に、こんな計画だとわかっていて参加したのか、そのことを訊いておけばよかったと後悔がよぎる。ニュースの記者会見で見たあの有名人、記者会見で聞いたあの独特の低い声。この人はこれで、本当にいいのだろうか。

「大衆の顔を見たくない、ってさっき言ってたけど、あんただって大衆やん。それとも違うつもりなの？」そう葵に問いかけたのは、自分の決心が固まるまでの時間稼ぎだ。

「いいえ、私だって大衆の一員です。特にここで人生の困難に立ち向かうことをせず、あとのことを太一さんに託して逃げようというのだから、私だって弱い、ずるい、大衆の一部です。人生で正しい道は一本。困難な道を行くことです」

深い溜め息をついてから宣明が、

「お腹の子の命は？　それを奪う権利は誰にあんの？」と、そろそろ喉《のど》が渇いてきた。持ってきて足元に置いた磁器も、そのなかのウイスキーを飲ませてくれと太一に頼むのは頼みたいが、そのタイミングがわからない。

「不思議なんですけど、生まれてもない、意識もない、知性も感情もないようなこの生命以前の存在に対して、どうして人々はそんなに過剰反応するのでしょう？　宗教など関係なしに、何か神秘的なものを勝手に感じますよね？　ベビーカーを押すお母さんより、お腹の大きいお母さんを尊ぶような。権利？　果たして、生まれてもないものに権利などあるのでしょうか？」

「あんたのお腹を蹴《け》ることはあるやろうが。そんで、それは生きてるからや」

「ま、こんな、生命の線引きについての結論の出ない会話をしてもしょうがないんですけどね。いちばん重要なのは、やはりこれが」と葵は自分の膨らんだ腹をさする。「すごく効果的だってこと。ソンミョンさんですらこんな過剰反応を示すのですから」

宣明が太一を上向きで睨《にら》む。

「太一、おまえその人のこと愛してないんか？　そのお腹の子の父親やろ、おまえは」

「そんなことはもう散々話し合ったのよ、俺らは」

「嘘つけ。どうせその女に言いくるめられたんやろ。おまえがこれまで人にしてきたように。頭のおかしい男が、最後に、より頭のおかしい女に洗脳されたんや」

「これしかないんだよ。こうまでしないと大衆は聞きやしない」

喉の渇きがたまらない。酒を飲みたい。思わず立ち上がろうとして手錠で拘束されていると、前のめりに、つんのめった。左足の靴先が、磁器カップを蹴った。というかそっか、椅子までが床に固定されているわけではないと、改めて、——そうだ。

蹴られた古い磁器は、床を転び壁に当たって、ごろごろと揺れる。内容物のウイスキーを吐き出す。まだ俺は完全に自由を奪われたわけではない。そうだった。

もうすべてを受け入れたように宣明が、葵に笑顔を向け、

「それはそうと、葵さん。俺ずっとあんたが誰かに似てんなって思ってたんやけど、ようやく思い出したわ」

声のトーンが変わって楽しげですらある。

「小学校のとき、うちの学校だけで流行ってた『九尾のコン様』とかいう降霊術ゲームがあったんやけどね、それでそのゲームをやってたなかの、ある女の子が、昼休み中に、急なパニック状態になったの。大声で叫んで教室中を駆け回って、そのうち四足歩行になってクラスメイトに噛みつきまくる。他の子も泣き叫んだりして大騒ぎよ。俺もその場にたまたまおったんやけど、いやほんま、その子の迫力といったらなかったわ。普段めっちゃ地味で、おっとりしとった子やのに、四足で駆け回るスピード尋常じゃなかったし、唸《うな》り声はその子の出してるもんとは信じられん獣みたいやし、動き止まったときに口走る呪文みたいなもんも適当に言ってるとは思えん、ほんまに黄泉《よみ》の国の言語を喋っとるみたいやった」

葵は表情を変えない、ずっと微笑をたたえたままの腕組みの、妊婦の立ち姿だ。

「何が言いたいかっていうと、あんた、そんときのキツネ憑《つ》きの女の子にそっくりやねん。言われたことない？　あんた、それなりに整った美人さんやけど、でもなんか惹かれないんよな。あんたとセックスしたいと全然思えん。あんた、キツネ憑きに似てるって今まで言われたことない？」

「ないですね」

横で聞いている太一にはわかっていた。こういうときに誇張して挑発してくるのが、この男だ。

「葵さん、あなたは学生時代、いじめられっ子やった？　それとも、いじめるほうの輪のなかにおった？」

「どっちでもないですね」と葵。

「あるいはそうそう、太一と付き合う前は、どんな男と付きおうてたん？　それはマジで知りたいわ」と椅子を揺らす。

「なんの関係があるんだよ？」口を挟んできたのは太一だった。

「関係、あるんだよなあ」せせら笑うよう語尾を延ばす宣明。「例えば葵さん、あんた、大層な理屈をさっきから並べとったけど、そうまで思い至った理由は何よ？　いや、政治とか社会問題とか関係なく、普通に産めや。普通にありきたりな家庭築いて、幸せに勝手に生きろや。そんなに政治したけりゃ、たまにデモに参加して選挙には行って、そのへんで満足しとけよ。何マジになってんの？　ほんまに、何ムキになってんのよ？　そこまで思いつめるようになった理由ってなんなんや？　大衆大衆って、うるさいねん。どんなトラウマがあってそんなふうになったん？　なあ？　なんか言えよおまえら。かかってこいや」

「わかりやすい因果関係の説明を求めてるなら――」葵が言いかけたところで、宣明が、

「求めてへんよ。いや、求めてんのか？」

ほとんど初めてのことだが、太一は宣明に感心していた。すごいな、と思う。この葵の話を遮《さえぎ》れるのか。何も感じてないからできるのか、しかしこの男はそんな鈍感なほうじゃないはず、という

ことは感じながらも抗しているということで、だがいったいなんのための抗戦か。

「そりゃそうやわ、因果の説明なんてだいたいが信用ならんよね。わかる。今の自分があるのはこんな過去があったからです、とかいう単線の話が本当なわけない。通りのいい作為に決まってる。そうよね。でも違うねん。俺が求めてんのは、真実よりもあんたのチョイス。自己紹介をするときにどんな過去を選ぶか、その過去を語るにどんな言葉や話法を選ぶか。わかるよ、葵さん。動機を説明することほど間抜けなものはないもんな。とたんに興醒めする。でもな、それこそ俺の求めてるもんなのよ。俺はあんたに興醒めしたい。完璧の印象だけ残して立ち去ろうなんて、俺の目の前では絶対にさせへん。あんたらに、冷や水を浴びせたい。四方八方に水を差すために生まれてきたのよ、俺って男は」

相性としては最悪かもな、と太一は考える。そんな予感があったからこそ今日まで会わせたくなかったのもある。圧倒的な暴力を行使できるシン君にしても、圧倒的な経験を持つテスさんにしても、葵を前にしてはその反発心をわずかも表に出さなかった。それがこの、最弱の男が、さっきから好き放題だ。

「葵さん、あんた気持ち悪いわ。目のまわりがなんか暗いのは、そういう化粧？　それともクマ？　目のクマってそんな、太い層みたいにできるもんなんか？　ていうかもしかして薬物とかやってる？」

「やってねえよ」

鼻で笑いながら即答したのは隣の太一だった。

「いや、なんか薬物中毒者の目つきに似てるやん」

「似てねえし、やってねえよ」

我が妻をこんなふうに言われて怒りを覚える、との感情はしかし、率直なところ起きない。それどころか「自分の妻」との感覚が太一には希薄だった。婚姻届を提出してからずっと、自分との子を妊娠したとわかってからも変わらずそうで、あるいは彼女を「パートナー」と呼ぶことにもまだ隔たりを感じる。

「美人やけど、えぐい、ひりつくもんがある。どう育ったら、一見ただの女の子がそこまでの迫力出せるのか。あんた、ナンパされたことないやろ？　痴漢《ちかん》に遭った経験もないんちゃう？」

葵とは、初めて視線を交わしたときから勝負が決していた。それはまさに勝負だった。交差点。もう遠くから、同類がいる、しかもかなり強い奴だ、とのセンサーがまず働いて、女、若い女、それでもう、すれ違う前には心のなかで降伏していた。自分の、人を見抜く能力とやらにうぬぼれていたのが初めて、こんな個性なんて持ってないほうがよかったのにと恨《うら》みに思った。それだけ彼女には、ひれ伏した。彼女は俺を見て始終微笑んでいた。ちょうど今そうしているように。彼女は、連続殺人の、そのひと仕事のあと、というような趣《おもむき》であった。実際、生活苦でもなく精神疾患でもなく、人生に絶望しきっているわけでも知能が極端に低いわけでもなく、それでいて自己の意志で連続殺人を平気で遂行できる人間を、初めて見た。そんなのはファンタジーや歴史上の人物だけの存在だと思っていた。でも俺は彼女を発見した、というより俺は彼女に見つけられてしまったのだった。その交差点で「私、こっちの方向なんだけど」と彼女の進むほうを指差されて、俺の目的地とは反対だったのだけど、そのまま回れ右をして、彼女の歩調に合わせていた。

立ち向かう宣明。

「完璧の印象。瑕疵《かし》のないような韻文。勝ち逃げでの伝説作り。葵さん、俺はあんたが嫌いや。虫《むし》酸《ず》が走るほど。広告代理店的な顔の整い。いかにもカリスマと呼ばれるためのようなその目つき。キツネ憑きが。嘘つけっての。俺はね、二二が四なんてクソッタレなんだよ、——と言ったところでわからへんか。イファさんがいたらわかってくれてたんやけど、まあええわ。とにかく俺はな、ヒトラーのおじさんが嫌いやねん。あいつ、なんか完璧の印象だけ残そうと苦心して必死やったやんか。そんでまた、ある程度は目的達成してるように見えるのがまた腹立つ。いや、ないない。俺に言わせりゃ、みんな、くだらない人間よ。あんたも葵さん、俺を前にしたからには綺麗なままで逃げ切れると思うなよ。あんたもどうせ、欠点が豊富な、しょうもないコンプレックスや過去を抱いてる、俺とおんなじ人間らしい人間に決まってんのや。周りの人間が必死になってあんたの神秘性を保ってくれてるだけの空虚な中心でしかないってことを、しっかり自覚せえよ」

　周りの人間の努力によって本来なら空虚なはずの人間がその神秘性を保つ、という実例を太一は一人知っていて、それは彼の父親だった。母、祖父母、一人息子である自分、事務所の人たち、顧客、マスコミ関係者、などが何十年も努めて父を、有能すぎるほど有能でワーカホリックなほど働いて、とてもよく稼ぎ、スマートに遊び、それでいて立派な家庭人でもある「完璧な成功者ふう」との像を作り上げることに腐心したのだった。いわば合作の彫像だが、中心の像がいかにも偉そうで驕慢《きょうまん》だった。そしてまた自分が、元在日韓国人の帰化人だということを、ひた隠しにしているのだった。

　父を「不可侵である家長」として、その神秘性の保持に誰よりもたゆまぬ努力を捧《ささ》げた母が、その心労により早世した。俺は脱け出した、つもりで経済援助を引っ張ってくることは、利用できるも思えない。

だけ父を利用してやるという復讐《ふくしゅう》の意図だったが実際はどうだろう。ただの放蕩《ほうとう》息子としか自分でも思えない。

「ソンミョン」太一が語りかける。「おまえは知らないのか、それともあえて知らないふりをしようとしてるのか、特別な人間というのはいるさ。ひと皮剝《む》けば同じ人間、というのも一つの真理だろうが、同じ人間でもすごいのはいる。例えば、アーレントの『凡庸《ぼんよう》な悪』の、あのアイヒマンだけど、この担当課長は、やっぱりただの課長じゃない。映像、見たことあんだろ？　モノクロの、裁判の受け答えのシーン。あれ見ておまえ、ほんとにあのアイヒマンが『凡庸』だと感じたか？　いや、とんでもねえよ。あいつは非凡人だよ。自分の利益になるのだったら、自分の信念に適うのだったら、自分の立場を守るためだったら、数百万の命を死地に送ることとさえ平気な人間。凡庸なわけないし、だからおまえの言うような『みんな同じ人間』も嘘ではないけど、でもそればっかりじゃないんだよ」

「じゃあおまえの奥さんが、つまり『凡庸ならざる悪』だと。アイヒマンやと」

「そんなことは言ってないけど」

「でも俺に言わせればあのアイヒマンも、映像見たけど、別に非凡とは感じへんかったけどな。現代でもおる、融通の利かん、自己保身ばっかりのただの頑固な官僚。凡人よ」

どちらでも、というふうに肩をすくめる太一。

「わかった。もうええわ。もういい」

ふと、宣明は思い出したように、

「ああ太一、俺の喧嘩《けんか》の連敗記録、いくつになったと思う？」

言うや否や宣明は、後ろ手の手錠ごと椅子を抱えたまま立ち上がった。出口のほうか太一に向かってか低い姿勢で走るも二歩も進めないまま、隣の尹信に、彼も同じく椅子に手錠で縛られたままだが、滑るように足で搦《から》め捕られていた。倒れたところに尹信がそのまま踵《かかと》を落とす、宣明の顎を目がけて落とす。もう一度落とす。そのときにはすでに宣明の意識はなかったろう。

いよいよ、だ。太一は、これも尹信から調達してもらっていた警棒型スタンガンを机から取り出し、伸ばし、宣明の肩口に当てた。尹信が素早く身を離すのを見てスイッチを押す。思わず手を離してしまいそうになるほど宣明は、激しく痙攣《けいれん》をした。だがそれを試せてよかった。試したいために彼を挑発したとも言えるし、そのことまで鑑識で明らかにされるかしらないが、誰かの死体に電撃の跡を残したくもあった。

こうして宣明の望む「自殺の醍醐味」を奪ってしまった。彼との最後の挨拶も交わせないままもうこれで、終わりだ。床には彼のサングラスが割れて潰れていた。

貴島から連絡が入る。宣明に似て時間に遅れがちな彼だが、しかし今日のことについては絶対に時間に遅れるなと、ほとんど暴力的なまでに言い聞かせてきた。彼に盗ませた物もそうだ。

この建物に唯一の監視カメラがピロティにある。ピロティといっても、それは、ただの屋根のある細い通路だが、柱のところに立って太一が待っていると、駅から駆けてきたのか、この三角地に向かって現れる男。小柄な揺れる影。貴島斉敏だ。

スーツ姿である。正装の必要があるからね、と太一は伝えていた。大きめのゴルフバッグを抱えている。笑顔だ。遠くに見えた太一の姿に安心したからだ。だがその笑顔は、事情を知らない人から見れば、あまりに不気味な、いかにも狂人めいて映ることだろう。敷地内に入ってピロティを向こうから歩み寄ってくる姿。カメラの画角にきちんと収まっているはずだ。

「待って」と太一は両手で制する。それは無音のカメラ越しでは「やめろ」とも見える。両手で制するポーズのまま太一は貴島に、事前に頼んでいた、帝國復古党の党首秘蔵の日本刀を出して見せてもらう。イベントや党宣伝動画などでよく披露《ひろう》されていた刀だ。党首の部屋の鍵さえ手に入れば容易に持ち出せるセキュリティの甘い「秘蔵の名刀」であったが、対となる脇差も一緒に持ち出してもらってきていた。実際には使い勝手のいいそちらのほうを使うことになるのだろうけど確認したところ、貴島は「はい、持ってきました」とゴルフバッグを開いて元気溌剌だ。今夜のこのときまで幾度となく念を押していたことであるが、気の抜けたところの多い貴島が、約束を違《たが》えることなく、また党首の部屋から刀二本を盗み出してくるという彼にとって難事であっただろうその指示をちゃんと果たしてくれたことが、この半年以上の期間を密に過ごしてきた太一にとって、ちょっと、倒錯した感動をもたらすものでもあった。

一応カメラを背にしている。貴島によって鞘《さや》から抜かれた刀身を見てから、細かくうなずき、ちょっとわざとらしいほどの後ずさりをする。驚いた演技で口に手を当てたまま「脇差のほうも見せてください」と促《うなが》すが、器用でない貴島は打刀《うちがたな》をいったん地に置くこともせず、だからそれも貴重なはずの鞘を放り捨てた。それから脇差《わきざし》を取り出す。脇差の鞘を抜くときは打刀を地に置く。そしてやっぱり脇差のほうの鞘もその場に置きっぱなしにする。それら一連の動作を確認してから太一は、背を向けて走り、そのままカメラの画角から姿を消した。そして画角の外より、

「貴島さん、早く来て！　走って！」と誘う。

わけもわからず、しかし嬉しそうに興奮して、つまりカメラに歯を見せて貴島は、刀を両手に持ち、走って太一を追うのだった。二本の鞘が、建物外のそこに捨て置かれたのは偶然ながら都合がいい。その証拠は焼かれずにそのままそこに残るだろう。

建物内にはカメラはない。扉を開ける。椅子に後ろ手の手錠姿で縛られている三人の男の姿を、そのとき貴島は見た。彼は、遊戯をいきなり中断させられた児童の表情だ。いっきには何が何やら判断つかない。当然だ。三人の男のうち一人は床に倒れて目も虚ろだ。部屋の奥のほうには女性もいる。しかも妊婦らしい。こんなの話に聞いてなかった。

太一のことを片親が在日韓国人だと知らない、ましてや在日韓国人のための組織のメンバーだと知らない貴島が、今日ここに太一によって呼び出された理由はこうだ。何か、怪しい集会を定期的に開いている在日韓国人の団体がいる。彼らをちょっと日本刀で脅《おど》してやろう。それでもうこんな反日行為を働くなと（といって集会することの何が具体的に「反日行為」なのか貴島にはよくわからないのだが）注意をしてやる。説教をしてやる。奴らは恐れてもう二度と集まったりしないだろう。それで終わりだ。「誰も傷つけません」と太一は貴島に伝えていた。

「もちろん貴島さんが、彼らを傷つけたいというのなら話は別ですが？」

何を言いたいのかわからないという表情を、そのとき貴島はしていた。

「朝鮮人をこの世から駆逐《くちく》したいんでしょ？」

と問う。駆逐、の意味が彼にはわからないかもと思い直し、

「朝鮮人が嫌いでしょ？　みんな殺したいでしょ？　どうなの？」

これまでにもそう迫ったことが、一度や二度ではないが、要は彼に「はい、殺したいです」と肯

定してもらいたかった面がある。にもかかわらず最後まで叶《かな》わなかった。むしろ最近の貴島は、彼の両親や弟や妹のいずれからも「最近変わったよね」と口々に褒められているようで、誇らしげだ。これも太一のおかげだと言うがそういうことは、狙っていた効果ではない。彼と近づきになるためには仕方なかったとはいえ、出会って最初のころは確かに目つきも悪く、過激思想も簡単に口にし、自分の所属する党のためとあれば暴力行為も辞さないような人間だったにもかかわらず、太一の示した親密さが彼を変えてしまっていた。もう、政治的な話を好まなくなってしまってもいた。

だが、それも手遅れだ。――というか逆に、間に合ってくれた、と言うべきか。帝國復古党の党員を辞めたいとでも相談されていたら、計画は中止とせざるを得なかったろう。

　これから先、引き出される警察や裁判所にて、太一（そして葵）が前もって考えた回答はこうだ。在日韓国人憎悪がはびこる昨今では、もう啓発運動は難しい。政治や教育の分野ではもちろん、ネットを通じてのそれも、圧倒的な物量の前に潰されるのみだ。だとすれば、希望が見出せるのは個人と個人の温もりのある繫《つな》がりのみで、その最初の試みとして、帝國復古党に所属していた貴島斉敏に目をつけた。偶然だ。ある映画上映イベントでたまたま出会ったからだ。それで、ゆっくり時間をかけたコミュニケーションのなかで、この啓発方法も効果があるように思え、だからこそ彼を太一たちはクリスマスパーティーに招いた。しかし彼が両手に携えていたのは二本の刀だった。まず妊婦の柏木葵を人質に取られたのがいけなかった。男たちは次々と椅子に後ろ手に手錠をかけられる。ちなみにそれら手錠の（多めに）五本を、それからアメリカ製最新スタンガン一本を、ネットショッピングで購入した記録が貴島のログインした履歴としてきちんと残っている。これが来月になってしまえば請求金額から貴島に疑われてしまうだろうが、いずれにせよ、オンライン決済における詐術《さじゅつ》を指南してくれたのは尹信だ。

　更には、犯行声明みたいなものも貴島の自宅のパソコンには残っているはずで、というのもこれは太一から、以下のように誘導していた。

「貴島さんの檄文《げきぶん》やエッセイみたいなのを集めて、いつか自費出版できたらいいなと考えてます。本当に味がある文章です。学校の勉強とは別の、真の頭の良さを感じます。僕を信じてください。いや、費用のことは僕がなんとかしますので、ただこの件もできれば誰にも言わずに秘密にしておいてもらわないと、誰かに喋ってしまったとたんに僕はもう貴島さんと会えなくなってしまいます。僕は、貴島さんの文章を本にしたいなあ」

　部屋に三人の男が座ったままですでに後ろ手に手錠をかけられていて、瞬間的に貴島がどう思ったか。これはもう太一にはわからない。一人の男は床に伏し、意識もなさそうで、しかも一見してそうとわかるお腹の大きな妊婦が、余裕ありそうな表情で部屋の奥からこちらを見て微笑んでいる。古そうなマグカップで紅茶かコーヒーかを飲んでいる。

　太一から「貴島さん」と呼ばれて振り返ったときの貴島のその表情に、彼がひょっとして今日のこれがサプライズのクリスマスパーティーではないかと期待していたみたいな、複雑な色を見る。次の瞬間には彼の胸にスタンガンを当てた。最大限の電撃に身体は弾け飛び、床に倒れて痙攣激しい。即死だろうか。いずれにせよここからは、あまり悠長なことはしてられない。そこには太一自身の、心の緊張の時間制限もあった。――俺はつくづく弱い、と太一はこの計画を思いついてから何度目かの自信喪失をまた感じるのだった。葵が笑っている。貴島の、ここまで運んできてくれた脇差を手に取る。これが実は、なまくらだったら、それはそのときの次のプランがあるのだったが、今更になって幾重にも失敗を想定したプランの重ねが恨めしい。もう引き返す余地がない。

順番をどうしよう？　実はまだ絶命してないソンミョンが先か、すでにショック死している可能性の高い貴島を刺すのが先か。シン君は、もはや鉱石と化しているかのように微動だにしない。テスさんは、アプリと薬のせいもあってかずっと放心状態に見えるが、だからといって彼をいちばん殺しやすいかといえばそういうこともない。なんということだ？　こういうことは事前に決めておけばよかった。葵と、そのお腹の子がやはり最後になるだろうがこの瞬間まで俺が自らに問い続けた「それが本当に俺にできるのか？」への答えが今、現実となるのだ。

「太一さんならできる」葵は言う。

時間がない。そしてもう、抜き身は目の前に光っている。手に重い。

「人が、とてもできそうにないことを、私たちはしなくちゃいけない」

太一は呼吸が荒くなってくる。

「あいつらの物語を横からそっと取り替える」

口を尖らせ速いピッチで息を吐き出しながら太一は、床に椅子ごと倒れて意識のない、しかしまだ生命は繋いでいる宣明を見下ろす。瞳が涙をたたえて鼻の奥が痺れてくるのを感じるが、そんなのは何年ぶりだろうか。刀の切っ先を宣明の首の頸動脈《けいどうみゃく》に向ける。刃を当てる。

「でも、あいつらを啓蒙しようとか、つまりは勝とうとしては駄目」

よく聞かされたこの話を彼女がまた繰り返しているのは、つまり俺に行動を促しているから。彼女の言葉と声にはそういう「力」がある。

「あいつら、いつだってこうやって胸を叩いて『ああ、私たちはもう二度とこの歴史を繰り返しません』と泣きわめいて大騒ぎして、でもやがて飽きてきたらまた同じ歴史を繰り返す。また泣きわめき、また繰り返す。まさに散文的。洗練からは程遠い。冗長で自己肯定に溢れていて、散文的」

誰もが特別なんだ、と太一は思う。この、今にも頸動脈を切り裂いてやろうとしている宣明だって、どうしようもない最低の屑《くず》だったが、こいつは俺の知るなかで最も「まともな奴」だった。それについては本心からのことを彼に言った。伝えられてよかった、と思う。涙が止まらない、鼻水が止まらない。呼吸が、不随意筋に従うがままだ。

「太一さん、私たちは、こっそり大衆の裏をかきましょう。あいつらが想像してもないようなことをする。それも少しだけずらした新鮮な物語を」

葵は、別に人間以上の存在ではない。彼女だって同じような話を繰り返しがちだ。彼女もまた言葉から完全に自由ではない。ソンミョンの主張する「みんな同じ、くだらない人間だ」という乾いた事実と、俺が今感じている「誰もが特別だ」という歓喜に近い思いとは、そんなに距離が遠いのか。——いや、人間はすべて表裏の存在だとか、世界の真理は陰陽だ、などとはまだ言うまい。すべてを運命論に回収することはまだ控えよう。差別の問題は、とにかく安易な道に逃げないこと。目を逸らすまい。神経を尖らせていよう。もっと痛みに耐えよう。どんどん外に出て恐怖心を克服させよう。寛容の精神をもっと信じられないほど高くに飛翔させよう。そうして、——差別の問題とは死なないことなんじゃないか？　ひょっとして、誰も死なせないことなんじゃないのか？

葵は言う。

「そしてそれをできるのは私じゃない」そして自分の腹をさすり「この子でもない」と首を振る。

「その少しだけ枠から外れた、新鮮な物語を紡げるのは、太一さんだけです」

更地の三角地に建つ、その「親日派韓国人」による設計の、二階建てのコンクリート造りの戦後モダニズム建築。内部がよく燃えている。白色に桃色に金色に、直視すれば目を焦がすような光を一階窓から発し、次に二階からも破裂音がして、窓が割れ、やはり光輝《こうき》を色とりどりに発する。

こんな花火みたいになるなんて、シン君は言わなかった。華々しさ、賑々《にぎにぎ》しさ、美しさが虚しい。木材が焼かれる音、爆《は》ぜる音。化学変化らしい異臭も放ち、見上げる太一も目が痛くなる。火の粉がすぐ近くにまで落ちる。万が一の司法解剖を阻害するための、つまりは自分たちの死体をよく燃やすための着火剤の調達など、最後のこのときまでシン君の尽力は大きかった。

建物から離れた。更地の端のほうで座り込む。警察と消防に連絡をした。父への連絡は留守番電話になってくれて助かった。彼との説明を要する長い会話は、今の神経には耐えられそうにない。そしてそのまま横になった。とても疲れている。土が冷たい。火災の熱を左半身に感じるが、それでも土の冷たさを溶かすほどではない。暖冬とはいえ、コートを着て出ていてよかった。もっと言えば、焦りを演出するためにあえてコートを着ない、という余計なことをしないで正解だった。このコートに浴びている返り血は貴島のものだ。

疲れ切っている。仰向けになる。それで燃えさかる建物から視線が外れてしまうが、もう見守っておかなければならない何ものもないはずだ。

夜空。クリスマス・イブの夜。そのうち近隣住民たちが集まる。あるいはすでに出てきて寝転がっている俺を見つけただろうか。

やがて見ている星空に、細かい灰がまぶされる。焦げた紙片の舞うのまで視界に入る。火の粉はここまで届くのか。俺を重度の火傷にしてくれるなら、それはそれでいいようだけど。あるいはそれ以上のことも、起こっていいのかもしれない。とにかく疲れた。ものすごく疲れた。爆ぜる音は絶え間なし。この悪臭も、数時間後には嗅《か》がなくなるとは不思議だ。あるいは一生涯、嗅覚《きゅうかく》の記憶として鼻腔《びくう》に残るか。

土が冷たい。背中から凍る。身体の表面は熱を感じている。このままここで、眠れるはずもないのに、しかし意識を失えるとしたら、そのときはぐっすり眠れるかもしれない。

皆がここで死ぬ必要があったのだ。

「本当にそうか？」

太一は頭を振る。目をつむる。疲れた。もう本当に疲れた。

柏木《かしわぎ》太《た》一《いち》
東京都
三月十八日

ホテル住まいは、妙に落ち着く。ここが本当の我が家であるはずないからそうなのか、だとすれば「我が家」というのは自分にとってこれまで寛《くつろ》げない空間だったのか。しかしそんな自問に、柏《かし》木《ぎ》太《た》一《いち》は意識を集中させはしない。

もうしばらくして父が迎えに来る。義理の母にも言われたが「東京に来たときくらいは実家に泊まればいいのに」との言葉に、太一の返答は「気分転換になるから」だった。その若い義母の申し訳なさそうにする態度にも、あまりどうもしてやれない。別にあなたのことは好きでも嫌いでもない、俺のことは気にせずに暮らしたらいい、とのことを彼女に柔らかく伝えるその術《すべ》を、太一は知らない。

ホテルの一室で、帝國復古党を相手取った民事裁判の、その初公判に備える。ハンガーに掛けてあるスーツを引っ繰り返しては、糸くずや埃《ほこり》がないかを確認する。

テレビは点けっぱなしだ。ネット放送局のニュース番組は、本来であれば、自分たちの初公判についても取り上げているべきなのに、そうなってない。それが太一の苛《いら》立《だ》ちのすべての原因だった。

例の「西アフリカ自衛隊襲撃事件」から二度目の日韓首脳会談が開催されることについて、ソウルからの中継を時折挟みながら、どの局もそれを盛大に祝うかのような論調で報じているのだった。

自衛隊が死者を十二名も出した「西アフリカ自衛隊襲撃事件」であるが、そもそもの始まりとしてその地域へ、国連軍ではなく「アメリカ主導の有志連合」として、より安全性の約束されない作戦に駆り出されていたのだった。法律改正の結果だ。しかし、同じ国内法上の制約から軽武装のままであったのが、現地の武装集団から大規模な襲撃を受けてしまった。

自衛隊への急襲に援護に駆けつけた韓国軍とデンマーク軍の犠牲者数がそれを上回る二十二名（うちデンマーク軍が女性を含む三名）というのが、この事件の顚末《てんまつ》だ。事件報道初期においては、日本側は、まず当然ながら自国の犠牲者を大いに悼《いた》み、次にデンマーク軍の自己犠牲を称揚するに留まったが、やがて、日本メディアは韓国軍の犠牲者についても報ずるようになる。犠牲の悲しさよりも、襲撃してきた過激派イスラム組織の死亡者は百人超と、その戦功《せんこう》を誇りたがる報道はあったにしても。

いずれにせよ、これをきっかけに、いかに自衛隊派兵先の現地では、事件以前の日常から日韓交流が行われていたかとの報道がなされ、そのうちに家族を失った三ヶ国遺族の交流が果たされる。そして、数年ぶりの日韓首脳会談（まずは東京にて開催）までが、まるで滑らかな既定路線のようにして決まったのだった。

「皮肉なことに」との文言を太一は思い浮かべたくもない。意識からその言葉を排除しようと奮闘する毎日でもある。その「西アフリカ自衛隊襲撃事件」だが、太一が我が妻と我が子を失って翌月、正確に言えば二週間と数日しか経っていないあとに起こっていた。

ネクタイピンとカフスを、太一は新調していた。そればかりでなく、腕時計もスポーツタイプのものではなく、財布もチェーンなど付いてないもの、靴もスニーカーではなく革靴だ。そしてそれらはすべて若い義母が用意したものだったが、もちろん彼女がそんな押しつけがましい性格をしているはずはなく、背後にはあの父の意向がちらつくのだった。太一はそのことについては何も言わない。この件で父は正しい。反論する気もない。

ホテルで読める各紙朝刊、ネットで購読できる週刊誌、その社説や記事に目を通す。

「急速な日韓雪解けムード」

「三十四名の犠牲を無駄にすることなく、新世代の国際貢献と世界平和を」

「いつまで北東アジアの一角にこだわっているのか？　戦場はいまや全世界だ！」

「SNS上でヘイト投稿を繰り返していたアカウントが、次々と活動を停止している現象をご存じだろうか？　本誌取材班は、党の下請けとして一日中ネットに張りついていたと語る内部告発者との接触に成功。語られるそのお粗末《そまつ》な実態、場当たり的で理念なき政治戦略、最低賃金を大きく下回る時給額と、呆れたその労働環境。読者諸氏は果たして、これほどに幼稚で貧相な下請けグループが、日本の世論を誘導していたことを信じられるだろうか？」

自衛隊と韓国軍とデンマーク軍による共闘は今や、三国共同出資の大規模予算で映画化されるとの情報もある。

あの計画以降、そして西アフリカ襲撃事件以降、他に目立った在日韓国人関連のニュースといえば、キム・マヤさんをレイプして殺した日本人三人が、それぞれ同日のほぼ同時刻にて、同じ刑務所にいた在日韓国人たちの手によって、刺し殺され、くびり殺され、転落死させられた。犯人たち三人は「どうせ刑期後に強制送還されるなら、果たせる正義を果たしておきたかった」との動機説明を弁護士に託していた。

が、それも、日韓雪解けムードの熱風の前ではわずかの逆風ともならない。扱いづらいこの事件についてマスコミは続報や詳報を追わず、また厳罰志向のネット世論では「むしろ殺処分してくれて問題なし」とか「おかげで血税の節約になったね」とかいった、無関心に近い許容論がほとんどだった。

「ムード」はいい。そのために太一たちも戦ってきたと言えるが、しかしこれから裁判というときにこの「ようやくの日韓友好ムード」とは、どう向き合えばいいのか。

太一が事件後、東京から移り住んでしばらく過ごしている大阪鶴橋《つるはし》では現状、他都道府県からの日本人訪問者も増え、交流イベントも盛んとなり、直截《ちょくせつ》には言われないが「あまり被害者意識を前面に出さないで」との掣肘《せいちゅう》が強い。それはいい、差別をやめさせるのが本来の目的だったのだから。

しかしそれにしても、この状況はなんだというのか。それを相談できる相手も、もういない。

テレビに映る韓国ソウルでは、世界的に有名なボーイズ・グループによるパフォーマンスを、立ち上がり拍手しながら日本総理が歓迎する。

自分たちの犠牲が果たして、世界を変えることにどれだけ貢献したのか。帝國復古党をほぼ壊滅させたことは、さほど太一を慰《なぐさ》めはしない。葵《あおい》たちのことがなかったとしてもいずれにせよ、西アフリカ襲撃事件の余波、あるいはその後に発覚した党首自らのセクハラ問題や、党要職議員が不正献金を働きかける音声がリークされたことなどによる不信感が支持率を大いに下げ、自滅は必然の流れだったろう。

「新党日本を愛することを問え」の党首、神島眞平《かみじましんぺい》にしても、いずれ彼が政界を離れるであろう予兆は、自分たちの計画実行の前からそれとなく太一にも、ということはもちろん葵にも、見えていたはずだった。それなのに待とうとしなかった、なぜなのか。今となっては太一も自分のことが、一時的な視野狭窄《きょうさく》の、せっかちとしか思えない。しかしなぜそうだったのか。

神島眞平は、政界登場のときからどことなく、ナルシシズムの性向が著《いちじる》しく、そこがまた彼の人気を呼んだのだったが、やがて彼の自己愛と、潔癖《けっぺき》な哲学、および同じ党内の人間にも容赦《ようしゃ》ない言動が、彼を一部の（しかし決して数少なくはない）盲信者以外からの孤立を招いてしまい、また彼もそうして一部の盲信者以外からは孤島に逃れることを望んでいたようなふうでもあって、西アフリカ襲撃事件以降の最初の日韓首脳会談についてのコメントを求められた際に、しばらくは彼従来の韓国政府批判を繰り返したのち、最後の質問に答えるかたちでこう言い放った。

「しかし私の役割はこれで終わったと、そう感じてもいます。私は今日をもって『新党日本を愛することを問え』の党首を辞任し、同時に議員の職も辞します。もう二度と、被選挙権の行使はしません。どの選挙にも絶対に立候補しません。私はもう日本には何も期待しない。北東アジアには何も期待しません。私は、まだピュアな魂が生き残っている東南アジアに移住をします」

カメラの連写フラッシュ。記者たちの早口の質問。そのなかの、

「日本を愛するとは嘘だったんですか？」

これにのみ答えて神島は、

「深く愛しすぎていたからこその反動はあります」

そうして記者たちに揉《も》みくちゃにされ、神島はその会場から消えたのだったが彼が表舞台から完全に消えたとは言えず、今ではたまにテレビの特別番組に出演しては、政局へのコメントをしたり人生相談コーナーに応じたり、東南アジアでのパートナーとの生活を披露《ひろう》したりする。あるいは高

額なギャラで講演会に招かれる。あるいは、写真集を出したり自作の曲を発表したりと、そういう正体不明のセレブリティに神島はすっかり転じたのだった。

中心人物を失った新党日本愛は、後を継いだ次期党首がまったく精彩を欠いた、清潔感ある顔立ちというだけで発言も態度も煮え切らない中年男だったため、帝國復古党ほどではないにしても、こちらもひどく議席数を落とした。その結果、与党との協議案件であった「外国人を対象外としたベーシックインカム導入」についても白紙となる。元より、新党日本愛を連立政権に引き入れるための布石《ふせき》でしかなかったのだから、官僚からの反発も強いベーシックインカムなど、政権与党が放棄するのに躊躇《ちゅうちょ》はなかった。そんな議論など初めから存在しなかったかのような態度を、党幹部はマスコミに示す。

日本に住む外国人にとっての最悪の事態は、こうして避けられた。しかしそれはただ、現状より更なる最悪には落ちなかったというだけのことだ。外国人への生活保護費支給はいまだ違法のままである。特別永住者の制度が復活することは――たとえ政権交代が起きたとしても――永遠にないだろう。

あれから、宣明が死んでから、太一のもとに梨花《イファ》より二度連絡があった。一度目はメールで、二度目はまたも手紙で。いずれも読んでない。メールの件名には「太一のことが心配です」とあった。電話連絡もあったかどうかについては、事件後すぐに番号を変えていたので不明だ。合同葬儀のときに、もしかしたら彼女が顔を見せるかも、とそれだけが唯一の憂鬱《ゆううつ》の種だったが、彼女は姿を現さなかった。その事情についてはメールや手紙に記されているのかもしれないが、いずれにせよ、俺が生存していて朴《パク》梨花もまた生存しているというこの世の事実が、なんだか心にむず痒《がゆ》い。まさに散文的だ。

　父の来る時間ではまだない。テレビを別チャンネルにする。そこでは、日本における、イスラム教への抗議デモの様子が報じられていた。掲げているプラカードには「出て行けイスラム」との文字があり、明らかに差別的な、排外運動だった。なかには日の丸を掲げている者と、それから太極旗《たいきょくき》を掲げている者も多くいる。日韓で肩を組み合っている光景もある。太一は一瞬、知ってる奴か、とも思ったが顔半分が黒マスクでよくわからない。隊列の中央で太極旗と日章旗《にっしょうき》を両手に掲げている、髪を赤と青で中央に分けたそのマスク姿の男が、たがの外れたような叫声《きょうせい》で、リズムをつけ、「イスラム、帰れ！　イスラム、反日！　イスラム、帰れ！　イスラム、反韓！」と叫んでいる。

　イスラム排斥のデモを見ながら太一はおかしなことに、これで日本における時代の主役の座は在日韓国人から他に移った、との感覚にとらわれるのだった。そうしたことをまったく信じるはずもない彼なのに。――もはや我らへの関心は失われた、我らは手放されたのだ。

　だがそうしたところで、そうとわかったところで、俺は俺のすべきことを、事前の予定どおりするしかないではないか。

　時刻を違《たが》えず父が部屋に来た。ノック音が響く。テレビを消す。とにかく俺の手番が回ってきたのだ。数時間後には証言台に立つ。嘘を語る。真実に近いところを語る。それらは記録に残る。俺一人きりでどこまで、このようになった世界の未来に貢献ができるのか、またそれをしなければならない義務はあるのか。だがもういい、この役割に忠実であろうとするのみだ。

　再びノックがあり、ドアを開けた。準備を整えていた太一は父を部屋に入れることなく外へと踏み出し、そして扉を後ろ手に閉めた。

初出　「文藝」二〇一八年秋季号〜二〇一九年秋季号

李龍徳　イ・ヨンドク

一九七六年、埼玉県生まれ。在日韓国人三世。早稲田大学第一文学部卒業。

二〇一四年『死にたくなったら電話して』で第五一回文藝賞を受賞しデビュー。

他の著書に『報われない人間は永遠に報われない』（二〇一六年、第三八回野間文芸新人賞候補）、

『愛すること、理解すること、愛されること』（二〇一八年）がある。

あなたが私《わたし》を竹槍《たけやり》で突《つ》き殺《ころ》す前《まえ》に

二〇二〇年三月二〇日　初版印刷
二〇二〇年三月三〇日　初版発行

著　者　李龍徳
装　幀　水戸部功
発行者　小野寺優
発行所　株式会社河出書房新社
〒一五一－〇〇五一
東京都渋谷区千駄ヶ谷二－三二－二
電話　〇三－三四〇四－一二〇一（営業）
〇三－三四〇四－八六一一（編集）
http://www.kawade.co.jp/

組　版　KAWADE DTP WORKS
印　刷　株式会社亨有堂印刷所
製　本　小泉製本株式会社

Printed in Japan　ISBN978-4-309-02871-2
落丁本・乱丁本はお取り替えいたします。

李龍徳

愛すること、理解すること、愛されること

あなたと私のどちらかしか幸せになれないなら、
私は私の幸せを選ぶ――。謎の死を遂げた友人の妹に招かれ、
軽井沢の別荘に集まった四人の男女。
彼らが語りだす、それぞれの人生の選択とは。

李龍徳

報われない人間は永遠に報われない

この凶暴な世界に私たち二人きりね——。
自意識ばかり肥大した男と、自己卑下に取り憑かれた女の、
世界で一番いびつで無残な愛。
男を破滅に導く「運命の女」を描いた傑作。

李龍徳

死にたくなったら電話して

「死にたくなったら電話してください。いつでも」。
空っぽの日々を生きてきた男は、女が語る悪意に溺れていく。
破滅の至福へと扇動される、
全選考員が絶賛した衝撃作。

第51回文藝賞受賞作

遠野遥

改良

女になりたいのではない、「私」でありたい——。
ゆるやかな絶望を生きる男が唯一求めたのは、
美しくなることだった。物議を醸すニヒリズムの極北、
28歳の新たなる才能。

第56回文藝賞受賞作

宇佐見りん

かか

脆くて甘ったれの母《かか》も、私が私であることも、もう抱えきれん。
だからうーちゃん19歳、熊野へ祈りの旅に出る。
20歳の才器が魅力溢れる語りで描き切った、
痛切な愛と自立の物語。

第56回文藝賞受賞作